COPYRIGHT 1992 edition sec 52
VIERTE AUFLAGE 1993

ISBN 3.908010.06.3 (GB)
ISBN 3.908010.07.1 (BR)

GESTALTUNG UND TYPOGRAPHIE: PATRICK LANG
ILLUSTRATIONEN: CHRISTOPHE BADOUX
DRUCK: FULDAER VERLAGSANSTALT GMBH, FULDA
GESETZT IN GARAMOND ANTIQUE
LEKTORAT: PAUL GIRARD

ALLE RECHTE VORBEHALTEN
edition sec 52, ZÜRICH

PHILIP MALONEY™ IST EIN EINGETRAGENES WARENZEICHEN VON ROGER GRAF.

DIE HAARSTRÄUBENDEN FÄLLE DES

PHILIP MALONEY

ROGER GRAF

Die Krimihörspiele

'Die haarsträubenden Fälle des Philip Maloney' werden von Radio DRS 3 in der Sendung 'Brunch' am Sonntagmorgen ausgestrahlt.
Die Serie entstand von Fall zu Fall und die einzelnen Folgen schrieb ich teilweise unter grossem Zeitdruck. Die Hauptfigur Philip Maloney und auch der Stil der Serie ist sozusagen "organisch" gewachsen. Als ich die Geschichten für das Buch auswählte und neu überarbeitete, ging es mir darum, die Stimmung der einzelnen Folgen möglichst beizubehalten. Ich habe deshalb weitgehend darauf verzichtet, stilistische oder inhaltliche Eigenarten der älteren Maloney-Geschichten den Neueren anzupassen.
Für dieses Buch habe ich zudem drei neue, längere Geschichten geschrieben, die von Anfang an als Prosatext konzipiert waren.

Zürich, 7.8.1992

Roger Graf

Dieses Buch ist meiner Mutter,
meiner Schwester Jeannette und Ruth Ghidelli
gewidmet.

Danke

Die haarsträubenden Fälle des Philip Maloney wären ohne die Mitarbeit vieler Kolleginnen und Kollegen am Radio nicht möglich gewesen. Ganz speziell bedanken möchte ich mich bei Michael Schacht, Jodok Seidel, Isabel Schaerer, Sleepi Dan Boemle, Alice Brüngger, Ueli Beck, Monika Schärer, Hans Peters, Oliver Bono und Peter Schneider. Ein grosses Dankeschön an die Kolleginnen und Kollegen von der Technik im Radio Studio Zürich (Hausi Rösch im Speziellen) und das Team von DRS 3 und allen anderen, die am Zustandekommen der Produktionen ihren Anteil hatten.

INHALT

	Seite
DER CLUB	11
DER GROSSE SCHLAF	46
DAS ACHTE LOCH	53
DIE LETZTE FAHRT	62
DER BLOCKWART	70
TOD IN HOLLYWOOD	80
FUNDSACHEN	91
JACKPOT	121
SCHWARZ AUF WEISS	130
DIE VERFOLGTE	139
DIE BRIEFTAUBE	148
DIE ALTEN GRIECHEN	159
DIE GELÖSCHTEN	169
DER GROSSE BRUDER	201
DIE ANDERE FRAU	211
DER SWIMMING-POOL	221
DAS VERSPRECHEN	230
DER MORGEN DANACH	239
DIE TOTE IM BETT	249

Der Club

Ich schaute die Post durch. Neben einigen Prospekten und einer Mahnung für eine Münzsammlung, die ich weder bestellt noch erhalten hatte, lag da noch ein Umschlag ohne Absender. Ich kümmerte mich zuerst um die Müllbeseitigung. Dann schrieb ich dem Versandhandel, dass sie ihren Computer auf die Sondermülldeponie schmeissen sollten, und wenn ihnen das zuviel Arbeit mache, sei ich ihnen gegen ein entsprechendes Honorar gerne dabei behilflich. Nachdem dies erledigt war, lehnte ich mich zurück, zündete mir eine Zigarette an und öffnete den geheimnisvollen Umschlag. Es lag noch ein anderer Umschlag darin und ein Brief, auf dem mit ungelenker Handschrift ein paar Zeilen standen. Sehr geehrter Herr Maloney, stand da, ich habe diesen Brief, der an Sie adressiert ist, unten am See in der Nähe des Casinos gefunden. Offensichtlich hat ihn jemand verloren. Mit freundlichen Grüssen. Und dann kam eine Unterschrift, die ich beim besten Willen nicht entziffern konnte. Der kleinere Umschlag war mit Maschine getippt und hatte ebenfalls keinen Absender. Er sah so aus, als hätte er zwei Wochen in einem Biotop gelegen und sei dabei von den Zierfischen als Laichplatz gebraucht worden. Ich öffnete ihn vorsichtig. Was zum Vorschein kam, erfreute mein Auge und liess meinen Magen wohlig knurren. Ein säuberlich getippter Brief sowie vier ungefaltete Fünfhunderter lagen auf meinem Schreibtisch. Ich kontrollierte nochmals den Umschlag. Da stand zweifelsfrei meine Adresse drauf. Der Brief hatte keine Datumsangabe und der Inhalt war ziemlich wirr. Ich las: Bin völlig fertig. Die wollen mir an den Kragen. Habe denen wohl zu viele Fragen gestellt. Vielleicht war es aber auch von Anfang an so vorgesehen, dass ich liquidiert werde. Das ist eine Riesenschweinerei. Und ich Trottel habe keine Ahnung, wer dahinter steckt. Ich kann nur abhauen, die Geschichte glaubt mir eh keiner. Ich möchte, dass Sie Nachforschungen anstellen, falls mit mir etwas geschieht. Kümmern Sie sich mal um Laura. Bin müde und kaputt. Habe Beruhigungsmittel geschluckt, damit ich wieder mal schlafen kann. Muss mich jetzt hinlegen. Marcel Weber.

Ich las den Brief ein zweites Mal. Entweder war der Mann bekloppt oder ziemlich am Ende oder beides. Ich steckte den Brief und die Banknoten in meine Jacke und ging essen. Nachdem ich den Fleischberg ein wenig abgetragen und die Weinschwemme etwas eingedämmt hatte, gönnte ich mir eine Stunde Schlaf. Ich träumte von einem Mann, der sich bei mir darüber beschwerte, dass ich sein sauer verdientes Geld das Klo runterspülte. Schuldbewusst wachte ich auf und machte mich an die Arbeit. Es gab fünf Marcel Weber in der Stadt. Drei davon erreichte ich zu Hause oder bei der Arbeit. Sie hatten noch nie etwas von mir gehört. Nachdem ich mich von diesem Tiefschlag ein wenig erholt hatte, rief ich noch bei den beiden anderen an. Es meldete sich niemand. Ich notierte mir die Adressen und machte mich auf den Weg.

Der erste Marcel Weber wohnte mitten in der Stadt in einem baufälligen Haus. Rundherum roch es nach Gewürzen, Absteigen und billigem Alkohol. Als ich an der Tür klingelte, bellte ein Hund in der anderen Wohnung auf dem Stockwerk. Es öffnete niemand. Ich stand noch eine Weile einsam im Hausgang herum, dann kam ein junger Mann mit einer abenteuerlichen Frisur das Treppenhaus herunter gerannt. Er sah mich an, ohne zu grüssen.

Ich stoppte ihn elegant.
- He, warte mal. Kennst du diesen Marcel Weber?
- Na klar.
- Weisst du, wo ich ihn erreichen kann?
- Polizei?
- Lottogesellschaft.
- Hat der Gruftie etwa im Lotto gewonnen?

Er lachte und fuhr sich mit dem Handrücken über die Nase und dann über seine Lederjacke. Das sah alles nicht sehr appetitlich aus. Er war einer dieser jungen Kerle, die ständig darum bemüht sind zu zeigen, dass sie nichts mit irgendwelchen Konventionen am Hut haben. Solche Jungs landen später entweder in der Werbung oder in der Gosse. Ein paar von ihnen enden auch in einer Kleinfamilie.

- Weisst du, wo dieser Marcel Weber arbeitet?
- Der arbeitet nicht. Der säuft nur.
- Und wo ersäuft er sich tagsüber?
- Versuchen Sie's mal um die Ecke, beim Florentiner.

Er gab mir mit der Faust einen kleinen Stoss gegen das Schulterblatt. Ich mag das nicht sonderlich. Hatte aber auch keine Lust, mich mit ihm anzulegen.

Der Florentiner war eine dieser Kneipen, in denen einem am frühen Morgen das Bier warmgestellt wird, um die Blase zu schonen. Eine Frau, die aussah, als sei sie vor 12 Jahren ins Bett gestiegen und vor einer Stunde wieder aufgewacht, stand an einem Geldspielautomaten und verspielte ihre Rente. An einem Tisch sass ein Mann über einem grossen Glas Bier. Er schaute in das gelbe Gebräu, als schwimme darin sein Leben, das ihm ein letztes Mal zuwinkte. Ich setzte mich zu ihm.

- Marcel Weber?

Er schaute kurz auf, dann widmete er sich wieder seinem Bier. Ich bestellte mir einen Kaffee.

Er begann zu sprechen, ohne seinen Blick zu heben.
- Vergessen Sie es. Bei mir gibt es nichts mehr zu holen.
- Sehe ich etwa aus wie ein Betreibungsbeamter?
- Keine Ahnung. Was wollen Sie von mir?
- Mein Name ist Philip Maloney.
- Na und?
- Noch nie etwas von mir gehört?
- Schon möglich. Ich merke mir nur die Namen von Fussballern.
- Ich bin kein Fussballer. Nicht mal Schiedsrichter. Ich habe einen Brief von Ihnen erhalten.
- Einen Brief? Ich schreibe keine Briefe. Wüsste nicht, weshalb ich jemandem einen Brief schreiben sollte.

Damit war für ihn das Thema erledigt. Er stierte wieder auf sein Bier. Ich trank meinen Kaffee und zahlte. Marcel Weber schaute kurz auf, als er hörte, dass ich auch sein Bier bezahlt hatte.
- Sie sind okay.

Der Mann sah aus wie sechzig. Vielleicht war er auch sechzig. Er taugte nur noch für die Statistik.

Ich ging noch eine Weile spazieren. Der letzte Marcel Weber, der noch in Frage kam, wohnte am anderen Ende der Stadt in einem modernen Betonbau. Ich klingelte vergebens. Auch in den anderen Wohnungen regte sich nichts. Eines der üblichen Schlafquartiere der

Stadt. Kein Mensch war wach, um mir Auskünfte zu geben. Ich spazierte ein wenig in der Gegend herum. Auf den Strassen fuhren einige Autos, und in den wenigen Geschäften langweilte sich das Verkaufspersonal und träumte von einem Bürojob, bei dem man wenigstens sitzen und Kreuzworträtsel lösen konnte. Ich kaufte mir eine Zeitung und überflog die Todesanzeigen. Es kam nichts Gescheites dabei heraus.

Zwei Stunden später stand ich vor einer Wohnungstüre. Eine junge Frau musterte mich.

- Sie sehen aber nicht wie ein Vertreter aus.
- Danke für das Kompliment. Sie sehen auch nicht aus wie eine Frau, die in einem solchen Bau endet.
- Na ja, ich hoffe, dass das hier nicht meine Endstation ist. Sind Sie von einer religiösen Vereinigung?
- Sehe ich etwa religiös vereinigt aus?
- Man kann ja nie wissen. Sekten sind ja wieder im Kommen.
- Ja ja, Sekten kommen und gehen, bloss die Dummheit bleibt.

So ging das noch eine Weile weiter. Sie war klein und zierlich, eine schwarze Haarsträhne fiel neckisch auf ihr rechtes Auge. Schliesslich landete ich in ihrem Wohnzimmer. Sie mixte uns einen Drink und ich machte es mir bequem.

- Kennen Sie Marcel Weber, der über Ihnen wohnt?
- Kaum. Habe ihn nicht oft gesehen. In letzter Zeit überhaupt nicht mehr. Die Leute hier im Haus sind wie scheue Katzen; sie kommen und gehen und kümmern sich nicht um den Rest der Welt.
- Auch scheue Katzen haben ihre Gewohnheiten und Laster.
- Nur bekommt man selten etwas davon mit. Sind Sie Detektiv?
- Nicht schlecht.
- Na ja, irgend etwas müssen Sie ja arbeiten. Ich tippe Zahlen in einen Computer, das ist mein Beitrag zum Bruttosozialprodukt.
- Ist das alles? Keine Kinder?
- Mein Ex- Mann begann zu trinken. Der hat die Wirtschaft in Gang gehalten. Ich begann bloss zu malen.
- Erstaunlich, was doch alles aus Liebe werden kann. Vielleicht wäre es manchmal besser, wenn die Leute von Anfang an Pinsel oder Flasche zur Hand nehmen würden.
- Möchten Sie mal eines meiner Bilder sehen?

Ich nickte artig. Sie zog unter dem Sofa eine Mappe hervor und öffnete sie. Es waren düstere Gemälde in dunklen Brauntönen, mit viel Schwarz. Das Innenleben der Frau war nicht gerade ein Südseewerbespot.

- Ich glaube nicht, dass mir jemand eins der Bilder abkauft. Als einer meiner Freunde die Bilder sah, wurde er ganz still, wenig später verabschiedete er sich. Seither schaut er mich an, als sei das, was ich male, ansteckend.
- Vielleicht ist es das ja auch. Mir macht das nichts aus. In meinem Beruf bin ich mir auch die Nachtseiten der Seele gewohnt.
- Na ja, ich habe auch noch andere Nachtseiten anzubieten.
- Das glaube ich Ihnen gerne. Aber vorerst ist es noch hell draussen, und eigentlich sollte ich zu diesem Marcel Weber.
- Sie können ja bei mir bleiben und warten, bis er kommt.

Das tat ich dann auch. Nadine, so hiess die Frau, begann später zu malen. Ich sass auf ihrem Sofa und trank ihre Barbestände leer. Ab und zu rannten wir zur Wohnungstüre und schauten aus dem Guckloch. Um ein Uhr morgens waren alle Bewohner eingetroffen, ausser Marcel Weber. Später schlief ich auf dem Sofa ein.

Als ich wieder erwachte, roch es nach Kaffee und frischem Deo. Nadine stand neben dem Sofa und hielt eine Tasse Kaffee in der Hand.
- Ich habe im Geschäft angerufen und mich krank gemeldet. Marcel Weber ist nicht nach Hause gekommen. Ich habe vorhin bei ihm angerufen.
- Sie machen sich gut als meine Assistentin. Wenn Sie mir jetzt noch einen Schlüssel zu Marcel Webers Wohnung besorgen, dürfen Sie mal in meinem Büro übernachten.
- Sie sehen aber nicht so aus, als würden Sie einen Schlüssel benötigen.
- Ach, wissen Sie, meine Hand zittert ein wenig, und diese neuen Schlösser sind schlimmer als Keuschheitsgürtel.
- Sie können ja ein wenig bei mir üben...
- Was denn? Sie tragen doch nicht etwa einen Keuschheitsgürtel?
- Nein, aber das Schloss an meiner Tür ist dasselbe Modell wie jenes bei Marcel Weber.

Da hatte sie natürlich recht. Ich trank fünf Tassen Kaffee und machte mich an die Arbeit. Es dauerte zwei Stunden, bis ich den richtigen Dreh fand. Unsereins hat manchmal auch gewisse Anlaufschwierigkeiten. Dann gingen wir nach oben.

Wenig später standen wir in Webers Wohnung. Sie sah ein wenig aus wie das Cockpit eines Langstreckenflugzeuges. Auch Nadine wunderte sich.

- Was macht er denn mit all diesen Geräten und Computern?
- Keine Ahnung. Ich wäre Ihnen sehr verbunden, wenn Sie die Rückendeckung übernehmen könnten. Ich möchte nicht im Gefängnis landen, noch bevor ich Ihr Sternzeichen kenne.
- Steinbock.
- Ich möchte trotzdem nicht im Gefängnis landen.
- Okay, ich geh nach unten. Wenn er kommt, locke ich ihn in meine Wohnung und verführe ihn.
- Lassen Sie sich aber Zeit damit. Und stöhnen Sie laut genug, damit ich weiss, dass er da ist.

Sie zwinkerte mir zu, gab mir einen flüchtigen Kuss auf die Wange und verschwand. Das hat man nun davon.

Ich schaute mich in der Wohnung um. Die Matratze war beinahe der einzige Gegenstand, der nicht aus Chips bestand. Ein Gestell war vollgestopft mit Büchern über Computer, Software und Programmiersprachen. In einer Ecke stand eine Topfpflanze, für die das Wort Wasser nur noch eine Erinnerung an bessere Zeiten war. In einem Schrank lagen ein paar Kleidungsstücke und drei Paar Schuhe. Auf dem riesigen Schreibtisch standen ein grosser Computer, ein Tastentelefon und eine kleine Agenda. Ich drückte die Repetiertaste des Telefons. Es meldete sich die Taxizentrale. Ich blätterte in der Agenda. Sie war mehr oder weniger leer. Keine Eintragungen in den vergangenen 14 Tagen. Auch davor nichts Nennenswertes. Aber im hinteren Teil der Agenda war ein Telefonverzeichnis. Weber hatte darin nur vier Nummern notiert. Ich schrieb mir die Namen und Nummern auf. Dann stand ich noch eine Weile ratlos vor dem Computer. Sicher waren darin wichtigere Daten gespeichert. Ich widerstand jedoch der Versuchung, das Ding einzuschalten. Das fiel mir leicht, ich entdeckte nämlich nirgends einen Knopf oder Hebel, den ich betätigen konnte. Ich verliess die Wohnung, schaute kurz bei Nadine hinein und ging dann nach unten. Webers Briefkasten war weder besonders voll noch besonders leer. Ich ging mit Nadine frühstücken, dann ging ich zurück in mein Büro. Es hatte sich nicht verändert in der Zwischenzeit. Ehe ich mich um die Adressen in der Agenda kümmerte, machte ich meine Aufwartung im Polizeipräsidium. Hugentobler sah müde und bekümmert aus. Vermutlich war ihm gerade ein Mörder durch die Lappen gegangen, oder seine Frau hatte ihm das Frühstücksei zu hart gekocht.

- Sieh an, Maloney. Lange nichts mehr von Ihnen gehört. Waren Sie krank oder machten Sie eine Entziehungskur?
- Mir geht es bestens. Wenn ich vor lauter Alkohol keine Leichen mehr sehe, kann ich ja immer noch bei der Polizei einsteigen. Ich habe eigentlich nur eine ganz bescheidene Frage.
- Na, dann raus damit!
- Ist bei Ihnen ein gewisser Marcel Weber, wohnhaft an der Gartentorstrasse 12, als vermisst gemeldet?
- Wieso? Haben Sie seine Überreste in Ihrem Whisky entdeckt?

Er scherzte noch ein wenig und rief dann jemanden zu sich. Weber war nicht vermisst gemeldet. Ich ging zurück in mein Büro. In Webers Agenda standen die Telefonnummern zweier Computerfirmen sowie eines Manns namens Roland Musfeld. Vor der vierten Nummer stand nur der Buchstabe L. Ich rief die Nummer an. Es dauerte eine Weile, bis sich eine verschlafene Frauenstimme meldete.

- Ja, hallo?
- Könnte ich Fritz kurz sprechen?
- Hier gibt es keinen Fritz.
- Tut mir leid. Falsch verbunden.

Sie knurrte etwas in den Apparat und hängte dann auf. Ich rief die Auskunft an und erfuhr, dass die Nummer einer Laura Friedrich gehörte. Es dauerte eine Weile, bis mein Gehirn die beiden Schaltungen zusammengebracht hatte. Ich überflog noch einmal Webers Brief. Ich möchte, dass Sie Nachforschungen anstellen, falls mit mir etwas geschieht. Kümmern Sie sich mal um Laura. Ich klatschte mit der Hand auf meinen Schreibtisch. Das war mehr als ein Anhaltspunkt. Ich liess die anderen Nummern Nummern sein und machte mich auf den Weg.

Laura Friedrich wohnte in einem Altbauhaus mit riesigen Balkons. Sie sah noch immer verschlafen aus, als sie mir gegenüberstand.

- Ja?
- Philip Maloney. Ich bin Privatdetektiv.
- Na und?
- Marcel Weber hat mich beauftragt, Nachforschungen anzustellen.

- Über mich? Mich hat er doch schon längst erforscht. Was soll das alles?
- Wann haben Sie Herrn Weber zum letzten Mal gesehen?
- Vor zwei Wochen, vielleicht sind es auch drei. Ist etwas mit ihm?
- Das möchte ich ja gerne herausfinden.
- Ich dachte, Sie seien in seinem Auftrag unterwegs?
- Wissen Sie, das Leben ist meist etwas komplizierter, als es auf den ersten Blick aussieht. Könnten wir nicht in aller Ruhe mal darüber reden?
- Später vielleicht.
- Nein, später ist meistens zu spät. Mich stört es nicht, wenn Sie zwischendurch gähnen.

Sie verzog den Mund und liess mich dann herein. Ich wusste nicht, ob es gut war, dass ich geradewegs auf sie zugesteuert war. Sie sah nicht sehr gefährlich aus. Aber die meisten Frauen schauen nicht sehr gefährlich aus, wenn sie gerade aufgestanden sind. Sie liess mich in einem Ledersessel warten und hantierte in der Küche. Als sie zurückkam, trug sie noch immer ein weites T-Shirt und Jeans.

- Es schaut danach aus, als sei Marcel Weber spurlos verschwunden.
- Wie soll ich das verstehen? Hat er Sie nicht beauftragt...
- Lassen wir das mal beiseite. Wissen Sie, woran Herr Weber im Moment arbeitet?
- Ja. Er macht irgendein Programm. Ein grösserer Auftrag. Sehr gut bezahlt. Aber mehr weiss ich nicht darüber. Ich kann mit Computern nicht viel anfangen.
- Aber dafür um so mehr mit Computer-Programmierern.
- Was soll das? Mein Privatleben ist meine Sache.
- Sie sind also mit Marcel Weber befreundet?
- Wir haben einige Male miteinander geschlafen, ja. Und? Hat er Sie beauftragt, das herauszufinden?
- Ich nehme an, dass er sich noch sehr gut daran erinnern kann. Hat er Ihnen gegenüber einmal erwähnt, dass er in Gefahr sei?
- In Gefahr? Nein. Ich verstehe immer weniger.
- Das macht nichts. Wissen Sie etwas über seine Freunde? Hat er welche?
- Keine Ahnung. Er ist ein Eigenbrötler. Er spricht nicht viel über sich, ist ständig mit irgendwelchen Problemen seiner Programme beschäftigt. Manchmal ist er mitten in der Nacht aufgestanden und weggegangen, weil ihm die Lösung für ein Problem eingefallen ist.

Ich sah sie genau an, während sie sprach. Sie sah nicht so aus, als würde sie mir etwas vormachen. Dennoch blieb ich auf der Hut. Sie war überraschend offen, hatte nicht mal meinen Ausweis sehen wollen. Aber sie war mein einziger Anhaltspunkt. Wenigstens vorläufig.

- Kam es öfters vor, dass sich Herr Weber mehrere Wochen nicht bei Ihnen gemeldet hat?
- Ja. Das ist nichts Ungewöhnliches. Er sitzt Tage und Nächte an seinem Computer, und plötzlich fällt ihm ein, dass er ja auch noch andere Bedürfnisse hat.
- Bedürfnisse, die Sie stillen können?
- Es sieht ganz danach aus. Interesse?
- Vielleicht. Unsereins ist manchmal auch ganz schön einsam.
- Das glaube ich Ihnen gerne.
- Wie haben Sie sich kennengelernt?
- Ist das Ihre letzte Frage?
- Ja.
- An einer Computermesse. Ich war als Hostess engagiert. Marcel war öfter an diesem Stand, und so kamen wir ins Gespräch.
- Haben Sie vielleicht ein Foto von ihm?
- Handeln Sie eigentlich in seinem Auftrag oder suchen Sie ihn für jemand anderen?
- Ich handle in seinem Auftrag. Auch wenn das schwierig zu erklären ist.
- Sie könnten es ja zumindest mal versuchen.
- Ein andermal vielleicht.

Sie stand demonstrativ auf und ging Richtung Tür. Ich gab ihr meine Karte und fragte nochmals nach dem Foto. Sie hatte keines.

Als ich wieder in meinem Büro sass, war ich noch nicht sehr viel schlauer. Ich rief die beiden Computerfirmen an, die in Webers Agenda vermerkt waren. Weber war zwar bei beiden als Kunde bekannt, aber mehr kriegte ich nicht heraus. Blieb also noch Roland Musfeld. Es meldete sich der Telefonbeantworter. Musfeld war für mehrere Wochen abwesend. Es blieb dabei: Laura Friedrich war die einzige Spur. Ich brütete ein wenig vor mich hin, las noch einmal den Brief, da klingelte das Telefon. Nadine war am Apparat. Ich fragte sie, ob sie ein Auto besitze. Sie besass. Wenig später fuhren wir gemeinsam durch die Stadt.

- Ein Privatdetektiv ohne Auto? Geht das denn überhaupt?
- Ach, wissen Sie, bei dem Verkehrschaos in der Stadt ist man zu Fuss oft schneller.
- Und weshalb sind Sie jetzt nicht zu Fuss?
- Weil das, was wir vorhaben, ein paar Stunden dauern kann.
- Werden wir jemanden beschatten?

Sie freute sich. Mir konnte es recht sein. Sie parkierte einige Meter vor dem Haus, in dem Laura Friedrich wohnte. Ich stieg aus und hinten wieder ein.

- Weshalb wechseln Sie auf den Hintersitz?
- Weil ich hier besser dösen kann.
- Sie wollen schlafen? Und was mache ich in der Zwischenzeit?
- Sie beobachten das Haus. Wenn eine Frau das Haus verlässt, wecken Sie mich.
- Und woher wissen Sie, dass die Frau überhaupt zu Hause ist?
- Ich weiss es nicht.
- Sie sind ja ein schöner Detektiv.
- Das Leben ist meist armseliger als ein Hollywood-Film.

Nadine weckte mich zweimal. Es waren die Falschen. Langsam kam mir die Geschichte albern vor. Vielleicht lag dieser Marcel Weber gerade an einem Strand und erklärte einer braungebrannten Schönheit die Vorzüge einer Programmschlaufe. Während ich mir das vorstellte und neidisch wurde, stiess Nadine einen Pfiff aus.

- Sehen Sie etwas?
- Und ob.

Ich richtete mich auf und schaute aus dem Fenster. Sie trug einen roten Minirock und hohe Absätze. Ich musste zweimal hinschauen, um sicher zu sein, dass das die verschlafene Frau Friedrich von vorhin war. Sie war es. Sie stieg in ein kleines rotes Auto.

- Na, dann mal los.
- Soll ich ihr hinterherfahren?
- Und wie Sie das sollen!

Nadine entpuppte sich als geübte Fahrerin. Laura Friedrich kurvte zielsicher durch die Stadt. Sie parkierte vor einem Haus, ging hinein und kam nach einigen Minuten zurück. Nadine berichtete, dass in dem

Haus eine Modeagentur sei. Das konnte hinhauen. Dann fuhr Laura Friedrich in eine Tiefgarage in der Innenstadt. Während Nadine parkierte, folgte ich Laura. Sie ging in ein Café. Ich wartete draussen. Nadine gesellte sich zu mir.

- Soll ich sie in dem Café beobachten?
- Wenn Sie Lust dazu haben, meinetwegen. Aber sprechen Sie sie nicht an, verhalten Sie sich unauffällig. Ich kann nicht mit reinkommen, mich kennt sie schon.
- Mir gefällt das. Soll ich Ihnen am Abend Bericht erstatten?

Ich sagte ihr, dass sie mich anrufen könne, falls Laura noch woanders hingehe. Nadine war stolz auf ihre neue Aufgabe, und ich war stolz auf Nadine. Auf dem Weg in mein Büro kaufte ich mir eine Zeitung. In meinem Büro machte ich mir einen Kaffee und las ein wenig. Ich begann ein Kreuzworträtsel zu lösen, kam aber auch nicht weiter. Dann las ich ein wenig in der Klatschspalte. Eine Popsängerin liess ihren Busen verkleinern, eine andere vergrösserte ihn und eine ganz andere hatte Brustkrebs. Da soll mal einer sagen, es gäbe so etwas wie Gerechtigkeit auf dieser Welt.

Das Telefon klingelte. Es war Nadine.

- Sie ist jetzt wieder zu Hause.
- Hat sie jemanden getroffen?
- Nein, sie sass im Café, blätterte etwas in den Zeitschriften und fuhr dann wieder nach Hause.
- Klingt so, als würde sie sich langweilen.
- Vielleicht ist es auch so. Scheint, dass sie keine Aufträge hat. Soll ich sie weiter beschatten?
- Wollen Sie nicht lieber ins Kino gehen oder fernsehen oder sonst was Unnützes tun?
- Nein, mir gefällt das. Ist spannender, als von irgendwelchen Abenteuern zu träumen. Ich bleibe noch eine Weile vor ihrem Haus. Ich melde mich dann wieder.

Langsam beschlich mich ein ungutes Gefühl. Vielleicht war diese Laura Friedrich gefährlich und Nadine ahnte nichts davon.

Während ich mir so meine Gedanken machte, klingelte das Telefon erneut.

- Maloney, private Ermittlungen.
- Hier ist Laura Friedrich. Mir ist da etwas eingefallen.
- Wunderbar.
- Haben Sie schon etwas von Marcel gehört?

– Nein. Scheint ein scheuer Mensch zu sein.

– Mir ist eingefallen, dass Marcel einmal gesagt hat, dass er an einem Videotex- Programm arbeite.

– Video? Braucht man dazu Computer-Spezialisten?

– Videotex ist eine Art elektronisches Telefon. Man kann Daten abfragen oder mit anderen Teilnehmern kommunizieren.

– Hat er Ihnen auch gesagt, was er da genau programmiert?

– Nein. Aber er hat sehr gut verdient dabei.

Ich bedankte mich. Die gute Laura schien tatsächlich besorgt zu sein. Vielleicht war sie aber auch nur eine gute Schauspielerin. Die wirklich guten Schauspielerinnen sind oft nicht auf den Bühnen anzutreffen. Sie spielen ihr Leben und erhalten dafür nur selten Applaus.

Ich bestellte mir ein Taxi und fuhr zu Nadine. Sie wartete noch immer artig in ihrem Wagen vor Lauras Wohnung. Ich schlich mich an. Ein bisschen Spass muss schliesslich sein.

– Arbeiten Sie für den KGB oder für die Vereinigung kurzsichtiger Privatdetektive?

– Huch... Jetzt bin ich aber ganz schön erschrocken. Sie hat die Wohnung nicht wieder verlassen.

– Ich weiss.

– Sie wissen? Waren Sie etwa auch die ganze Zeit hier?

– Privatdetektive sind immer und überall zur Stelle. Wissen Sie, was Videotex ist?

– Ja natürlich, ich habe ein solches Gerät zu Hause.

– Wunderbar. Dann nichts wie hin. Ich möchte ein wenig mit Ihnen kommunizieren.

Sie runzelte die Stirn, und ich stieg in ihren Wagen. Es dämmerte langsam. Zwar noch nicht in meinem Kopf, aber immerhin draussen.

In ihrer Wohnung schenkte sie zwei Whiskys ein. Dann sassen wir vor dem Gerät, und ich staunte.

– Sieht ja aus wie ein Minicomputer.

– Ist es auch. Nur dass Sie direkt mit dem Telefonnetz verbunden sind. Wenn ich hier einschalte, kann ich mich in die Videotex- Zentrale einwählen.

Und das tat sie dann auch. Das Bild veränderte sich.

– Das ist das Hauptmenü.

– Kann man da auch Pizzas bestellen?

– Sie können alles mögliche bestellen. Direkt aus Versandkatalogen. Oder Daten abrufen. Börsenbericht, Wetter, Nachrichten. Sind Sie an etwas Speziellem interessiert?

- Dieser Marcel Weber hat an einem Videotex-Programm gearbeitet. Ich hatte gehofft, irgendeinen Anhaltspunkt zu finden.
- Dürfte schwierig sein. Vielleicht hat er an einem neuen Dialogsystem gearbeitet. Das ist das Spannendste an Videotex.
- Dialogsystem? Was ist denn das?
- Da können Sie unter einem Pseudonym mit anderen Teilnehmern sprechen, das heisst natürlich nicht sprechen, Sie können Mitteilungen austauschen.
- Und was soll daran so spannend sein?
- Alle benutzen ein Pseudonym. Sie wissen also nie, wer eigentlich mit Ihnen Meldungen austauscht.
- Verstehe. Können wir das mal machen?

Sie lächelte und tippte drauflos. Dann befanden wir uns in so einem Dialogsystem.
- Unter welchem Pseudonym möchten sie reingehen?
- Wie wär's mit Maloney? Kennt eh niemand.
- Na gut. Jetzt müssen Sie noch ein Passwort eingeben.
- Passwort? Schreiben Sie: Winnetou.
- So, und jetzt sind wir drin. Möchten Sie eine Mitteilung an die anderen abgeben?
- Welche anderen? Ich sehe niemanden.
- Hier oben. Das sind alles Pseudonyme. Sie können Meldungen an alle machen oder an ein spezielles Pseudonym.

Ich schaute mir die Namen an. Es war kein besonders erfreulicher Anblick. Tittenfan, Muschi, Boygay, Lesbos, Päderast usw. Daneben auch ein paar ganz normale Namen. Dann erschien plötzlich eine Meldung. Da stand: Bist Du an einem jungen Boy interessiert?
- Na, hören Sie mal. Sehe ich etwa so aus?
- Der sieht Sie ja nicht. Der sieht bloss Ihren Namen.
- Sieht etwa mein Name danach aus?
- Sie können ihm ja eine gepfefferte Antwort geben.

Das tat ich dann auch. Wir spielten noch eine Weile herum. Die Pseudos gaben einen ziemlich repräsentativen Überblick über sämtliche Perversitäten, die möglich sind. Daneben gab es auch noch welche, die Unsinn von sich gaben oder ganz einfach überhaupt nichts taten. Eine Stunde und zwei Whiskys später hatte ich das System voll und ganz begriffen. Dann tauchte plötzlich ein Pseudo auf, das meine ganze Aufmerksamkeit erregte. Laura.
- Da! Das ist sie.

- Laura? Die wird wohl kaum mit ihrem eigenen Vornamen im System sein.
- Egal. Laura ist immer gut. Schauen wir uns mal ihr Profil an. Aha. Nur an Frauen interessiert. Da muss ich wohl mein Pseudo wechseln.
- Wie wär's mit Nadine?
- Keine schlechte Idee. Sind Sie etwa auch nur an Frauen interessiert?
- Ab und zu. Heute nicht.

Sie schaute mich an und lachte. Das gefiel mir. Dann wechselten wir das Pseudo. Nadine pirschte sich an Laura heran. Sie behauptete, ein 18jähriges Girl zu sein, das es mal mit einer Frau versuchen wolle. Nach einigen mehr oder weniger deftigen Dialogen schüttelte Nadine den Kopf.

- Diese Laura ist ein Mann. Glaubt, dass er sich so besser an Frauen heranmachen kann. Aufgepasst, gleich wird er von sich zu schwärmen beginnen.

Es dauerte tatsächlich nicht mehr lange, und Laura begann von einem Mann zu schwärmen, der es ihr ganz besonders gut gemacht hatte. Dann erwähnte Laura das Pseudo des Mannes: Philip. Ich war empört, doch Nadine lachte nur.

- Laura verabschiedet sich. Gleich wird Philip auftauchen und hoffen, dass ich mich bei ihm melde.

Nadine hatte wieder einmal recht. Philip tauchte auf. Nadine meldete sich aber nicht. Philip wartete noch eine Weile, dann meldete er sich. Haben wir nicht schon mal miteinander gesprochen? Ich sprang auf.

- Die alte Masche. Damit hat unsereins schon vor zwanzig Jahren aufgehört. Kein Wunder, dass die Frauen heutzutage Karriere machen wollen. Bei solchen Alternativen.
- Wie sieht denn Ihre Masche aus?
- Ist eine doppelte Laufmasche. Manchmal laufe ich voraus und manchmal hinterher.
- Ganz schön anstrengend.
- Na ja. Zwischendurch bleib ich einfach mal stehen oder lege mich hin.
- Wie wär's denn jetzt mit einem Zwischendurch?

Ich hatte nichts dagegen einzuwenden. Nadines Bett war gross und bequem. Darüber hing eines ihrer Bilder. Es war ein schwarzes Loch. Ich fiel nicht hinein.

Am nächsten Morgen schlich ich mich um zehn in mein Büro. Ein Mann wartete artig draussen. Als ich die Tür öffnete, begann er sich zu räuspern. Ich hinderte ihn nicht daran. Er folgte mir hinein. Sein grauer Anzug war perfekt geschnitten, und der Mann roch nach Rasierwasser und Festgeldverzinsung. Er trug eine Brille und kurze Haare und sah aus wie viele aussehen, denen man täglich im Bankenquartier begegnet. Er liess mir noch einen Moment Zeit und begann dann zu sprechen.

- Mein Name ist Zwingli. Bernhard Zwingli. Ich bin der Bruder des Mannes, der sich vor einigen Wochen erschossen hat.

- Ja, habe davon gelesen. Hat er nicht auch noch seine Frau und seinen Sohn erschossen?

Herr Zwingli nickte und senkte dabei seinen Kopf, als sei ihm dies äusserst peinlich. Die Geschichte hatte grosses Aufsehen erregt. Der Mann hatte seine Frau und seinen Sohn mit Genickschüssen getötet, als sie im Bett lagen, dann hatte er sich selber umgebracht.

- Ich möchte, dass Sie über die Umstände dieser Tragödie Nachforschungen anstellen.

- Dürfte nicht so einfach sein. Gab es denn kein Motiv? Ich habe gelesen, dass Ihr Bruder verschuldet war.

- Das stimmt schon. Aber das ist doch kein Grund, durchzudrehen. Sehen Sie, er hatte sich an der Börse verspekuliert, und durch die schlechten Winter hatte sein Sportartikelgeschäft miserable Umsätze. Aber er hatte nur etwa 200'000 Franken Schulden. Das ist doch kein Betrag.

Er sagte das so, wie das alle Männer sagen, für die solche Beträge nichts bedeuten. Unsereins weiss ja, dass sich Leute schon für viel weniger Geld die Köpfe einhauen. Aber Leuten wie den Zwinglis will so was einfach nicht in den Kopf.

- Mal angenommen, es waren nicht die Schulden. Vielleicht hatte er persönliche Probleme?

- Das glaube ich nicht. Mein Bruder führte eine gute Ehe. Sicher, es gab auch Streit, aber in welcher Ehe gibt es keinen Streit?
- Vielleicht hat er ganz einfach durchgedreht. Soll schliesslich vorkommen. Es gibt Leute, die tragen so etwas Jahre mit sich herum, und dann braucht es nur eine Zahnpastatube, die falsch ausgedrückt wird, und sie drehen durch.
- Ich habe da einen Verdacht.
- Das klingt nicht schlecht.
- Ich glaube, dass mein Bruder erpresst wurde.
- Ihr Glauben in Ehren, aber haben Sie dafür auch Beweise?
- Wenn ich die hätte, würde ich zur Polizei gehen.
- Vernünftige Einstellung. Und ich soll Ihnen also die Beweise liefern?
- Ja.
- Und Sie liefern mir dafür den Verdacht.

Herr Zwingli klaubte sich eine Zigarette hervor und begann zu rauchen. Ich schloss mich an. So etwas macht sich immer gut.

- Mein Bruder hat vor einem Jahr einen Managementkursus besucht. Ganzheitliches Denken und so Zeugs. Er war begeistert davon. Aber ich habe festgestellt, dass ihn dieser Kurs veränderte. Und in den Wochen vor der Tragödie hatte mein Bruder Angst. Er redete nie mit mir darüber. Aber es war offensichtlich. Ich konnte mir das nicht anders erklären, als dass er erpresst wurde.
- Seltsame Logik. Vielleicht hatte er Angst vor sich selber? Oder vor den Schulden? Oder vor der endgültigen Erleuchtung?
- Ich möchte, dass Sie Nachforschungen anstellen über diesen Kurs. Wenn Sie wollen, kann ich Sie dort anmelden.
- Wissen Sie, ich denke bereits sehr ganzheitlich. Bis jetzt haben Sie mir was für den Kopf und die Füsse geliefert, aber mein Magen verlangt nach konkreteren Dingen.

Herr Zwingli zückte sein Checkheft, so, wie andere Leute Papiertaschentücher zücken. Mir sollte es recht sein. Er gab mir den Namen und die Adresse der Firma, welche die Kurse veranstaltete. Ich beschloss, gleich mal dort vorbeizuschauen.

Das Myway-Institut residierte auf einem der teureren Hügel der Stadt. Als ich die Eingangspforte hinter mir hatte, säuselte Frank Sinatra aus einem Lautsprecher "I did it my way".

Die Empfangsdame war elegant und charmant und sah aus wie alle Empfangsdamen gehobenen Stils. Irgendwo in einem Keller der Chemiemultis werden die geklont, lackiert und eingekleidet, um die Menschheit davon zu überzeugen, dass sie gerade im Begriff ist, die Eingangshalle des Paradieses zu betreten. Mich beeindruckte dies nicht sonderlich.

- Mein Name ist Maloney. Ich hätte gerne den Geschäftsführer gesprochen.
- Tut mir leid. Herr Musfeld ist zur Zeit nicht erreichbar.
- Sagten Sie Musfeld?
- Ja, Musfeld.
- Roland Musfeld?
- Ja, Herr Roland Musfeld ist der Besitzer von Myway.
- Interessant.
- Interessieren Sie sich für einen unserer Kurse?
- Nun ja, warum nicht? Aber eigentlich hätte ich mich gerne vorher informiert, am liebsten persönlich.
- Verstehe. Sie möchten also eine Referenzadresse?
- Ja, etwas in der Richtung habe ich mir vorgestellt.
- Hier, in diesem Prospekt sind mehrere Personen mit Telefonnummer aufgelistet, die unsere Kurse besucht haben und gerne bereit sind, Interessenten darüber zu informieren.

Ich bedankte mich und wurde mit einem Lächeln verabschiedet, das einen jungen, unerfahrenen Studenten wohl zu einem Liebesgedicht animiert hätte. Bei mir reichte es nicht einmal mehr zu Prosa.

Als ich wieder in meinem Büro war, verglich ich Zwinglis Check mit Webers Noten. Sie fielen etwa gleich stark ins Gewicht, und bei beiden war ein Roland Musfeld im Spiel. Doch der hielt sich irgendwo im Ausland auf. Ich suchte mir einen Namen aus der Referenzliste und rief an.

- Morgarten.
- Maloney am Apparat. Ich habe Ihren Namen aus einer Referenzliste des Myway-Instituts.
- O ja, habe ich völlig vergessen. Muss wohl meinen Namen mal aus der Liste streichen lassen.

- Wären Sie dennoch bereit, mir ein paar Auskünfte zu geben?
- Ja, warum nicht? Aber erwarten Sie nicht, dass ich das Institut über den Klee lobe. Habe mich vor einiger Zeit schon abgemeldet.
- Macht nichts. Ich bin Privatdetektiv, kein Manager.
- Privatdetektiv? Wollte schon immer mal einen Schnüffler kennenlernen. Sie verzeihen. Ist mir so rausgerutscht.

Ich beschloss, ihn am Leben zu lassen. Eine Stunde später sass ich in seinem Büro. An den Wänden hingen teure Bilder, und auch der Cognac war teuer und geschmackvoll. Herr Morgarten sass lässig und entspannt in einem riesigen Sessel. Sein Fünftagebart passte nicht gerade ins Bild des aalglatten Managers.

- Wie Sie sehen, fühle ich mich wohl in meiner Haut.
- Kann ich gut verstehen. Die Arbeit erledigen ja andere für Sie.
- Die üblichen Vorurteile. Wir beuten die Arbeitskräfte aus und jammern auf dem Golfplatz über die Konjunktur.
- Spielen Sie etwa nicht Golf?
- Nein, aber ich besitze Pferde. Wie Sie sehen, passe ich durchaus in gewisse Klischees. Allerdings nicht mehr lange.
- Wieso? Wollen Sie Ihre Pferde schlachten?
- Nein. Ich schlachte mich lieber selber. So sehen das wenigstens gewisse Freunde von mir.
- Gehen Sie in die Politik?
- Ich bin doch nicht bescheuert. Nein, ich steige aus. Ich verkaufe mein Geschäft und ziehe mich ins Privatleben zurück.
- Gratuliere.
- Ich wusste, dass Ihnen das gefällt. Und soll ich Ihnen jetzt auch noch sagen, wer mich auf diese Idee gebracht hat?
- Ihr Steuerberater?
- Nein. Das Myway-Institut.

Er grinste und nippte genüsslich an seinem Cognac. Der Mann gefiel mir. Er war um die vierzig, hatte kleine Augen und einen schmalen Mund.

- Als ich bei Myway meinen ersten Kurs besuchte, war ich der typische Manager der Neuzeit. Ich joggte, spielte Squash, ging ins Theater und in Museen und interessierte mich für biologische Ernährung. Daneben schlief ich ab und zu mit meiner Frau, spielte mit meiner Tochter und sorgte dafür, dass die Umsätze stiegen. Myway war genau das richtige für mich. Dort lernte ich, dass nur ein zufriedener Mensch ein guter Geschäftsmann sein könne, und ich lernte ganzheitliches

Denken, machte alberne Rollenspiele, dachte mit anderen Idioten über Gott und die Welt nach und töpferte einen Krug.
- Klingt alles einigermassen vernünftig.
- Ja. Es gab natürlich auch viel Psychologie. Da lernt man, seine eigenen Motivationen zu erforschen. Weshalb tue ich etwas und weshalb tue ich es so und nicht anders? Eine Philosophie von Myway ist es, dass alles, was in einem drinsteckt, einen auch beeinflusst. Wenn man also im Unterbewusstsein den Wunsch nach einem strammen Sohn herumträgt, beeinflusst das die Entscheidungen, die man trifft. Je mehr solche Wünsche unbewusst da sind, um so mehr werden die Entscheidungen davon beeinflusst. Und je mehr Wünsche Sie realisieren, um so freier sind Ihre Entscheidungen.
- Mit anderen Worten, meine Arbeit wird durch meinen Wunsch nach einem Steak beeinflusst?
- Richtig. Bestellen Sie ein Steak und essen Sie es. Danach sind Sie ein etwas freierer Mensch.
- Klingt gut. Und was ist, wenn ich kein Geld für ein Steak habe?
- Das ist der springende Punkt. Es gibt Wünsche, die lassen sich nicht sofort realisieren, ja, vielleicht ist es sogar besser, dass gewisse Wünsche nie wirklich realisiert werden. Suchen Sie sich dafür eine Ersatzbefriedigung. Leben Sie Ihren Wunsch nach einem Steak zum Beispiel dadurch aus, dass Sie jemand anderem dabei zuschauen, wie er ein Steak isst.
- Ich weiss nicht. Mich würde so etwas nicht befriedigen.
- Entscheidend ist nur, dass Sie Ihren Wunsch aus Ihrem Inneren nach aussen tragen. Wenn Sie sich ständig bewusst sind, dass Sie gerne ein Steak hätten, wird das Ihre Entscheidungen nur noch sehr direkt oder gar nicht beeinflussen.
- Also, langsam kriege ich Hunger. Könnten wir nicht ein anderes Beispiel nehmen?
- Eigentlich wollte ich Ihnen ja erzählen, weshalb ich meinen Laden verkaufe.
- Dann tun Sie das doch. Oder geht es dabei auch um ein Steak?
- Nein, nein. Es geht um eine Frau.
- Habe ich mir beinahe gedacht.
- Sie war damals vierzehn. Ich war ein Jahr älter.
- Klingt nach Pickeln und feuchten Händen.
- Bei den Kursen habe ich entdeckt, dass sich im Gegensatz zu den meisten anderen nur eine einzige Motivation in meinem Unter-

bewusstsein verbarg. Verstehen Sie? Ich hatte mein ganzes Leben nur wegen eines einzigen Wunsches so gelebt, wie ich es gelebt habe.
- Und wie hiess dieser Wunsch?
- Rahel. Ich lernte sie in der Schule kennen. Wir verstanden uns sehr gut, spielten miteinander, gingen spazieren, haben auch ein wenig geschmust. Bis sie mir eines Tages eröffnete, dass wir uns nicht mehr treffen könnten.
- Hat sie sich in den Lehrer verliebt, in einen Popstar oder in Fury?
- Weder noch. Sie war in mich verliebt. Das hat sie mir auch gesagt. Aber sie hat mir auch gesagt, dass sie mich nicht weiter lieben dürfe. Ich hätte ihr nichts zu bieten. Sie war die Tochter eines einflussreichen Politikers und Unternehmers. Und ich war der Sohn eines Hilfsarbeiters und Trinkers.
- Vielleicht war ihr Vater auch ein Säufer. Kommt in den besten Familien vor.
- Schon möglich. Auf alle Fälle hat mich Rahel nie wieder geküsst. Ich hatte das längst vergessen, machte Karriere, arbeitete wie ein Verrückter und wurde erfolgreich. Aber zufrieden? Nein, zufrieden war ich nicht. Deshalb begann ich mich auch für anderes zu interessieren. Ja, und dann wurde es mir an einem dieser Kurse plötzlich bewusst. Ich hatte das alles bloss für Rahel gemacht. All das nur für einen Kuss von Rahel.

Er breitete seine Arme aus und lachte. Zwischendurch klingelte das Telefon. Er liess ausrichten, dass er nicht zu sprechen sei.
- Und? Haben Sie sie wenigstens gekriegt?
- Sehen Sie, das ist doch das Verrückte. Als mir das bewusst wurde, stellte ich Nachforschungen an. Und dann fand ich sie. Sie ist natürlich auch verheiratet. Ich besuchte sie. Sie lebt in einer Vierzimmerwohnung hier in der Stadt. Sie hat zwei Kinder, und ihr Mann arbeitet bei einer Versicherungsgesellschaft. Sie ist noch immer sehr schön, aber sie ist kein Grund, um mein Leben zu opfern. Als ich ihr gegenüberstand, musste ich plötzlich lachen. Jetzt hatte ich alles, was ihr imponieren konnte. Als ich wieder ging und sie zurückliess mit ihrer kleinen Familie und dem kleinen Glück, fühlte ich mich befreit. Endlich konnte ich mein Leben frei gestalten. Wissen Sie, ich glaube, dass ganze Wirtschaftsimperien, ja, ganze Kriege darauf zurückzuführen sind, dass irgend jemand irgendwann keinen Kuss gekriegt hat.

Er lachte schallend. Vor mir sass ein glücklicher Mann. Ich überlegte, ob mir auch so etwas zugestossen war. Doch ich war weder besonders erfolgreich, noch besass ich ein Imperium. Vielleicht wollte ich insgeheim der Putzfrau meiner Mutter imponieren, was gäbe es sonst für einleuchtende Gründe, andauernd im Dreck zu wühlen?

Ich fragte Morgarten, was ich eigentlich schon lange fragen wollte.

- Können die Kurse bei Myway einen Menschen so durcheinanderbringen, dass er durchdreht?

- Interessante Frage. Habe sie mir auch oft gestellt. Sie haben sicher von Zwingli gelesen. Er war auch in einigen Kursen. Wissen Sie, ich habe das Kursprogramm abgebrochen. Den letzten Kurs habe ich nicht absolviert. Man muss dafür eine spezielle Prüfung bestehen. Zwingli hat ihn besucht.

- Und was wurde in diesem Kurs behandelt? Selbstmordtechniken?

- Nein. Im Gegenteil. In diesem letzten Kurs wird sozusagen die Quintessenz der Myway-Philosophie umgesetzt. Die geheimen Sehnsüchte und Wünsche. Myway geht, wie gesagt, davon aus, dass auch abstruse Sehnsüchte und Wünsche auf irgendeine Art ausgelebt werden müssen, damit sie nicht ständig die Entscheidungen beeinflussen, die man trifft.

- Vielleicht hatte Zwingli insgeheim Selbstmordabsichten?

- Nein, das glaube ich nicht. Was genau in dem Kurs geschieht, weiss ich leider nicht. Die Teilnehmer verpflichten sich zur Geheimhaltung. Ich weiss nur, dass die Leute am Ende des Kurses ein Videotex-Gerät geschenkt erhalten.

- Ein Videotex-Gerät? Wozu denn das? Die Dinger kann man doch billig mieten?

- Da bin ich überfragt. Eine Frau, die den Kurs besucht hatte, ich traf sie später einmal im Theater, sagte mir nur, dass sie mit dem Videotex-Gerät eine Datenbank der Myway anrufen könne. Sozusagen als Fortsetzung des Kurses.

Langsam hatte ich das Gefühl, dass sich der Kreis langsam schloss. Zuerst war da nur der Name Roland Musfeld, der die beiden Fälle miteinander verband, und jetzt tauchte auch noch das Videotex-System auf. Ich wurde neugierig.

- Sagt Ihnen der Name Marcel Weber etwas?

- Nein. Tut mir leid.

- Laura Friedrich?

- Muss passen. Die beiden Namen sagen mir absolut nichts.

Ich verabschiedete mich. Herr Morgarten überreichte mir feierlich eine Flasche alten Cognac und ermunterte mich, mal sein Gestüt zu besuchen. Ich bedankte mich und ging ein wenig spazieren. Der Himmel war bedeckt, aber das störte mich nicht. Ich pfiff ein wenig vor mich hin: "I did it my way". Die Hunde schauten seltsam. Es klang grauenhaft.

Am Nachmittag ging ich ins Kino und schaute mir einen Horrorfilm an. Da flogen Arme und Beine nur so durch die Gegend, und ein Irrer ging auf alles los, was nach amerikanischem Teenager aussah. Und in dem Film sahen alle aus wie amerikanische Teenager. Ein junges Paar neben mir kicherte andauernd, während ich gähnte. Als der Film zu Ende war, trank ich einen Whisky und ging zu Nadine. Sie war müde und hatte Kopfschmerzen. Das hinderte sie jedoch nicht daran, an einem ihrer Bilder zu malen und gleichzeitig Mahler zu hören. Ich holte mir im Badezimmer zwei Wattebäusche und stopfte sie mir in die Ohren. Dann setzte ich mich vor das Videotex-Gerät. Ich klapperte das Anbieterverzeichnis durch, fand aber unter "Myway" nichts. Schliesslich landete ich in einem Dialogsystem und schrieb eine Weile lang Meldungen an alle, die an Schwachsinn nicht zu überbieten waren. Das störte niemanden sonderlich. Schliesslich spürte ich etwas an meinem Ohr. Nadine zupfte am Wattebausch.
- Macht es dir etwas aus, wenn ich heute nacht allein sein möchte?
- Nein. Wieso sollte mir das etwas ausmachen? Ich habe mich schliesslich fünfundzwanzig Jahre nicht darum gekümmert, wie und mit wem du deine Nächte verbringst.
- Kommst du voran?
- Ich fühle mich bald schon wie einer dieser dämlichen Wissenschaftler. Mit jeder Antwort gibt es wieder ein paar neue Fragen. Wenn das so weitergeht, hole ich mir noch den Doktor oder eine andere Krankheit.

Ich ging in mein Büro und rauchte still vor mich hin. Marcel Weber blieb spurlos verschwunden. Zwingli war tot, und ich hatte mich auch schon besser gefühlt. Es wurde spät. Noch später griff ich zum Telefon.

Es war bloss eine Idee. Der Bruder des toten Zwingli klang auch nicht mehr sehr lebendig.
- Hallo?
- Maloney am Apparat.
- Wissen Sie, wie spät es ist?
- Danke, ja, ich besitze eine Uhr.
- Haben Sie etwas herausgefunden?
- Ich glaube, das Geheimnis liegt in dem Videotex- Gerät verborgen, das Ihr Bruder vom Myway-Institut geschenkt erhielt.
- Ach so, das Gerät. Ich habe kürzlich ein Schreiben der Myway erhalten. Sie baten mich, ihnen das Gerät zurückzugeben.
- Und? Haben Sie das getan?
- Nein. Ich wollte es in der nächsten Woche tun.
- Warten Sie noch damit. Ich brauche das Gerät.
- Wann? Jetzt?
Ich beruhigte ihn und sagte, dass ich das Gerät erst am nächsten Tag abholen würde. Er versprach, es bei mir abliefern zu lassen. Dann griff ich erneut zum Hörer. Jeder hat so seine Methoden, um sich unbeliebt zu machen. Laura Friedrich klang wacher als auch schon.
- Ja, hallo?
- Maloney, der Privatdetektiv.
- Gut, dass Sie anrufen. Mir ist gerade einiges durch den Kopf gegangen.
- Ist Ihnen noch etwas eingefallen?
- Nein. Aber ich mache mir Sorgen. Marcel fehlt mir mehr, als ich zuerst geglaubt habe. Möchten Sie vorbeikommen?
Wer kann einem solchen Angebot schon widerstehen? Laura Friedrich trug einen schwarzen Body, er stand ihr vorzüglich. Es war zwei Uhr nachts, doch so wach hatte ich sie noch nicht erlebt. Wir tranken Wein.
- Seit Sie bei mir waren, werde ich den Gedanken nicht los, dass Marcel etwas zugestossen ist.
- Wie kommen Sie darauf?
- Er hat mir einmal eine Andeutung gemacht, dass er da in etwas hineingerutscht sei. Mehr wollte er aber nicht sagen. Als ich ihn später wieder darauf ansprach, machte er nur noch dumme Sprüche darüber.
- Glauben Sie, dass er Angst hatte?
- Ich weiss es nicht. Wie sind Sie überhaupt auf mich gekommen? Hat er Ihnen erzählt, was mit uns war?

- Nein, ich habe nie mit ihm gesprochen.
- Machen Sie eigentlich aus allem ein Rätsel? Ich mag das nicht besonders.
- Ob Sie es mögen oder nicht - es ist die Wahrheit. Marcel Weber hat mir einen Brief geschrieben.
- Einen Brief? Darf ich den einmal sehen?
- Ihr Name kommt darin vor. Er verdächtigt Sie.
- Mich? Das ist doch albern.
- Weshalb sollte das albern sein? Ich traue Ihnen allerlei zu.
- Besten Dank.

Ich holte den Brief aus dem Jacket und zeigte ihn ihr. Sie las ihn langsam, so, als wäre er in einer Fremdsprache geschrieben, die sie nur teilweise verstand. Dann schüttelte sie den Kopf. Ich beobachtete sie genau. Es half mir auch nicht viel weiter.

- Ich verstehe das nicht.
- Glauben Sie, dass der Brief echt ist?
- Ja. Dieser abgehackte Stil passt zu Marcel. Er sprach auch so, machte selten einen Satz fertig.
- Ich möchte, dass Sie Nachforschungen anstellen, falls mit mir etwas geschieht. Kümmern Sie sich mal um Laura.
- Vielleicht heisst das einfach, dass Sie sich um mich kümmern sollen. Fürsorglich.
- Das klingt zwar sehr angenehm, aber ich glaube nicht, dass das so gemeint ist. Ich soll Nachforschungen anstellen, und ich soll mich dabei vor allem mal um Sie kümmern.
- Ich kann das nicht verstehen. Ich habe nichts mit seinem Verschwinden zu tun. In dem Brief klingt das so, als habe er Todesangst. Aber vor wem? Doch nicht etwa vor mir? Sehe ich so aus wie eine Frau, vor der man Angst haben muss?
- Nun, Ihr Aussehen ist nicht ganz ungefährlich.
- Er muss etwas anderes damit gemeint haben.
- Schon möglich. Vielleicht war er ja auf Lauras fixiert.
- Moment mal.
- Ja?

Sie stand auf und ging nervös in der Wohnung umher, ohne etwas zu sagen. Ich beobachtete fasziniert dieses Schauspiel. Dann setzte sie sich wieder.

- Marcel hat einmal gesagt, dass er mir ein ganz spezielles Geschenk machen wolle.

- Interessant. Verliebte Männer versprechen alles mögliche, manchmal sogar, dass sie treu sein werden.
- Darum geht es nicht. Marcel wollte ein Computer-Programm nach mir benennen.

Jetzt stand ich auf und ging nervös in der Wohnung herum. Nicht, weil mir nichts Besseres einfiel. Es gibt Dinge, die sind so einfach, dass Leute wie unsereins, die in grösseren Zusammenhängen denken, nur selten das Glück haben, darauf zu stossen. Dies war einer dieser seltenen Momente.

- Hat er Ihnen gesagt, welches Programm er nach Ihnen benennen wollte?
- Nein. Aber ich vermute, es war das Programm, an dem er gerade arbeitete.
- Das Videotex-Programm?

Sie nickte. Ich leerte mein Glas, stand auf und verabschiedete mich. Das Haus der Zwinglis war dunkel wie alle Häuser um diese Zeit. Ein sichtlich mitgenommener Herr Zwingli öffnete mir, nachdem ich meinen Daumen auf dem Klingelknopf wund gedrückt hatte. Er überreichte mir das Videotex-Gerät seines Bruders. Als ich mich verabschiedete, brummte er mir etwas nach, das nicht besonders erfreut klang. Ich tat, was ich in solchen Situationen immer tue: ignorieren. Dann ging ich in mein Büro. Ich steckte das Ding an die Steckdose und schaltete es ein. Es war so eingestellt, dass die Anschlusskennung programmiert war. Es fehlte mir nur noch Zwinglis Passwort. Dann klopfte es an der Tür. Nadine stand draussen.

- Ich konnte nicht schlafen, und da bin ich ein wenig herumgefahren.
- Hast wohl noch nie etwas vom Ozonloch gehört?
- Was kümmert mich das Ozonloch, wenn ich nicht schlafen kann? Ich sah, dass bei dir noch Licht brennt. Darf ich hereinkommen?

Ich liess sie gewähren. Schlaflose sind launisch, und ich war nicht in Kampfesstimmung. Sie lächelte, als sie das Gerät auf meinem Schreibtisch sah.

- Bist du etwa schon süchtig?
- Davon kann keine Rede sein. Rauchen und Trinken genügen. Noch eine Sucht verkraftet mein Bankkonto nicht. Das ist das Gerät von Zwingli. Muss nur noch das Passwort herausfinden.
- Dann viel Vergnügen. Weshalb besorgst du dir kein eigenes Gerät?
- Weil dieses Gerät der Schlüssel zu beiden Fällen ist. Das vermute ich wenigstens.

- Soll ich dir helfen?
- Habe nichts dagegen. Wie wär's, wenn du Kaffee kochst?
- Das könnte dir so passen.
- Du bist doch nicht etwa eine Feministin?
- Nein, aber auch keine Kaffeetasse.
- Da bin ich aber beruhigt. Also koche ich Kaffee und du suchst nach dem Passwort.
- Schön der Reihe nach. Zuerst kochen wir Kaffee und dann suchen wir. Okay?

Und also geschah es.

Wir sassen vor dem Gerät. Nadine tippte drauflos. Nach einem misslungenen Versuch schaltete sie das Gerät aus.
- Du bist aber nicht gerade ausdauernd.
- Muss zuerst nachdenken. Wenn du dreimal hintereinander das falsche Passwort eingibst, wird dein Anschluss gesperrt.
- Ganz schön raffiniert. Hoffen wir, dass dieser Zwingli nur halb so raffiniert war.
- Keine Angst. Geschäftsmänner sind nicht sehr fantasievoll. Weisst Du den Namen seiner Frau oder seines Sohnes?

Ich wusste ihn nicht. Als der Bruder des Toten den Telefonhörer abnahm, überraschte es ihn nicht mehr, meine Stimme zu hören. Er sagte mir, dass er mein Honorar verdopple, wenn ich künftig tagsüber arbeite wie alle anderen. Ich ging nicht auf das Angebot ein. Schliesslich gab er mir die Namen. Ich wünschte ihm eine gute Nacht, was er mit einem Lachen quittierte, das wenig später in ein Husten überging. Der Mann schien nicht mehr bei bester Gesundheit zu sein.
- Hast du die Namen?
- Rebekka und Martin.
- Sehr schön.
- Was tust du da? Ich sagte Rebekka und Martin...
- Ach, weisst du, Geschäftsleute kommen sich immer sehr schlau

vor. Ich wette, er hat einen der beiden Namen genommen und ihn einfach umgekehrt hingeschrieben.

Nadine tippte akkeber. Daneben. Nadine tippte nitram. Volltreffer.

- Siehst du. Und jetzt sind wir im Hauptmenü. In welche Messagerie willst du rein?

- Massagerie? Ich brauch keine Massage.

- Messagerien nennt man die einzelnen Programme.

- Ach so. Ich möchte ins Programm Laura.

- Laura? Das kenne ich nicht. Ist das neu?

- Ich vermute, dass das ein Programm ist, bei dem nur gewisse Leute Zugang haben.

- Mal sehen... Tatsächlich. Es funktioniert. Moment mal... Sperrtaste nicht gedrückt... Was soll denn das heissen? Klick... Wir sind wieder rausgeflogen.

- Vielleicht muss man irgendeine Taste drücken. Muss doch einen Sinn haben, dass den Leuten ein Gerät geschenkt wurde.

- Mal sehen. Ja, da hat es tatsächlich eine Taste, die ich nicht kenne. Also, muss ich jetzt die Taste drücken, während ich mich einwähle? Da! Es geht.

Auf dem Bildschirm erschien eine Grafik mit dem Namenszug Laura. Darunter stand: Geben Sie bitte Ihr Pseudonym ein.

- Scheisse. Das ist ein Dialogsystem. Kennst du das Pseudo von diesem Zwingli?

- Nein. Aber ich dachte, dass man mit irgendeinem Namen da rein kann.

- Okay. Wie wär's mit Maloney?

- Warte mal. Schreib Marcel Weber.

- Ist zu lang.

- Dann halt nur Marcel.

Und das tat sie dann auch. Das Programm sah aus wie alle anderen Dialogsysteme. Am oberen Bildrand waren die verschiedenen Pseudos zu sehen, die sich gerade im System befanden. Es stand nur gerade ein Name da: Laura. Nichts deutete darauf hin, dass an dem System etwas besonders war. Noch ehe Nadine eine Meldung abschicken konnte, meldete sich das Pseudo namens Laura bei uns.

Auf dem Bildschirm stand: Hast du heute besondere Wünsche?

- Na, Philip? Haben wir heute besondere Wünsche?

- Schreib zurück: Vielleicht. Vielleicht ist immer gut, das lässt so schön viel offen.

- Gehörst du zu den Männern, die immer vielleicht sagen?
- Vielleicht...

Es dauerte nur ein paar Sekunden, bis Laura antwortete. Du weisst, dass du über alles sprechen kannst.

- Und jetzt? Möchtest du nicht ein wenig tippen?
- Seit ich das letzte Mal geschossen habe, sind meine Finger ein wenig steif geworden.
- Also gut. Was soll ich antworten?
- Schreib: Ich denke manchmal daran, meine Tochter umzubringen.
- Du hast eine Tochter?
- Natürlich nicht. Ich will das System nur ein wenig provozieren. Ich habe da eine Theorie.

Nadine schrieb und wir warteten gespannt auf die Antwort. Wir mussten auch dieses Mal nicht lange warten. Das System ist leider überlastet, versuch es später nochmals. Dann erschien eine Mitteilung, dass die Verbindung abgebrochen sei. Ich knallte meine linke Hand auf den Schreibtisch. Es tat höllisch weh.

- Nadine, das ist es.
- Was ist was?
- Dieser Verbindungsunterbruch. Der kam nicht, weil das System überlastet war, der kam, weil ich etwas Falsches geschrieben hatte.
- Na ja, wenn einer sagt, dass er seine Tochter umbringen möchte, würde ich mich auch zurückziehen.
- Darum geht es nicht. Zwingli hatte keine Tochter. Zwingli hatte nur einen Sohn.
- Na und? Zwingli ist doch tot, oder?
- Ja. Aber offenbar hat das der Computer noch nicht realisiert.
- Welcher Computer?
- Der Computer von Laura oder von Myway, das Hirn, das hinter dem Ganzen steckt.
- Du glaubst also, dass dieses Dialogsystem so aufgebaut ist, dass die Leute genau wissen, wer da unter welchem Pseudo bei ihnen auftaucht?
- Es ist eine Theorie, mehr nicht. Marcel Weber hat Laura programmiert. Irgendwann ging ihm auf, dass er sich da auf ein gefährliches Spiel eingelassen hatte. Zwingli hat Laura benützt. Er hat durchgedreht. Weber schreibt in seinem Brief, dass ich mich um Laura kümmern soll. Zwingli ist vielleicht erpresst worden, das vermutet wenigstens sein Bruder.

- Verstehe. Du glaubst, dass die Leute, die dieses Dialogsystem benutzt haben, erpresst wurden. Und sie lieferten ihren Erpressern den Stoff, indem sie im stillen Dialog alles mögliche von sich preisgaben.

- Genau. Die Philosophie des Myway-Institutes ist die, dass man über alle Ängste, Sehnsüchte und Wünsche zumindest sprechen sollte, um sich davon befreien zu können. Und an den Kursen nehmen nur Leute teil, die sich solch teure Kurse leisten können, Manager, Politiker, kurz: Leute in leitenden Positionen in Wirtschaft und Politik. Die idealen Opfer einer Erpressung.

- Kann schon sein. Aber weshalb hat noch nie jemand gegen das Institut Anzeige erstattet?

- Wenn dein ganzes Ansehen, deine gesellschaftliche Stellung auf dem Spiel steht, rennst du nicht so schnell zur Polizei.

- Du hast keinerlei Beweise.

Da hatte sie leider recht.

Draussen war es schon hell geworden. Nadine machte sich auf den Weg in ihr Büro, und ich sass nervös auf meinem Stuhl und überlegte, was ich tun konnte. Es fiel mir nichts Gescheites ein. Ich legte mich ein wenig unter meinen Schreibtisch und schlief ein.

Ich erwachte am frühen Nachmittag. Das Telefon klingelte. Ich stand auf, schüttelte dreimal kräftig meinen Kopf und machte eine Kniebeuge. Schliesslich muss unsereins fit bleiben. Zwingli war am Apparat.

- Schön, dass Sie auch mal tagsüber arbeiten. Ich habe soeben einen Anruf des Myway-Institutes erhalten. Sie bestehen darauf, dass sie das Gerät noch heute abholen können.

- Das geht nicht. Das Gerät ist ein Beweismittel.

- Was für ein Beweismittel?

- Ich glaube mittlerweile auch, dass Ihr Bruder erpresst wurde. Und das Videotex-Gerät ist der Schlüssel dazu.

- Das verstehe ich nicht.

- Hatte Ihr Bruder irgendwelche Geheimnisse?

- Na, hören Sie mal. Wer hat keine Geheimnisse?
- Ich denke da an Dinge, über die man nicht öffentlich spricht, über die man nicht mal mit seiner Frau spricht, vielleicht aber mit seinem Bruder.
- Kommen Sie in mein Büro.

Es klang wie ein Befehl. Ich gehorche in der Regel nicht so schnell, aber diesmal nahm ich sogar ein Taxi. Bernhard Zwingli schaute mich ein wenig griesgrämig an. Er schluckte eine Tablette. Ich setzte mich.

- Das, was ich jetzt sage, bleibt unter uns, Maloney.
- Auch wenn damit weitere Tragödien verhindert werden können?
- Es wäre ein gefundenes Fressen für gewisse Presseorgane.
- Hatte Ihr Bruder den Hang zu gewissen sexuellen Praktiken?
- Er hat mir einmal einige seiner Ängste erzählt. Er war ein wenig deprimiert wegen der Schulden. Er trank viel an jenem Abend. Plötzlich fragte er mich, ob ich nie bemerkt hätte, dass er einen gewissen Hang zu Männern habe. Sie verstehen, was ich meine?
- Er war also bisexuell?
- Er hatte einen gewissen Hang dazu. Hatte aber nie ein entsprechendes Abenteuer. Sein Trieb war nicht stark. Aber es gab etwas, das ihn sehr beunruhigte.
- Und das war?
- Sie versprechen mir, dass das unter uns bleibt?
- Meinetwegen. Ich verspreche es.
- Als sein Sohn zwölf Jahre alt war, begannen in seinem Kopf Fantasien zu spuken. Er hat mir versichert, dass er nie irgendwelche Anstalten unternommen hat, diesen Fantasien nachzugeben. Aber er ertappte sich dabei, dass er Lust verspürte, wenn er seinen Sohn nackt sah.
- Das könnte es sein.
- Steigern Sie sich nicht in etwas hinein. Er hat seinen Sohn nicht angerührt. Und wenn? Wer sollte die Beweise haben, um ihn erpressen zu können?
- Vielleicht jemand, der es schwarz auf weiss vor sich hat, dass Ihr Bruder solche Fantasien hatte.

Ich erzählte ihm, was ich vermutete. Bernhard Zwingli hörte aufmerksam zu. Zwischendurch nickte er ab und zu oder stellte eine Zwischenfrage. Dann fuhr er mit dem rechten Daumen über seine Unterlippe.

- Ich möchte, dass Sie dieses Institut auffliegen lassen. Ich kann Ihnen Geld geben, soviel Sie dafür brauchen.

- Vorerst geht es darum, Beweise zu finden. Hat Ihr Bruder einen Abschiedsbrief hinterlassen?
- Nein.
- Wir müssen jemanden finden, der ebenfalls erpresst wird. Jemand, der bereit ist auszusagen.
- Dürfte schwierig sein. Was ist mit dem Programmierer?

Was war mit Marcel Weber? Ich wusste es nicht. Aber je mehr ich ahnte, desto mehr befürchtete ich. Wenn Weber etwas von den Erpressungen ahnte und Fragen stellte, war sein Leben nichts mehr wert. Und aus seinem Brief ging hervor, dass er etwas ahnte und dass er Fragen gestellt hatte. Ich ging zum Stadt-Anzeiger. Bei der Inseratenannahme gab ich ein kleines Inserat auf. Eine junge Frau notierte sich meine Wünsche.

- Unter welcher Rubrik soll der Text erscheinen?
- Am besten in allen möglichen Rubriken. Bekanntschaften, zu verkaufen, Gratulationen...
- Und wie lautet der Text?
- Wer weiss Bescheid über Laura, Fragezeichen. Darunter meine Telefonnummer.

Die Frau nahm meinen Wunsch entgegen, ohne mit der Wimper zu zucken. Sie war sich wohl einiges gewohnt. Der Spass kostete mich über 100 Franken. Ich schob einen der Scheine von Weber hinüber und verabschiedete mich. Den Rest des Tages verbrachte ich mit Warten. Auch der Abend verlief ohne Überraschungen. Nadine blieb zu Hause und ich in meinem Büro. Im Fernsehen schaute ich mir eine Unterhaltungssendung an, bei der ein flotter Moderator einige Gäste aus dem Kuriositätenkabinett des Lebens präsentierte. Einem Mann mit Glatze wuchsen Haare auf der Nase. Das passte alles so richtig zum Publikum, das immer artig applaudierte.

Später schlief ich ein. Als ich wieder erwachte, war es zehn Uhr morgens und ein junger Mann stand vor meinem Büro. Er trug lange Haare und Jeans, die drei Nummern zu gross waren.

- Ich bin Laura.
- Freut mich für Sie. Wissen Sie, ich habe nichts gegen Transsexuelle.
- Sie wollten doch über Laura Bescheid wissen, oder?
- Selbstverständlich. Wer will das nicht? Aber ehrlich gesagt, habe ich mir meine Laura etwas anders vorgestellt.
- Verstehe. Ich sehe, dass Sie ein Videotex-Gerät besitzen. Aber haben Sie auch die entsprechende Taste?

- Gratuliere. Langsam beginnen Sie mein Interesse zu wecken. Sie kennen also das Dialogsystem namens Laura?

- Ich sagte Ihnen doch schon: Ich bin Laura. Genaugenommen war ich es.

- Wie soll ich das verstehen? Also doch eine Geschlechtsumwandlung?

- Nein. Ich bin Psychologe. Ich habe eine Zeitlang für Laura gearbeitet. Bevor ich Ihnen aber mehr verrate, möchte ich gerne wissen, in welchem Auftrag Sie tätig sind.

- Meine Auftraggeber heissen Weber und Zwingli.

- Marcel Weber?

Er sagte den Namen und pfiff ihm dann hinterher. Ich wusste nicht so recht, was ich von dem Mann halten sollte. Er sah ein wenig aus wie ein Sozialarbeiter, der in der Freizeit gerne Monopoly spielt und die Grünen wählt.

- Ich habe Marcel schon lange nicht mehr gesehen. Wissen Sie, wo er steckt, Maloney?

- Wann haben Sie ihn denn zum letzten Mal gesehen?

- Ist schon zwei Monate her. Wir unterhielten uns über Laura. Ich hatte meinen Job schon vor längerer Zeit hingeschmissen.

- Und weshalb? Wollten Sie sich mit den Arbeitslosen solidarisieren?

- Nein. Mir wurde das System unheimlich. Damals, als ich mit der Arbeit anfing, fand ich das eine gute Sache. Ich musste die anderen Pseudos nur dazu bringen, ihr Innerstes nach aussen zu kehren. Dinge, welche diese Menschen seit Jahren, vielleicht Jahrzehnten beschäftigten, Dinge, die sie belasteten oder ganz einfach nur faszinierten. Die Philosophie des Systems und des Myway-Institutes ist bestechend. Sie ist aber auch gefährlich.

- Das ist sie allerdings. Und Sie waren ja intelligent genug, um das herauszufinden.

- Wissen Sie, die Leute, welche diese Kurse absolvierten, die waren alle intelligent genug, und dennoch haben sie den Versprechungen des Institutes blind vertraut.

- Und was wurde ihnen versprochen? Noch mehr Erfolg?

- Ja, das auch. Sie müssen sich das so vorstellen: Sie haben ein Geheimnis, Sie haben zum Beispiel gewisse sexuelle Neigungen, die Sie nicht ausleben können oder wollen. Nun sagt Ihnen das Institut, dass genau diese Verdrängung Sie daran hindert, noch erfolgreicher zu sein. Und es bietet Ihnen gleichzeitig eine Möglichkeit, Ihre Neigungen wenigstens in der Fantasie auszuleben. Und das in einem System, in dem nur Leute Zutritt haben, die auf äusserste Diskretion bedacht sind.

- Aber Geschäftsleute und Politiker sind doch in der Regel misstrauische Leute. Die vertrauen sich ja nicht mal selber. Mit gutem Grund.

- Das stimmt schon. Aber wenn Sie zum Beispiel alleine im Wald sind und Angst haben, und dann kommt jemand auf Sie zu, der Ihnen sagt, dass er den Weg genau kenne, jemand, der sehr freundlich ist, und Ihnen versichert, dass von nun an nichts mehr passieren kann, werden Sie sich diesem Fremden vielleicht anschliessen, und Sie werden sich sicherer fühlen und dabei ganz vergessen, dass die einzige wirkliche Gefahr eigentlich nur diese fremde Person ist. Genau so ist es mit Laura. Die Leute haben ganz übersehen, dass Sie sich jemandem anvertrauen, den sie eigentlich nicht kennen.

- Traue niemals einem Fremden. Aber Laura ist für diese Leute doch nur ein Computersystem.

- Genau. Aber eines, das es in sich hat. Marcel Weber hat mir erzählt, dass das Programm so aufgebaut ist, dass alle Mitteilungen gespeichert werden und dass die Teilnehmer jederzeit identifiziert werden können. Mit anderen Worten: Laura ist eine gigantische Datenbank, auf der die abwegigen Fantasien und Wünsche von Wirtschaftsbossen und Politikern gespeichert sind.

Ich hörte dem Mann zu und rauchte dabei. Genau so hatte ich es mir vorgestellt.

- Und weshalb erzählen Sie mir das alles?

- Weil ich wie Sie seit längerem daran arbeite, dieses Institut auffliegen zu lassen. Ich kenne seine Methoden exakt. Und dabei kann einem schwindlig werden.

- Wie funktioniert das denn mit der Erpressung?

- Ich sehe, Sie sind auch schon ziemlich weit vorgedrungen. Zuerst geschieht gar nichts. Die Kunden benutzen das System monatelang und profitieren von einigen Psychologen, mit denen Sie über alles reden können. Nehmen Sie den Fall Zwingli. Ich kannte Zwinglis Neigungen, er hat öfters mit mir darüber kommuniziert. Eines Tages lernt Zwingli eine Frau kennen, ganz zufällig. Sie kommen ins Gespräch. Die Frau ist sehr charmant. Sie erzählt Zwingli, dass sie mit ihrem Bruder zusammen lebt. Ihr Bruder ist zwölf, also genau so alt wie Zwinglis Sohn. Die Frau lädt Zwingli zu sich ein. Nichts Besonderes, vielleicht findet sie sogar einen plausiblen Vorwand. In ihrer Wohnung wird sie dann konkreter. Sie bietet sich Zwingli als Geliebte an. Dieser wehrt ab. Da bietet die Frau ihren jüngeren Bruder an. Was tut Zwingli? Kann er der Versuchung widerstehen? Wie wir beide wissen, konnte er nicht widerstehen. Was Zwingli nicht wusste, war, dass er dabei fotografiert wurde. Vielleicht auch auf Video aufgenommen. Wenig später wird Zwingli erpresst. Er hat Schulden, kann die Erpresser nicht bezahlen. Also bleiben ihm nur die Alternativen, alles zuzugeben oder Schluss zu machen.

Ich nickte. Es war ein teuflischer Plan. Aber er war so teuflisch, dass er funktionieren konnte. Wie sagte doch mal einer dieser immer erfolgreichen Selfmademänner? Du brauchst eine gute Idee, der Rest ist Psychologie.

- Mal angenommen, dass es so ist. Weshalb hat nicht längst einer der Erpressten ausgepackt?

- Weil sich Laura genau die richtigen Leute für eine Erpressung aussucht. Sie sind erfolgreich und haben in der Regel Geld. Und sie können es sich nicht leisten, als Päderasten in die Schlagzeilen zu kommen. Ich kenne mittlerweile drei Männer und eine Frau, die auf diese Art und Weise erpresst wurden. Sie haben alle gezahlt. Es sind alles Leute, die Sie im Fernsehen bei politischen Diskussionen sehen können.

- Das heisst mit anderen Worten, dass auch Sie keine Beweise haben?

- Leider. Ich hatte keinen Zugang zur Systemdatenbank. Die Opfer sind nicht bereit auszusagen. Das Wissen, das ich hier verbreite, kann für mich tödlich sein. Ich werde dieses Land verlassen. Und ich kann nur hoffen, dass Marcel Weber auch noch frühzeitig abhauen konnte.

- Und was soll ich tun? Ich kann keine Fremdsprachen.

Er zuckte nur mit den Schultern. Dann verschwand er. Ich habe ihn nie wieder gesehen. Ich sprach noch einige Male mit Bernhard Zwingli und versuchte andere Erpressungsopfer ausfindig zu machen. Ich stiess nur auf eine Mauer des Schweigens. Etwa einen Monat später wurde die Leiche von Marcel Weber von Sporttauchern im See gefunden. Die genaue Todesursache konnte nicht mehr festgestellt werden. Laura Friedrich war eine der wenigen Personen, die zur Beerdigung erschienen. Etwa zur selben Zeit erhielt das Myway-Institut eine neue Führung. Der Besitzer, Roland Musfeld, wollte sich anderen Aufgaben widmen. Ein Jahr später sah ich ihn in Bern zusammen mit einem alten Bekannten. Er unterhielt sich mit dem Mann vom Staat, dem ich bei einem anderen Fall in die Quere gekommen war. Damals ging es um Karteien. Ab und zu wurde in den Medien über eine Verzweiflungstat oder unerwartete Rücktritte von Politikern berichtet. Mag sein, dass Laura manchmal im Spiel war. Ansonsten lief alles weiter wie immer: reibungslos. Nur mir wurde manchmal ein wenig mulmig zumute. Und das lag nicht nur am billigen Whisky.

Der grosse Schlaf

Es war eine dieser putzigen Villen, in denen ein Ehepaar problemlos zusammenleben kann, weil es sich oft wochenlang nicht begegnet. Ich ging durch das alte schmiedeeiserne Tor und klingelte. Ein Gong dröhnte durch das Haus. Ich zündete mir eine Zigarette an und wartete. Es dauerte eine Ewigkeit und drei Zigaretten, bis endlich jemand öffnete. Sie sah aus wie die Mädchen in den Heften, die wir uns als Jungs unter der Schulbank weiterreichten. Ich beschloss, vorsichtig zu sein.
 - Ich bin Philip Maloney. Frau Winter erwartet mich.
 - Ich bin Frau Winter.
 - Hab ich mir beinahe gedacht.
 - Wie meinen Sie das?

Ich ging nicht weiter darauf ein. Frau Winter führte mich in den Salon. Ein kleines, hübsches Zimmer, in dem man alle Obdachlosen der Stadt problemlos hätte unterbringen können. In einer Ecke stand ein Stuhl. Frau Winter schenkte sich einen Martini ein. Ich lehnte dankend ab. Morgens trinke ich nur Whisky. Dann kam sie zur Sache.
 - Sie wissen, wer mein Mann ist?
 - Vermutlich Herr Winter.
 - Genau. Max Winter, einer der führenden Forscher auf dem Gebiet der Milchschokolade. Es ist ihm gelungen, eine schmelzsichere Schokolade zu entwickeln. Die Araber würden Millionen für die Formel springen lassen. Stellen sie sich einmal vor: Sie spazieren durch die Sahara und sind im Besitz von schmelzsicherer Schokolade!
 - Phänomenal. Darauf hat die Menschheit Jahrtausende gewartet. Und was soll ich jetzt tun?

- Die Formel finden.
- Tut mir leid. Ich mache mir nichts aus Zahlen, ausser sie stehen auf einem gedeckten Check.
- Sie werden auf Ihre Rechnung kommen. Gestern abend wurde bei uns eingebrochen. Die Diebe wussten genau, was sie suchten. Stellen Sie sich einmal vor, die Formel gerät in die falschen Hände - nicht auszudenken.

Sie blickte entsetzt auf den Kronleuchter, der über uns hing. Dann trank sie noch einen Martini. Ich blieb trocken. Martini schlägt bei mir auf die Blase, und ich hatte Angst, mich auf dem Weg zur Toilette zu verirren und Wochen später in irgendeiner Abstellkammer durch üblen Verwesungsgeruch unangenehm aufzufallen. Ich fragte Frau Winter noch nach einigen Einzelheiten.

- Lieben Sie es auch, nackt vor dem Fernseher zu sitzen?
- Bitte?
- War nur so eine Idee. Vielleicht wäre es gut, wenn ich noch mit Ihrem Mann sprechen würde. Möglicherweise hat er irgendeinen Verdacht.
- Tut mir leid. Mein Mann schläft.

Ich schlug vor, ihn zu wecken. Frau Winter schüttelte nur den Kopf und begann zu weinen. Ihr Mann war nach dem Einbruch so ausser Fassung geraten, dass er in einen Tiefschlaf versank, aus dem er nicht mehr erwachte.

- Haben Sie es schon mit Wasser versucht?
- Wasser, Martini, Milch, Kaffee - es hilft alles nichts.

Ich verabschiedete mich und ging in mein Büro. Ich blätterte ein wenig in der neuesten Ausgabe des Telefonbuches. Es ist ganz erstaunlich, was sich die Autoren Jahr für Jahr neu ausdenken. Dann klopfte es an meiner Tür. Die gesamte Kosmetikabteilung eines Warenhauses schob sich elegant in mein Büro. Sie war einfach umwerfend.

- Sie dürfen ruhig wieder aufstehen, Maloney.
- Aus welchem Strumpfhosen-Werbespot sind Sie denn entstiegen?
- Ich bin die zarteste Versuchung, seit es Schokolade gibt, Maloney.
- Ich stehe mehr auf Salzgebäck.
- Vielleicht möchten Sie einige Details über Frau Winter erfahren, Maloney?
- Details?
- Nicht was Sie meinen, Maloney. Ist es nicht verblüffend, dass Frau Winter noch erstaunlich jung aussieht für ihre 79 Jahre?

- Donnerwetter. Ich habe sie höchstens für 75 gehalten. Kennen Sie etwa ihr Geheimnis für ewig junge Haut? Dann raus mit der Sprache!
- Was würden Sie sagen, wenn Frau Winter gar nicht Frau Winter ist?
- Was sind schon Namen? Ich zum Beispiel hiess früher mal Hippokrates Aristoteles Mahagony.
- Die Frau, die sich als Frau Winter ausgibt, heisst in Wirklichkeit Vontoblerone und ist eine Agentin des Schweizer Geheimdienstes. Sie soll das Rezept für schmelzsichere Schokolade auf ein Schweizer Nummernkonto transferieren und es dort einfrieren.
- Ist ja toll. Wissen Sie zufällig auch noch die Hauptstadt von Ruanda?
- Kigali - warum?

Es war höchste Zeit, mich mit den Fakten meines Falles zu befassen. Ich ging in ein Spezialitätengeschäft. Die Verkäuferin war gerade damit beschäftigt, aus Streichhölzern einen Turm zu bauen. Ich verlangte nach Schokolade.

- Das ist eine dunkle mit Pfefferminz gefüllte Schokoladenspezialität.
- Ich dachte, die esse man erst nach acht. Schmeckt ja grauenhaft. Kein Wunder, dass sich ausser den Engländern niemand für dieses Rezept interessiert.
- Und hier ein besonderer Leckerbissen: Schokoladehasen, gefüllt mit Grand Marnier...
- Pfui Deibel. Zergeht einem ja schon in den Händen. Haben Sie nicht was Haltbareres? Schmelzsicher und so?
- Sie sind heute schon der zweite, der danach fragt. Ist es denn seit neuestem Mode, Schokolade in die Sauna mitzunehmen?
- Ich bitte Sie, ich gehe nie in eine Sauna. Dafür wasche ich täglich meine Socken. Könnten Sie mir den Mann beschreiben, der nach schmelzsicherer Schokolade fragte?
- Blond, blauäugig, 1.74, 65 Kilo schwer, Tätowierung auf der Brust.
- Donnerwetter. Werden Sie mich auch so gut in Erinnerung behalten?
- Wer weiss?

Es war nicht die Zeit für einen Flirt. Ich ging in eine Bar und trank einen Kaffee. Dabei wurde mir hundeelend. Ich begann zu jaulen und zu apportieren. Schliesslich ging der Barkeeper mit mir Gassi. Danach fühlte ich mich wieder stark genug, um einen Baum auszureissen. Es gibt Leute, die mich dafür verantwortlich machen wollen, dass der

Wald stirbt. Blödsinn, ich schiesse nie auf Bäume. Plötzlich kam mir eine Idee. Ich ging noch einmal ins Spezialitätengeschäft. Und tatsächlich, die Verkäuferin legte gerade den Hörer auf. Als sie mich sah, bekam sie einen roten Kopf. Der Streichholzturm war etwas grösser geworden. Ich zückte drohend mein Taschentuch.

- Bitte, bitte, nicht niesen! Das ist ein Geschenk für meinen drei Jahre alten Sohn.
- Mit wem haben Sie gerade telefoniert?
- Das war eine Kundin. Sie wollte...

Ich rümpfte die Nase und setzte zum Niesen an.

- Nein! Ich... Ich habe mit meinem Mann telefoniert... Aber es war wirklich nur ein ganz, ganz kurzer Anruf!
- Das ewige Telefonieren ist schon ganz anderen Frauen zum Verhängnis geworden. Der Blonde mit tätowierter Brust ist Ihr Mann?
- Noch nicht, aber vielleicht bald. Wir möchten zusammen in Rimini eine Eisdiele eröffnen.
- Geniale Idee. Wo finde ich den Kerl?
- Bitte lassen Sie ihn in Ruhe, er ist ja so nett.

Ich flatterte noch einige Male drohend mit meinen Nasenwänden, dann gab sie auf. Ich notierte mir die Adresse des Mannes. Dann ging ich in mein Büro und rief meine Klientin an. Ein alter Bekannter war am Draht.

- Ja, hallo, wer spricht da?

Hugentoblers Stimme war leicht säuerlich, so, wie sie es immer ist, wenn er gerade vor einem unlösbaren Problem steht.

- Hier ist Hippokrates Aristoteles Mahagony.
- Sieh an, Maloney! An Ihnen kommt wohl keine Leiche lebend vorbei.
- Sagen Sie bloss, dass der grosse Schläfer von dannen sei.
- Nein, nein, der schnarcht noch immer. Die Leiche ist eine junge Frau, die hat jemand einfach eingefroren.
- Auf einem Nummernkonto?
- Nein, nein, eine ganz gewöhnliche Tiefkühltruhe. Kannten Sie die Frau?

Polizisten wären ideale Quizmaster für niveaulose Unterhaltungssendungen. Niemand sonst kann so professionell dumm fragen.

Tja, was macht ein Privatdetektiv, wenn ihm seine Klientin wegfriert? Erraten, er besucht die Leiche. Es war ein kühles Rendez-vous.

- Sieht ein bisschen unterkühlt aus, die Dame.
- Nach unseren Ermittlungen kann sie noch nicht lange da drin liegen.

- Sonst noch was gefunden?
- Nur eine Unmenge von Eis am Stiel.
- Und der Mann mit dem grossen Schlaf?
- Hilft alles nichts. Habe ihn eine Stunde lang an den Füssen gekitzelt.
- Und?
- Mein Finger ist eingeschlafen.

Ich verliess die Leiche und den Siebenschläfer. In meinem Büro suchte ich mein Taschentuch. Und tatsächlich, es war ein Knoten darin. Doch was wollte mir dieser Knoten sagen? Ich griff zum Telefonhörer. Eine freundliche Stimme empfing meinen Anruf.

- Auskunft, Sie wünschen?
- Was hat ein Knoten in einem Taschentuch zu bedeuten?

Die Frau konnte mir auch nicht weiterhelfen. Und so was nennt sich Auskunft. Ich kratzte mich am linken Fuss, da fiel es mir wieder ein. Tatsächlich fand ich in der rechten Socke die Adresse des Mannes, der sich im Spezialitätenladen nach schmelzsicherer Schokolade erkundigt hatte. Ich legte mich zuerst ein paar Stunden hin und trieb dann noch etwas Sport, um fit zu bleiben. Ich stemmte meine Zigaretten dreimal in die Höhe, ehe ich mir eine anzündete. Als das erledigt war, ging ich zu dem blonden Mann mit der tätowierten Brust. Er wohnte in einer Bruchbude direkt neben der Schnellbahn. Ich gehöre nicht zu der Sorte, die alles in vollen Zügen geniessen. Im Gegenteil: Ich hasse diese ratternden Ungetüme.

- Nett haben Sie es hier.
- Was wollen Sie von mir?
- Sie haben mit Ihrer haarigen Brust einer Verkäuferin den Kopf verdreht. Das läuft unter schwerer Körperverletzung.
- Sie können ihr den Kopf ja wieder gerade drehen, wenn Sie Lust dazu haben.
- Dazu fehlt mir das richtige Rezept.
- Und da soll ich Ihnen aushelfen?
- Die Frau könnte dringend ein schmelzsicheres Herz gebrauchen.
- Das habe ich mir beinahe gedacht. Einen Schnüffler riecht man von weitem.

Ich schnupperte unter meiner Achselhöhle. Es roch nach Arbeit und 40-Stunden-Tag. Aber ich wusste jetzt, dass dieser Tag bald ein Ende nehmen würde. Der Blondschopf ging zum Bett und griff unter das Kopfkissen. Ich zückte meine Waffe.

- Du kannst dir deine Kondome an den Hut stecken. Das Schlimmste werde ich verhüten.
- Ich wollte nicht, dass diese Agentin kaltgestellt wird. Ich will nur meine Eisdiele auf Rimini.
- Und wozu brauchen Sie dann das Rezept für schmelzsichere Schokolade?
- Ich wollte es auf Soft-Ice anwenden. Stellen Sie sich vor: Am heissen Strand von Rimini eine einzige Eisdiele mit Soft-Ice, das nicht schmilzt.

Meine Ahnung bestätigte sich, es ging wieder einmal um Geld, Ruhm und andere Leckereien. Fehlte nur noch die Frau. Sie fehlte nicht lange. Plötzlich stand sie neben uns. Sie hatte sich ganz gut erhalten für ihre 79 Jahre. Ich wusste sofort, dass die richtige Frau Winter vor mir stand.

- Mein Mann ist ein alter Trottel. Er hat nur noch Formeln und andere Zahlen im Kopf. Die Idee, das Rezept auf Soft-Ice anzuwenden, habe ich von ihm. Er wollte das Rezept vernichten, weil er befürchtete, dass das Rezept in falsche Hände geraten und damit eine Katastrophe auslösen könnte.
- Dass die ganze Menschheit mit schmelzsicherer Schokolade überschwemmt wird?
- Eis, Herr Maloney, Eis. Mein Mann hat erkannt, dass, wenn das Rezept auch bei Eis funktioniert, ganze Kontinente mit schmelzsicherem Natureis zugedeckt werden könnten. Dieser Dummkopf wollte das Rezept tatsächlich vernichten, um die Menschheit zu retten.
- Und da haben Sie ihn eingeschläfert.
- Es ging alles gut, bis dann plötzlich diese Schweizer Agentin auftauchte.
- Und die haben Sie dann kaltgestellt. Ganz schön unverfroren.
- Was werden Sie jetzt mit uns tun?
- Es ist an der Zeit, dass Sie endlich singen.
- Aber wir haben doch schon alles zugegeben.

Ich packte den Blondschopf an seinen drei Brusthaaren und stand gleichzeitig Frau Winter auf den Hallux am linken Fuss. Sie schrien beide. Dann endlich war es soweit. Sie sangen beide. Es klang grauenhaft.
- Schluss jetzt!

Ich fand das Rezept unter der Matratze. Ich liess die beiden liegen und ging dann zum Haus der Familie Winter. Vertraute Klänge erwarteten mich. Herr Winter schnarchte noch immer.

- So, Herr Winter, und wer zahlt jetzt meine Spesen?
Es half nichts. Der grosse Schlaf nahm kein Ende. Ich setzte mich in einen Stuhl und dachte über die wirklich wichtigen Dinge im Leben nach. Es fiel mir nichts ein. Scheisse, dachte ich und ging auf die Toilette.

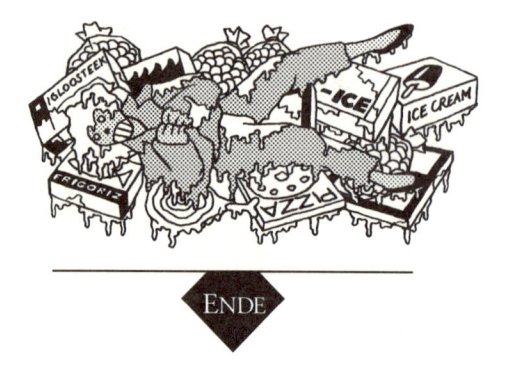

ENDE

Das achte Loch

Im Fernsehen lief gerade ein Film über die Klimakatastophe, und im Radio referierte ein alter Mann in gebrochenem Deutsch über Zukunftsvisionen in den Werken der spätgotischen Literatur. Ich blätterte in einem Asterix und kaute einen Gummi. Es war ein ganz gewöhnlicher Nachmittag. Zwischendurch schaute ich aus dem Fenster. Es kam nichts Gescheites dabei heraus. Plötzlich klopfte es. Ein braungebrannter Mann setzte sich auf den alten wackligen Stuhl. Er stellte sich mit einer festen, tiefen Stimme vor.

- Ich bin Alois Schwertfeger.
- Darauf wäre ich nie gekommen.
- Sie haben sicherlich schon von mir gehört.
- Wieso? Arbeiten Sie beim Radio?
- Ich bin der Alois Schwertfeger.
- Tut mir leid... Oder sind Sie etwa der neue Schwingerkönig?
- Ich bin Besitzer der Schwertfeger Immobilien.
- Was denn? Ich habe meine Miete immer pünktlich bezahlt und nur dreimal in den Hausgang gepinkelt. Sie wollen mir doch nicht deswegen kündigen? Schliesslich ist es nicht einfach in einem Haus mit 8 Wohnungen und nur einer Toilette.
- Dieses Haus gehört mir nicht.

Er schaute sich ein wenig in meinem Büro um. Er sah so aus, als sei er einer dieser Menschen, die einen Ort von der Grösse meines Büros nicht einmal ihrem Schäferhund zumuten würden. Ich legte demonstrativ meine Füsse auf den Schreibtisch.

- Wie Sie sicherlich wissen, bin ich auch Besitzers des Golfclubs Goldmeile.

Er musterte meine Schuhe und rümpfte die Nase. Ich versuchte mir vorzustellen, wie Herr Schwertfeger unter der Dusche aussehen würde. Es war keine erfreuliche Vorstellung.

- Tut mir leid. Ich spiele nur Minigolf, und auch da hat es mir manchmal zu viele Löcher.

- Golf ist kein Spiel, Maloney. Golf ist eine Lebensphilosophie.

- Verstehe. Die 18 Löcher des Lebens. Wer das Leben mit möglichst wenigen Schlägen meistert, ist Sieger. Mir gefällt das nicht. Wenn ich Golfspielern zusehe, habe ich immer das Gefühl, das sei so eine Art Waffenlauf für Trainingsfaule. Und dann diese kleinen Bälle... Die können sich ja nicht mal wehren gegen diese brutalen Schläge.

- Ich glaube, Sie verwechseln da etwas. Golf ist eines jener Spiele, die äusserste Konzentration und eine gefestigte Persönlichkeit erfordern.

- Ich glaube, Sie verwechseln da Persönlichkeit mit Bankkonto.

- Wie wär's, wenn Sie mich mal ausreden liessen?

- Meinetwegen. Ich wollte sowieso noch einkaufen gehen. Genügt Ihnen eine halbe Stunde? Ich gehe dann inzwischen in den Supermarkt.

- Ich möchte, dass Sie für mich einen Fall übernehmen.

- Fünfhundert im Tag. Plus Spesen.

- Auf meinem Golfplatz haben sich im Sommer zwei seltsame Unfälle ereignet. Ich möchte, dass Sie der Sache nachgehen.

- Was denn? Sind die Leute über ein Loch gestolpert und haben sich dabei Näschen und Genick gebrochen?

- Nein. Zwei unserer Mitglieder wurden von Golfbällen erschlagen.

Ich lachte herzhaft über den guten Witz und putzte mir anschliessend die Nase. Alois Schwertfeger lachte nicht mit. Sein Kopf war zu einer roten Geschwulst angewachsen, die so aussah, als würde sie gleich aufplatzen. Seine Stimme wurde ein wenig lauter. Es gibt Momente, da beneide ich die Leute, die ein Hörgerät besitzen, das sie beliebig laut und leise einstellen können.

- Ich mache keine Witze, Maloney. Ich hasse Witze. Es ist mir und auch der Polizei unerklärlich, aber es entspricht den Tatsachen. Im August wurden innert zweier Wochen zwei Mitglieder zweifelsohne von Golfbällen tödlich am Kopf getroffen. Es gab Zeugen dafür.

- Und die Polizei glaubt, dass es beide Male ein Unfall war?

- Das ist es ja. Ich glaube nicht an solche Zufälle. Meines Wissens hat es einen solchen Unfall erst einmal in den USA gegeben, vor etwa zehn Jahren. Ich bin davon überzeugt, dass die beiden Unfälle auf meinem Golfplatz in Wirklichkeit Morde waren.

- Mord mit einem Golfball? Auf solch einen Schwachsinn wäre nicht mal Agatha Christie gekommen.
- Übernehmen Sie den Fall?
- Wissen Sie, manchmal habe ich so eine Phase, in der ich einfach nicht nein sagen kann. Gibt es sonst noch etwas, das ich wissen müsste?
- Ja. Beide Male ereigneten sich die Morde am Loch Nummer acht. Und beide Opfer waren angesehene Bürger dieser Stadt.

Schwertfeger zählte die Verwaltungsratsmandate der Verstorbenen auf. Beide sassen auch noch im Gemeinderat und irgendwelchen Stiftungen. Ich notierte mir das alles mit einem dicken Filzschreiber. Schwertfeger lachte noch immer nicht. Er ging, wie er gekommen war: mürrisch. Ich blieb noch eine Weile sitzen und machte mich dann auf den Weg zum Golfplatz. Es sah alles ein wenig trostlos aus. Der Wind fegte über das Gelände und einige Vögel hüpften auf den kurzgeschorenen Wiesen umher und wunderten sich. Ich wunderte mich über gar nichts mehr. Auch nicht über die Stimme, die ich plötzlich hinter mir vernahm.
- He Sie! Was machen Sie da? Sind Sie befugt?

Ich drehte mich um und sah dem Mann ins Gesicht. Er sah aus wie ein Hauswart alter Schule, der gerade zwei Kinder beim Doktorspielen im Lift ertappt hat. Ich beschloss, freundlich zu sein.
- Nein, ich bin unbefugt. Können Sie mir sagen, wo man hier Fugen machen lassen kann, damit man befugt wird?
- Unbefugte haben hier keinen Zutritt. Zudem ist der Golfplatz im Winter geschlossen.
- Ich bin Philip Maloney. Herr Schwertfeger hat mich beauftragt, hier herumzuschnüffeln. Aber ich rieche nichts.
- Ach so, Sie sind das. Wird auch langsam Zeit, dass die Sache aufgeklärt wird. Habe keine Lust, mir einen neuen Job zu suchen.
- Wieso? Haben Sie Angst vor Golfbällen?
- Nein. Aber seit dem August haben schon 12 Mitglieder ihren Austritt aus dem Club bekanntgegeben.

Der Platzwart machte ein trauriges Gesicht. Der Golfplatz schien ein Teil seines Lebens zu sein. Seine Augen waren gross wie Golfbälle, und seine Haare waren so tadellos kurz geschnitten wie der Rasen vor dem Loch.

Wir machten uns auf den Weg zu Loch Nummer acht. Der Platzwart führte mich zu einem Hubschrauber. Ich runzelte die Stirn. Ich dachte kurz an all die verpassten Gelegenheiten im Leben, vor allem jene, in denen ich keine Lebensversicherung abgeschlossen hatte. Dann stieg ich ein. Wir hoben ab. Der Platzwart lächelte stolz. Er schrie, um das Rotorgeräusch zu übertönen. Ich sehnte mich zum zweiten Mal an diesem Tag nach einem Hörgerät.

- Der Helikopter gehört Herrn Schwertfeger. Ich bin Hobbyflieger. Meine Beine sind nicht mehr die besten, und darum fliege ich ab und zu über den Platz, um nach dem Rechten zu schauen.
- Fliegen Sie immer so tief?
- Na klar. Ich bin kurzsichtig.
- Vorsicht! Ein Baum!
- Wo?
- Da!
- Ich sehe keinen Baum!
- Wir haben ihn soeben gestreift.

Der Mann reagierte nicht. Er starrte auf seine Instrumente wie ein kleiner Junge bei einem Computerspiel. Ich rechnete mir gerade die Überlebenschance bei einem Absturz aus, als der Platzwart plötzlich zu jubilieren begann.

- Da!
- Wo?
- Wir befinden uns über dem Loch Nummer acht.

Plötzlich sah ich überhaupt nichts mehr. Der Knall war laut und unangenehm. Die Glasscheibe war im Eimer und der Platzwart neben mir kippte vornüber. Ein Golfball kullerte auf den Boden des Helikopters. Ich sass da und tat, was ich in solchen Situationen immer tue: Augen schliessen.

Der Helikopter drehte einige Pirouetten in der Luft. Mir wurde übel. Es war wie die Alptraumsequenz in einem schlechten Fernsehkrimi. Ich starrte auf die Hebel und Knöpfe und auf die verschiedenen Geräte mit allerlei Zeigern und Zahlen. Der Platzwart neben mir begann plötzlich zu stöhnen.

- Was ist los...? Sind wir abgestürzt?
- Ich kann Sie beruhigen: Noch hängen wir in der Luft.
- War das ein Vogel?
- Nein, ein Golfball. Seien Sie froh, wenn der Ball nicht durch die Scheibe ein wenig gebremst worden wäre, könnten Sie uns jetzt nicht aufs Grün bringen.
- Wollen Sie etwa schon landen?
- Na ja. Vielleicht kommt ja noch ein zweiter Ball geflogen.

– Eben. Und deshalb nehmen wir jetzt den Schützen ins Visier.

Er grinste und nahm ein Gewehr hervor. Triumphierend fuchtelte er damit vor meinen Augen herum. Er leckte sich die Lippen, als würde gleich ein Festmahl bevorstehen. Sein Blick wurde glasig, er setzte zum Sturzflug an.

– Da!

– Wo?

– Da unten! Da ist eine verdächtige Person. Niemand hat zu dieser Jahreszeit hier auf dem Golfplatz etwas zu suchen.

Ich hatte keine Zeit, um meine Bedenken zu formulieren. Der Platzwart begann wild drauflos zu ballern. Es war an der Zeit, ein paar vernünftige Worte zu sagen.

– Nein! Tun Sie das nicht! Sind Sie völlig übergeschnappt? Man schiesst doch nicht einarmig aus einem Helikopter! So können Sie Ihr Ziel doch gar nicht treffen.

– Wieso? Sehen Sie denn nicht, dass sich da jemand am Boden krümmt? Ich sag nur eins: Der Kandidat hat hundert Punkte.

Er hatte recht. Am Boden, mitten auf dem Grün von Loch Nummer acht, lag jemand und wand sich offenbar vor Schmerzen. Ich kramte in meiner Hosentasche und fand eine meiner Kontaktlinsen. Ich schob sie ins rechte Auge und konnte die Person, die da lag, nun deutlicher sehen. Es war eine Frau. Der Platzwart setzte zur Landung an.

– Da haben Sie Ihren Mörder.

– Aber das ist doch eine Frau.

– Das hat man nun von dieser Frauenbewegung. Nicht einmal vor Golf und Mord macht sie halt.

– Sie sind doch nicht etwa ein Frauenfeind?

– Mal ganz objektiv: Haben Sie vor den Jahren der Frauenbewegung schon mal was von einem Ozonloch oder vom Waldsterben gehört? Man muss doch endlich einmal die grösseren Zusammenhänge sehen!

– Bei Ihnen wäre wohl auch mal wieder ein Generalservice des Stammhirns fällig.

– Die Wahrheit ist immer brutal und klingt oft verrückt. Denken Sie nur an den Quantensprung.

– Was hat denn der Quantensprung mit der Frauenbewegung zu tun?

– Ich garantiere Ihnen: Auch diesen Zusammenhang werde ich noch herausfinden.

Er brabbelte noch ein wenig vor sich hin und murmelte dann auch etwas von Weltverschwörung, und die Frauenbewegung sei an allem schuld. Als wir auf dem Rasen aufsetzten, sprang ich aus dem Helikopter und eilte zu der Frau hin. Sie sah nicht so aus, als ob sie das Elend dieser Welt zu verantworten habe. Im Gegenteil: Sie sah aus wie ein Teil dieses Elends.

- Helfen Sie mir, bitte... es tut so weh...
- Keine Panik, ich bin ja hier. Leider habe ich nie einen Erste-Hilfe-Kurs besucht. Brauchen Sie eine Beatmung?
- Mein Bein...
- Das Bein? Wie zum Teufel soll ich Ihr Bein beatmen?
- Schnell... binden Sie das Bein ab...
- Was denn? Das ganze Bein abbinden? Wie macht man das? Ich habe leider keinen Bindfaden dabei. Tut Ihnen sonst noch etwas weh?
- Arschloch!
- Was denn? Das auch?

Ich stand ein wenig ratlos neben der Frau. Sie stöhnte wieder vor Schmerz. Inzwischen war auch der Platzwart zu uns gehumpelt. Als er die Frau sah, wurde er kreideweiss.

- Aber das ist doch... So tun Sie doch etwas, Sie, Sie Detektiv, Sie!

Ich band, so viel ich binden konnte. Dann verständigte ich die Ambulanz. Wir trugen die Frau gemeinsam ins Clubhaus und warteten. Der Platzwart kümmerte sich beinahe ehrfurchtsvoll um sein Opfer. Ich verstand wieder einmal die Welt nicht mehr. Dann endlich kam die Ambulanz und fuhr mit der Frau und Blaulicht davon. Der Platzwart sass geknickt im Clubhaus.

- Wie... wie soll ich ihm das bloss erklären?
- Sagen Sie einfach: Ich habe doch bloss meine Pflicht getan. Diese Worte haben schon grössere Schurken als Sie es sind vor dem Kadi bewahrt.
- Aber verstehen Sie denn nicht... sie... diese Frau...
- Die sich unbefugt auf dem Golfplatz aufhielt. Ich weiss, ich weiss.
- Aber das ist es ja gerade... Diese Frau ist nicht einfach irgendeine Frau...
- Nein. Sie ist möglicherweise die geheimnisvolle Golfballmörderin.
- Aber das kann doch nicht sein.
- Das haben Sie doch vorhin selber auch geglaubt.
- Ja. Aber diese Frau... das ist... sie... das ist die Frau von Herrn Schwertfeger. Das ist Priska Schwertfeger. Und sie ist... sie ist...
- Sie ist befugt, ich weiss. Aber das ändert nichts an der Tatsache, dass sie am Tatort war, als uns der Golfball traf.

- Sie meinen...
- Ich meine, dass sie mir zumindest noch eine Erklärung schuldig ist...

Ich ging zurück in mein Büro und holte mir meinen Kaugummi, den ich unter die Schreibtischschublade geklemmt hatte. Nicht dass Sie jetzt glauben, ich könnte mir nicht zwei Kaugummis pro Tag leisten, aber unsereins hat einfach seine liebgewonnenen Gewohnheiten. Und zu diesen gehört eben mein Lieblingskaugummi. Ich ging kauend ins Spital und besuchte die verdächtige Frau Priska Schwertfeger. Sie sass aufrecht in ihrem Bett und sah schon wieder ganz munter aus. Aus ihrem Mund tropften einige Sätze, die wie Honig auf der Bettdecke kleben blieben.

- Wenn Sie mich nicht gefunden hätten, wäre ich wohl verblutet.
- Ach, wissen Sie, es genügt doch, wenn ganze Völker und Wirtschaftssysteme ausbluten. Abgesehen davon sind mir lebende Verdächtige lieber. Das Verhör gestaltet sich etwas einfacher als bei Toten.
- Sie verdächtigen mich? Aber ich kann gar nicht Golf spielen.
- Und weshalb lag dann ein Golfschläger neben Ihnen auf dem Grün?
- Lassen Sie mich das erklären...
- Ich bitte sogar darum.
- Mein Mann hat mir einmal Golfstunden gegeben. Aber er ist so ungeduldig... Ich habe natürlich alles falsch gemacht. Er wurde richtiggehend wütend. Wissen Sie, ich liebe meinen Mann, und unsere Ehe ist eine gute Ehe.
- Es ist mir neu, dass glückliche Ehefrauen ihre Freizeit im Winter auf Golfplätzen verbringen.
- Ich wollte meinem Mann eine Freude bereiten. Wir feiern im nächsten Frühling den zehnten Hochzeitstag. Und da wollte ich ihm ein ganz besonderes Geschenk machen.
- Und da haben Sie heimlich trainiert und dabei beinahe unseren Helikopter abgeschossen.
- Sie kamen genau in die Flugbahn des Balles. Ich erschrak fürchterlich, als ich sah, dass der Ball den Helikopter traf.
- Und weshalb haben Sie ausgerechnet am Loch Nummer acht gespielt?
- Loch Nummer acht ist die schwierigste Bahn auf dem Golfplatz. Bitte verraten Sie mich nicht.
- Und dieser John Wayne der Alpen?

- Ach, der Platzwart? Lassen Sie das meine Sorge sein. Der wird schon schweigen. Schliesslich könnte ich ihn anzeigen wegen der Schüsse.

Das klang alles einleuchtend. Priska Schwertfeger machte mir nicht den Eindruck einer Mörderin. Unsereins hat dafür eine goldene Nase entwickelt. Ich ging nochmals zurück ins Clubhaus. Dort traf ich wieder auf den Platzwart. Er war noch immer geknickt. Seine erste Frage galt seinem Opfer.

- Wie geht es ihr?
- Ganz gut. Was ist das denn?
- Was?
- Na, all diese Zettel an der Wand.
- Aufnahmebedingungen. Clubvorstand. Aufnahmeanträge. Ist aber nicht auf dem neuesten Stand. Der Boss liess den alten Vorstand da hängen, zum Gedenken an die beiden Toten.

Ich nahm die Zettel mit. Der Platzwart protestierte. Ich beachtete ihn nicht. Unterwegs schaute ich mir die Zettel etwas genauer an. Die beiden Toten waren beide im Vorstand des Clubs. Genaugenommen waren sie der Vorstand. Ich nahm den Zettel mit den Aufnahmeanträgen und merkte mir die Adressen jener, die abgewiesen wurden. Zwei Besuche genügten. Der zweite war ein junger Mann, dynamisch, adrett und ziemlich arrogant. Ich setzte mich in seiner Wohnung in ein modisches Drahtgestell und starrte ihn an. Er wurde nervös.

- Weshalb starren Sie mich so an? Was wollen Sie überhaupt von mir?
- Ich bin vom Guinness Book of Records und suche Leute, die zu Aussergewöhnlichem fähig sind. Können Sie zum Beispiel zwanzig Minuten unter Wasser Zeitung lesen, ohne ein einziges Mal eine Brille aufzusetzen?
- Nein, ich hasse Tauchen.
- Vielleicht können Sie mit blosser Hand eine Milchtüte öffnen, ohne einen Tropfen zu verspritzen?
- Aber das ist doch unmöglich. Nein, so schwierige Sachen kann ich nicht.
- Aber irgend etwas müssen Sie doch können. Sie möchten doch berühmt werden, oder etwa nicht?
- Natürlich, wer will das nicht? Warten Sie mal: Ich kann Golf spielen.
- Das kann doch heute schon jeder Manager, der etwas auf sich hält.
- Ja, schon. Aber keiner kann die Bälle so präzis schiessen wie ich. Ich schiesse Ihnen mit einem Golfball sogar Tontauben ab.
- Oder Vorstandsmitglieder.
- Sie verdammtes Schwein! Machen Sie, dass Sie hinauskommen!

Ich liess ihn ein wenig toben. Schliesslich braucht auch unsereins ab und zu ein wenig Spass. Er zappelte und schimpfte wie ein wildgewordener Pinocchio in der Wohnung herum. Dann beruhigte er sich wieder ein wenig.
- Sie können mir nichts anhängen.
In seinem Blick lag ein winzigkleiner Triumph.
- Tatsache ist, dass Sie fünfmal einen Antrag gestellt haben, im Golfclub Goldmeile aufgenommen zu werden, und fünfmal abgewiesen wurden. Nach dem fünften Mal kamen dann plötzlich die beiden Vorstandsmitglieder ums Leben. Zufälle gibt's im Leben...
- Ich habe diese Typen gehasst. Diese eingebildeten Fatzkes mit ihren teuren Weibern und teuren Kindern. Und mich wollten sie nicht in ihrem Scheissgolfclub, nur weil ich keinen Stammbaum habe. Diese Leute behandeln andere Menschen wie Urkunden. Wenn der Stempel stimmt, akzeptieren sie dich, wenn nicht, landest du im Papierkorb.
- Es gibt doch noch andere Golfclubs.
- Aber nirgends gibt es eine Bahn, die so genial angelegt ist wie die Bahn acht auf der Goldmeile. Dieses Loch ist eine Offenbarung.
- Sie werden bald noch ein ganz anderes Loch kennenlernen.
- Ich gestehe nichts, und Sie können mir nichts beweisen. Niemand hat mich gesehen.
- Wie haben Sie das geschafft?
- Ich habe mich als Baum verkleidet.
Ich liess den rachsüchtigen Witzbold in seiner gestylten Wohnung zurück. Dann setzte ich mich in eine Bar und trank drei Whiskys. Den Mörder hatte ich gefunden, doch das interessierte kein Schwein, schliesslich hatte ich keine Beweise. An der Bar sass eine junge Frau. Ein ideales Alibi für diese Nacht. Ein Motiv hatte ich auch.
Später lagen wir in ihrer Wohnung und ich träumte von einer Partie Minigolf. Der Ball rollte ständig am Loch vorbei. Ich hatte vermutlich den falschen Schläger erwischt. Als ich aufwachte, war die Frau immer noch da. Alles konnte selbst ich nicht falsch machen.

Ende

Die letzte Fahrt

Ich stand am Fenster meines Büros. Der Verkehr draussen interessierte mich nicht sonderlich. Es hat schon sein Gutes, wenn man im ersten Stock wohnt und arbeitet, vor allem dann, wenn man diesen ersten Stock durch das Fenster verlässt. Mein letzter Fall hätte beinahe mit meinem Ableben geendet, so aber brach ich mir nur alle zehn Finger beim Versuch, den Aufprall auf dem Asphalt mit einer eleganten Liegestütze zu bremsen. Die Vorsehung hatte es wieder einmal gut mit mir gemeint. Denn als Konzertpianist wäre ich danach ziemlich aufgeschmissen gewesen. Als Privatdetektiv hat man immerhin noch seinen Kopf und zwei müde Beine. Diese führten mich zu einer Dame namens Frieda Engel. Sie wohnte in einer dieser schmucken Villen, bei denen der Zufahrtsweg länger ist als der langweiligste Sonntagsspaziergang. Ich klingelte. Eine junge Frau erschien.

- Sind Sie Frau Frieda Engel?
- Ich nix verstehn. Ich nix kaufen. Ich nix wollen Asyl.
- Seh ich denn etwa aus wie der Flüchtlingsdelegierte?
- Ich nix gestohlen. Ich nix nehmen Drogen. Ich nix haben gegen Armee.
- Ist ja schon gut. Ich komme nicht von der Einbürgerungsbehörde. Mein Name ist Philip Maloney. Ich bin Privatdetektiv.
- Ich nix untreu. Ich nix haben ermordet. Ich nix wollen gestehen.
- Und ich nix wollen von dir. Verstanden?
- Und weshalb haben Sie das nicht gleich gesagt? Glauben Sie etwa, ich hätte nichts anderes zu tun, als hier blöd herumzustehen und mir Ihre Gipshände anzusehen?

Das hat man davon, wenn man versucht, auf andere Menschen einzugehen. Hätte ich meine Finger zur Verfügung gehabt und die Waffe gezogen, wäre alles viel schneller gegangen. Das Dienstmädchen tat seinen Dienst und holte Frau Frieda Engel. Ihre Stimme war wie die Ankündigung eines bevorstehenden Tiefdruckgebietes. Sie verzichtete darauf, mir den Gips zu schütteln.

- Seit wann dürfen Invalide Privatdetektiv werden?
- Sie werden doch wohl nichts gegen Randgruppen haben? Sie gehören schliesslich auch zu einer.
- Ich muss doch sehr bitten. Ich bin keine Randgruppe.
- Sie gehören zur Spezies der Schwerreichen, und die leben immer am Rand der Städte, dort, wo die Luft noch sauber ist und pro Person zwei Toiletten und drei Badezimmer vorhanden sind.
- Ich habe Sie nicht hierherbestellt, um mich von Ihnen beleidigen zu lassen.
- Pech für Sie.
- Weshalb?
- Meine Beleidigungen sind gratis, der Rest kostet Sie eine schöne Stange Geld.
- Mein Chauffeur ist heute nicht erschienen.
- Kann ich gut verstehen, Frau Engel. Vermutlich ist er zum Teufel gegangen.
- Ich bin sicher, dass er abgehauen ist. Zusammen mit meiner Stradivari.
- Sie haben eine Tochter?
- Eine Stradivari ist eine Violine, gebaut vom berühmten Maestro Antonio Stradivari. Sie ist ein Vermögen wert.

Das war's also. Die Trauer über den Verlust des Chauffeurs hielt sich in Grenzen, entscheidend war die Geige. Nicht, dass Sie jetzt glauben, ich hätte noch nie etwas von Stradivari gehört. Schliesslich hat auch unsereins schon aus Langeweile in einem Lexikon geblättert. Aber ich kenne Frauen wie diese Frieda Engel. Sie stellen sich Privatdetektive als ungebildete und ungehobelte Schläger vor, die trinkfest und mit verbeultem Trenchcoat in der schmutzigen Wäsche der anderen herumstöbern und die eigene monatelang nicht wechseln.

Frau Engel führte mich in den Salon und stellte mir eine Whiskyflasche vor die Nase.

- Greifen Sie ruhig zu, ich habe noch zwei in Reserve.
- Von Greifen kann leider keine Rede sein.

- Mein Dienstmädchen kann Ihnen behilflich sein.
- Danke. Aber ein Strohhalm würde es auch tun.

Sie läutete einen Strohhalm herbei. Ich saugte die Flasche halbleer. Frau Engel strahlte. Ich war jetzt in ihren Augen ein richtiger Schnüffler. Sie engagierte mich.

- Geld spielt keine Rolle.
- Das habe ich mir beinahe gedacht. Können Sie mir Ihren Chauffeur beschreiben?
- Ja. Er hat schwarze Haare, zwei Zentimeter über dem Kragen geschnitten. Und er hat Schuppen.
- Wissen Sie vielleicht auch noch die Länge seiner Wimpern?
- Ich bitte Sie. Ich sitze im Wagen nie neben dem Chauffeur.

Ich verabschiedete mich und wollte das Dienstmädchen noch etwas fragen. Aber sie verstand wieder mal nix. Ich ging in mein Büro. Auf dem Bücherregal fand ich, was mir so lange gefehlt hatte. Die Zigaretten lagen in Mundhöhe. Neben meinem Schreibtisch stand die ein Meter grosse Kerze, die angeblich tausend Stunden brennen sollte. Zehn gebrochene Finger sind noch lange kein Grund, mit allen Lastern aufzuhören.

Als ich den Stummel ins Spülbecken fallen liess, hörte ich ein Geräusch im Nebenraum. Ein junger Mann stöhnte.

- Helfen Sie mir, Maloney.
- Soweit ich sehe, sind Sie schon so gut wie tot.
- Das haben Sie gut beobachtet.

Der Mann fiel um. Eine Schusswunde klaffte in seinem Rücken. Etwas oberhalb davon lagen eine Menge Schuppen. Noch weiter oben entdeckte ich seine schwarzen Haare. Ich tat, was ich in solchen Situationen immer tue: Gipsabdrücke vermeiden.

Es dauerte nicht lange, bis Hugentobler in meinem Büro stand und unangenehme Fragen stellte.

- Haben Sie eine Ahnung, weshalb der Mann ausgerechnet Ihr Büro als letzten Aufenthaltsort gewählt hat?
- Nicht die Bohne. Bei mir kommt eine Unmenge Gesindel vorbei. Steuerfahnder, Polizisten, Politiker und manchmal auch eine Leiche. Nur eine Putzfrau lässt sich nie bei mir blicken.
- An welchem Fall arbeiten Sie gerade, Maloney?
- Dümmer als diese Frage ist nur noch Ihr Gesicht und das hat eine fatale Ähnlichkeit mit gewissen Missbildungen, die normalerweise nur bei Eidechsen vorkommen.

- Nun mal halblang, Maloney. Sie wollen doch nicht, dass ich Sie wegen Beamtenbeleidigung einbuchte?
- Die meisten Beamten sind eine Beleidigung für das Auge. Leider ist das nicht strafbar, sonst wären die Gefängnisse voll von Polizisten und anderen Staatsangestellten.
- Zur Sache, Maloney. Die Leiche hiess Fritz Wunder und war Chauffeur bei einer gewissen Frau Engel. Sagt Ihnen das etwas?
- Warten Sie mal. Gab's da nicht mal einen Engel, der an Wunder glaubte? Kann mich aber nicht daran erinnern, dass diese Wunder Fritz hiessen. Muss wohl eines dieser bescheuerten Märchenbücher gewesen sein.
- Sie werden noch von mir hören, Maloney.

Er ging, wie Polizisten immer gehen: in Uniform. Zurück liess er einen schlechten Eindruck und ein paar Informationen. Fritz Wunder starb an inneren Blutungen, es musste schon ein paar Stunden her sein, seit auf ihn geschossen wurde. Weiss der Teufel, weshalb er in seinem Wagen als Schwerverletzter ausgerechnet zu mir fuhr. Von einer Stradivari erwähnte der Polizist nichts. Nun hatte ich also einen Fall und eine Leiche, aber keine Anhaltspunkte. Ich tat, was ich in solchen Fällen immer tue: in meiner Lieblingsbar einen heben. Sam, mein Lieblingsbarkeeper war nicht da, dafür ein junger Schnösel, der sich nach meinen Wünschen erkundigte.

- Sam hat mir viel von Ihnen erzählt, Maloney. Sie sollen ja ein ganz toller Bursche sein. Soll ich Ihnen einen Strohhalm bringen?
- Damit würden Sie meiner Leber keinen und meinen Händen einen doppelten Gefallen tun.
- Üble Sache. Schlägerei?
- Ja, vier Typen, alle mit Eisenketten bewaffnet.
- Und die haben ausgerechnet auf Ihre Hände gezielt?
- Na klar. Schliesslich nennt man mich nicht umsonst die Eisenklaue.
- Donnerwetter.
- Ja, und das nur, weil ich in meiner Jugend einmal zwei Kilo Eisen klaute.
- Darf ich Sie vielleicht um ein Autogramm bitten?
- Ich finde das nicht komisch, mein Junge.
- Eingebildeter Affe!

Ich knallte ihm meine rechte Gipshand unter das Kinn. Es tat höllisch weh. Er verschwand hinter der Theke und gab einige Laute von sich, die mich an Mozarts Requiem erinnerten. Ich schaute mich um und nahm befriedigt zur Kenntnis, dass einige Leute leise tuschelten. So bleibt man im Gespräch, und die Jugend bewahrt ihren Respekt vor dem Alter. Dann ging ich wieder in mein Büro und zum Bücherregal. Ich rauchte. Das Telefon klingelte. Ich stiess den Hörer von der Gabel und legte mich daneben. Der Engel war am Draht.

- Die Polizei war eben bei mir. Was soll ich jetzt tun?
- Am besten geben Sie eine Annonce auf. Engel sucht Chauffeur ohne Schuppen.
- Das meine ich nicht, Maloney. Die Stradivari!
- Weshalb kaufen Sie sich nicht einfach eine Compact-Disc?
- Soll ich Ihnen mal sagen, was Sie sind?

Ich bat Sie darum, es nicht zu tun. Sie tat es trotzdem. Manchmal wundere ich mich, woher diese Leute all die schmutzigen Wörter kennen. Vermutlich ist daran das Fernsehen schuld, das durch diese miesen Serien den Wortschatz der besseren Gesellschaft mit einigen Wörtern aus der Anatomie bereichert. Das Ganze dauerte etwa eine Viertelstunde. Ich hörte ein wenig gelangweilt zu. Unsereins kennt da noch viel bessere Ausdrücke. Ich beendete ihr Gefluche mit einem verbalen Frontalangriff.

- Sie können ja nicht mal einen Kandinsky von einer geblümten Tapete unterscheiden, Frau Engel.
- Sie kennen Kandinsky?
- Und wie. Ich war ihm in Paris behilflich, als er seinen Verstand verlor. Hat drei Wochen intensivste Nachforschungen gebraucht, um ihn wieder zu finden.
- Ich hoffe, dass Sie mir auch helfen können.
- Wird nicht leicht sein. Ihr Verstand ist wesentlich kleiner als der von Kandinsky es war.
- Ich meine natürlich meine Stradivari.
- Keine Angst, ich habe da schon eine heisse Spur.
- Da ist noch etwas. Gülgün ist auch verschwunden.
- Was denn? Die berühmte Standpauke?
- Gülgün ist mein Dienstmädchen.
- Darf ich raten?
- Bitte schön.
- Gülgün war die Geliebte Ihres Chauffeurs.
- Woher wissen Sie das?

Das genügte fürs erste. Ich legte auf. Dann sass ich ein wenig herum und überlegte, wo sich ein türkisches Dienstmädchen, das gerade seinen Geliebten erschossen hatte, wohl verstecken würde. Ich suchte zuerst im Kühlschrank und dann in der zweitobersten Schreibtischschublade. Dort fand ich einen verschimmelten Apfel und eine Eintrittskarte für die Fussballweltmeisterschaft in Mexico, 1968. Dann öffnete ich den Schrank. Ich hatte keine Ahnung, wer die Frau war. Sie sass einfach nur da und gähnte. Es gibt Frauen, die wird man einfach nicht mehr los. Ich beschloss, demnächst eine Ladung Mottenkugeln zu kaufen. Ich wollte ja nicht schuld daran sein, wenn die Gute eines Tages ein mottenzerfressenes Bild des Jammers abgegeben hätte.

Danach kümmerte ich mich wieder um wichtigere Dinge. Bei Sam stand noch immer der junge Schnösel hinter der Theke.

- Sie wollen sich doch nicht etwa bei mir entschuldigen, Maloney?
- Wo denkst du hin? Eine Tracht Prügel hat noch nie jemandem geschadet. Schau nur mich an. Tausendmal berührt, und tausendmal ist nix passiert.
- Ach, hören Sie mir mit dem verdammten "nix" auf. Sie hätten wohl leichtes Spiel bei ihr gehabt.
- Bei wem?
- Na, bei der schönen Türkin, die eben hier war. Habe versucht, sie anzumachen. Hab ihr gesagt, dass ich gerne mal mit ihr in einem türkischen Bad schwitzen möchte.
- Und was hat sie geantwortet?
- Ich nix baden. Ich nix wollen schwitzen. Ich nix haben Deodorant.

Ich liess meinen Drink stehen und begann sie zu suchen. Nach zwei Stunden traf ich sie in einem Park. Sie fütterte die Enten.

- Ich hoffe bloss, dass Sie nicht auf die Tierchen schiessen, Gülgün. Der Tierschutzverein ist schlimmer als die Polizei und Amnesty International zusammen.
- Ich nix verstehen. Ich nix... Ach Sie sind es, Maloney. Ich wusste, dass Sie mich finden würden.
- Wenn Sie es kurz machen, kann ich mir nachher noch die Gutenachtgeschichte im Fernsehen anschauen.
- Ich wollte ihn nicht erschiessen.
- Tatsache ist, dass Fritz Wunder sein blaues Wunder in Form einer blauen Bohne erlebt hat.
- Wir wollten weg aus der Stadt. Uns eine eigene Existenz aufbauen. Ich sagte ihm, dass ich nur mitkomme, wenn er die Stradivari mitlaufen lasse. Als Startkapital.

- Der Traum von Glück und Reichtum. Eigentlich wäre Frau Engel ein sehr guter Anschauungsunterricht gewesen im Fach "Geld muss nicht glücklich machen".
- Ich bin lieber unglücklich am Swimming-Pool als unglücklich neben Putzlappen und Desinfektionsmitteln.
- Gehe ich recht in der Annahme, dass Ihr Freund da ein wenig anderer Meinung war?
- Wir trafen uns, kurz nachdem Sie bei Frau Engel gewesen waren. Er sagte, er mache sich nichts aus Geld. Zuviel Geld bringe Unglück. Er habe die Stradivari deshalb verschenkt. Es ist nicht zu fassen. Wir hätten endlich eine Chance gehabt! Und er verschenkt unser Glück.
- Und da haben Sie abgedrückt.
- Ich wollte es nicht! Ich hatte die Waffe bei Frau Engel gefunden. Ich wollte Fritz drohen, damit er mir sagte, wo die Geige war. Er ging weg zu seinem Wagen. Ich rannte hinterher, stolperte, und da löste sich ein Schuss.

Ich glaubte ihr und liess sie bei den Enten. Wenn sie Glück hatte, würde die Polizei nicht auf ihre Spur kommen. Sie brauchte bloss Glück und einen Engel. Und dieser Engel brauchte bloss eine Stradivari, um wieder einigermassen zufrieden zu sein. Wenn man den Normalzustand von Frau Engel mit zufrieden überhaupt umschreiben kann.

Ich ging in eine Telefonzelle und blätterte im Telefonbuch. Dieser Fritz Wunder schien ein guter Junge gewesen zu sein. Und gute Jungs haben meist auch noch guten Kontakt zu ihrer Familie.

Familie Wunder lebte in einer kleinen Wohnung im schmutzigeren Teil der Stadt. Vater Wunder liess mich ein.

- Wissen Sie, Herr Maloney, aus dem Jungen hätte etwas werden können. Aber er machte sich nichts aus Geld. Er wollte bloss genug Geld zum Leben. Da rackert sich unsereins ein Leben lang ab, damit die Kinder mal was werden, und die pfeifen dann einfach auf alles.
- Haben Sie ihn vor seinem Tod noch gesehen?
- Ja, er war noch da. Typisch Fritz. Brachte für seine kleine Schwester ein Geschenk mit. Eine Geige! Weiss der Teufel, was da wieder in ihn gefahren war. Dabei ist sie gut in der Schule. Vielleicht wird sie es einmal schaffen, vielleicht erfüllt sie sich einmal unseren Traum vom Reichtum.
- Kann ich die Geige mal sehen?
- Tut mir leid. Hab sie auf den Müll geschmissen. Die Kleine soll

wichtigere Dinge lernen. Musik! Wer wird schon reich als Geigerin? Nein, nein, das war wieder so eine idiotische Idee von dem Fritz. Er ruhe in Frieden.

Ich ging und suchte draussen den Müll ab. In einem Hinterhof vernahm ich das Zupfen einiger Saiten. Ich schaute nach und fand ein Mädchen, das dem toten Fritz ähnlich sah. Sie strahlte. Ich liess sie weiter zupfen. Dann gab ich ihr noch den Rat, die Geige vor ihren Eltern zu verstecken.

Ich weiss nicht, ob sie mit ihrer Stradivari glücklich wurde. Ich weiss nur, dass ich damals eine Nacht bei Frau Engel verbrachte. Sie fluchte stundenlang, und ich trank noch etwas länger. Am nächsten Morgen hatte sie ihre Stradivari vergessen, und mir brummte der Schädel. So kriegt jeder das, was er verdient.

ENDE

DER BLOCKWART

Es war an einem sonnigen Frühlingsvormittag. Draussen hämmerte ein Pressluftbohrer, und in der Wohnung über mir war jemand am Staubsaugen. Ich nahm die Wattepfropfen aus meinen Ohren und hörte ein wenig zu. Ich stellte mir das Ganze als Klanggemälde eines modernen Komponisten vor und versuchte dem Lärm ein wenig Kultur abzugewinnen. Es half nichts. Ich stellte das Radio an, es klang auch nicht viel besser. Plötzlich hörte der Staubsauger auf zu saugen. Dafür klopfte es. Sie sah aus wie die Titelseite einer Fernseh-Illustrierten.
- Philip Maloney?
- Aber ja doch. Und Sie sind sicherlich meine neue Klientin.
- Schon möglich. Es geht um meinen Mann.
- Nicht schon wieder!
- Sie kennen meinen Mann?
- Nein. Ich kenne ja nicht mal Sie.
- Mein Name ist Lilian Marti. Ich bin die Moderatorin einer Talk-Show im Fernsehen.

Sie sass aufrecht in ihrem Stuhl, ihre Beine hatte sie übereinandergeschlagen. Ich schätzte sie so um die 40, vielleicht knapp darüber. Ihre Augen waren kühl berechnend. Sie war der Typ Frau, der einem an Seminaren von allem möglichen überzeugen konnte, sogar davon, dass sie Humor hatte. Und irgendwo steckte in ihr auch noch die Klassenkämpferin, die vor langer Zeit in Sandalen den Ho-Chi-Minh- Pfad erkundete und sich dabei einige Blasen an den Füssen holte. Solche Frauen mögen es, wenn man es ihnen nicht allzu leicht macht.

- Ach, wissen Sie, ich mache mir nichts aus Diskussionssendungen. Es wird ja doch nur geredet.
- Das ist auch der Sinn der Sache.
- Ich bevorzuge realistische Sendungen. Wo wird denn heutzutage noch diskutiert? Doch nur noch im Fernsehen. Es kommt ja kein Mensch mehr zum Diskutieren, weil sich alle ständig diese Diskussionssendungen anschauen. Eine realistische Sendung wäre doch die, dass man zwei Leuten zuschaut, die sich gerade eine Diskussionssendung anschauen. Aber so was gibt's nicht im Fernsehen.
- Ich bin eigentlich nicht hier, um mit Ihnen über das Fernsehen zu sprechen.
- Sehen Sie, auch Sie verweigern die Diskussion.
- Wollen Sie diskutieren oder Geld verdienen?
- Also, wenn Sie mich so direkt fragen - nun ja, diskutieren können wir auch ein anderes Mal. 500 im Tag plus Spesen.
- Es geht, wie gesagt, um meinen Mann, Stefan Marti.
- Schon wieder ein untreuer Ehegatte. Langsam werde auch ich noch zum Moralisten, nur damit ich mich nicht andauernd mit Seitensprüngen abgeben muss.
- Mein Mann wird verdächtigt, einen anderen Mann ermordet zu haben.
- Das hört sich schon wesentlich erfreulicher an.
- Für Sie vielleicht.
- Allen kann man es nie recht machen. Das sollten gerade Sie vom Fernsehen doch wissen. Wen soll er denn ermordet haben?
- Einen Nachbarn. Jemand hat ihn gesehen, wie er dessen Wohnung verliess. Kurz darauf wurde die Leiche des Mannes gefunden. Von meinem Mann fehlt seither jede Spur.
- Er ist verschwunden?
- Ja. Trotzdem kann ich nicht glauben, dass er es gewesen ist. Die Polizei ist da allerdings anderer Ansicht.

Ich versuchte, meine Freude nicht allzudeutlich auf meinem Gesicht aufscheinen zu lassen. Schliesslich sah die Frau ein wenig mitgenommen aus. Endlich wieder ein Fall, der mit einer Leiche beginnt. Da weiss man wenigstens, was man hat. Nicht dass Sie jetzt glauben, unsereins bade täglich in Zynismus. Ich ziehe es vor zu duschen. Frau Marti gab mir einen Vorschuss und einige weitere Informationen. Dann ging sie. Ich schaute mir das Bündel Hunderter etwas genauer an. Danach machte ich mich auf den Weg ins Polizeipräsidium. Hugentobler, der

Mann mit der niedrigsten Aufklärungsrate der Stadt, kam gerade aus einer Besprechung.

- Sieh an, Maloney, der Schrecken aller Witwen und Waisen. Haben Sie in Ihrer Schreibtischschublade eine Leiche entdeckt?
- Keine Angst. Aber wenn ich Sie anschaue, wird mir ganz mulmig zumute. Sie sehen aus wie eine Karteileiche. Ein wenig vergilbt und vollgekleckert.
- Ist das eigentlich ein Hobby von Ihnen, Polizisten zu beleidigen? Wir tun schliesslich auch nur unsere Pflicht.
- Sie tun Ihre Pflicht und unsereins übernimmt die Kür. Das nennt man Gewaltentrennung.
- Na, dann rücken Sie mal raus mit der Sprache, Maloney. Hinter welchem Fall sind Sie heute her?
- Sie verdächtigen Stefan Marti des Mordes.
- Gratuliere. Das war ein lupenreiner Wesfall.
- Das ändert nichts an der Tatsache, dass Sie wieder einmal einen Unschuldigen verdächtigen.
- Unschuldig? Das ist ja direkt zum Lachen, Maloney.
- Nur zu. Lachen Sie.

Er lachte tatsächlich. Es klang grauenhaft. Ich wartete ein Weile, um die Peinlichkeit noch ein wenig zu vergrössern. Hugentobler räusperte sich, dann hob ich abwehrend meine Hand.

- Danke. Das genügt. Haben Sie eigentlich auch irgendwelche Talente? So ganz im verborgenen?
- Machen Sie sich nur lustig über mich. Aber diesen Stefan Marti kriegen wir schon. Klarer Fall, Maloney. Motiv, Spuren, Zeugen – alles da.
- Was denn? Und das haben Sie ganz alleine herausgefunden?
- Nicht ganz, Maloney. Wir sind ja ein Team hier bei der Polizei. Bei der Firmenmeisterschaft im Fussball sind wir immer ganz vorne dabei. Also, nur damit Sie sich wieder beruhigt unter den Schreibtisch legen können: Stefan Marti wurde gesehen, wie er die Wohnung des Ermordeten verliess. Unsere Spurensicherung hat einige Fingerabdrücke von ihm in der Wohnung sichergestellt. Und der Mann hat ein einwandfreies Motiv.
- Da bin ich aber gespannt.
- Zu Recht, Maloney, zu Recht. Der Ermordete hatte ein etwas seltsames Hobby. Er hat sich nämlich Karteien von seinen Nachbarn angelegt. Auf denen hat er alles mögliche über die Leute notiert. Da kam eine ganze Menge zusammen in all den Jahren.

- Was denn? Der Kerl hat im Privatleben seiner Nachbarn rumgeschnüffelt?
- Gut zugehört, Maloney, gratuliere.
- Und dann hat er darüber eine Kartei geführt? Ist der Kerl etwa ein pensionierter Politiker? Oder etwa dieser, wie hiess er gleich...?
- Nur keine falschen Verdächtigungen, Maloney. Kann Sie teuer zu stehen kommen. Der Mann, der ermordet wurde, war ein pensionierter Beamter. Hat die Kartei wohl nur so zum Spass angelegt. Sie kennen das ja, es gibt Pensionierte, die auf Baustellen herumlungern, und andere, die sich sinnvollere Hobbys zulegen.
- Und in der Kartei sind alle Nachbarn?
- Genau. Bis auf einen. Es gibt keine Karteikarte über Stefan Marti. Oder besser: Als wir kamen, gab es keine mehr.
- Sie glauben also, dass Stefan Marti diesen Kerl umgelegt hat, um an seine Karteikarte zu kommen?
- Klingt doch plausibel, oder, Maloney?

Zugegeben, der Fall war relativ hoffnungslos. Aber schliesslich hat auch unsereins ein Gewissen. Nicht gerade das reinste, aber für unseren Berufsstand reicht es allemal. Ich beschloss also, für Frau Martis Geld noch ein wenig herumzuschnüffeln. Das Haus, in dem der Mord geschah, war ein älteres Mietshaus, in dem zehn Parteien wohnten. Es lag an einer dieser Strassen, die von der Stadt durch Blumentöpfe und andere Verkehrshindernisse beruhigt wurden. Ich klingelte aufs Geratewohl. Eine Frau öffnete. Sie sah aus wie eine Frau, der man in der Waschküche am liebsten aus dem Weg gehen würde. Sie sah aber auch aus wie eine Frau, an der man nicht vorbeikommt.

- Sind Sie von der Polizei? Ich habe nämlich gleich gedacht, dass das die Polizei ist, als es klingelte. Wissen Sie, dieser Mord hier in unserem Haus lässt mir einfach keine Ruhe. Vor allem, weil der Mörder ja noch frei herumläuft. Er läuft doch noch frei herum, oder? Auf jeden Fall stehe ich Ihnen gerne zur Verfügung. Schliesslich ist das doch meine Pflicht, nicht wahr?
- Darf ich vielleicht auch mal etwas sagen?
- Aber natürlich. Also, ich habe mich schon immer darüber gewundert, dass dieser Herr Stoller ständig mit einem Notizblock herumgelaufen ist. Wissen Sie, hier im Haus haben eigentlich alle vermutet, dass er herumspioniert. Vielleicht war er ja ein Agent oder so etwas Ähnliches. Die sehen ja in Wirklichkeit auch aus wie dieser Herr Stoller.
- Und wie sah dieser Herr Stoller aus?

- Na eben, wie ein Agent halt so aussieht. Er hat zum Beispiel einen blauen Morgenrock getragen. Das ist mir aufgefallen. Möchten Sie vielleicht hereinkommen und einen Kaffee trinken? Ich trinke immer um diese Zeit einen Kaffee. Das ist so eine Angewohnheit von mir. Vermutlich steht das auch in diesen Karteikarten von dem Stoller. Trinkt nachmittags gerne einen Kaffee. Also, wenn Sie mich fragen, war dieser Stoller verrückt. Nur Verrückte tun solche Dinge. Ich hatte da mal einen Onkel, aber das interessiert Sie wahrscheinlich nicht.
- Da haben Sie recht.
- Wie bitte? Also, kommen Sie mir ja nicht so! Eine Frechheit, da will man der Polizei helfen, und dann das!

Sie knallte mir die Türe vor der Nase zu. Ich blieb noch eine Weile stehen und rauchte einige Zigaretten. Dann ging ich zurück in mein Büro. Der Presslufthammer klang jetzt schon viel freundlicher. Alles war auf einmal viel freundlicher. Auch der Herr, der vor meinem Büro wartete, war freundlich. Er war so freundlich wie ein Geldeintreiber bei seiner ersten Visite. Ich liess ihn trotzdem herein.

- Ich habe gehört, dass Sie im Mordfall Stoller ermitteln.
- Ihr Gehör möchte ich haben, guter Mann. Unsereins hört manchmal kaum seine eigene Stimme.
- Ich möchte, dass Sie das, was ich Ihnen sage, streng vertraulich behandeln.
- Vielleicht könnten Sie mir streng vertraulich mitteilen, mit welchem Namen Sie bei Ihrer Geburt bestraft wurden.
- Mein Name tut nichts zur Sache. Der Fall Stoller ist eine, nun, wie soll ich sagen, eine etwas delikate Angelegenheit.
- Delikat für wen?
- Nun, es werden dabei auch Dinge berührt, die von staatspolitischer Bedeutung sind.
- Von welchem Staat reden Sie? Von Ihrem oder von meinem?
- Stoller hat früher einmal für uns gearbeitet.
- Stasi? Haben Sie etwa bei uns politisches Asyl beantragt oder sind Sie auf Stellensuche?
- Ich bitte Sie. Bei uns heisst das Staatsschutz. Stoller war inoffiziell bei uns als Beamter tätig. Er hat Daten gesammelt und registriert. Aber er wurde schon vor Jahren pensioniert. Niemand hat gewusst, dass er privat weitermachte. Und wir möchten auch nicht, dass das an die grosse Glocke gehängt wird.
- Keine Angst. An der grossen Glocke hängen bei uns nur kleine Fische.

- Wir legen Wert darauf, dass der Mordfall Stoller möglichst rasch aufgeklärt wird. Sie verstehen?
- Na klar. Sie wollen nicht, dass da eventuell noch andere Dinge ins Spiel kommen. Mit anderen Worten, Sie möchten, dass ich den Fall abschliesse und die Polizei Stefan Marti einlocht. Mit noch andereren Worten: Wieviel?
- Nun, wir werden uns sicher einigen. Ganz sicher.

Ich sah mir den Kerl etwas genauer an. Er sah aus wie diese Typen, die in den öffentlichen Verkehrsmitteln die Fahrkartenkontrolle machen: auffällig unauffällig. Ich schmiss den Kerl raus. Nachdem mich die Nachbarin schon beinahe dazu gebracht hatte, den Fall hinzuschmeissen, hatte dieser Kerl genau das Gegenteil bewirkt. Es roch nach Korruption, Skandal und Lügen. Kurz gesagt: Es roch nach Politik. Ich war je länger je mehr davon überzeugt, dass dieser Stefan Marti unschuldig war. Ich lauschte dem Klang des Presslufthammers, bis er verstummte. Danach lauschte ich dem Klang von Lilian Martis Stimme. Sie kam in mein Büro, setzte sich und weinte.
- Mein Mann... Er...
- Er ist unschuldig, ich weiss.
- Eben nicht.
- Was soll denn das wieder heissen?
- Er hat mich angerufen. Vor etwa zwei Stunden. Und er hat mir gestanden, dass er diesen Stoller umgebracht hat.
- Schade. Damit ist der Fall wohl abgeschlossen.
- Er hat auch noch gesagt, dass er Angst habe.
- Verständlich. Die meisten Mörder haben Angst, dass sie geschnappt werden.
- Ich glaube nicht, dass er vor der Polizei Angst hat.

Das Telefon unterbrach uns. Hugentobler war dran.
- Ich habe da eine Neuigkeit für Sie, Maloney.
- Darf ich raten? Ihre Frau ist mit einem einäugigen Schimpansen durchgebrannt.
- Falsch, Maloney. Wir haben Stefan Marti gefunden.
- Na, dann ist ja alles bestens.
- Nicht ganz. Marti lebt nicht mehr. Er ist ermordet worden.
- Sind Sie eigentlich in der Schule auch immer zu spät gekommen?
- Unterlassen Sie die Scherze, Maloney. Ich nehme an, Sie ermitteln weiter?

Ich schwieg und verabschiedete mich. Lilian Marti heulte noch immer. Ich stopfte mir die Ohrenpfropfen rein. Dann erzählte ich ihr, dass ihr Mann tot war. Ich sah, wie sie ihren Mund aufriss und wieder zuklappte. Danach kullerten wieder Tränen über ihre Wangen.

Ich rief ein Taxi und liess sie nach Hause bringen. Dann schraubte ich mein Telefon auseinander. Ich fand eine Wanze. Sie lebte noch. Ich zerdrückte sie und wusch mir nachher die Hände. Es war höchste Zeit, etwas zu unternehmen. Ich ging zu Sam und bestellte mir ein Steak. Danach trank ich einen Whisky und kaufte mir einen Draht. Es ist immer von Vorteil, einen guten Draht zu haben. Ich ging noch einmal in das Haus, in dem Stoller ermordet wurde. Ich wartete, bis jemand ins Haus ging und hielt dann unauffällig einen Fuss zwischen Haustür und Angel. Dann ging ich nach oben. Ich stocherte mit dem Draht in Stollers Türschloss. Es funktionierte. Ich ging hinein. Dann ging plötzlich das Licht an. Der Mann vom Staat stand mir gegenüber.

- Ziemlich dilettantisch, Maloney. Mit dem Draht kriegen sie nicht mal einen Kuhstall auf.
- Hat doch geklappt. Was wollen Sie mehr?
- Die Tür war offen. Ich war zuerst dran. Wir haben den besseren Draht. Für alles.
- Das sehe ich. Und? Werden Sie mich jetzt erschiessen? Ich bin unbewaffnet und habe weder Frau noch Kinder.

Er lächelte müde. Das Licht einer Spotlampe, die an der Decke hing, beleuchtete seinen Kopf. Im Gegenlicht sah er gar nicht mal so übel aus. Er hätte bei jeder Bank problemlos einen Kleinkredit erhalten. Aber Banken sind auch nicht sonderlich wählerisch.

- Nicht so dramatisch, Maloney. Sie sind illegal hier eingedrungen, ich bin illegal hier eingedrungen. Wenn wir beide je ein Auge zudrücken und das zweite verbinden, war keiner von uns beiden je in dieser Wohnung.
- Verstehe. Und die Kartei ist plötzlich verschwunden.
- Die ist längst weg. Ich habe nur noch mal überprüft, ob auch wirklich nichts vergessen wurde.
- Und was machen Sie mit der Kartei?
- Vernichten.
- Das glauben Sie wohl selber nicht.
- Wir vernichten alle Karteikarten - nachdem wir sie in unserem Computer erfasst haben. Aus Platzgründen.
- Vielleicht wäre es besser, wenn Sie jetzt verschwinden. Aus Platzgründen.

- Nur zu. Schauen Sie sich um. Sie werden nichts finden.

Er ging, wie er vermutlich auch gekommen war: geräuschlos. Ich knipste das Licht aus und schaute mich in der Wohnung um. Unsereins sieht nicht nur die Schattenseiten des Lebens, auch in der Dunkelheit erkennen wir noch Schatten. Es dauerte eine Stunde. Dann hielt ich eine Videokassette in der Hand. Auf der Kassette stand in Grossbuchstaben: DER BLOCKWART, daneben stand: EINHUNDERTFÜNF MINUTEN. Ich nahm die Kassette mit. Dann ging ich einkaufen. Ein junger Verkäufer sah mich gelangweilt an. Ich hatte ihn gerade bei der Lektüre eines Ferienkataloges unterbrochen.

- Sie wünschen?
- Ich möchte einen Videorecorder mieten.
- Mit Strichcode?
- Nein danke. Ich nehme ihn uncodiert. Sind da alle Programme schon drin?
- Kommt auf Ihre Antenne an. Sind Sie verkabelt?
- Verkabelt? Nein. Ist das etwas Ansteckendes?

Der Verkäufer sah mich missmutig an. Beratung ist auch nicht mehr das, was es früher einmal war. Ich nahm das Gerät unter den Arm. In meinem Büro hängte ich den Recorder an den Fernseher. Zwei Stunden später konnte ich endlich die Kassette reinschieben. Sie war aufschlussreich. Ich rief Lilian Marti zu mir. Sie sah wieder einigermassen passabel aus. Sie heulte nicht mehr.

- Was soll das? Wollen Sie mit mir zusammen einen Film anschauen?
- Warum nicht? Ich habe die Kassette aus Stollers Wohnung.
- Na und?
- Der Blockwart. 105 Minuten.
- Was zum Teufel soll das?
- Nun, ich habe mich gewundert, dass in Stollers Wohnung nur eine einzige Videokassette herumstand. Ist doch seltsam, nicht?
- Wieso seltsam? Bei uns steht überhaupt keine Videokassette herum.
- Eben. Entweder überhaupt keine oder dann mehrere. Eine einzige, das ist selten.
- Höchst interessant. Kann ich jetzt wieder gehen?
- Moment mal.

Ich schaltete den Videorecorder ein.

- Da ist ja gar nichts drauf. Das ist doch nur das Testbild.
- Tja, und weshalb sollte jemand das Testbild aufnehmen?

- Woher soll ich das wissen?

- Der Blockwart. 105 Minuten. Sehen Sie, und jetzt sind wir dann gleich an der Stelle, 105 Minuten lang Testbild und dann... hören Sie gut hin.

Es dauerte noch eine Weile. Ich mag solche Spannungsmomente. Frau Marti rutschte nervös auf dem Stuhl herum. Sie sah jetzt aus wie in einer ihrer Sendungen, wenn ihr die Diskussionsleitung entglitt. Dann kam die Stimme. Sie gehörte zu einem alten Mann, der ein passionierter Sammler war. Er tat uns den Gefallen, sich selber vorzustellen.

- Mein Name ist Stoller, ehemaliger Mitarbeiter der Staatsschutzabteilung 3. Ich bin fündig geworden. Lilian Marti ist die Frau, die uns unter dem Decknamen Dolores in den siebziger Jahren mit Informationen versorgt hat. Ich werde versuchen, sie wieder zu aktivieren.

Frau Marti sah mich wütend an.

- Schalten Sie das Ding aus!

Ich tat ihr den Gefallen. Sie starrte auf den flimmernden Bildschirm. Dann starrte sie auf mich. Sie hatte ausgespielt, und sie wusste, dass sie ausgespielt hatte.

- Er erpresste mich.

- Er drohte Ihnen, die ganze Geschichte auffliegen zu lassen, wenn Sie nicht für ihn arbeiten würden.

- Ich hatte das alles schon beinahe vergessen. Es war ein Schock, als Stoller plötzlich damit kam.

- Und da haben Sie ihn umgebracht. Und den Mord wollten Sie Ihrem Mann in die Schuhe schieben.

- Ich habe meinem Mann erzählt, dass ich Stoller getötet habe. Er konnte es nicht glauben. Er ging in Stollers Wohnung, um sich zu vergewissern.

- Dann verschwand er, um den Verdacht auf sich zu lenken.

- Er rief an. Er wollte, dass ich mich stelle. Wir trafen uns. Ich sagte ihm, dass ich mich nie stellen würde. Er sagte, dann gehe er zur Polizei.

- Und da töteten Sie auch ihn.

- Ich wusste keinen Ausweg mehr.

Sie weinte nicht, als die Polizei sie holte. Ich sass noch ein wenig herum und schaute fern. Ein Politiker beteuerte vor Journalisten, dass alles gar nicht so schlimm sei, dass die Demokratie Demokratie bleibe. Im Hintergrund lächelte ein netter Mann. Ich erkannte ihn gleich wieder. Es war der, der die Karteikarten aus Stollers Wohnung entfernt hatte. Ich schaltete den Fernseher ab und ass eine Banane. Sie schmeckte wie eine inländische. Irgendwann werden die Dinger auch vor meinem Fenster wachsen. Und das liegt nicht an der Klimaverschiebung.

Ende

Tod in Hollywood

Es war ziemlich schwül draussen, und im Licht, das in mein Büro drang, sah ich den Staub tanzen. Ich las die zwei Briefe, die ich in den vergangenen zwei Monaten erhalten hatte. Der eine war an einen Filippo Malone adressiert und der andere stammte von mir und war nie beim Adressaten angekommen. Ich machte mir nichts draus, denn plötzlich stand eine junge Frau in meinem Büro. Ihr Gesicht hing vor einigen Monaten als Zahnpastareklame in der Stadt. Ihre Zähne glänzten noch immer, und auch der Rest war kaum zu übersehen.

- Sind Sie noch frei?
- Sehe ich aus wie eine Toilette?
- Ich dachte, dass einer der bekanntesten Privatdetektive der Stadt vielleicht dauernd ausgebucht ist.
- Ach, wissen Sie, unsereins ist wählerisch.
- Das, was ich Ihnen anbiete, wird Sie sicherlich interessieren. Vermutlich bin ich Ihnen nicht ganz unbekannt...
- Da haben Sie recht. Selbst ich muss mir diese albernen Werbespots im Fernsehen manchmal ansehen. Was mich interessieren würde: Putzen Sie Ihre Zähne tatsächlich mit dieser schleimigen Paste, für die Sie werben?
- Ich bitte Sie. Ich bin Schauspielerin. Das mit der Zahnpasta ist längst passé. Haben Sie nicht gelesen, dass ich dabei bin, ganz gross herauszukommen?
- Ach, wissen Sie, die meisten sind gerade dabei, ganz gross rauszukommen. Vielleicht sagen Sie mir mal, wie Sie heissen und was ich für Sie tun kann.

- Mein Name ist Rita Solaris, und ich bin Schauspielerin.
- Haben Sie sonst noch irgendwelche Probleme? Zum Beispiel eine Leiche im Kühlschrank oder einen eifersüchtigen Ehemann unterm Bett?
- Nichts dergleichen. Jemand will mich umbringen.
- Das ist aber nicht nett. Obwohl ja ein paar Berühmtheiten erst nach ihrem Ableben gross herausgekommen sind. Vielleicht wäre das auch in Ihrem Fall karrierefördernd.
- Daran habe ich noch gar nicht gedacht. Aber zuerst muss dieser Film fertiggestellt werden. Wir sind gerade mitten in den Dreharbeiten. Und da geschehen sehr seltsame Dinge. Gestern zum Beispiel wäre ich beinahe auf einen Nagel gesessen, der auf meinem Garderobenstuhl lag.
- Das ist in der Tat ein schreckliches Attentat.
- Und wie! Der Nagel war nämlich rostig. Nicht auszudenken, wenn ich mich tatsächlich hingesetzt hätte.
- Und Sie möchten, dass ich herausfinde, wer es auf Ihren Allerwertesten abgesehen hat?
- Ich möchte, dass Sie während den Dreharbeiten dabei sind und eingreifen, wenn diese Person wieder zuschlägt. Mein Regisseur ist unterrichtet. Er hat nichts dagegen einzuwenden.

Ich streichelte meine Bartstoppeln und lächelte. Die Aussicht, ein wenig in den Kulissen eines Films herumzustehen und das Hinterteil der Hauptdarstellerin vor rostigen Nägeln zu schützen, war zwar nicht gerade das Gelbe vom Ei, aber besser als gar nichts. Rita Solaris füllte einen Check aus, und ich versprach, in einer Stunde am Drehort zu sein. Es dauerte schliesslich etwas länger, der Drehort war eine alte Fabrikhalle am Stadtrand. Es herrschte ein emsiges Treiben, von meiner Klientin war nichts zu sehen. Möglicherweise war sie schon einem rostigen Nagel zum Opfer gefallen. Ein Mann kam auf mich zu und musterte mich.

- Sind Sie das Double für Erik?
- Wie kommen Sie darauf? Sehe ich etwa aus wie ein Mann, der gerne Treppen hinunterfällt oder durch Glasscheiben springt?
- Aber es war so abgemacht, dass das Double hier bereit steht. Haben Sie schon mal gespielt?
- Poker, Backgammon, Schach, was Sie wollen.
- Na gut, Sie können sich da drüben hinstellen.
- Ich stelle mich überhaupt nirgends hin.

- Jetzt stellen Sie sich nicht so an. Die Szene dauert bloss dreissig Sekunden. Völlig harmlos.
- Und weshalb brauchen Sie dann ein Double, wenn die Szene so harmlos ist?
- Wissen Sie was, Sie können mich mal. Ach, da kommt ja Rita... Rita, weisst du, wo das Double für die Bettszene ist?
- Keine Ahnung. Ach, Maloney, Sie können mitkommen, ich bin noch nicht dran.
- Moment mal. Hat der gerade gesagt, dass die ein Double für eine Bettszene brauchen?
- Na klar, gefährliche Szenen werden alle mit Doubles gedreht.

Sie sagte das mit einer Selbstverständlichkeit, mit der unsereins nicht mal das Essen bestellt. Ehe ich reagieren konnte, wurden wir von einem grauenhaften Husten abgelenkt. Der Hustende ging an uns vorbei, ohne uns zu beachten. Frau Solaris zeigte mit dem Finger auf ihn.
- Das da ist Peter, unser Double für alle Raucherszenen.
- Vielleicht bin ich ja doch der richtige Mann. Für gewisse Szenen, meine ich.
- Bravo, guter Mann, nur zu. Erik wird sich freuen. Also: keine Zungenküsse, nur streicheln. Ihr Partner hat einen Bart. Das stört Sie doch hoffentlich nicht, oder?
- Moment mal. Sagten Sie Bart? Tut mir leid, ich bin allergisch gegen Barthaare. Ich habe ja nichts gegen diese modernen Filme, aber ich bin mehr der altmodische Typ.
- Lass ihn, Paul, er ist der Detektiv, von dem ich dir erzählt habe. Vielleicht können Sie bei der nächsten Szene als Statist im Hintergrund stehen? Wäre doch toll. Ein Detektiv in einem Krimi als Statist!

Sie nahm mich beim Arm und führte mich an einigen Scheinwerfern vorbei. Eine Frau erklärte mir die Szene. Irgendein Ganove sollte wild in der Gegend herumballern, und die Hauptdarstellerin musste dabei unablässig kreischen. Im Hintergrund standen einige Komparsen und wunderten sich. Ich setzte mich zu Rita Solaris in die Garderobe und wartete. Eine Stunde später wartete ich noch immer. Danach döste ich ein wenig vor mich hin. Als ich wieder erwachte und draussen nachschaute, waren sie schon beim Drehen. Ich hatte meinen Auftritt verschlafen. Der Regisseur war gerade dabei loszulegen.
- Gut. Probe. Rita, geh ein bisschen nach rechts, damit du besser losrennen kannst, wenn die Schiesserei beginnt. Okay, sehr gut. Also, dann macht mal.

- Das ist das Ende, Natascha!

Ein Mann, der aussah wie ein süditalienischer Warenhausdetektiv, zielte auf Rita Solaris, die laut kreischte. Ein Statist im Hintergrund kippte um. Das sah alles ziemlich lächerlich aus. Der Regisseur unterbrach das Spektakel mit hochrotem Kopf.

- Stop, stop. Was soll denn das? Wer hat dem Statisten gesagt, dass er umfallen soll? Sieht doch grauenhaft aus, kein Mensch fällt so hin, wenn er tot ist.

- Aber, Bobby, Hilfe, der ist, der ist tatsächlich tot, da ist alles voll Blut.

Alle schauten entgeistert auf den Statisten. Die Kugel hatte sein Gesicht durchschlagen. Es hat manchmal sein Gutes, wenn man nicht ehrgeizig ist und berühmt werden möchte. Sonst würde ich jetzt daliegen. Wenigstens hätte ich mir dann das Gekreische meiner Klientin nicht mehr anhören müssen.

Es herrschte ein ziemliches Chaos. Der Regisseur lag in einer Ecke, und jemand flösste ihm irgendwelche Tropfen ein. Meine Klientin hatte aufgehört zu kreischen und sass auf einem Metallkoffer. Der Mann, der den Todesschuss abgegeben hatte, schaute ungläubig auf die Waffe, die er noch immer in der Hand hielt. Und die Polizei tat ihr übriges, um das Chaos noch ein wenig zu vergrössern. Hugentobler bewegte sich in der Szenerie wie ein Metzger, der sich in eine Kunstgalerie verirrt hatte.

- Na, Maloney, treten Sie jetzt in drittklassigen Krimis auf, oder sind Sie ganz zufällig hier?

- Erraten. Ich nehme an, dass Sie den Fall bereits geklärt haben.

- Klare Sache. Jemand hat anstelle der Platzpatronen scharfe Munition in den Revolver gesteckt. Und dieser Jemand hat auch gleich abgedrückt. Wir werden den Mann mitnehmen. Wetten, dass er bald gestehen wird?

- Und weshalb sollte er das tun? Oder haben Ihre Jungs von der Spurensicherung auf den Klebestreifen ein Motiv gefunden?

- Alles schön der Reihe nach. Wir haben eine Leiche, wir haben einen Mörder. Und das Motiv liegt irgendwo dazwischen.

Er ging stolz weg und nahm den Todesschützen gleich mit. Meine Klientin liess sich von ihrem Chauffeur nach Hause fahren, und der Regisseur wurde mit Blaulicht ins Spital gekarrt. Nur die Leiche blieb noch ein wenig liegen und wurde fotografiert. Ich ging hinter die Kulissen zu den Requisiten und der Dame, die dafür zuständig war. Sie war bleich wie ein Technicolorfilm, der zu lange an der Sonne gelegen hat.

- Ich kann das alles nicht glauben. Das ist schrecklich. Und ich habe die Waffe geladen... Unvorstellbar.
- Haben Sie öfter scharfe Munition auf Lager?
- Natürlich nicht. Das waren alles Platzpatronen. Ich habe die Waffe mit Platzpatronen geladen. Irgend jemand muss die Patronen vertauscht haben.
- Die Polizei nimmt an, dass der Todesschütze derjenige war, der das getan hat.
- Giovanni? Das kann ich einfach nicht glauben. Weshalb sollte er das tun? Weshalb sollte er diesen Statisten umbringen?
- Vielleicht wollte er gar nicht den Statisten erschiessen.
- Sie glauben doch nicht etwa, dass... Nein... Weshalb sollte er das tun?

Sie wiederholte die Frage noch einige Male. Ich wusste auch keine Antwort darauf. Was fehlte, war ein einleuchtendes Motiv. Wenn dieser Giovanni die Waffe manipuliert hatte, weshalb ging er das Risiko ein, selbst zu schiessen? Rechnete er damit, dass die Polizei das Ganze als bedauerlichen Unfall abtun würde? Ich verliess den Drehort und ging zurück in mein Büro. Kurz darauf tauchte meine Klientin auf.

- Die Dreharbeiten sind vorläufig abgeblasen. Der Regisseur hat einen Nervenzusammenbruch. Und auch ich bin ziemlich geschockt.
- Glauben Sie, dass die Schüsse für Sie gedacht waren?
- Für wen sonst? Wer hätte ein Interesse daran, einen Statisten zu erschiessen?
- Kann dieser Giovanni Sie nicht ausstehen?
- Giovanni? Nein, der war es nicht. Giovanni hat nichts gegen mich, im Gegenteil.
- Aber er hat die Schüsse abgegeben.
- Haben Sie die Frau gesehen, die für die Requisiten zuständig ist?
- Ja. Sie sagt, dass sie die Waffe mit Platzpatronen geladen hat.
- Wussten Sie, dass ihr Freund ein grosser Verehrer von mir ist?
- Mit anderen Worten: Die Requisite war und ist eifersüchtig auf Sie?
- Genau. Sie hatte ein Motiv und sie war es, die die Waffe geladen hat. Giovanni war nur ein Instrument in ihren Händen.

Das klang alles plausibel. Ich machte mir einige Notizen, und danach verschwand meine Klientin. Sie sah noch immer ganz lecker aus, und sie war eine jener Frauen, die sich Mühe geben, lecker auszusehen.

Ich rauchte eine Zigarette und suchte mir dann die Adresse des Filmproduzenten heraus. Bevor ich jedoch fündig wurde, klingelte das Telefon. Es war Hugentobler.

- Na, Maloney, studieren Sie gerade eine neue Rolle ein, oder haben Sie sich wieder mal unter den Schreibtisch gelegt, um Schafe zu zählen?

- Unter meinem Schreibtisch leben keine Schafe. Ich nehme an, dass Sie wieder mal neue Erkenntnisse gewonnen haben. Vermutlich haben Sie herausgefunden, dass der Tote ein Verhältnis mit dem Kanarienvogel dieses Giovanni hatte?

- Falsch, Maloney. Giovanni besitzt keinen Kanarienvogel. Dafür haben wir in seiner Wohnung scharfe Munition gefunden. Raten Sie mal, welches Kaliber?

- Wenn Sie so fragen, ist eh alles klar.

- Genau, Maloney. Das gleiche Kaliber, mit dem auch der Statist erschossen wurde. Giovanni brauchte also nur die Platzpatronen mit seinen eigenen Patronen zu vertauschen.

- Und weshalb ballert er damit vor einem Dutzend Zeugen einen Mann nieder?

- Als wir ihn mit dem Fund konfrontierten, brach er zusammen. Jetzt liegt er darnieder und brabbelt wirres Zeug. Ist doch ganz einfach: Niemand käme auf die Idee, dass jemand so blöd sein könnte. Gerade deshalb hat er es getan.

- Mit Ihrer Logik könnten Sie auch beweisen, dass sich der Mars um die Erde dreht.

Er war davon überzeugt, dass Giovanni den Statisten ermordet hatte. Ein Motiv fehlte weiterhin. Aber mit solchen Details geben sich Polizisten nicht gerne ab. Mir war jedoch klar, dass der Fall noch lange nicht gelöst war.

Am nächsten Morgen blätterte ich in einigen Zeitungen. Meine Klientin kam überall gross heraus. Allen Journalisten hatte sie erzählt, dass der Mordanschlag eigentlich ihr gegolten habe. Und die Pressemeute stürzte sich gierig auf diese Story. Auch im Radio plapperte ein Mann die Geschichte zwischen zwei Musiktiteln daher. Ich schaltete das Ding aus und schmiss es in das Spülbecken. Dann machte ich mich auf den Weg. Das Spital, in dem der Regisseur lag, war eine dieser Privatkliniken, in denen nur vergoldete Blinddärme rausoperiert werden. Neben dem Bett sass die Frau von der Requisite.

- Das ist der Detektiv, von dem ich dir erzählt habe, Paul.

- Ach ja... Glaubt die Polizei noch immer an die Schuld dieses Giovanni?

Ich erzählte ihm, was die Polizei vermutete. Als ich den Namen meiner Klientin aussprach, reagierte er unwirsch.

- Bitte sprechen Sie diesen Namen nicht in meiner Gegenwart aus. Ich kann ihn nicht mehr hören.

- Sie ist immerhin Ihre Hauptdarstellerin.

- Weiss der Teufel, wie ich mich auf das einlassen konnte. Diese Nervensäge glaubt, sie sei die Garbo der Neunziger Jahre. Dabei kann sie nicht einmal schwedisch.

- Hat sie denn kein Talent?

- Doch, doch, sie hat das Riesentalent, allen auf die Nerven zu gehen. Jede Aufnahme muss so ausgeleuchtet sein, dass man das Muttermal an ihrem Hals nicht sehen kann. Alles andere ist ihr egal.

Die Frau von der Requisite drückte ihm fürsorglich die Hand.

- Sie müssen das verstehen, Maloney. Sie hat manchmal stundenlang gemeckert, wenn sie glaubte, dass die Szene nicht richtig ausgeleuchtet war.

- Rita Solaris glaubt, dass die Schüsse ihr galten. Und sie verdächtigt Sie, weil Sie eifersüchtig auf sie seien.

- Blödsinn. Weshalb sollte ich eifersüchtig sein? Ich habe mich von meinem Freund getrennt. Schon vor einigen Wochen. Ich werde mit Paul zusammenleben.

Der Regisseur lächelte bitter.

- Falls ich je wieder aus diesem Bett aufstehe. Und jetzt wäre ich froh, wenn Sie sich verabschieden würden. Sie erinnern mich zu sehr an diese zickige Bonsai-Garbo.

Ich liess die beiden allein. Der Mann sah nicht sonderlich gut aus. Vermutlich war sein Magen bloss noch ein grosses Geschwür, das rhythmisch vor sich hin zuckte. Ich ging zurück in mein Büro. Meine Klientin erwartete mich schon. Sie wedelte mit einem Check vor meiner Nase herum. Ich mag das nicht sonderlich.

- Ich möchte, dass Sie den Fall abschliessen.

- Fühlen Sie sich denn nicht mehr bedroht?

- Doch, aber was soll's - wenn mich jemand umbringen will, dann schafft er das auch, egal, ob ich nun einen oder ein Dutzend Detektive in meiner Nähe habe.

- Na, meinetwegen. Ich werde einige Franken auf die hohe Kante legen, damit ich Blumen kaufen kann, wenn es soweit ist.

- Besten Dank. Ach ja, ich würde Sie gerne heute nacht zum Abend... ich meine heute abend zum Nachtessen einladen. Um neun bei mir.

Es klang wie ein Befehl. Ich nickte schweigend. Rita Solaris verdrehte ein wenig ihre Augen und verabschiedete sich mit einem gekonnten Hüftschwung. Ich ging unter die Dusche und danach einkaufen. Um neun sass ich bei der schönen Rita und rauchte. Sie trug ein kurzes Abendkleid, bei dem es ein Rätsel blieb, wie sie überhaupt in das enge Ding schlüpfen konnte. Ich liess meine Zigarette auf den Boden fallen und fluchte dabei theatralisch.
- Nervös, Maloney?
- Es geht. Nanu, was haben wir denn da?
- Was ist das?
- Eine hübsche kleine Revolverkugel. Das gleiche Kaliber, das auch im Kopf des Statisten stecken blieb. Und so was liegt bei Ihnen auf dem Teppich.
- Sie fieser Dreckskerl! Die Kugel stammt von Ihnen!
- Da haben Sie sogar recht. Und niemand würde mir glauben, dass eine so zarte Hand wie die Ihre solche Bleikugeln in fremde Waffen und Wohnungen legen würde.
- Sie sind wohl nicht richtig bei Trost? Ich habe Sie nicht bezahlt, um mir einen Mord anzuhängen.
Sie bebte vor Zorn. Es war ein hübscher Anblick. Ich genoss ihn noch ein wenig. Dann beruhigte sie sich wieder. Ich hielt noch immer die Kugel in der Hand und lächelte.
- Ich glaube, es ist besser, wenn Sie jetzt gehen.
- Schon möglich, dass das besser wäre. Aber unsereins gehorcht manchmal seinen Instinkten und die sagen mir, dass es draussen öde und leer ist, solange ich diesen Fall nicht abgeschlossen habe.
- Der Fall ist abgeschlossen!
- Ja. Der gute Giovanni ist zusammengebrochen, als er erfuhr, dass in seiner Wohnung Munition gefunden wurde. Munition, die Sie dort versteckten. Was haben Sie ihm versprochen, damit er diesen Wahnsinn mitmacht? Geld? Ruhm? Oder den Reissverschluss Ihres entzückenden Kleides?
- Ich weiss nicht, wovon Sie reden.
- Das wissen Sie sehr wohl. Sie wollten ein wenig Publicity, und da kam Ihnen die Idee mit dem Mordanschlag. Sie überredeten Giovanni, scharfe Munition bei der Szene zu verwenden. Vermutlich sollte er bloss jemanden verletzen, leider traf er ins Schwarze. Als Ihnen klar wurde, dass es jetzt um einen Mord ging, haben Sie in Giovannis Wohnung die scharfe Munition versteckt, damit alles an ihm hängenbleibt.

Irgendwann wird er Sie zwar noch beschuldigen, aber wer wird dem kleinen Giovanni schon glauben?

- Die Geschichte ist idiotischer als all die schwachsinnigen Drehbücher, die mir bis jetzt angeboten wurden!

Sie spielte ihre Rolle nicht übel. Es kam, was kommen musste. Giovanni gestand alles und beschuldigte sie, ihm den Auftrag zum Mordanschlag gegeben zu haben. Der gute Giovanni hatte einen kleinen Knacks abbekommen und das stellten dann auch die Gerichtspsychiater fest. Der Fall wurde nic restlos aufgeklärt. Rita Solaris erhielt danach einige Rollen in mittelprächtigen Filmen. Sie schaffte drei Regisseure, aber nie den grossen Durchbruch. Später sah ich sie einmal im Fernsehen. Sie machte Werbung für Strumpfhosen. Ich tat, was ich in solchen Situationen immer tue: auf einen anderen Kanal schalten.

ENDE

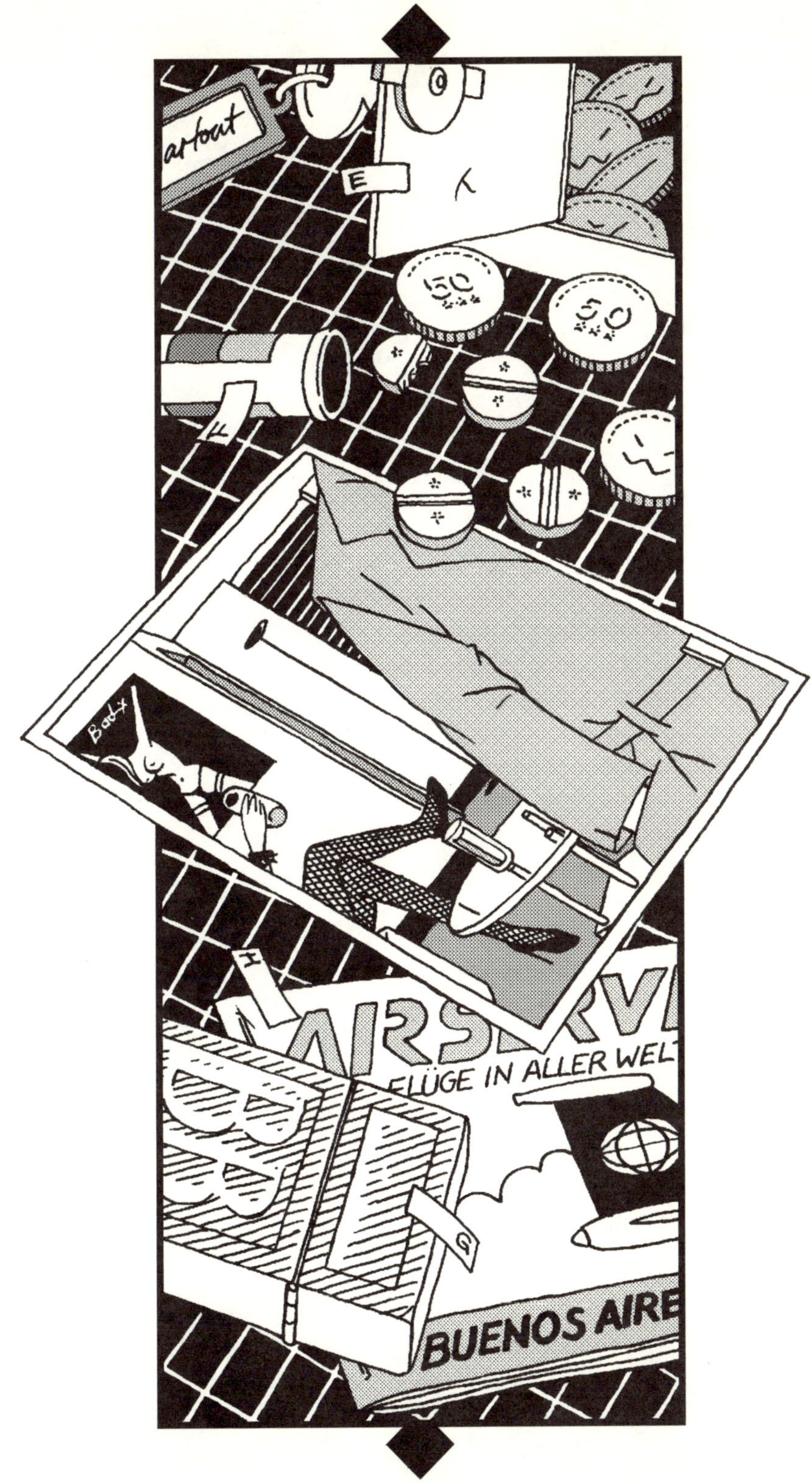

E
F
H
FLÜGE IN ALLER WEL
G
BUENOS AIRE

FUNDSACHEN

Ich sass in meinem Büro und hörte Radio. Ein Staatsmann hatte sich in der vergangenen Nacht öffentlich für ein geeintes Europa ausgesprochen, und im Parlament debattierten sie über eine Vorlage, die vor fünfzehn Jahren die Gemüter bewegt hatte und jetzt endlich beraten wurde. Irgendwo war Bürgerkrieg und irgendwo anders waren Wahlen oder umgekehrt. Die Welt war noch nicht von der Achse gesprungen, und der Papst hakte auf seinem Reiseglobus gerade ein neues Land ab. Mir war das alles ziemlich egal. Am Ende der Nachrichten hiess es noch, dass in einem Wald die Leiche einer jungen Frau gefunden worden sei. Als ich das hörte, ahnte ich noch nicht, dass da ein neuer Fall auf mich wartete. Ich hatte gerade einem jungen Mann erklärt, dass ich keine Lust hätte, seine Freundin zu beschatten, um herauszufinden, ob sie es mit einem anderen trieb. Solche Dinge werden unsereins ständig angeboten. Und so harrte ich in meinem Büro der Dinge, die zwangsläufig irgendwann kommen mussten. Es dauerte ein paar Stunden, und dann war es endlich soweit. Eine junge Frau betrat mein Büro, und das Blut begann allmählich wieder in meinem Körper zu zirkulieren. Sie stellte sich als Susanne Tobler vor. Sie war keine besonders auffällige Person, und ihre Kleidung war so dezent wie das Vorzimmer einer Anwaltspraxis. Sie war ein wenig nervös, so, wie alle Leute nervös sind, die zum ersten Mal einem Privatdetektiv ihre Aufwartung machen. Sie setzte sich. Ich bot ihr eine Zigarette an, sie schüttelte den Kopf und begann leise zu sprechen.
 - Eigentlich geht es nicht um mich.

- Verstehe. Ich möchte Sie gleich vorwarnen: Ich mag im Moment keinen Beziehungsknatsch hören und schon gar nicht darin herumwühlen.
- Es geht um meinen Bruder.
- Machen Sie weiter so, das gefällt mir.
- Er weiss allerdings nicht, dass ich hier bin. Er ist da in etwas hineingeraten.
- Und da soll ich ihn wieder herausholen? Wie tief steckt er denn drin?
- Wie bitte?

Frau Tobler war offensichtlich leicht aus dem Konzept zu bringen. Ich lächelte mein 500-Franken-Lächeln und streichelte mein Kinn. Das war eine der Maskeraden, die ich stundenlang vor dem Spiegel geübt hatte, manchmal sogar vor dem Rasieren.

- Sehen Sie, Frau Tobler, Ihr Bruder ist da in etwas hineingeraten, und wenn ich ihn da wieder herausholen soll, muss ich schon wissen, wie tief er wo drinsteckt.
- Mein Bruder arbeitet nicht.
- Das ist nicht weiter schlimm. Es gibt sogar Leute, die dafür bezahlt werden.
- Schön wär's. Mein Bruder hat aber nie Geld. Und er hat manchmal sehr eigenwillige Methoden, um zu Geld zu kommen.
- Verstehe. Ich nehme nicht an, dass er Lotto spielt.
- Nein, das tut er nicht. Er hat vor einiger Zeit ganz zufällig in einer Telefonkabine einen Passepartout gefunden.
- Einen Passepartout in einer Telefonkabine? Ich dachte, da kommt man ohne Ausweis rein?
- In die Kabine schon. Aber an die Geldkassette kommt man nur mit einem Passepartout.
- Und die Dinger liegen einfach so herum? Kein Wunder, dass die Post immer weniger Gewinn macht.
- Ja, jemand hat ihn wohl darin vergessen. Mein Bruder hat daraufhin während einigen Wochen mehrere Dutzend Telefonkabinen geknackt.
- Und was macht er mit all dem Kleingeld?
- Das hat sich ganz schön zusammengeläppert, das können Sie mir glauben. Ich habe lange nichts davon gewusst, bis er gestern völlig aufgelöst bei mir anrief.
- Hat man ihn geschnappt?

- Nein. Er hat wieder eine Kabine geknackt und ist dann mit der Geldkassette in den Wald gegangen, um sie zu leeren. Und da fand er eine Leiche.
- Was denn? Etwa die Frau, über die heute im Radio berichtet wird?
- Genau. Er hat mit dieser Leiche nichts zu tun. Aber die Polizei wird ihn natürlich verdächtigen.
- Und weshalb sollte sie das tun?
- Weil... er hat die Kassette geöffnet, dabei hat er sich verletzt, und als er den Wald verlassen wollte, sah er die Frau. Er kniete nieder, sah aber, dass sie tot war. Sein Blut tropfte auf die Leiche, und die Kassette liegt auch noch da. Er ist dann natürlich voller Panik weggelaufen.
- Klingt übel. Und was soll ich jetzt tun? Die Blutspuren an der Leiche entfernen, oder was?
- Ich dachte, dass, wenn der Mord an der Frau aufgeklärt wird, mein Bruder nicht mit hineingezogen wird.
- Also, zuerst hat er sich kräftig hineingekniet. Sind seine Fingerabdrücke bei der Polizei registriert?
- Nein, ich glaube nicht.
- Dann sagen Sie ihm, er soll sich in den nächsten Monaten unauffällig verhalten und allen Telefonkabinen aus dem Weg gehen, den Rest erledigt dann die Polizei. Die Wahrscheinlichkeit, dass er gefasst wird, ist etwa so gross wie ein Null zu Null beim Basketball.
- Ich weiss nicht... Mein Bruder sagt, dass er von zwei Personen am Tatort gesehen wurde.
- Tja, dann muss ich mich korrigieren. Jetzt sind wir schon beim Null zu Null in einem Eishockeyspiel, und wenn Sie so weitermachen, landen wir noch beim Fussball, und dann sitzt er schon bös in der Klemme.
- Übernehmen Sie den Fall?
- Sie sagten, dass Ihr Bruder ständig pleite ist. Liegt das in der Familie?
- Nein. Ich kann Sie bezahlen.
- Wunderbar. Zuerst müsste ich aber mal mit Ihrem Bruder sprechen.
- Ich weiss nicht, ob das geht. Ich bin, wie gesagt, ohne sein Einverständnis hier.
- Wissen Sie, wenn ich den Mord an der Frau aufklären soll, wird das ein Wettrennen mit der Polizei. Die glaubt vermutlich, dass Ihr Bruder damit etwas zu tun hat, und die Jungs sind Weltmeister im Spurensichern. Wenn ich einen Schritt voraus sein will, wäre es ganz gut, wenn ich mal

mit ihm reden könnte. Schliesslich ist er ein Zeuge. Vielleicht hat er ja irgend etwas gesehen.

- Gut. Ich werde mit ihm reden. Könnten Sie nicht in der Zwischenzeit herausfinden, wie weit die Polizei mit ihren Ermittlungen ist? Vielleicht haben sie den Täter ja schon gefunden.

- Sie sind gut. Täter warten in der Regel nicht vor dem Polizeipräsidium, bis die rauskommen und sie schnappen. Aber ich kann mich ja ein wenig umhören. Und Sie erklären Ihrem Bruder, dass der gute Maloney nichts gegen Telefonknacker hat.

Sie bedankte sich schüchtern und ging. Ich wartete die nächsten Nachrichten ab. Die Polizei ging davon aus, dass die Frau im Wald einem Verbrechen zum Opfer gefallen war. Sonst gab es nichts zu hören. Auch nichts vom Fund der Geldkassette. Das hatte nichts Gutes zu bedeuten. Es sah ganz danach aus, als ob die Polizei glaubte, eine heisse Spur zu haben. Und heisse Spuren gibt man nicht so schnell bekannt. Man wartet zuerst einmal ab und schaut, ob sie noch ein wenig heisser werden. Und dann zieht man sich dicke Handschuhe über und schaut, wer da von der heissen Spur kalte Füsse bekommt. Und ich sass da und überlegte, wie ich wohl am besten den Thermostaten spielen konnte.

Die Autos vor dem Polizeipräsidium waren mustergültig geparkt, und die Uniformierten gingen mit dem sicheren Gefühl des staatlichen Teuerungsausgleiches ihrer Arbeit nach. Eine Frau kam gerade aus dem Gebäude, als ich es betrat. Es gibt Leute, denen kann nicht mal eine Uniform etwas anhaben. Sie gehörte nicht zu dieser beneidenswerten Spezies. Hugentobler war gerade wieder einmal unauffindbar. Vermutlich übte er gerade am Kaffeeautomaten den Umgang mit moderner Technik. Ich setzte mich auf eine der Holzbänke und wartete.

Nach einer Stunde tauchte er auf. Er hatte ein paar Sorgenfalten auf seiner Stirn. Ich hatte nicht vor, diese wegzubügeln.

- Auch das noch! Heute bleibt mir wieder gar nichts erspart. Zuerst die Presse, und dann auch noch Maloney. Wollen Sie sich wieder etwas weiterbilden?

- Schon möglich. Wie wär's mit einem Kurs über den gezielten Beinschuss? Unsereins ist schliesslich auch nicht mehr der Allerschnellste.

- Wissen Sie, ich habe gestern einen Krimi mit diesem Nero Wolfe gelesen. Der giesst die ganze Zeit nur seine Orchideen und geht keinen Schritt ausser Haus. Das wäre doch was für Sie, Maloney!

- Aber nicht doch. Ich kann Blumen nicht ausstehen, die riechen immer so frisch.

- Was führt Sie zu mir? Ich habe eigentlich keine Zeit, muss noch zum Gerichtsmediziner.

- Wunderbar. Da kann ich Sie ja begleiten.

- Nur wenn Sie mir versprechen, nichts anzufassen. Da stehen lauter teure Geräte.

Ich versprach es und folgte ihm. Schliesslich landeten wir in einem Raum, der ein wenig aussah wie eine Mischung aus Chemiebaukasten und Computerspiel. Der Mann von der Gerichtsmedizin trug weder einen weissen Kittel noch erzählte er makabre Witze. Er sass einfach vor einem Bildschirm und schaute interessiert auf ein paar Zahlen, die darauf flimmerten. Er beachtete uns nicht. Fehlte bloss noch Kaffee und Kuchen.

- Sie haben vielleicht davon gehört, Maloney. Heute früh wurde die Leiche einer Frau gefunden. Kein schöner Anblick, so etwas.

- Hm, hab's im Radio gehört. Wissen Sie schon, wer die Frau war?

- Bis jetzt noch nicht. Die Leiche war unbekleidet. Sieht nach einem Sexualdelikt aus. Mal unter uns, Maloney: Weshalb sind Sie eigentlich hier?

- Ach, wissen Sie, ich habe mir ein paar Tage frei genommen, und da dachte ich, ich schau mal, was die Konkurrenz so treibt. Ist doch immer wieder erhebend, anderen Leuten beim Arbeiten zuzuschauen.

- Und das soll ich Ihnen glauben?

- Ehrlich gesagt ist es mir egal, was Sie glauben. In diesem Land gibt es ja so etwas wie Religionsfreiheit.

- Auch recht. Sehen Sie all die Apparate hier? Hat sich einiges verändert in den vergangenen Jahrzehnten. Modernste Technik. Herr Wollschläger wird uns gleich erzählen, was man mit diesen Computern und den Tests alles erfahren kann.

- Wunderbar. Aber den Namen der Toten hat Ihr Computer noch nicht ausgespuckt.

- Alles schön der Reihe nach. Zuerst ist da der Tatort mit den Spuren, dann kommt das Opfer und dann der Täter.
- Sie wissen also schon, dass das ein Mann war?
- Weshalb sollte eine Frau ein Sexualdelikt an einer anderen Frau begehen?
- Wieso eigentlich nicht? Trauen Sie das den Frauen nicht zu?
- Nun mal halblang, Maloney. Mit gewissen Dingen sollte man nicht spassen.
- Ja, zum Beispiel mit Polizisten.

Er schaute mich grimmig an. Herr Wollschläger grunzte plötzlich, als habe er auf dem Monitor sein eigenes Magengeschwür entdeckt. Hugentobler stand auf und stellte sich neben Wollschläger. Ich blieb sitzen und hörte den beiden ein wenig zu.

- Na, Wollschläger, was haben Sie alles herausgefunden?
- Zuerst einmal zur Leiche. Sie war etwa 24 Jahre alt, 1.68 gross und 52 Kilo schwer. Sie wurde mit jenem Seil erwürgt, das sie noch immer um ihren Hals trägt.
- Wurde sie vergewaltigt?
- Schwer zu sagen. Wir haben kein Sperma gefunden. Auch keine Verletzungen der Vaginalzone. Allerdings haben wir auf ihrem Körper Blutspuren gefunden, die nicht von ihr stammen.
- Es hat also ein Kampf stattgefunden?

Hugentobler warf einen Seitenblick auf mich. Wollschläger stierte noch immer auf den Monitor.

- Schon möglich. Auf jeden Fall war der Täter verletzt.
- Es war also ein Mann?

Jetzt sah mich Hugentobler triumphierend an. Ich nickte artig und versuchte mir eine Zigarette anzuzünden.

- Wir haben das Blut analysiert, sowie Hautpartikel, die wir am Tatort fanden. Sie können davon ausgehen, dass es ein Mann ist. Schuhgrösse 41. Trug eine Jeansjacke. Er hat auch ein Haar verloren. Dunkelblond, ziemlich kurz geschnitten.
- Und die Kassette?
- Dieselbe Blutgruppe.
- Was für eine Kassette?

Es war an der Zeit, auch einmal etwas zu sagen. Schliesslich durfte ich ja nichts wissen von der Geldkassette. Hugentobler überlegte kurz. Polizisten überlegen immer nur kurz, das entspricht ihrem Naturell.

- Das bleibt unter uns, Maloney, klar?

- Beim Grabe meines ungeborenen Sohnes.
- Sie bekommen einen Sohn?
- Natürlich nicht. Wissen Sie, ich habe kein Interesse, zur Presse zu rennen. Es stimmt zwar, dass ich Polizisten nicht sonderlich mag, aber Journalisten mag ich noch weniger.
- Das ist ja beruhigend zu wissen. Also gut, Maloney: Am Tatort fanden wir auch eine Geldkassette aus einer Telefonkabine. Wir gehen davon aus, dass der Telefonknacker diesmal etwas zu weit gegangen ist.
- Was für ein Knacker?
- Hindert Sie Ihre Abneigung gegen Journalisten daran, ab und zu Zeitung zu lesen? Der Telefonknacker ist stadtbekannt. Seit einigen Wochen schon leert er die Kabinen und konnte nicht gefasst werden. Aber jetzt sitzt er in der Falle.
- Sie glauben doch nicht etwa, dass er die Frau umgebracht hat?

Ehe er die Frage beantworten konnte, gab der Telefax neben Wollschläger unangenehme Geräusche von sich. Ein Blatt Papier schob sich in den Raum. Wollschläger nahm das Papier und schaute es sich an. Dann öffnete er den Mund und klappte ihn wieder zu.

- Interessant. Höchst interessant.

Er schaute wieder auf den Monitor. Hugentobler las, ohne daraus schlau zu werden. Schliesslich liess sich Wollschläger dazu herab, etwas deutlicher zu werden.

- Im Magen der Toten hat man grosse Mengen von Schmerzmitteln gefunden.

Hugentobler schaute noch immer etwas ratlos auf den Rücken Wollschlägers.

- Und was heisst das? Wie gross sind diese Mengen?
- Gross genug, um davon umzukippen.
- Sie hat sich vergiftet?
- Nicht unbedingt. Ihre Leber sieht ziemlich alt aus für die junge Dame. Durchaus möglich, dass sie süchtig war und die Dinger täglich geschluckt hat.

Hugentobler zog seine Mundwinkel nach unten. Das hat man nun von all der modernen Spurensicherung. Man kennt zwar die Leber der Leiche besser, als es ihre Besitzerin je gekonnt hätte, und vermutlich wussten sie auch längst, welche Joghurtmarke sie bevorzugte. Aber den Namen der Frau konnte selbst das beste Mikroskop nicht herauskriegen. Ich ging mit Hugentobler zum Kaffeeautomaten. Er funktionerte nicht so gut wie Wollschlägers Computer, und die Brühe sah aus wie die Urinprobe eines Spitzensportlers.

- Sehen Sie, Maloney, ist nur eine Frage der Zeit, bis sich aus all den Details ein Ganzes ergibt.

- Fragt sich nur, ob dieses Ganze auch das ist, wonach Sie suchen.

- Warten Sie nur, bis wir alles genau analysiert haben. Spätestens morgen wissen wir genau, wer diese Frau war.

- Ich zweifle nicht daran, dass Sie in Ihrem Labor auch noch herausfinden, welche Partei die Frau gewählt hat. Nur eines will mir nicht in den Kopf: Wieso sollte dieser Telefonknacker mit der Geldkassette in einen Wald gehen, um dann dort über eine Frau herzufallen?

- Nun, die Frau wurde nicht im Wald ermordet. Wir haben auch Reifenspuren sichergestellt.

- Dann wird das alles ja noch absurder. Der Mann fährt also mit der Leiche in den Wald, lädt sie ab, und weil es da so schön dunkel ist, legt er auch gleich noch eine der Geldkassetten daneben, schneidet sich die Hand auf und lässt das Blut überall hintropfen, so dass es sogar ein kurzsichtiger Polizist sehen muss.

- Zugegeben, es klingt ein wenig verwirrend. Aber wer verhält sich schon rational, wenn er ein Verbrechen begeht?

- Und wenn da einer einfach eine falsche Fährte legen wollte?

- Jaja, typisch Maloney. Immer zuerst den Hintereingang suchen. Wir lösen unsere Fälle durch den Haupteingang. Sie können ja ein wenig im Hintereingang herumschnüffeln. Aber kommen Sie dabei meinen Leuten nicht in die Quere!

- Keine Angst, wo Ihre Leute sind, lässt sich unsereins nicht gerne nieder.

Ich ging und Hugentobler blieb. Vermutlich träumte er davon, seine Fälle in einem Büro aus Orchideen zu lösen. Ich hatte keine solche Träume, ich hatte nur einen Fall am Hals, der mir Kopfzerbrechen bereitete. Susanne Toblers Bruder steckte ganz schön in der Klemme. Andererseits war mir klar, dass die Polizei wieder mal auf dem falschen Dampfer angelte. Und so etwas spornt unsereins zu besonderen Leistungen an. Ich rannte ins nächste Restaurant und stopfte mir den Bauch voll.

Als ich wieder in meinem Büro sass, wusste ich, was zu tun war. Ich suchte mir im Telefonbuch die Nummer meiner Klientin heraus und rief sie an. Als sie am Draht war, hörte ich im Hintergrund ein Kind schreien. Ich blieb dennoch gelassen und erzählte ihr, dass ihr Bruder tatsächlich ziemlich tief in der Klemme steckte.
- Ich habe vorhin mit ihm telefoniert. Er ist ziemlich wütend darüber, dass ich etwas unternommen habe.
- Sie haben das einzig Richtige getan. Schliesslich muss auch unsereins von etwas leben. Haben Sie ihm gesagt, dass ich ihm nur helfen kann, wenn er bereit ist, mit mir zusammenzuarbeiten?
- Ja. Er hat gesagt, dass er es sich überlegt. Aber er möchte auf keinen Fall, dass Sie von sich aus etwas unternehmen.
- Mit anderen Worten, der Fall ist für mich im Eimer.
- Nein. Ich bezahle Sie weiter. Aber mein Bruder darf nichts davon erfahren, solange er nicht damit einverstanden ist.
- Trotzdem wäre es nützlich, wenn Sie mir seine Adresse geben würden.
- Nein, das geht nicht. Vorläufig wenigstens.

Sie verabschiedete sich, und ich war auch nicht schlauer geworden, als ich bis zu dem Anruf schon war. Ich habe zwar nichts gegen die traditionelle Freizeitbeschäftigung, die man Däumchendrehen nennt, aber irgendwann ödet einen auch das an, und schliesslich braucht auch unsereins ab und zu ein Erfolgserlebnis. Ich besorgte mir das, indem ich ein Kreuzworträtsel löste.

Wenig später klingelte das Telefon. Ich liess es routinemässig dreimal klingeln, und dann tat ich, was ich in solchen Situationen immer tue.
- Maloney, private Ermittlungen.
- Hier ist Chris Tobler.
- Freut mich zu hören. Haben Sie sonst noch ein Problem?
- Wie bitte? Sie sind doch Philip Maloney, oder?
- Na klar doch. Und Sie sind der Bruder der besorgten Schwester.
- Ich bin Susannes Bruder. Und ich stecke in der Klemme. Aber das wissen Sie ja schon.
- Allerdings. Und ich habe Ihrer Schwester gesagt, dass ich Sie da nur rausholen kann, wenn Sie mit mir zusammenarbeiten.
- Darüber können wir reden. Allerdings unter einer Bedingung.
- Wenn es sein muss.
- Es muss sein. Ich werde auf gar keinen Fall zur Polizei gehen. Und Sie müssen mir versprechen, dass Sie mich nicht verpfeifen.
- Und was ist Ihre Gegenleistung?

- Ich liefere Ihnen dafür eine genaue Beschreibung der Mörderin.
Ich schluckte einmal leer. Auf so etwas war ich nicht gefasst.
- Sagen Sie das noch mal.
- Ich habe sie gesehen, Maloney. Im Wald. In einem Auto.
- Und woher wissen Sie, dass sie die Täterin war? Haben Sie sie beobachtet?
- Nein. Aber was hätte die Frau sonst im Wald zu suchen gehabt? Um diese Zeit?
- Keine Ahnung. Vielleicht hat sie Pilze gesucht oder sich selber. Sie wissen gar nicht, auf was für seltsame Ideen Menschen kommen, wenn sie nicht schlafen können.
- Ich bin sicher, dass sie etwas mit der Toten zu tun hatte.

Chris Tobler klang aufgeregt. Mir blieb nichts anderes übrig, als ihm zu glauben. Ich bestand darauf, mit ihm persönlich zu sprechen. Er willigte schliesslich ein. Der Treffpunkt war eine illegale Bar in der Innenstadt, in der die Szene sich traf und wo bei lauter Musik und Bier und Champagner über die Drittweltproblematik und den neuesten Musikstil geredet wurde.

Ich hatte noch ein paar Stunden Zeit und ging etwas am See spazieren. Eine Drogensüchtige torkelte neben mir her und fragte mich nach einer Zigarette. Ich setzte mich mit ihr auf eine Parkbank und rauchte. Sie schwieg und liess die spärliche Sonne auf ihr bleiches Gesicht scheinen. Später kam noch ein junger Mann dazu, der mir einst bei einem früheren Fall einen Hinweis gegeben hatte. Ich hatte ihm damals einen Therapieplatz verschafft. Als ihn seine Freundin verliess, haute er ab und landete wieder auf der Gasse. Er sah alt und müde aus, und sein Gesicht war von Ausschlägen zerfressen.

- Moment mal, du bist doch der Maloney, oder?
- Ja. Und du bist Martin.
- Hab ziemlich Scheisse gebaut damals. Aber weisst du, lang mache ich's eh nicht mehr. Schau mich an. Wird jede Woche schlimmer.
- Gehst du zu einem Arzt?
- Bringt doch nichts. Müsste vom Gift wegkommen. Aber im Moment ist das schwierig. Die Bullen lassen einem keine Verschnaufpause. Ständig musst du aufpassen, dass sie dich nicht reinnehmen. Und in den Knast geh ich nicht mehr. Vorher verpass ich mir eins.
- Ist das deine Freundin?
- Jacqueline? Nein. Ist schlecht drauf im Moment. Spricht kaum noch. Sie schluckt Tabletten. Übles Zeug. Schau sie dir mal an. Ich

spritze schon seit zehn Jahren. Sie schluckt das Zeug erst seit drei Jahren und ist kaum noch sie selbst.

- Hast du schon von der Toten gehört, die sie im Wald gefunden haben?
- Ja. War das eine von der Gasse?
- Möglich. Gibt es viele Tablettensüchtige hier?
- Ne ganze Menge. Hat auch solche, die alles nehmen, was ihnen grad in die Finger kommt.
- Kannst du mir einen Gefallen tun?
- Klar, Maloney. Ausser wenn du mich anpumpen willst.
- Wenn du hörst, dass eine Frau von der Gasse heute abend nicht mehr auftaucht, rufst du mich an, ok?
- Ok. Wenn die Tote eine von uns ist, weiss ich das spätestens heute abend.

Ich verabschiedete mich von den beiden. Die junge Frau starrte durch mich hindurch, so, als würde sie in der Ferne das erblicken, was einmal ihr Leben war. Ich spazierte noch etwas, ging dann in eine Bar und trank einen Whisky, ehe ich mich auf den Weg machte.

Die Bar befand sich in einem Keller. Vor dem Haus standen einige klapprige Fahrräder, und zwei junge Männer rauchten. Ich ging nach unten. Die Leute beachteten mich nicht gross. Ausser einem etwas zu dick geratenen Mann mit müden Augen und aufgeplatzten Lippen. Er beobachtete mich genau und folgte mir.

Im Keller war die Hölle los. Aus zwei Lautsprechern tobten ein paar Instrumente, und eine kreischende Frauenstimme sang mutig gegen die Gitarre an. Ich ging zu der improvisierten Bar und bestellte einen Whisky. Der wurde mir auch prompt vor die Nase gestellt. Der Dicke mit den aufgeplatzten Lippen schrie einem anderen etwas ins Ohr. Dabei bewegten sich seine Augen in meine Richtung. Der andere nickte und schaute dann unauffällig zu mir herüber. Ich lächelte säuerlich.

Schliesslich schlich sich der andere zu mir. Er drückte seinen schmalen Körper durch all die Leiber und Hände, an denen Drinks klebten wie der Schweiss auf den Stirnen der Gäste. Als er neben mir stand, schrie er mir ins Ohr.
- Sind Sie Maloney?
Ich nickte bloss und schaute mir den Jungen etwas genauer an. Er trug Jeans und ein schwarzes Jackett. Er war nicht besonders gross, und seine Vorderzähne standen sich ein wenig im Weg. Die dunklen Haare waren mit Gel an die Kopfhaut gepappt. Er sah nicht aus wie ein Mann, der nachts junge Frauen umbringt, aber auch nicht wie einer, der Telefonkabinen knackt. Genaugenommen sah er so aus, wie viele aussehen, die sich darum bemühen, dem Leben auch noch ein paar andere Seiten abzugewinnen als Steuerrechnungen, Gehaltserhöhungen und was sonst noch an gepflegter Langeweile für alle vorgesehen ist. Ich gab mir keine Mühe, in dem Lärm etwas zu sagen. Chris schaute auf seine Armbanduhr und zeigte dann mit dem Kopf in Richtung Toilette. Er setzte sich in Bewegung, und ich folgte ihm. Wir landeten in einer kleinen Nische. Um uns herum war nur feuchter Verputz. Es war noch immer laut. Ich nahm einen Schluck von meinem Whisky.
- Ist ein bisschen laut hier. Aber hier fühle ich mich wenigstens sicher.
- Haben Sie keine Angst, dass Ihnen der Lärm eines Tages das Gehirn aus den Ohren saugt?
- Was hat Ihnen Susanne alles gesagt?
- Nur, weshalb Sie nicht zur Polizei wollen. Wenn Sie mich fragen...
- Vergessen Sie es. Vor zehn Jahren hat mich die Polizei mal ganz schön zusammengeschlagen. Das hat mir gereicht.
- Die sind in der Zwischenzeit vielleicht auch nicht mehr so wie früher. Hat sich ja alles ganz schön verändert. Würde mich nicht wundern, wenn die Polizisten heutzutage ihr Karma mit den Handschellen festhalten und im Auto meditieren.
- Apropos Auto. Ich hab die Nummer nicht, aber es war so eine teure Karosse. Ein BMW oder etwas Ähnliches in der Preisklasse.
- Und der kam aus dem Wald?
- Ja. Ich hatte die Geldkassette in einer Plastiktüte und rannte in den Wald. Plötzlich gingen vor mir zwei Scheinwerfer an. Ich blieb stehen. Dann fuhr der Wagen langsam auf mich zu.
- Seltsam. Er fuhr langsam?

- Ja, Schrittempo. Ich hatte das Gefühl, dass die Fahrerin mich hypnotisieren wollte. Ich spürte förmlich ihren Blick.
- Sie haben sie gesehen?
- Ja. Sie fuhr ja an mir vorbei. Da trafen sich kurz unsere Blicke. Mir kam's wie eine Ewigkeit vor. Ich war erleichtert, als ich sah, dass eine Frau am Steuer sass.
- Wieso denn das?
- Nun, ich hatte zuerst Panik, dass da jemand aussteigt und mich fragt, was ich in dem Wald zu suchen habe.
- Und wie sah die Frau aus?
- Verdammt schön. Mittellange schwarze Haare, sehr schöne dunkle Augen. So der Typ Fotomodell. Würde auch zu ihrem Wagen passen.
- Würden Sie sie wiedererkennen?
- Ich glaube schon. Und ich fürchte, sie mich auch.
- Die Frau fuhr also aus dem Wald. Und was geschah dann?
- Ich ging ein paar Meter weiter und suchte nach einer Stelle, an der ich mich in die Büsche schlagen konnte. Und da kickte ich in der Dunkelheit etwas weg. Ich bückte mich und hob es auf.

Chris Tobler schaute sich verstohlen um. Er kramte in seiner Jackettasche und holte ein Feuerzeug hervor. Ich holte mir eine Zigarette aus meiner Packung. Er gab mir umständlich Feuer.

- Dieses Feuerzeug lag auf dem Waldweg. Ziemlich teures Stück. Hier, lesen Sie mal.
- Was denn? B.B.? War etwa Brigitte Bardot in dem Wald und hat sich um die kleinen Igel gekümmert?
- Kaum. Wetten, dass das Feuerzeug der Frau im BMW gehört?

Ich schaute ihn verblüfft an. Das Feuerzeug war schwer wie Blei. Ein bisschen gar schwer für eine Frau, wie sie Chris Tobler beschrieben hatte.

- Sie können das Ding behalten. Finden Sie die Frau, und Sie haben die Täterin.
- Frauen tun so etwas nicht. Es gibt keine Lustmörderinnen.
- Wer sagt denn, dass das ein Lustmord war? Vielleicht hat sie das nur vorgetäuscht.
- Möglich. Ist Ihnen sonst noch etwas aufgefallen?
- Nein. Einmal abgesehen von der Leiche.
- Wo kann ich Sie erreichen, wenn ich noch Auskünfte brauche?
- Oben hat es einen Briefkasten, der nicht angeschrieben ist. Legen Sie einen Zettel hinein.

Ich trank meinen Whisky aus und verabschiedete mich. Draussen schaute ich mir den Briefkasten an, dann ging ich. Das Feuerzeug konnte ein Anhaltspunkt sein. Die Geschichte klang nicht sehr einleuchtend. Aber weshalb sollte mir Chris Tobler einen solchen Unsinn erzählen? Ich ging zurück in mein Büro und meditierte ein wenig mit dem Feuerzeug in der Hand, bis das Telefon klingelte.

- Maloney. Private Ermittlungen.
- Ich bin's, Martin.
- Hast du etwas herausgefunden?
- Ja. Die Beschreibung könnte hinhauen. Sie heisst Christine Albrecht und ist seit zwei Tagen verschwunden.
- Christine Albrecht?
- Genau. Sie war bös auf Tabletten.
- Hatte sie Freunde?
- Muss mich nochmals umhören. Aber sonst sind alle irgendwann im Verlauf des Tages aufgetaucht. Wenn ich mehr weiss, rufe ich dich wieder an. Ok?

Ich stellte das Feuerzeug auf meinen Schreibtisch und holte mir einen Schreibblock hervor. Darauf schrieb ich "Christine Albrecht". Dann legte ich das Feuerzeug auf den Namen. Es sah hübsch aus, aber es kam nichts Gescheites dabei heraus.

Am nächsten Morgen schaltete ich das Radio ein, doch in den Nachrichten kam nichts, was mich sonderlich interessierte. Ich überlegte, ob ich nochmals auf dem Präsidium vorbeischauen sollte, legte den Gedanken dann aber wieder zum Kaffeesatz in den Mülleimer. Jetzt, wo ich langsam an dem Fall dran war, konnte mir die Polizei nicht weiterhelfen. Unauffälliges Wirken war jetzt gefragt. Ich suchte im Telefonbuch nach einer Christine Albrecht, fand aber keine. Die Auskunft wusste auch nicht mehr. Ich versuchte Martin zu erreichen. Vergeblich. Schliesslich ging ich eine Zeitung kaufen. Die Tote war jetzt abgebildet, es war also nur noch eine Frage von Stunden, bis man sie identifiziert hatte. Die Gerichtsmediziner hatten sich alle Mühe gegeben, damit den Leuten nicht gleich schlecht wurde beim Zeitunglesen. Dabei war die Zeitung auch an diesem Tag wieder voller Sachen, die einem aufstossen konnten.

Ich schaute mir das Feuerzeug noch einmal an und ging dann in ein Juweliergeschäft. Ein älterer Herr liess sich dazu herab, das Feuerzeug in seine vornehmen Hände zu nehmen.

- Ist nicht von uns.
- Wieviel ist so ein Ding wert?
- Tausend. Vielleicht auch mehr.
- Wo werden solche Dinger verkauft?
- Keine Ahnung. Kenne die Marke nicht. Versuchen Sie es mal in einem Tabakwarengeschäft.

Ich klapperte einige Läden ab, ohne Erfolg. Es war offenbar ein älteres Modell von einem Fabrikat, das niemand zu kennen schien. Was war das für ein Kerl, der sich jede Zigarette mit einem Tausender in Form eines Feuerzeugs anzündete? Dass es ein Mann war, daran hatte ich keine Zweifel. Auch wenn Chris das Feuerzeug der schönen BMW-Fahrerin unterjubeln wollte.

Als ich wieder in meinem Büro war, besuchte mich eine ältere Frau. Sie flüsterte, als werde sie ständig überwacht.

- Bei meiner Nachbarin verschwinden Männer.
- Soso. Interessant. Was sind denn das für Männer?
- Keine Ahnung. Ich glaube, sie bringt sie um.
- Das ist aber nicht nett von ihr. Haben Sie das schon der Polizei erzählt?
- Ja. Aber die haben ja keine Zeit für uns ältere Menschen. Könnten Sie nicht einmal zum Rechten schauen? Erst gestern ist wieder ein Mann bei ihr verschwunden.
- Das haben Sie also beobachtet?
- Ja, ich beobachte sie ständig. Die Männer gehen hinein, kommen aber nicht wieder heraus.
- Aha. Haben Sie Schreie gehört?
- Schreie? Nein. Wieso? Ist das wichtig?
- Nun, in der Regel geht das Morden nicht ganz lautlos vor sich.
- Und wenn sie sie vergiftet? Ich habe gelesen, dass es Gifte gibt, die sofort wirken. Da fallen die Männer einfach um.
- Ja, und dann stopft sie sie in Müllsäcke oder löst sie in Salzsäure auf.

- So muss es sein, Herr Maloney. Kümmern Sie sich darum?

Ich gab ihr die Adresse eines Kollegen, der meist so betrunken war, dass er es kaum schaffte, den Telefonhörer abzunehmen. Er war sicherlich froh um jeden Auftrag. Ich hatte zum Glück noch eine Klientin, die einigermassen klar im Kopf war. Dies konnte man von der Frau, die bei mir anrief, nicht gerade behaupten.

- Martin!
- Tut mir leid. Ich heisse Philip Maloney. Haben Sie sonst noch etwas, das Sie loswerden möchten?
- Martin ist tot.
- Was denn für ein Martin?
- Er ist überfahren worden. Tot. An der Hugstrasse. Er dachte, dass er ans grosse Geld rankommt, und jetzt ist er tot. Sorry, ich muss auflegen, hab kein Kleingeld mehr.

Ehe ich etwas sagen konnte, war die Stimme weg. Ich wünschte mir, dass das alles bloss ein Spass war oder die Halluzination einer Süchtigen. Aber solche Wünsche gehen selten in Erfüllung.

Als ich an der Hugstrasse ankam, machte sich Hugentobler gerade Notizen.

- Maloney! Muss das denn sein? Im übrigen kommen Sie zu spät, die Leiche ist schon weg.
- Na, hören Sie mal, Sie wollen mir doch nicht etwa eine Leiche unterjubeln? Und ganz nebenbei: Seit wann ermitteln Sie bei Verkehrsunfällen? Hat man Sie versetzt?
- Aha. Sie wissen also Bescheid?
- Sieht hier doch alles nach einem Unfall aus. Und die Kreide ist noch frisch.
- Fahrerflucht, Maloney. Sehen Sie hier? Der Wagen ist auf dem Trottoir in den jungen Mann gerast.
- Übel. Und wie hiess der junge Mann?
- Martin Locher.

Ich starrte eine Weile auf die Kreidemarkierung, die letzten Spuren von Martins irdischem Dasein. Dann verzog ich mich wieder, ehe Hugentobler unangenehme Fragen stellen konnte. Martin hatte vermutlich ins Schwarze getroffen und dabei übersehen, dass hinter ihm noch ein anderer Schütze war. Ich ging hinunter zum Bahnhof. Es dauerte zwei Stunden, bis ich die junge Frau ausfindig gemacht hatte, die mir die Botschaft von Martins Tod durchtelefoniert hatte. Sie sah ungepflegt aus und zitterte ein wenig.

– Martin hat mir gesagt, dass ich Sie anrufen soll, falls ihm was zustösst.
 – Wann hat er das gesagt?
 – Gestern. War schon spät. So um Mitternacht.
 – Hat er auch gesagt, wovor er Angst hat?
 – Angst? Martin hatte keine Angst. Er war ganz aufgeregt, sagte, dass er soeben eine Goldgrube entdeckt habe.
 – Hat er den Namen Christine Albrecht erwähnt?
 – Christine? Nein.
 – Wusstest du, was er vorhatte?
 – Er hatte lange telefoniert. Weiss nicht mit wem. Als er aus der Kabine kam, war er völlig überdreht. Dann ist er weggegangen. Er hat noch was von 50 Riesen gesagt.
 – Fünfzigtausend?
 – Wissen Sie, Martin erzählte häufig irgendwelche Geschichten. Ich hab ihm das nicht geglaubt. Bis ich gehört habe, dass es ihn erwischt hat.
 – Wer hat dir das gesagt? Die Polizei?
 – Nein. Seine Mutter. Habe sie angerufen. Wollte sie fragen, ob ich heute nacht bei ihr pennen kann. Ist in Ordnung, die Frau. Schade um Martin. Aber irgendwann erwischt es jeden.
 Sie sagte das mit einer Bestimmtheit, die keine Entgegnung zuliess. In meinem Büro wurde ich von Hugentobler erwartet.
 – Weshalb haben Sie mir nicht gesagt, dass Sie diesen Martin Locher gekannt haben, Maloney?
 – Ist das eine Frage oder ein Vorwurf?
 – Beides, Maloney. Sie behindern unsere Ermittlungen.
 – Was gibt es da schon zu behindern?
 – Wir haben in der Tasche des Toten Ihre Adresse gefunden.
 – Interessant. Habe gar nicht gewusst, dass ich so beliebt bin.
 – Wir müssen davon ausgehen, dass dieser Locher vorsätzlich überfahren wurde. Mit anderen Worten: Mord, Maloney.
 – Na und? Ich fahre kein Auto. Oder glauben Sie, dass ich mir ein Taxi nehme, um Leute zu überfahren?
 – War Martin Locher Ihr Klient?
 – Nein. Ich kannte ihn von früher.
 – Wenn Sie mir etwas verschweigen, kann das ganz schön unangenehm für Sie werden, Maloney.
 – Ich weiss. Schlimmstenfalls verliere ich meine Lizenz und muss

dann bei der Polizei anheuern. Glauben Sie mir, diese Aussicht ist alles andere als rosig. Deshalb werde ich alles tun, um noch einmal davonzukommen.

- Sie wissen ja, wo Sie mich erreichen können.

Er blieb skeptisch und ging. Ich versuchte noch etwas über Martins letzte Stunden in Erfahrung zu bringen. Doch niemand konnte mir sagen, weshalb er in der Hugstrasse landete.

In den Abendnachrichten wurde durchgegeben, dass die tote Frau als Christine Albrecht identifiziert worden war. Martin hatte also recht gehabt. Er war schon immer ein pfiffiger Junge. Doch seine Pfiffigkeit war ihm diesmal zum Verhängnis geworden. Ich zündete mir eine Zigarette an. Das Feuerzeug tat seinen Dienst einwandfrei. Zwei Tote. Christine Albrecht und Martin Locher. Und das Feuerzeug brannte weiter. Ich rauchte und blies einige Ringe unter die Decke. Sie waren auch nicht schöner als jene, die unter meinen Augen hingen.

Der nächste Tag brachte zuerst einmal Regen. Ich mag das nicht sonderlich, schliesslich bin ich Nichtschwimmer, und bei den heutigen Klimaverrenkungen kann man nie sicher sein, plötzlich mitten in einer Sintflut zu stehen. Der Tag begann aber auch mit einem Überraschungsbesuch von Chris Tobler. Er sah müde aus, und seine Kleider stanken nach einer wilden Mischung verschiedenster Zigarettenmarken.

- Haben Sie die Zeitung schon gelesen, Maloney?
- Was denn für eine Zeitung? Gibt ja schliesslich mehrere davon. Die einen berichten ganz seriösen Unsinn und die anderen geben sich gar nicht erst die Mühe, seriös zu wirken.
- Ich meine die hier.

Chris Tobler knallte mir eine Boulevardzeitung auf den Tisch. Sie war so gefaltet, dass mir das halbnackte Mädchen auf Seite drei ihren Busen entgegenstreckte.

- Nicht übel. Aber unsereins macht sich nicht viel aus solchen Fotos.

- Ich meine auch nicht dieses Bild. Hier, sehen Sie, Maloney!

Er drehte die Zeitung um und ein anderes Bild kam zum Vorschein. Die Schlagzeile lautete: Selbstmord. Sie war so gross wie ein mittlerer Grabstein eines bessergestellten Toten.

- Das ist sie, Maloney!
- Nun schreien Sie doch nicht so. Schliesslich putze ich mein Hörgerät täglich.
- Hier. Sehen Sie sich das Bild doch wenigstens mal an.
- Das tue ich doch die ganze Zeit. Haben Sie etwa einen Werbevertrag mit dieser Onanierpostille? Ich abonniere solche Zeitungen nicht, auch wenn noch so schöne Bilder drin sind.
- Die Frau hier auf dem Bild ist die Frau, die ich im Wald gesehen habe.

Ich schaute zuerst auf Chris Tobler, dann auf das Bild und dann wieder auf Chris Tobler. Dann setzte ich Wasser auf. Es war an der Zeit, endlich einen Kaffee zu trinken.

- Ihnen scheint das völlig schnuppe zu sein.
- Wissen Sie, das Bild bleibt da, bis die Zeitung eines Tages zerfällt. Der Kaffee hingegen wird vorher ungeniessbar. Man muss schliesslich Prioritäten setzen.

Chris sagte etwas Unschönes, das ich geflissentlich überhörte. Mürrisch schaute er mir zu, wie ich Kaffee machte. Trotzig wie diese jungen Kerle nun mal sind, verzichtete er auf eine Tasse. Ich nahm einen Schluck und setzte mich dann wieder hinter meinen Schreibtisch.

- Also, wenn ich Sie richtig verstanden habe, Herr Tobler, glauben Sie auf diesem Foto die Frau wiederzuerkennen, die Ihnen im Wald in einem BMW entgegenkam.
- Das sagte ich doch schon. Und das neben ihr ist ihr Mann, und der hat gestern nacht Selbstmord begangen.
- Soll vorkommen. Unsere Stadt hat eine der höchsten Selbstmordraten der Welt. Es bringen sich jährlich beinahe so viele Menschen um, wie es Millionäre gibt. Diesen Zusammenhang sollten die Leute von der Statistik mal unter die Lupe nehmen.
- Der Mann war ein bekannter Anwalt. Und seine Frau ein ehemaliges Fotomodell.
- Interessant. Und Sie sind sicher, dass das die Frau aus dem Wald ist?
- Absolut sicher!
- Wunderbar. Dann werden wir uns die Dame mal vorknöpfen.
- Moment, Moment. Ich will damit nichts zu tun haben.

Er hüpfte nervös im Büro herum. Schliesslich verzog er sich und liess mich mit meinem Kaffee allein. Ich las die schreierische Notiz über den Selbstmord des Mannes. Offenbar war Chris Tobler so aufgeregt gewesen über seine Entdeckung, dass er etwas nicht Unwesentliches übersehen hatte. Der Anwalt, der Selbstmord begangen hatte, hiess Bruno Bossato. Ich holte das goldene Feuerzeug aus meiner Tasche und zündete mir eine Zigarette an. Die Flamme flackerte ein wenig, als wüsste sie, dass ihr Geheimnis langsam gelüftet würde. Ich holte das Telefonbuch hervor und schrieb mir die Nummer der schönen Witwe heraus. Zu meinem Erstaunen nahm sie gleich beim ersten Rufton den Hörer ab.

- Bossato.
- Tut mir leid um Ihren Mann, Frau Bossato. Die armen Reichen, die etwas ausgefressen haben, müssen sich jetzt wohl einen anderen Anwalt suchen.
- Wer sind Sie?
- Um das herauszufinden habe ich Jahrzehnte gebraucht. Und Ihnen soll ich das jetzt in zehn Sekunden mitteilen?
- Ich bin nicht zu Spässen aufgelegt.
- Bevor Sie Ihr hübsches Händchen mit dem Hörer nach unten bewegen, möchte ich noch zu bedenken geben, dass ich etwas bei mir habe, das Ihrem Mann gehörte.
- Können Sie sich nicht ein wenig klarer ausdrücken?
- Ich habe mir damit gerade eine Zigarette angezündet.

Es blieb einen Moment still in der Leitung. Es gibt Momente, in denen man hören kann, was jemand gerade denkt. Frau Bossato dachte so intensiv, dass ich spürte, wie sich ihre Hand an die Sprechmuschel klammerte. Dann endlich sagte sie wieder etwas.

- Wer sind Sie?
- Ich dachte, dass wir schon einen Schritt weiter gekommen sind. Da habe ich mich wohl getäuscht.
- Was wollen Sie von mir, verdammt noch mal?
- Aber, aber, nicht gleich böse werden. Haben Sie Interesse an dem Feuerzeug?

Frau Bossato dachte wieder ein wenig nach. Ich liess das Feuerzeug in meiner rechten Hand ein wenig in die Luft springen. Es sah ganz nett aus.

- Wollen Sie Geld?
- Wissen Sie, es gibt zwei Arten von Leuten, die ständig über Geld

reden. Jene, die überhaupt keines haben, und jene, die zuviel davon haben.

- Was wollen Sie dann?
- Wie wär's, wenn wir uns mal verabreden würden?
- Soviel ist mir das Feuerzeug nicht wert. Schliesslich gehörte es meinem Mann. Er hat mir zwar gesagt, dass er es verloren hat. Es war für ihn ein sehr persönlicher Gegenstand, Sie verstehen?

Und ob ich verstand. Frau Bossato hatte sich von meiner Überrumpelung erholt, es war Zeit, dem Gespräch eine Wendung ins Konkrete zu geben.

- Es ist doch so, Frau Bossato: Entscheidend ist nicht, dass ich das Feuerzeug habe, entscheidend ist vielmehr, woher ich es habe. Ich glaube, die Polizei würde sich für derartige Fundsachen brennend interessieren.
- Also meinetwegen. Heute Abend in der Plankton-Bar.
- Liegt die unter dem Meeresspiegel?
- Nein. In der Innenstadt. Ich bin um halb acht da.

Am Nachmittag ging ich ins Kino und sah mir einen Thriller an. Der Film war so lahm, dass selbst die Teenager zu kichern vergassen, und das bewegendste waren jeweils die Momente, in der mein fetter Sitznachbar seinen Hintern auf dem Sessel bewegte. Ich ging nach der Hälfte des Films ins Foyer, rauchte und schäkerte ein wenig mit der Glaceverkäuferin. Irgendwann tauchte ihr Freund auf. So ist das im Leben, die schlechten Freunde tauchen ständig auf und die guten unter. Ich liess die beiden allein und machte mich auf den Weg in die Plankton-Bar.

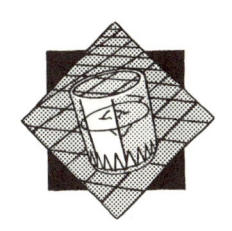

Es war eine dieser noblen Bars, in der selbst die Musik so klingt, als hätte man sie kunstvoll im Shaker herumgewirbelt. Ansonsten der übliche Feierabendverkehr. Ein paar leitende Bankangestellte, die den Aktienmarkt analysieren und dabei der Frau hinter der Bartheke ins

Decolleté schielen. Ein jüngeres Paar, das aussah, als hätte es gerade entdeckt, was wahre Liebe ist. Ich setzte mich unauffällig in eine Nische und bestellte mir einen Whisky. Es dauerte eine halbe Stunde, bis Frau Bossato endlich erschien. Sie sah überhaupt nicht so aus, wie man sich eine Witwe vorstellt. Nur ihr kleines Schwarzes war an diesem Abend vielleicht etwas schwärzer als üblich. Sie schaute sich kurz um und sah, dass ich mit dem Feuerzeug spielte.

- Um es gleich vorweg zu nehmen: Ich mag Ihre Art nicht.
- Ist auch nicht nötig, Frau Bossato. Ich habe mich damit abgefunden, dass mich nur ein Teil der Menschheit mag.
- Können wir zur Sache kommen? Ich habe nämlich noch zu tun.
- Verstehe. So ein Begräbnis gibt allerlei zu tun, nicht?
- Ich habe keine Lust, hier die trauernde Witwe zu spielen. Ich wohne schon seit längerem in der Stadt. Unsere Ehe existierte nur noch auf dem Papier.
- Ganz schön wertvoll, so ein Papier.
- Wieviel wollen Sie für das Feuerzeug?
- Zuerst mal würde es mich interessieren, weshalb Sie so scharf sind auf das Feuerzeug.
- Das kann Ihnen doch egal sein.
- Ist es aber nicht, Frau Bossato. Es geht hier nicht um irgendwelche Spielchen, es geht um Mord.

Bei dem Wort zuckte sie ein wenig zusammen. Sie hielt sich gut. Aber jeder, der ständig mit Menschen zu tun hat, lernt irgendwann, dass die besten Schauspieler und Schauspielerinnen nicht unbedingt auf den Bühnen zu sehen sind.

- Ich verstehe das nicht. Sie sagten Mord?
- Ja, Mord. Christine Albrecht. Erdrosselt im Wald aufgefunden. Und seltsamerweise lag da in der Nähe dieses Feuerzeug.
- Weshalb gehen Sie dann nicht zu der Polizei?
- Ach, wissen Sie, ich halte es da mit den bürgerlichen Politikern. Wer weniger Staat will, sollte auch nicht so schnell zur Polizei rennen.

Diesmal konnte ich ihr beim Nachdenken zusehen. Es war ein schöner Anblick. Frau Bossato war eines dieser Fotomodelle, die einem den Verstand rauben können. Sofern überhaupt einer vorhanden ist. Es gibt ja Männer, denen solche Frauen aus diesem Grund nichts anhaben können.

- Mein Mann ist tot. Ich weiss nicht, ob er etwas mit dem Tod dieser jungen Frau zu tun hatte.

- Aber Sie vermuten es, nicht wahr?
- Er hat sich öfters junge Frauen von der Strasse geholt. Mein Mann war süchtig nach Sex. Nach ganz speziellem Sex.
- Gefährliche Spiele?
- Ja.
Ich wartete, aber es kam nichts mehr. Frau Bossato schaute auf ihre Uhr.
- Wäre es nicht langsam an der Zeit, dass Sie mir Ihren Namen nennen?
- Maloney.
- Aha. Der Privatdetektiv.
- Habe gar nicht gewusst, dass ich in Ihren Kreisen so bekannt bin.
- Mein Mann hatte einmal eine Ihrer Klientinnen verteidigt. Wenn es Ihnen recht ist, können wir zu mir gehen.

Es war mir recht. Frau Bossato fuhr mich in ihrem BMW in ihre Stadtwohnung. Sie war luxuriös renoviert und praktisch leer. Ich setzte mich auf ein Möbel, das eine entfernte Ähnlichkeit mit einem Stuhl hatte. Daneben stand ein kleiner Tisch in der Form eines überdimensionierten Reissnagels. Die Wohnung war voller Dinge, die sich kranke Designerhirne ausdenken, um den Reichen Geld abzuknöpfen. Frau Bossato schmiegte ihren Körper auf ein Sofa, das wie eine zerquetschte Senftube aussah.

- Und? Was möchten Sie alles wissen?
- Beginnen wir doch am besten von vorne. Wann haben Sie geheiratet?
- Vor fünf Jahren.
- Und haben Sie damals nichts von seiner sexuellen Veranlagung gewusst?
- Und ob. Das war einer der Gründe, weshalb ich ihn geheiratet habe. Und es war einer der Gründe, weshalb ich mich wieder von ihm getrennt habe.
- Das verstehe ich nicht.
- Noch nie was von Sado-Maso gehört?
- Doch, doch. Bossatos Spiele haben Ihnen also gefallen.
- Zum Teil. Die leichteren Sachen. Fesseln und so. Das ist ganz angenehm. Aber mein Mann war krank.
- Und wie äusserte sich diese Krankheit?
- Bei mir haben diese Spiele mit Lust zu tun. Bei meinem Mann wurden sie tödlicher Ernst.
- Er hat die Frauen umgebracht?
- Nein. Aber er ging ganz bewusst das Risiko ein, dass dabei etwas

passieren konnte. Ich habe das nicht mitgemacht. Und so hat er sich andere Frauen geholt.
- Süchtige.
- Ja, Frauen, die bereit waren, für Geld sehr viel in Kauf zu nehmen.
- Und Christine Albrecht war so eine Frau?
- Schon möglich. Ich weiss es nicht. Lag das Feuerzeug bei der Leiche?
- In unmittelbarer Nähe.
- Vielleicht hat er nicht aufgepasst, als er sie fesselte. Es machte ihm Spass, den Frauen auch den Hals zu fesseln. Die Frau ist doch erwürgt worden, oder?

Ich beobachtete sie die ganze Zeit. Und sie wusste genau, dass ich sie beobachtete. Frau Bossato wollte herausfinden, wieviel ich wusste. Und ich gab mir Mühe, nicht alles zu sagen, was ich weiss. Das hätte auch ein paar Stunden gedauert. Schliesslich lese ich ab und zu aus Langeweile im Brockhaus.
- Kann ich das Feuerzeug nun haben?
- Ich weiss nicht. Es gibt da ein paar Dinge, die ich nicht ganz verstehe. Nach allem, was ich über Ihren Mann gehört habe, ist er nicht unbedingt der Typ, der sich Gewissensbisse macht und sich dann umbringt.
- Wer weiss schon, was in einem anderen Menschen vorgeht? Ich bin jahrelang auf einem Laufsteg gestanden. Und manchmal kommt es mir so vor, als ob wir alle ständig auf dem Laufsteg stehen und Dinge vorführen, die andere von uns erwarten.
- Also wenn Sie jetzt zu philosophieren beginnen, gehe ich in mein Büro und komme mit dem alten Spinoza zurück und hau Ihnen den um die Ohren.
- Wenn Sie mir den woanders hinhauen, könnten wir vielleicht ins Geschäft kommen.
- In welches Geschäft? Ich sehe hier keines.
- Für meinen Mann war alles ein Geschäft. Auch die Lust. Und geschäftstüchtig wie er war, versuchte er, immer ein wenig mehr zu bekommen, als er gab. Sie müssen mich nicht fesseln, wenn Sie das nicht mögen.

Ich stand auf und ging zur Tür. Nicht, dass mich solche Angebote abschrecken, aber der Fall war noch nicht erledigt und ich konnte mir durchaus vorstellen, dass Frau Bossato bald mit einem Paar Handschellen gefesselt war. Und ich wusste nicht, ob sie das auch mochte. Sie war weder enttäuscht noch froh darüber, dass ich ging. Sie war wie eine

Anglerin, die genau wusste, dass ihr Köder unwiderstehlich war, zumindest längerfristig. Ich behielt das Feuerzeug als Pfand.

Draussen nahm ich mir ein Taxi und fuhr in eine Vorortgemeinde, die über dem See lag. Eine Villa folgte der anderen. Jene von Bruno Bossato war nicht besonders protzig. Es dauerte ziemlich lange, bis ich im Haus drin war und die Treppe zur Garage fand. Eine Taschenlampe erwartete mich dort.

- He, Maloney! Was zum Teufel machen Sie hier?
- Ist ja schon gut. Ich gebe zu, dass ich illegal in dieses Haus eingedrungen bin. Und Sie? Sind Sie etwa im Dienst, Hugentobler?
- Und ob, Maloney. Sehen Sie hier diesen schwarzen Mercedes? Bossato hat sich in diesem Wagen umgebracht.
- Interessant. Und jetzt suchen Sie nach Fingerabdrücken, oder was?
- Hier, Maloney. Vorne am Kühler. Stabiles Ding, so ein Mercedes. Ist kaum was zu sehen. Nur ein paar kleine Beulen und Kratzer. Und das hier, Maloney, wissen Sie was das ist?
- Das ist das Blut von Martin Locher.

Er klappte seinen Unterkiefer auf und wieder zu. Polizisten, die verblüfft sind, würden in jeder Comedy-Show eine gute Figur abgeben. Hugentobler war verblüfft.

- Wie kommen Sie darauf, Maloney?
- Was glauben Sie, weshalb ich hier eingedrungen bin? Ich hatte da so einen Verdacht.
- Und anstatt mir den mitzuteilen, brechen Sie in fremde Wohnungen ein, Maloney? Sie wissen, dass ich Sie deswegen verhaften könnte!
- Ich weiss noch viel mehr. Bruno Bossato hat mit diesem Mercedes Martin Locher an der Hugstrasse zu Tode gefahren und dann Fahrerflucht begangen.
- Möglich, Maloney, möglich. Einer der Beamten, die wegen dem Selbstmord hier waren, hat die Kratzer und Beulen am Auto gesehen und ist misstrauisch geworden. An der Hugstrasse wurden schwarze Lacksplitter gefunden, und ein Zeuge glaubte, einen Mercedes mit übersetzter Geschwindigkeit wegfahren gesehen zu haben.

Das war es also. Bruno Bossato hatte Selbstmord begangen, weil er Martin umgebracht hatte. Nur, weshalb hatte er das getan, und was war mit Frau Bossato? Noch immer wollte mir nicht in den Kopf, weshalb sie in dem Wald gesehen wurde in jener Nacht, als Christine Albrecht starb. Hatte sie die junge Frau getötet? Aus Eifersucht? Hugentobler weckte mich aus meinen Alpträumen.

- Wenn Sie jetzt wieder abhauen, Maloney, hab ich Sie heute nicht gesehen, verstanden?
- Und wie erklären Sie Ihren Kollegen den Einbruch in die Villa? Vielleicht wäre es besser, wenn ich noch ein paar Sachen mitnehmen würde.
- Ja. Das heisst, nein. Ach, machen Sie doch, was Sie wollen, Maloney.
Das tat ich dann auch. Ich nahm mir einen Telefonbeantworter und ein kleines Diktiergerät. Alles Dinge, die unsereins gut gebrauchen kann. In meinem Büro stellte ich alles fein säuberlich in eine Plastiktüte, die ich in einer Schreibtischschublade versteckte. Dann ging ich in die Hugstrasse. Sie war verlassen und ruhig, nur ein paar Regentropfen fielen leise auf den Asphalt. Ich schaute mich um. In den umliegenden Häusern brannte überall Licht. Nur in einem Haus, das schräg gegenüber lag, war es im unteren Stockwerk dunkel. Beinahe dunkel. Durch ein Fenster drang ein schales Licht, das aus einem hinteren Raum kam. Im Licht hinter dem Fensterbrett war ein kleiner Körper sichtbar. Der Körper verschwand, als ich ihn mit meinen Augen fixierte. Ich war mir sicher, dass das die richtige Adresse war. Auf dem Klingelknopf stand Suter. Es dauerte eine Weile, bis mir die alte Frau Suter öffnete. Sie schaute mich ängstlich an und bot mir dann an, in die Wohnung zu kommen. Ich setzte mich auf einen Küchenstuhl. Sie hatte Tränen in den Augen, als sie sich mir gegenüber hinsetzte.
- Ich wusste, dass Sie mich finden würden.
- Tja, unsereins sieht auch im Dunklen ganz gut, wenn's drauf ankommt.
- Werden Sie mich jetzt verhaften?
- Schön der Reihe nach. Und zittern Sie nicht so, Frau Suter, es kommt meistens anders, als man so auf Anhieb denkt.
- Ich habe nur zweitausend weggenommen. Nur zweitausend.
- Aha. Und wo haben Sie das Geld weggenommen?
- Da drüben. Im Abbruchhaus. Wissen Sie, ich lebe von einer kleinen Rente. Das reicht gerade, um zu überleben. Aber es ist nicht schön, auf diese Art alt zu werden. Alles wird teurer, und mein Enkelkind...
Sie nahm ein Taschentuch hervor und schneuzte sich kräftig.
- Sie haben ein Enkelkind?
- Ja. Meine Tochter lebt mit ihrem Mann in Argentinien. Ich habe mich erkundigt. Mit zweitausend Franken könnte ich sie einmal besuchen. Ich habe mir das immer gewünscht, bevor ich...

- Was haben Sie denn gestern Nacht genau gesehen, Frau Suter?
- Zuerst kam dieser Mann. Er fiel mir gleich auf, weil er nicht in diese Gegend passte. Und als er in das Abbruchhaus ging, wurde ich stutzig. Was macht so ein Mann mitten in der Nacht in so einem Haus? Ich sah, dass er eine Plastiktüte bei sich hatte. Und als er wieder rauskam, hatte er die Plastiktüte nicht mehr bei sich. Und dann verging etwa eine Stunde. Der junge Mann kam raus und schaute sich um. So als habe er Angst, beobachtet zu werden. Als er vor dem Abbruchhaus war, blieb er stehen und dann...
- Dann kam der schwarze Mercedes und überfuhr ihn.
- Es war schrecklich.
- Und später gingen Sie in das Abbruchhaus und fanden die Papiertüte. So war es doch, Frau Suter?

Sie nickte stumm. Es war ein trauriger Anblick. Alte Menschen haben oft etwas Verzweifeltes an sich. Frau Suter sah ihr Enkelkind jetzt wieder weit weg. Zu weit für die wenigen Jahre, die ihr noch blieben.

- Ich konnte es zuerst gar nicht glauben. Die Tüte war voll mit Geldscheinen, und niemand schien sich dafür zu interessieren. Die Polizei war ja da. Aber niemand ging in das Haus. Und da habe ich...
- Da haben Sie sich Ihren Finderlohn genommen. Das ist schon recht so. Allerdings haben Sie einen grossen Fehler gemacht.
- Ich weiss. Ich hätte das nicht tun sollen.
- Sie hätten sich fünftausend nehmen sollen. In der Tüte waren meines Wissens fünfzigtausend. Zehn Prozent davon sind fünftausend, nicht zweitausend.
- Sie meinen... Ich kann das Geld behalten?

Ich versicherte ihr, dass ausser mir niemand etwas von dem Geld wusste. Dann verliess ich Frau Suter. Die restlichen 48'000 lagen noch immer in der Tüte. Kein übles Honorar. Ich legte 3000 davon in Frau Suters Briefkasten. Der Rest landete vorerst in meiner Schreibtischschublade. Als ich mir eine Zigarette anzündete, erinnerte ich mich an das Feuerzeug. Ich rief Frau Bossato an.

- Tut mir leid, Maloney, aber ich bin müde.
- Die Polizei hat herausgefunden, dass Ihr Mann vor seinem Selbstmord einen jungen Mann totgefahren hat.
- Einen Mann?
- Ja. Dann hat er Fahrerflucht begangen. Ihr Mann hat also jetzt auch offiziell einen Mord am Totenhemd. Da könnten wir ihm doch ruhig auch noch den zweiten drankleben.

- Wie soll ich das verstehen? Gehen Sie etwa zur Polizei?
- Nein. Aber ich werde den Jungs das Feuerzeug zuspielen. Das haben Sie doch so gewollt, oder?

Sie schwieg. Diesmal hörte ich, wie sie sich eine Zigarette anzündete.
- Wie kommen Sie darauf, Maloney?
- Machen wir doch endlich reinen Tisch. Sie haben beobachtet, wie Ihr Mann Christine Albrecht tötete.
- Das stimmt nicht. Ich habe es nicht gesehen. Aber ich sah, wie er die Leiche in den Wagen lud.
- Und klug, wie Sie sind, haben Sie sofort kombiniert. Sie haben sich das Feuerzeug Ihres Mannes geschnappt, und gingen zurück zu ihrem Wagen und warteten. Als er mit der Leiche wegfuhr, folgten Sie ihm. Sie sahen, wie er in den Wald fuhr und warteten. Als Ihr Mann wieder wegfuhr, fuhren Sie selber in den Wald und legten das Feuerzeug so neben den Waldweg, dass es selbst ein halbblinder Polizist bemerken musste. Als Sie aber wegfahren wollten, sahen Sie jemanden.
- Woher wissen Sie das alles?
- Das spielt keine Rolle, Frau Bossato. Sie wollten Ihren Mann loswerden. Vermutlich hatte er etwas dagegen einzuwenden, dass Sie sich von ihm trennen wollten. Und es ist wesentlich einfacher, sich von einem Mörder scheiden zu lassen als von einem Staranwalt.
- Es stimmt. Ich kam auf diese Idee, als ich ihn und die tote Frau sah. Ich glaube nicht, dass man mir etwas anhängen kann.
- Na ja. Sie haben Ihren Mann gedeckt, offiziell wenigstens. Aber ich nehme an, dass Sie problemlos damit wegkommen.
- Mir wär's lieber, wenn wir die ganze Sache vergessen könnten. Ich bin nach wie vor bereit, Ihnen für das Feuerzeug etwas zu bezahlen.

Das glaubte ich ihr gerne. Ich sagte ihr, dass ich mir das noch einmal überlegen würde. Mit einer Tüte voll Geld in der Schreibtischschublade lässt sich das einfach sagen. Es war Zeit, ein wenig zu schlafen. Ich nahm die Tüte als Kopfkissen und legte mich unter den Schreibtisch. Es gibt bequemere Kissen als fünfundvierzigtausend Franken. Aber es hat auch noch niemand behauptet, dass Geld für alles brauchbar ist.

Der nächste Tag begann für mich um ein Uhr mittags und mit einer Überraschung. Hugentobler rief mich an, und er hatte jenen triumphierenden Klang in der Stimme, der eindeutig darauf hinwies, dass er gerade einen Mord aufgeklärt hatte.

- Alles paletti, Maloney. Was glauben Sie, haben wir in Bossatos Wagen gefunden?
- Keine Ahnung. Vielleicht eine Zweizimmerwohnung?
- Zwei Haare, Maloney.
- Was denn? Ganze zwei Haare? Und Sie sind sicher, dass die echt sind?
- Allerdings, Maloney. Und wissen Sie, wem diese Haare gehörten?
- Dem Weihnachtsmann?
- Christine Albrecht. Bossato hat auch die auf dem Gewissen. Ist ganz einfach: Dieser Martin Locher war mit Christine Albrecht befreundet. Er wusste wohl, dass sie ab und zu bei Bossato war. Als er erfuhr, dass Christine Albrecht ermordet wurde, dachte er sofort an Bossato. Vielleicht wollte er ihn erpressen. Auf alle Fälle wollte er ihn irgendwo an der Hugstrasse treffen. Bossato sah den jungen Mann, drehte durch und drückte aufs Gaspedal. Und später hat er sich dann umgebracht.

Ich gratulierte ihm zu der Lösung des Falles. Dass er nur beinahe recht hatte, verschwieg ich ihm natürlich. Wer konnte denn auch ahnen, dass Bossato das Geld bereits hinterlegt hatte, ehe er es sich anders überlegte? Ich rief meine Klientin an. Sie war erfreut über den Ausgang der Geschichte. Der Telefonknacker Chris Tobler wurde nie gefasst. Er schrieb Jahre später einen Kriminalroman, in dem er mir eine kleine Nebenrolle zugestand. Man soll ja nicht anmassend sein, aber etwas mehr hätte es schon sein dürfen.

Ich machte mich auf den Weg zu Frau Bossato. Langsam war es Zeit, ihr das Feuerzeug zu übergeben. Auch sie war erfreut über den Ausgang der Geschichte. Sie war gerade am Kofferpacken.

- Ich fahre für eine Weile weg.
- Wunderbar. Das Feuerzeug wird Sie dabei begleiten.
- Sie kommen mit?
- Sehe ich etwa aus wie ein Feuerzeug?
- Ich dachte bloss... Wieso eigentlich nicht? Wie wär's?
- Wohin geht denn die Reise?
- Rom. Alte Freunde besuchen. Mein Angebot gilt.

Sie lächelte. Dagegen war nichts einzuwenden. Und auch gegen

Rom war nichts einzuwenden. Ich ging zurück in mein Büro und installierte den Telefonbeantworter. Dann rief ich den Flughafen an. Das Packen war eine Kleinigkeit. Ich hatte ja genug Geld für neue Hemden. Als ich mit dem Taxi durch die Strassen fuhr, fiel mir auf, dass der Weg zum Flughafen durch die Hugstrasse führte.

Eine Tasse Kaffee war genau das richtige vor dem Abflug. Auf dem Flughafen traf ich Frau Bossato. Sie winkte mir zu, als sie zu den Terminals ging, die für die Europa-Flüge reserviert sind. Ich winkte zurück und ging zum Schalter der argentinischen Fluggesellschaft. Frau Suter erwartete mich schon. Sie trug ein putziges Kleid und strahlte. Zwei Stunden später sassen wir im Flugzeug nach Buenos-Aires. Frau Suter freute sich auf ihr Enkelkind, und ich freute mich auf die Sonne und die Muchas. So kriegt jeder ein Stück von dem ab, was man gemeinhin Leben nennt.

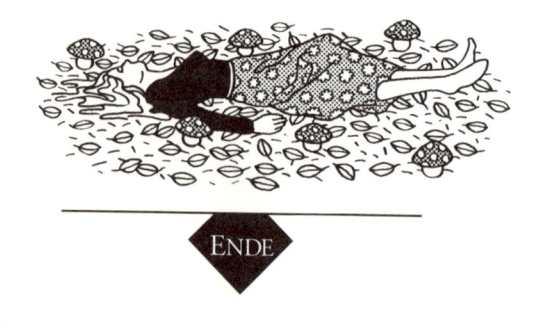

ENDE

JACKPOT

Ich stand in meinem Büro und trank Whisky. Es war ein sonniger Tag, und ich hatte Kopfschmerzen. Vermutlich lag es am Föhn. Ich hatte mir gerade die Haare gewaschen und mich rasiert. Ich überlegte, ob ich nicht einen Spaziergang machen sollte, da klopfte es an der Tür.
Sie trug ein elegantes Kleid und war ein wenig aufgeregt.
- Sind Sie noch frei?
- Kommt drauf an.
- Ich meine natürlich, ob Sie für mich einen Fall übernehmen.
- Kommt drauf an.
- Wie wäre es mit einer Anzahlung?
- Klingt nicht schlecht.
- Mein Bruder ist spurlos verschwunden.
- Ach, wissen Sie, Spuren hinterlassen sie alle.
- Mein Bruder nicht. Er ist ein sehr ordentlicher Mensch.
- Und seit wann ist Ihr Bruder verschwunden?
- Seit drei Tagen.
- Und wie heisst Ihr Bruder?
- Hübscher. Niklaus Hübscher. Mein Name ist Brigitte Hübscher.
Der Name gefiel mir nicht sonderlich. Aber man soll ja bekanntlich Leute nicht nach ihrem Namen beurteilen. Frau Hübscher sah so aus, als könnte sie sich auch langwierige Ermittlungen leisten. Ich beschloss, den Fall zu übernehmen.
- Mein Bruder hat sich selbständig gemacht. Er hat zusammen mit seinem Freund Boris Weiss eine kleine Werbeagentur aufgemacht. Vor

drei Tagen ist Niklaus nicht im Büro erschienen, und seither fehlt von ihm jede Spur.

- Lebt Ihr Bruder allein?
- Ja. Er wohnt in einem kleinen Haus am Stadtrand. Eine Tante hat es ihm vor einigen Jahren vererbt. Soviel ich weiss, hatte Niklaus keine feste Beziehung. Er lebte immer ein wenig eigenbrötlerisch.
- Ist es schon vorgekommen, dass er plötzlich für eine Weile verschwand?
- Nein. Wir haben häufig miteinander telefoniert und haben uns auch regelmässig gesehen. Wenn Niklaus vorgehabt hätte, eine Weile zu verreisen, hätte er mir das sicher gesagt.
- Vielleicht hat er sich verliebt und ist mit einer Frau nach Venedig, Davos oder sonstwohin gefahren. Verliebte machen oft solchen Unfug.
- Daran habe ich auch schon gedacht. Aber Niklaus ist ein sehr pflichtbewusster Mensch. Er würde zumindest seinem Geschäftspartner eine Nachricht hinterlassen.
- War er in letzter Zeit depressiv?
- Ehrlich gesagt, an Selbstmord habe ich auch schon gedacht. Er hat in früheren Jahren ab und zu davon gesprochen. Aber mehr so theoretisch.
- Waren Sie schon bei der Polizei?
- Nein. Ich dachte, ich versuche es erst auf eigene Faust. Niklaus wäre es nicht recht, wenn plötzlich die Polizei hinter ihm her wäre. Er mag Polizisten nicht.
- Kann ich gut verstehen. Ich würde mir gerne mal sein Haus ansehen. Vielleicht finde ich ja einen Hinweis.
- Dann müssen Sie bessere Augen haben als ich. Ich war nämlich schon dort und habe nichts Auffälliges bemerkt.

Sie gab mir den Schlüssel, die Adresse und einen Check. Zufrieden begleitete ich sie nach draussen. Dann ging ich in ein Warenhaus und kaufte mir ein Paar Handschuhe. Ich wollte keine Fingerabdrücke hinterlassen.

Das kleine Haus lag am See. Eine Schnellstrasse führte vor der Haustüre vorbei. Ich wartete zwei Stunden, doch keiner der vorbeirasenden Wagen verlangsamte das Tempo. Schliesslich schloss ich die Augen und ging einfach drauflos. Hinter mir hörte ich quietschende Bremsen und ein grosses Krachen und Splittern.

Ich probiere den Schlüssel. Er passte.

- Hallo! Schnarcht da jemand? Hallo! Herr Hübscher!

- Oh, mon dieu! Was wollen Sie hier? Sind Sie ein Einbrecher?
- Das gleiche wollte ich Sie auch gerade fragen.
- Aber ich bitte Sie! Sehe ich etwa aus wie eine Einbrecherin?

Ich schaute mir die Dame etwas genauer an. Sie trug blasse Jeans und ein enges T-Shirt, das ihren Busen ganz schön betonte. Ich schätzte sie auf Anfang zwanzig. Sie hatte auffallend dunkle Augenbrauen, und ihre Nase war ein wenig zu gross geraten.

- Einbrecher sehen in der Regel auch nicht viel schlimmer aus als die Leute, denen man täglich im Tram begegnet.
- Ich heisse Dominique. Ich komme einmal in der Woche hierher und mache Ordnung.
- Jaja, den Seinen gibt's der Herr im Schlaf.
- Ich... ich war an einer Party letzte Nacht. Ich habe, wie sagen Sie... durchgemacht... Als ich dann in das Haus kam, sah ich, dass es schön aufgeräumt ist. Ich wollte bloss ein wenig mich hinlegen, nur ein paar Minuten und da...
- Da sind Sie eingeschlafen.
- Genau. Und Sie? Wollen Sie auch hier schlafen?
- Ist vielleicht keine schlechte Idee.
- Aber nicht mit mir! Ich schlafe nicht mit fremden Männern.
- Mein Name ist Maloney.
- Das genügt mir nicht.
- Wussten Sie, dass Niklaus Hübscher seit drei Tagen verschwunden ist?
- Nein. Sind Sie von der Polizei?
- Ich bitte Sie... seine Schwester hat mich beauftragt, das Haus ein wenig unter die Lupe zu nehmen.
- Sind Sie ein richtiger Privatdetektiv?

Was soll unsereins darauf antworten? Ich zeigte ihr meine zittrigen Hände und meine gelben Zähne. Sie machte ein enttäuschtes Gesicht. Ich grinste wie Mickey Rourke und streifte mir die Handschuhe über. Dann begann ich mit der Durchsuchung. Dominique folgte mir. Ich versuchte es zuerst in den Zimmern. Es kam nicht Gescheites dabei heraus. Dann gingen wir in den Keller.

- Da! Die Tiefkühltruhe!
- Na und? Was ist damit?
- Haben Sie nicht gelesen das Buch: Mord in Kehrsatz? Die Leiche der Frau war in der Tiefkühltruhe ihres eigenen Hauses.
- Wer redet denn hier von Leiche?

Ich ging auf die Tiefkühltruhe zu und öffnete sie. Die Überreste einiger toten Tiere lagen darin.
- Sehen Sie: nichts als Fleisch und Eis.
- Vielleicht hat man Herrn Hübscher zerhackt?
- Na, hören Sie mal, wir sind hier nicht in einem Schundroman. Wenn Sie mich fragen, liegt Niklaus Hübscher uns zu Füssen.
- Aber ich sehe nichts...
- Hier... Die Erde wurde an dieser Stelle erst kürzlich umgegraben. Sehen Sie diese dunklen Flecken?
- Aber... dann stehen wir hier ja auf einer Leiche...
- Ist anzunehmen.
- Muss ich jetzt schreien?
- Ich bitte darum.

Dominique schrie, und ich holte mir einen Spaten und begann zu graben. Niklaus Hübscher war kein Hübscher mehr. Sein Gesicht sah ziemlich mitgenommen aus. Dominique wurde es schlecht. Sie ging nach oben auf die Toilette. Ich ging ebenfalls nach oben - zum Telefon - und meldete den Leichenfund der Polizei.

Ich machte es mir auf einem Sofa bequem und flösste mir und Dominique ein wenig Whisky ein. Es dauerte einige Minuten, bis die Polizei erschien. Eine ganze Horde von Spurensicherern strömte in den Keller hinunter. Ein alter Bekannter von mir setzte sich neben uns aufs Sofa und sah mich streng an. Ich blickte streng zurück.

- Na, Maloney, gehen Sie öfters in fremde Keller, um dort nach Leichen zu graben?
- Nur wenn mir langweilig ist. Fragen Sie mich jetzt bitte nicht, in welchem Auftrag ich hier bin.
- Das werden wir schon noch herausfinden. Ich nehme nicht an, dass die junge Dame Ihre Assistentin ist. Kann mir nicht vorstellen, dass Sie sich so was leisten können.
- Ach, wissen Sie, eine Ehefrau ist manchmal viel teurer als eine Assistentin.
- Wem sagen Sie das, Maloney? Trotzdem - wer ist die Frau?
- Ich heisse Dominique... Sie sehen aber lustig aus... Ist das ein Kostüm für den Karneval?
- Aufgepasst, Dominique. Der sieht tatsächlich so aus. Manchen Menschen spielen die Gene übel mit.
- Wenn Sie so weitermachen, muss ich Sie beide mitnehmen.
- Ich möchte schlafen. Ich bin müde.

- Kein Wunder. Das Herumtragen von Leichen ist ganz schön anstrengend.
- Sie glauben doch nicht etwa, dass Dominique diesen Niklaus Hübscher im Keller vergraben hat?
- Seit auch die Frauen in Fitnesstudios gehen, ist nichts mehr unmöglich. Die haben ja bald mehr Muskeln als wir. Sogar meine Frau macht seit neuestem Body-Building.
- Vermutlich will sie damit verhindern, dass Sie ihr zu nahe treten.
- Lassen Sie Ihre Scherze, Maloney. Die Lage ist ernst, und für gewisse Leute ist sie sogar beschissen. Die Dame kommt mit aufs Revier.
- Haben Sie dort eine Pritsche?
Dominique schien überhaupt nichts begriffen zu haben. Der Polizist legte mir nahe zu verschwinden. Ich liess mich nicht zweimal bitten. Ich ging in eine Telefonkabine und versuchte meine Klientin zu erreichen. Vergeblich.
Nach einem kleinen Spaziergang erreichte ich das Büro von Niklaus Hübscher und Boris Weiss. Ein jugendlich wirkender Mann öffnete auf mein Klingeln.
- Sind Sie Boris Weiss?
- Das bestreitet niemand.
- Ich wollte eigentlich zu Niklaus Hübscher.
- Der ist nicht da.
- Und wann ist er wieder da?
- Keine Ahnung.
- Das verstehe ich nicht.
- Ehrlich gesagt: Ich habe keine Ahnung, wo Niklaus steckt. Er hat sich schon seit drei Tagen nicht mehr blicken lassen.
- Und das beunruhigt Sie nicht?
- Nun ja, Gedanken mache ich mir schon. Aber schliesslich lebt jeder sein eigenes Leben. Es nervt mich schon ein wenig, dass Niklaus mich einfach so hängen lässt.
- Das ist auch gar nicht seine Art.
- Ach, weiss der Teufel, was in den Köpfen anderer Menschen vorgeht. Sie kennen sicher die Geschichte von dem Mann, der nur mal gerade Zigaretten holen wollte und dann zehn Jahre später wieder zurückkam.
- Es gibt Orte, von denen man überhaupt nicht mehr zurückkommt.

– Was soll denn das wieder heissen? Sie glauben doch nicht etwa, dass Niklaus etwas zugestossen ist?

– Nun, niemand gräbt sich selber ein Loch, legt sich hinein und schüttet es wieder zu.

– Wie bitte?

– Ganz einfach: Niklaus Hübschers Leiche wurde im Keller seines Hauses gefunden.

– Aber das ist doch unmöglich... wer... ich... entschuldigen Sie, aber ich kann das einfach nicht fassen...

Er setzte sich auf einen Stuhl und blickte ins Leere. Ich schaute mich ein wenig in seinem Büro um. Es war vollgestopft mit teuren Geräten: Computer, Telefax, Kopierer und mehrere Telefone. Boris Weiss sagte nicht mehr viel. Ich liess ihn alleine und ging in mein eigenes Büro. Meine Klientin erwartete mich. Sie hatte gerötete Augen, und ihrem Blick sah man an, dass sie sich fürchterlich zusammennahm. Ich versuchte ihr etwas Tröstendes zu sagen.

– Denken Sie daran, dass viele Menschen nicht einmal einen Bruder haben. Ihrer ist zwar jetzt tot, aber es gab ihn immerhin einmal. Ich zum Beispiel hatte nie einen Bruder.

– Sie sind ja schlimmer als diese Fernsehpfarrer.

– Tut mir leid. Aber in meinem Beruf sind Leichen so alltäglich wie schmutzige Bettwäsche und Mundgeruch.

– Ein schrecklicher Beruf.

– Es gibt Schlimmeres. Denken Sie nur an Versicherungsvertreter. Die treffen auch täglich auf Mundgeruch. Und die Leichen, denen die ihre Policen andrehen, sehen vielleicht ein wenig lebendiger aus als meine Leichen. Aber was soll's.

– Die Polizei hat Dominique verhaftet. Ich kann mir nicht vorstellen, dass sie etwas mit dem Mord zu tun hat.

– Wissen Sie, wie Ihr Bruder ermordet wurde?

– Ja, erschlagen, mit einem stumpfen Gegenstand.

Sie schaute auf den Boden und begann dann wieder zu schluchzen. Ich suchte in meinem Schreibtisch nach einem Papiertaschentuch, fand aber nur eine Rolle Toilettenpapier. Ich gab sie Frau Hübscher.

Eine Stunde später sassen wir immer noch da. Das Toilettenpapier war inzwischen alle. Das Telefon klingelte. Ich nahm den Hörer ab. Hugentobler schrie mir ins Ohr.

– Hallo, Maloney. Ich wollte Ihnen bloss mitteilen, dass der Fall abgeschlossen ist.

- Sicher haben Sie herausgefunden, dass Niklaus Hübscher in seinem Keller einen Schacht graben wollte, um nach Gold zu schürfen, und dabei von einer Steinlawine erschlagen wurde.
- Aber nicht doch, Maloney. Ist alles viel einfacher. Dominique hat den Mord gestanden.

Brigitte Hübscher schüttelte langsam den Kopf und stützte sich dabei mit einem Ellbogen auf den Schreibtisch.
- Ich kann mir einfach nicht vorstellen, dass Dominique es getan hat.
- Vielleicht ist er zudringlich geworden, und sie hat sich gewehrt. Klassischer Fall von Notwehr.
- Und wie hat sie meinen Bruder in den Keller geschleppt?
- Vielleicht hat ihr jemand dabei geholfen.
- Vielleicht, vielleicht. Ich weiss gar nicht mehr, was ich denken soll. Was soll ich bloss tun?
- Wie wär's mit Whisky?
- Ein Joint wäre mir lieber.
- Tut mir leid. Ich bin ein Drogensüchtiger der alten Schule.
- Könnten Sie mir noch einen Gefallen tun?
- Wenn's weiter nichts ist.
- Diesen Lottozettel hier habe ich in Niklaus' Wohnung gefunden. Er ist auf den Namen Boris Weiss ausgestellt. Könnten Sie ihn ihm zurückgeben?

Ich nahm den Zettel und schaute ihn mir an. Er sah aus wie alle Lottozettel aussehen: wie ein Veteranenfriedhof. Lauter Kreuze darauf. Der Zettel war nicht abgestempelt. Frau Hübscher ging, und bald darauf ging ich auch.

Auf der Polizeihauptwache waren lauter Beamte, die Lottozettel ausfüllten.
- Na, fühlen Sie sich einsam und verlassen, Maloney? So ganz ohne Leichen und Polizisten?
- Ich wollte bloss einmal nachschauen, ob Dominique noch lebt. Vermutlich haben Sie sie stundenlang mit Ihrem Kaffee gefoltert, um ein Geständnis zu erpressen.
- Dominique trinkt keinen Kaffee. Ich habe ihr eigenhändig Tee zubereitet. Im übrigen hat sie sofort gestanden. Sie fragte bloss: "Was werden Sie mit mir machen, wenn ich gestehe?" Ich antwortete: "Einen fairen Prozess, der lebenslänglich dauert." Tja, und dann hat sie ausgepackt.

- Die Kleine will sich doch bloss wichtig machen. Typischer Fall von Fernsehverblödung. Sie stellt sich den Prozess einfach wahnsinnig spannend vor. Spannender als diese ewige Putzerei.
- Jetzt werden Sie bloss nicht gesellschaftskritisch. Fehlt bloss noch, dass Sie der Klimaverschiebung die Schuld geben.
- Apropos Klimaverschiebung: Ist Ihnen auch schon aufgefallen, dass Sie immer mehr einem Gorilla ähnlich sehen? Früher gab es so was noch nicht in diesen Breitengraden.
- Sie können mich mal, Maloney. Muss jetzt nämlich zum Kiosk. Acht Millionen warten auf mich.
- Jaja, acht Millionen können sich nicht irren. Ist es eigentlich ein neuer Volkssport, dieses Ausfüllen von Lottozetteln?
- Versuchen Sie es doch auch mal. Letzte Woche waren es noch 5 Millionen, jetzt sind schon acht Millionen im Jackpot.

Es hat manchmal auch seine guten Seiten, wenn man sich mit Menschen aus den unteren Bildungsschichten abgibt. Der Polizist brachte mich auf eine Idee. Ich ging in ein Zeitungsarchiv und blätterte. Danach notierte ich mir ein paar Zahlen und ging ins Büro von Boris Weiss. Er sass an seinem Schreibtisch und zeichnete irgend etwas.

- Was wollen Sie schon wieder? Ich habe der Polizei bereits alles gesagt, was ich weiss.
- Haben Sie ihr auch gesagt, dass Sie Lotto spielen?
- Wie kommen Sie darauf?
- 5 Millionen sind eine schöne Stange Geld.
- Ich habe noch nie etwas im Lotto gewonnen.
- Theoretisch schon.
- Was soll das? Mein Geschäftspartner und Freund ist tot, und Sie quasseln von Lottozahlen. Es wäre mir angenehm, wenn Sie sich jetzt verabschieden würden.

Ich blieb stehen, holte den Lottozettel aus der Tasche und hielt ihn ihm unter die Nase. Der Schein war theoretisch fünf Millionen wert. Die Zahlen waren am vergangenen Wochenende gezogen worden. Doch aus irgendeinem Grund war der Schein nicht abgestempelt worden. Boris Weiss wurde weiss im Gesicht. Er hatte begriffen.

- Ich habe durchgedreht. Können Sie das verstehen? Ich habe Niklaus den Zettel gegeben, damit er ihn noch zum Kiosk bringen konnte. Ich blieb hier im Büro und arbeitete. Aber er ging nicht zum Kiosk. Er ging nach Hause, weil dort meine Frau bereits auf ihn wartete.

- Ihre Frau?
- Sie hatte ein Verhältnis mit ihm. Ich erfuhr es Anfang Woche. Ich spiele seit Jahren Lotto, immer dieselben Zahlen. Ich wusste sofort, dass ich gewonnen hatte. Ich ging zu Niklaus, um den Schein abzuholen. Er wollte mich zuerst nicht reinlassen. Kein Wunder. Meine Frau war bei ihm.
- Und dann sagte er Ihnen, dass er den Lottoschein nicht abgegeben hatte.
- Zuerst war ich völlig verwirrt, als ich meine Frau bei ihm sah. Sie ging dann. Es war alles so offensichtlich. Und dann kam die Geschichte mit dem Lottozettel. Ich habe völlig durchgedreht. Als ich wieder einigermassen vernünftig denken konnte, lag Niklaus tot am Boden, und ich hielt eine Tischlampe in der Hand, und überall war Blut.
- Und Ihre Frau?
- Sie war, wie gesagt, schon vorher gegangen. Am nächsten Tag packte sie und fuhr weg zu einer Freundin. Sie weiss vermutlich noch gar nicht, dass Niklaus tot ist.

Boris Weiss stellte sich freiwillig der Polizei. Einige Stunden später rief Dominique an. Sie war ganz aufgeregt und freute sich, dass sie ihren Freundinnen in Paris soviel zu erzählen hatte. Später ging ich zu Brigitte Hübscher und erzählte ihr die Geschichte mit dem Lottozettel. Sie bot mir einen Joint an, und dann rauchten wir. In der Nacht träumte ich von acht Millionen. Ich wachte schweissgebadet auf. Ich tat, was ich in solchen Situationen immer tue: kalt duschen.

SCHWARZ AUF WEISS

ICH SASS AUF MEINEM STUHL UND BLÄTTERTE IN EINIGEN Zeitschriften. Ein Kurier hatte mir die bunten Hefte vorbeigebracht, nachdem ich einem gewissen Herrn Bosch versprochen hatte, in seinem Verlag zum Rechten zu sehen. Es dauerte zwei Stunden, bis dieser Herr Bosch in meinem Büro stand. Er hatte graue Haare, die wie Rauhreif glänzten, und er trug einen Anzug, der so aussah, als könnte er notfalls auch von alleine zur Chemischen Reinigung spazieren. Herr Bosch sah sich in meinem Büro um. Ich lächelte.
- Ich mag Leute mit Sinn für spartanische Lebensweise.
- Das lässt sich leicht sagen, wenn man selber Schuhe trägt, die mehr kosten, als andere Leute in einem Monat fürs Essen ausgeben können.
- Die Zeit der Ideologien ist vorbei, Herr Maloney. Was heute zählt, ist Stil.
- Ach, wissen Sie, es gibt Leute, bei denen das Wort Stil auch bloss eine Stilblüte ist.
- Sie mögen Leute wie mich nicht, stimmt's?
- Vermutlich sind Sie ein grossartiger Vater, ein zärtlicher Liebhaber und ein grosszügiger Vorgesetzter, der sich sechzehn Stunden am Tag für das Wohl seiner Untergebenen aufopfert. Und wozu das alles? Wenn Sie mir darauf eine ehrliche Antwort geben, mag ich Sie vielleicht.
- Egoisten sind wir alle.
- Sagte die Katze und frass den Vogel. Vielleicht wäre es besser, wenn Sie endlich zur Sache kommen würden. Sonst wird mein Weltbild vom Unternehmer, der ständig von einer Sitzung zur nächsten rast und

zwischendurch einem Mitarbeiter zur Geburt seines Sohnes gratuliert, noch erschüttert.

- In meinem Verlag gab es in den vergangenen Wochen einige seltsame Vorkommnisse. Wir müssen davon ausgehen, dass da ein Saboteur am Werk ist.
- Haben Sie irgendwelche Anhaltspunkte?
- Keine konkreten. Mal sind es Computer, die abstürzen, Dienstpläne, die unlesbar gemacht werden, dann sind es Unterlagen, die verschwinden, oder Telefonapparate, die demoliert werden.
- Hört sich mehr nach Schabernack an.
- Sicher, bis jetzt ist nichts Gravierendes geschehen. Aber diese vielen kleinen Ereignisse sorgen für Unruhe. Es wird viel darüber spekuliert, wer dahinter stecken könnte. Zumal wir in unserem Verlag im Moment eine etwas gereizte Stimmung haben.
- Werden einige Leute wegrationalisiert?
- Nein. Wir befinden uns mitten in einer grossen Umstrukturierung. Diese Reorganisation wird jedoch nur geringe Auswirkungen auf die Personalsituation haben. Aber natürlich gibt es immer Leute, die um ihren Arbeitsplatz bangen, ganz abgesehen von der Gewerkschaft, die sich naturgemäss schwertut mit innovativen Ideen, die aus der Verlagsleitung stammen.
- Sie vermuten also, dass die Gewerkschaft hinter den Sabotageakten steht?
- Das habe ich nicht gesagt. Ich glaube, dass es das Werk eines Einzelnen ist, vielleicht sind es auch zwei, aber sicherlich finden diese Aktionen nicht die Zustimmung des Personals. Ich möchte, dass Sie herausfinden, wer der Täter ist.
- Arbeiten bei Ihnen auch Frauen?
- Selbstverständlich.
- Dann könnte es also auch eine Täterin sein?
- Das ist nicht auszuschliessen. Übernehmen Sie den Fall?

Ich übernahm. Die Aussicht, einige Tage in einem grösseren Betrieb herumzuschnüffeln und dabei in der Kantine zu speisen und den Kaffeeautomaten benutzen zu können, war ausschlaggebend. Schliesslich braucht auch unsereins ab und zu eine warme Mahlzeit. Draussen war es kalt, und den Weg zur Stadtküche kannte ich auswendig. Herr Bosch übergab mir eine Personalkarte. Ich war nun Angestellter eines der grossen Verlagshäuser der Stadt. Meine Berufsbezeichnung war "Sachbearbeiter für rückwärtige Dienste". Ich gab mir keine Mühe herauszufinden, was das genau war.

Ich schaute mich zuerst ein wenig in der Kantine um. Eine Frau kam auf mich zu und musterte mich neugierig.
- Sind Sie neu hier?
- Ja. Maloney ist mein Name. Sachbearbeiter.
- Freut mich. Ich bin Claudia Breu. Vertrieb. Und ich bin im Vorstand der Gewerkschaft.
- Interessant. Stimmt es, dass hier alles ganz anders werden soll?
- Sie meinen diese Reorganisation? Nun, es wird viel geredet und geplant. Ich persönlich glaube nicht, dass sich viel ändern wird. Ausser vielleicht, dass die Chefposten ein wenig rotieren. Möchten Sie einen Kaffee?
- Aber ja doch.
- Dann gehen wir am besten zum Automaten. Der Kaffee in der Kantine ist ungeniessbar.
- Und das Essen?
- Kommt auf Ihren Magen an.
Ich lächelte säuerlich. Das hat man nun davon, dass man einen an sich trostlosen Fall aus ernährungstechnischen Gründen annimmt. Vielleicht ist das Leben eines heruntergekommenen Detektivs, der in der Stadtküche speist, gar nicht so übel im Vergleich zu diesen gutbezahlten Verlagsleuten, die sich ihre Magengeschwüre mit schlechtem Essen warm halten. Wir gingen zum Kaffeeautomaten und warfen Kleingeld ein.
- Wissen Sie, die einzigen, die bei einer Reorganisation in der Regel profitieren, sind die Bürokraten. Jede Umstrukturierung bläst die Verwaltung auf. Und eine aufgeblasene Verwaltung ist ein guter Grund, wieder umzustrukturieren.
- Und was machen Sie als Gewerkschafterin dagegen?
- Na ja, was in unserem Pflichtenheft steht: protestieren, Communiqués schreiben und Flugblätter verteilen.
- Das klingt ein wenig resigniert.
- Ach, wissen Sie, die Gewerkschaften sind in diesem Land wie brave Hunde. Man hat ihnen erlaubt, ein wenig zu bellen, damit sie garantiert nie richtig zubeissen.
Dann stürzte plötzlich ein junger Mann schreiend auf uns zu.
- Vorsicht! Trinken Sie ja keinen Kaffee!
- Ich weiss. Kaffee ist ungesund. Deshalb trinke ich ihn ja. Ich habe nicht vor, gesund zu sterben.
- Wenn Sie diesen Kaffee trinken, fallen Sie tot um!

Claudia Breu schaute den jungen Mann verblüfft an. Er war drauf und dran, mir den Kaffee aus der Hand zu schlagen.
- Sag mal, spinnst du?
- Nein. Bosch von der Verlagsleitung hat vorhin auch Kaffee aus dem Automaten geholt. Und jetzt liegt er in seinem Büro und ist tot. Vergiftet.
Es dauerte einige Minuten, bis die Polizei zur Stelle war. Boschs Leiche lag gekrümmt auf dem Boden, daneben lag ein brauner Plastikbecher. Der junge Mann, der Bosch gefunden hatte, war nicht mehr da. Überhaupt war es erstaunlich, dass ausser mir niemand bei der Leiche blieb. Ab und zu schauten einige Leute herein. Einer ging über Boschs Leiche und holte sich irgendeine Akte vom Schreibtisch.
Danach kam mein Freund und Helfer. Hugentobler freute sich sichtlich über meine Anwesenheit.
- Na, Maloney, haben Sie endlich einen anständigen Job gefunden, oder sind Sie wieder einmal ganz zufällig über eine Leiche gestolpert?
- Ach, wissen Sie, bei der Qualität der Lebensmittel, die wir heutzutage zu uns nehmen, ist es doch nicht weiter erstaunlich, dass ab und zu jemand daran zugrunde geht.
- Nun, ich glaube, es ist nicht normal, dass Leute an einer Zyankali-Vergiftung sterben.
- Tja, da bleibt also bloss noch die Frage zu klären: Wie kam das Zyankali in den Kaffee?
- Mit der Milch.
- Jaja, die Kühe sind auch nicht mehr das, was sie früher mal waren.
- Die Kühe werden sich bedanken. Nein, Maloney, der Fall ist ziemlich klar. Dieser Herr Bosch hatte einen Kühlschrank in seinem Büro, und in diesem Kühlschrank war die Milchtüte, und in dieser Milchtüte war das Zyankali.
- Dann hätte ich meinen Kaffee also gar nicht wegschütten müssen?
- Ich finde, dass man diese Automatenbrühe immer wegschütten müsste. Einen richtigen Kaffee gibt's nur zu Hause, bei meiner Frau.
- Was denn? Sie haben eine Frau? Ist sie kurzsichtig, schwerhörig und geruchsunempfindlich?
- Lassen Sie meine Frau aus dem Spiel, Maloney. Sagen Sie mir lieber, was Sie hier verloren haben.
- Bis jetzt nur eine Menge Zeit. Und Zeit ist bekanntlich Geld. Also habe ich etwa drei Franken fünfzig verloren.
- Ich möchte ja bloss nicht, dass Sie hier noch unnötig herumschnüffeln. Wir haben den Täter nämlich schon.

– Tatsächlich? Doch nicht etwa den Verkäufer vom Supermarkt, der aus Spass an der Freude Zyankali in Milchtüten spritzt?

– Sie halten uns wohl für völlige Idioten, Maloney. Weil Sie es sind, verrate ich es Ihnen: Der Täter war der junge Mann, der diesen Bosch gefunden hat. Er hat sofort gewusst, dass der Mann vergiftet wurde. Wer ausser dem Täter hätte das schon wissen können?

Er hob stolz seine Augenbrauen und blinzelte mit einem Auge. Dann ging er. Wenig später ging auch Bosch, das heisst, er wurde gegangen. Sein 16-Stunden-Tag endete exakt um 14 Uhr 30 in einem Metallsarg. Ich hatte wieder einmal keinen Vorschuss verlangt.

In der Stadtküche gab es um diese Zeit auch nichts mehr zu essen. Ich beschloss, noch ein wenig im Verlagshaus herumzuschnüffeln. Schliesslich kann auch unsereins immer wieder etwas dazulernen. In einem Grossraumbüro sass eine einzige Frau an einem Computer und tippte. Ich hustete.

– Tut mir leid, ich kann nicht mehr.

– Meinetwegen müssen Sie auch nicht.

– Ich... oh... entschuldigen Sie. Ich dachte, dass mir schon wieder jemand seine Artikel zum Eintippen geben wolle.

– Sind Sie die einzige, die um diese Zeit hier arbeitet?

– Sehen Sie sonst noch jemanden?

– Nein.

– Damit wäre Ihre Frage beantwortet. Haben Sie sonst noch ein Problem?

– Ja, manchmal habe ich so ein Ziehen in der Leistengegend.

– Das sind Altersbeschwerden.

– Hören Sie mal, so alt bin ich nun auch wieder nicht.

– Hat man Sie eigentlich hergeschickt, um mir auf den Geist zu gehen, oder ist das Ihr Naturell?

– Ich bitte Sie! Ich wollte bloss fragen, wo all die anderen Verlagsangestellten sind.

– Ein Teil ist dauernd an irgendwelchen Sitzungen.

– Und der andere Teil?

– Der andere Teil ist das ganze Jahr über damit beschäftigt, irgendwelche Intrigen zu spinnen.

– Und wer macht all die Zeitschriften?

– Das sehen Sie doch.

– Was denn? Sie ganz allein?

– Nicht ganz. In jedem Büro gibt es jemanden wie mich. Und wenn der Laden neu organisiert wird, sind wir es, die am Schluss dran glauben müssen.

- Dann hätten Sie allen Grund, die Verlagsleitung zu hassen.

Die Frau schaute mich verblüfft an. Ehe sie etwas sagen konnte, kam Claudia Breu dazwischen.

- Vorsicht! Dieser Mann ist ein Schnüffler.
- Na und? Soll er doch schnüffeln. Meine Achselhöhlen sind sauber. Mein Deo versagt nie.
- Sie sind doch ein Schnüffler, oder?
- Zugegeben. Ich bin Privatdetektiv.
- Dann sorgen Sie dafür, dass Boschs Mörder gefunden wird und dass sie Peter wieder freilassen.
- Und wo, glauben Sie, ist der Mörder zu finden?
- Sicher nicht hier. Bosch war als Verlagsleiter nicht unumstritten. Es gibt einige Leute in der Direktion, die auf seinen Posten scharf waren. Und die Frau eines dieser Direktoren ist zufällig Apothekerin. Macht es da nicht klick bei Ihnen?
- Tut mir leid, ich höre nichts.

Ich ging mit der Gewerkschafterin in die Direktionsetage. Die Direktion hatte gerade eine Krisensitzung. Alle trugen Anzüge wie der verblichene Herr Bosch. Hinter verschlossenen Türen pokerten sie nun um seine Nachfolge. Claudia Breu führte mich in ein Büro, an dessen Wänden lauter Einsatzpläne hingen.

- Scheisse.
- Wieso? Ich rieche nichts.
- Der Direktor mit der Apothekersfrau ist seit zwei Wochen in den USA bei einer Tochtergesellschaft unseres Verlagshauses.
- Mit anderen Worten: Er kommt als Täter nicht in Frage. Hatte Bosch eigentlich eine Sekretärin?
- Ja, natürlich.
- Ist sie schlank, langbeinig und unwiderstehlich?
- Sind wir das nicht alle?
- Vielleicht hatte Bosch ein Verhältnis mit seiner Sekretärin?
- Und die hat ihn dann mit Zyankali vergiftet, weil er sich nicht von seiner Frau scheiden lassen wollte.
- So ähnlich habe ich mir das vorgestellt.
- Bosch lebte mit einem schlanken, langbeinigen Schauspieler zusammen.
- Tja, es ist alles nicht mehr so wie früher. Sind wenigstens Sie noch

für kleine anatomische Unterschiede zu begeistern?
- Meinen Sie damit Ihre krumme Nase?
- Ich dachte eher an gewisse männliche Attribute, die in früheren Zeiten den Frauen weiche Knie bereitet haben.
- Weiche Knie krieg ich bloss bei dem Gedanken, dass mein Freund jetzt gerade verhört wird, weil diese Idioten von der Polizei glauben, dass er Bosch umgebracht hat.

Ich packte meinen Charme in eine Tüte und warf sie in den Papierkorb. Es wurde langsam Zeit, dieses Irrenhaus zu verlassen. Claudia liess nicht locker und führte mich noch mal in Boschs Büro. Ich tat, was ich in solchen Situationen immer tue: wühlen. Nach ein paar Minuten hielt ich eine Menge Papier in den Händen.
- Das sind Boschs Pläne für die Reorganisation.
- Ich wette, dass der Mörder irgendwo zwischen den Zeilen zu finden ist.
- Ich weiss nicht. Dieses Bosch-Papier ist ein riesiger Luftballon, der einzig und allein den Zweck hat, unzählige Sitzungen einzuberufen, damit alle das Gefühl haben, es gehe Ihnen an den Kragen.
- Aber irgend etwas musste Bosch doch mit dieser Reorganisation bezwecken!
- Wenn es einem Angestellten langweilig wird, räumt er den Schreibtisch auf. Wenn es den Bossen langweilig wird, schaffen sie eine neue Betriebsstruktur.

Ich blätterte ein wenig in den Papieren, die alle den Vermerk "Vertraulich" trugen. Nach etwa 15 Seiten, die mit nebulösen Formulierungen gefüllt waren, stiess ich auf einen einzigen konkreten Satz. Ich strich ihn rot an und liess die Gewerkschafterin stehen. Sie öffnete den Mund, sagte aber nichts. Ich versprach ihr, dass ihr Freund noch am selben Tag frei sein würde. Ich ging nach unten.

Das Büro des Hauswarts war eine kleine Kammer. Die Wohnung war gleich daneben. Ich klingelte. Seine Frau öffnete.
- Ist es wieder wegen der Toilette im dritten Stock?
- Nein. Wegen der Leiche im zweiten Stock.
- Dafür sind wir nicht zuständig. Wir reparieren bloss sanitäre Anlagen.
- Kann ich mit Ihrem Mann sprechen?
- Wenn es sein muss... er fühlt sich aber nicht sehr wohl...

Sie liess mich hinein. Der Hauswart sass in einem Sessel und hatte ein Glas in der Hand. Der Whisky stand daneben. Sein Blick ging durch mich hindurch. Seine Gedanken hinterliessen eine muffige Atmosphäre im Raum.

- Dieser Mann will dich etwas fragen, Paul.

Paul schaute zu mir auf und nickte langsam. Er nahm einen grossen Schluck aus dem Glas und sah mich dann mit glasigem Blick an.

- Es sind immer die kleinen Leute, die es am Ende trifft. Woran liegt das bloss?
- Vielleicht daran, dass die meisten kleinen Leute ihr Schicksal duldsam hinnehmen. Es gibt allerdings auch Ausnahmen.
- Es war sinnlos. Ich weiss. Aber es gibt Momente, da denkt man nicht an Sinn oder Unsinn. Da hasst man bloss.
- Aber Paul... Sei still. Man könnte ja denken, dass du...
- Dass er diesen Bosch umgebracht hat, nicht wahr?
- Lass nur, Paula. Ist doch jetzt völlig egal. Wissen Sie was, Herr Kommissar?
- Maloney ist mein Name. Sie wollen mich doch nicht etwa beleidigen?
- Sie sind nicht von der Polizei?
- Wenn ich so aussehe, dann ist irgend etwas schiefgelaufen bei meiner Geburt.
- Siehst du, Paul. Er ist nicht von der Polizei. Sie werden es nicht herausfinden.
- Ach, wissen Sie, früher oder später wird auch die Polizei auf die Idee kommen, Boschs Pläne durchzulesen. Und dann werden sie auch jene Seite lesen, in der steht, dass die Wohnung des Hauswarts in Büros umgebaut werden soll und künftig kein Hauswart mehr beschäftigt wird.
- Ich habe das Papier aus reiner Neugier gelesen. Vielleicht ist es falsch, neugierig zu sein. Wissen Sie, in fünf Jahren wäre ich pensioniert worden. Ein schöner Abgang mit Blumen und einem Fest. Aber so...
- Aber Paul...
- Es tut mir leid, Paula.

Ich liess die beiden allein. Dann ging ich noch ein wenig im Verlagshaus herum. Unterwegs kam mir wieder eine Horde von Sitzungsteilnehmern entgegen. Irgendwo wurden sicher gerade wieder neue Arbeitsgruppen gebildet und neue Sitzungsdaten festgelegt. Ein Mann mit fliehendem Kinn, der wie eine wandelnde Intrige aussah, lächelte mir opportunistisch zu. Ich holte mir einen Kaffee aus der Kantine. Die Gewerkschafterin hatte recht gehabt: Er schmeckte scheusslich. Ich ging nach draussen und atmete tief durch. Es begann zu regnen. Ich tat, was ich in solchen Situationen immer tue: fluchen.

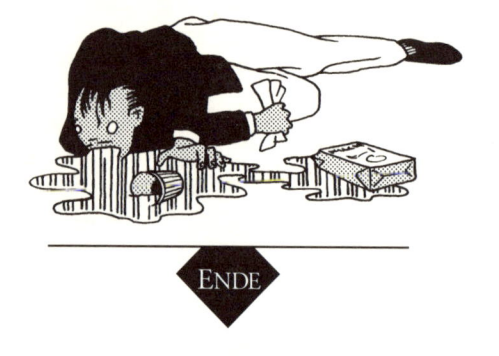

ENDE

DIE VERFOLGTE

ICH SASS IN MEINEM BÜRO UND SCHAUTE AUF DIE FRAU, die mir gegenüber Platz genommen hatte. Sie lächelte verkrampft und sah ein wenig aus wie eine Fernsehansagerin, die sich über eine Peinlichkeit hinwegmogelt. An ihrem Handgelenk hing eine dieser Uhren, die so laut ticken wie eine Zeitbombe in alten Filmen.

- Mein Name ist Wochner. Ich werde verfolgt.
- Interessant. Und wer verfolgt Sie?
- Ein Mann.
- Donnerwetter. Und was will dieser Mann von Ihnen?
- Ich weiss es nicht. Vielleicht will er mich umbringen.
- Hat der Mann denn ein Motiv?
- Woher soll ich das wissen?
- Sie könnten ihn ja mal danach fragen.
- Aber ich bitte Sie! Ich frage diesen Mörder doch nicht, weshalb er mich umbringen möchte.
- Vielleicht will der Sie gar nicht umbringen.
- Selbstverständlich will er das!

Frau Wochner bestand darauf. Ich liess ihr ihren Mörder. Schliesslich lebt unsereins nicht gerade in Wohlstand und Luxus. Die Armbanduhr begann immer lauter zu ticken. Mir brummte bereits der Schädel. Aber eine laute Armbanduhr ist kein gutes Motiv, um jemanden umzubringen. Ich liess es bleiben.

- Ich traue mich kaum mehr aus dem Haus. Ständig steht dieser Mann vor meiner Wohnung und beobachtet mich.
- Haben Sie es schon einmal mit Vorhängen versucht?

- Darum geht es nicht. Das ist kein Spanner. Dem geht es doch nur darum, meinen Tagesablauf herauszufinden, damit er mich dann töten kann.

- Und wie sieht er aus?

- Ich stehe normalerweise etwa um sieben auf und gehe dann unter die Dusche.

- Schön und gut. Aber mich würde mehr interessieren, wie dieser Mann aussieht, der Ihre Wohnung beobachtet.

- Also, der sieht aus wie dieser Schimanski in den Krimis. Ein ganz brutaler Typ.

- Weshalb gehen Sie nicht zur Polizei?

- Da war ich schon. Aber die... ach, wissen Sie, die Polizei kümmert sich nicht um uns Frauen. Für die sind wir alle hysterisch und haben Verfolgungswahn.

Ich nahm den Fall an. In der Regel genügt es, diesen Typen einen Schreck einzujagen. Ich versprach Frau Wochner, am Abend ihr Haus im Auge zu behalten und mir alle Verdächtigen vorzuknöpfen. Dann legte ich mich eine Weile hin. Ich träumte davon, dass mir der neue Stadtpräsident einen Kulturpreis überreichte. Danach sah ich in den Spiegel und sah aus wie ein Schriftsteller. Schweissgebadet erwachte ich und stellte mich unter die Dusche. Es war kurz nach sieben. Höchste Zeit, Frau Wochners Wohnhaus aufzusuchen. Es lag in einer ruhigen Strasse. Ich setzte mich unauffällig auf eine kleine Steinmauer. Zwei Minuten später stand Frau Wochner neben mir.

- Sie kommen zu spät, Maloney.

- Wieso? Sie leben doch noch. Oder täusche ich mich da? Meine Augen sind auch nicht mehr die besten.

- Vor ein paar Minuten war er wieder da. Dieser Mann, der wie der Schimanski aussieht.

- Hat er Sie bedroht?

- Nein. Aber er ging vor dem Haus auf und ab und schaute zu meiner Wohnung hinauf. Ja. Und dann verschwand er im Haus.

- Was denn? In Ihrem Haus?

- Nein. Im Haus gegenüber. Das macht er oft so. Manchmal fünfmal am Tag. Und immer versteckt er sich dann im Haus gegenüber.

- Na, dann werde ich mir das Haus gegenüber mal anschauen.

- Ja, tun Sie das. Sind Sie bewaffnet?

- Ach, wissen Sie, mit meinem Charme entwaffne ich jeden.

- Der ist aber gefährlich, dieser Schimanski.

Sie schaute vorsichtig in alle Richtungen, ehe sie in ihre Wohnung zurückging. Ich machte mich auf den Weg ins Nachbarhaus. Die Tür war geschlossen. Ich klingelte aufs Geratewohl. Es dauerte einige Sekunden, dann öffnete sich die Tür. Genau in diesem Moment kam mir dieser Schimanski entgegen. Ich fasste ihn am Jackett und sah ihn mit einem Blick an, den selbst Polizisten fürchteten.

- He Sie, ich will Sie nie wieder hier sehen, verstanden?
- Sie können mich mal. Diese Idioten haben eh keine Ahnung. Dabei sieht doch jedes Kind, dass ich der Beste bin. Mal ehrlich, wie sehe ich aus?
- Na, wie dieser Schimpanse aus dem Fernsehen.
- Ach, lecken Sie mich doch sonstwo, Mann.
- Das könnte Ihnen so passen. Lassen Sie gefälligst Frau Wochner in Ruhe.
- Kommen Sie mir jetzt nicht noch mit Weibergeschichten. Ich habe die Nase gestrichen voll. Das können Sie denen da oben mal laut und deutlich sagen. Karo-Film kann mich mal.

Es war ein mittelprächtiger Abgang. Er versuchte die Tür hinter sich zuzuknallen. Doch es war so ein Ding mit automatischer Federung. Er verrenkte sich beinahe den Arm und verschwand fluchend. Ich ging einen Stock höher zur Karo-Filmgesellschaft. Ich klingelte. Eine Frau öffnete.

- Tut mir leid. Wir suchen Männer mit Schnurrbärten.
- Solange kann ich nicht hier warten.
- Sie müssen zugeben, dass Sie ihm nicht sehr ähnlich sehen.
- Das will ich doch schwer hoffen. Wem sollte ich denn ähnlich sehen?
- Wollen Sie sich nicht als Doppelgänger bewerben?
- Wie kommen Sie denn auf diese Schnapsidee?
- Gottseidank. Ich kann nämlich langsam nicht mehr. Seit zwei Wochen kommen hier täglich ein Dutzend Schimanski-Doppelgänger vorbei. Und das nur wegen eines Werbespots. Ich kann diese Typen bald nicht mehr sehen.
- Interessant. Und die sehen alle aus wie dieser Schimanski?
- Ich kann diesen Namen gar nicht mehr hören. Natürlich darf ich hier ausbaden, was sich unsere Kreativen an Schwachsinn einfallen lassen. Ein Werbespot für Rheumawäsche mit lauter Schimanskis drin.
- Ist immer noch besser als ein Tatort für Rheumakranke.

Draussen heulte plötzlich eine Sirene los. Die Frau erschrak ein wenig.

- Was ist denn das?
- Klingt nach Feuerwehr.
- Das muss hier in unserer Strasse sein.

In unserem Beruf hat man ja manchmal Vorahnungen. Diesmal dauerte es eine Weile, bis die Ahnung vor meinem geistigen Auge vorüberzog. Ich stürzte nach unten, riss die Tür auf und eilte über die Strasse. Aus dem Haus meiner Klientin quoll dichter Rauch. Feuerwehrmänner rollten Schläuche aus, und durch den Qualm hörte ich meine Klientin.

- Hilfe! Maloney! Der will mich umbringen!

Das Feuer war schnell gelöscht und meine Klientin und mein Honorar gerettet. Wir standen vor dem Haus, während die Feuerwehr wieder abzog. Meine Klientin war ausser sich.

- Er wollte mich umbringen, Maloney. Stellen Sie sich das vor: Verbrennen wollte er mich.
- Nun beruhigen Sie sich doch. Noch ist nicht geklärt, ob es Brandstiftung war.
- Aber das ist doch offensichtlich.
- Wieso? Haben Sie den Täter gesehen?
- Nein. Ich war in der Küche. Plötzlich roch es so seltsam. Da habe ich die Wohnungstüre geöffnet, und da sah ich den Rauch.
- Woher kam er denn? Aus dem Treppenhaus?
- Ja. Auf meinem Stockwerk! Er wollte mich umbringen! Wo bleibt denn bloss die Polizei?
- Bloss das nicht.
- Da!
- Wo?

Ich drehte mich um, sah aber nichts. Doch plötzlich spürte ich eine Hand auf meiner Schulter.

- Hier, Maloney.
- Du meine Güte, Hugentobler. Muss das denn sein? Machen Sie eigentlich nie Ferien? Wenn das die Polizei-Gewerkschaft wüsste?
- Die weiss zum Glück noch weniger als ich, Maloney.
- Das dürfen Sie laut sagen.
- Also, Maloney, wo ist die Leiche?

Meine Klientin versuchte sich wieder in den Vordergrund zu drängen.

- Hier.
- Waren Sie als Lebende auch immer so vorlaut?

- Ich bitte Sie. Der wollte mich umbringen.
Ich ging dazwischen und vermittelte.
- Darf ich vorstellen: Frau Wochner.
- Angenehm. Moment mal, sind Sie etwa die Dame, die ständig Stimmen hört?
- Stimmen?
Ich schaute meine Klientin verwirrt an. Sie zuckte bloss mit den Schultern.
- Das erkläre ich Ihnen später, Maloney.
- Das will ich aber schwer hoffen.
- Ich muss jetzt gehen, Maloney. Die Pflicht ruft. Die Feuerwehr hat uns einen Leichenfund gemeldet.
- Was denn? Hier in diesem Haus?
- Das sage ich doch die ganze Zeit. Das ist ein Mörder.
- Ein Mann. Liegt tot im Wohnzimmer. In der Wohnung, in der auch der Brand ausbrach. Holz, Heinz Holz.
- Aber... das ist mein Nachbar! Er hat den Falschen erwischt, Maloney. Das galt mir...
- Also, ich gehe jetzt zurück in mein Büro. Eine Leiche und ein Polizist genügen. Die ergänzen sich so toll. Der eine denkt nicht aus Berufung und der andere wurde aus seinen Gedanken abberufen.
- Und was mache ich? In die Wohnung zurück gehe ich nicht mehr.
Ich nahm sie mit in mein Büro. Sie bestand darauf, mir eine Kassette vorzuspielen. Mir war der Sinn nicht gerade nach Musik. Aber was soll's, ich liess sie gewähren.
- Hören Sie das?
- Klingt wie Kurzwelle.
- Wenn Sie genau hinhören, hören Sie die Stimmen.
- Was für Stimmen? Radio Tirana auf dem Weg zur Marktwirtschaft?
- Wissen Sie, es gibt Leute, die behaupten, dass diese Stimmen auf Tonband Stimmen aus dem Jenseits sind. Das ist natürlich völliger Blödsinn.
- Ach, wissen Sie, es gibt gewisse Radioprogramme, die klingen tatsächlich wie aus dem Jenseits.
- Blödsinn, kompletter Blödsinn. Nur Schwachköpfe können so etwas glauben. Tot ist tot. Weshalb sollten Tote ausgerechnet auf Tonband reden? Und weshalb reden sie dann nicht auf Telefonbeantworter? Da wären sie wenigstens immer bei der richtigen Person. Nein, das ist

Blödsinn. In Wirklichkeit sind das die Stimmen von Ausserirdischen.
- Und weshalb sprechen die nicht auf den Telefonbeantworter?
- Weil die unsere Kurzwellen benötigen, um mit uns in Kontakt zu treten.

Ich hörte mir das Gepfeife noch eine Weile an. Dann verliess ich meine Klientin und machte mich auf den Weg ins Polizeipräsidium. Es roch wie immer nach frisch gebohnertem Boden und pensionskassenpflichtigen Beamten.
- Na, Maloney, fleissig mit den Ausserirdischen kommuniziert?
- Woher kennen Sie eigentlich die Frau Wochner?
- Sie hat vor zwei Monaten eine Mitteilung auf Tonband erhalten, auf der sie Ausserirdische gewarnt haben, dass jemand sie umbringen möchte. Seither meldet sie uns jeden Mann, der länger als 10 Sekunden vor ihrem Haus stehenbleibt.
- Und was ist mit der Leiche ihres Nachbarn?
- Tja. Ziemlich seltsame Geschichte. Sieht ganz nach Brandstiftung aus.
- Selbstmord?
- Dachte ich zuerst auch. Aber da gibt es noch etwas, das recht merkwürdig ist. Der Mann hatte 2 Promille im Blut und Wasser in der Lunge. Er ist ganz offensichtlich in seiner Wohnung ertrunken.
- Während es brannte? Hat die Feuerwehr da nicht ein wenig übertrieben?
- Nein, nein. Das war nicht vom Löschwasser. Der Mann war schon tot, als die Feuerwehr kam.
- Also doch ein Mord.
- Sieht ganz danach aus.

Ich ging zurück in mein Büro. Es konnte Zufall sein, es konnte aber auch mehr dahinter stecken. Vielleicht hatte meine Klientin doch recht, und jemand wollte ihr an den Kragen. Als ich in mein Büro kam, war meine Klientin verschwunden. Dafür sass eine andere Frau da. Ihre Augen waren gerötet, und das kam nicht vom Smog.
- Mein Name ist Frisch. Anna Frisch. Ich bin eine Bekannte von Heinz Holz.
- Moment mal. Ist das nicht der Mann, der tot in seiner brennenden Wohnung lag?
- Genau. Ich war noch bei ihm, kurz bevor es geschah. Als er noch lebte.
- Interessant. Und weshalb erzählen Sie das nicht der Polizei?

- Ich... ich war geschäftlich bei ihm.
- Verstehe. Und als Sie gingen, lebte er noch?
- Allerdings. Er hatte zwar getrunken. Aber er war noch ganz und gar lebendig.
- Und woher wissen Sie, dass er tot ist?
- Ich hatte meine Uhr bei ihm vergessen. Als ich zurückkam, war er schon weg. Eine Nachbarin erzählte mir, was geschehen war.
- Und jetzt möchten Sie die Uhr wieder haben?
- Die Uhr ist nicht so wichtig. Ich möchte nur eine Aussage machen.
- Für Aussagen ist die Polizei zuständig.
- Das geht nicht. Ich mache solche Besuche nicht offiziell, wenn Sie wissen, was ich meine.
- Eine lukrative Nebenbeschäftigung, verstehe.
- Heinz Holz hat mir gesagt, dass er dabei sei, gross abzukassieren. Genaueres hat er nicht gesagt. Und als ich ging, kam mir im Treppenhaus ein Mann entgegen. Er erschrak ziemlich, als er mich sah.
- Und Sie nehmen an, dass dieser Mann zu Heinz Holz wollte?
- Ja. Ich bin mir ziemlich sicher.
- Und wie sah dieser Mann aus?
- Ich weiss, es klingt albern. Aber er sah ein wenig aus wie dieser Schimanski im Fernsehen.

Langsam hatte ich genug. Es genügte offensichtlich nicht, dass die ganze Stadt voll von Möchtegern-Schimanskis war, ausgerechnet einer davon sollte jetzt auch noch der Mörder von Heinz Holz sein. Ich suchte meine Klientin und fand sie in ihrer Wohnung.

- Tut mir leid, dass ich einfach so verschwunden bin. Aber während Sie weg waren, habe ich eine Botschaft erhalten. Die Ausserirdischen haben mir mitgeteilt, dass für mich keine Gefahr mehr bestehe. Ist das nicht toll?
- Wunderbar. Haben die Ausserirdischen auch verlauten lassen, wer nun mein Honorar bezahlt?
- Der Check ist schon unterwegs.
- Den Marsmenschen sei's gedankt. Da ich nun schon mal hier bin, würde ich gerne einen Blick in die Nachbarswohnung werfen. Sie wissen nicht zufällig, wie ich da am besten hineinkomme?
- Wie wär's mit der Tür?
- Fabelhafte Idee. Haben Sie zufällig einen Schlüssel?
- Hier.
- Donnerwetter. Wo haben Sie denn den her?

- Herr Holz war häufig weg, und da hat er mir einen Schlüssel gegeben, damit ich die Pflanzen giessen kann.

Ich ging zusammen mit Frau Wochner in die Wohnung des Ermordeten. Es roch nach verbranntem Plastik. Im Schlafzimmer fand ich die Uhr seiner Dame für gewisse Stunden. Es war auch so eines dieser lärmigen Dinger. Im Wohnzimmer stand ein Fotoapparat mit Teleobjektiv auf einem Stativ.

- War dieser Herr Holz Fotograf?
- Nein. Diese Kamera sehe ich zum ersten Mal. Vor einem Monat hatte er die noch nicht.
- Sieht ganz danach aus, als ob er hier aus dem Fenster etwas fotografiert hat.
- Das ist aber seltsam. Da drüben ist doch nur ein Haus.
- Allerdings.
- Sehen Sie etwas?

Ich schaute durch den Sucher und sah tatsächlich etwas. Es war ein Hinweis, mehr nicht, aber er genügte, um einem gewissen Herrn ein paar unangenehme Fragen zu stellen. Ich ging in das Haus gegenüber. Als ich bei der Werbefilmagentur Karo klingelte, öffnete mir wieder die junge Frau. Sie erkannte mich auch.

- Sieh an. Sind Sie eigentlich ein neuer Mieter im Haus?
- Nein, ich bin auf der Suche nach einem Schimanski-Doppelgänger.
- Tut mir leid. Wir haben die Kampagne abgeblasen. Fritz, äh, Herr Born hat keiner der Doppelgänger richtig gefallen.
- Das habe ich mir beinahe gedacht.
- Ich verstehe nicht... Kennen Sie Herrn Born?

Ich antwortete nicht, sondern stiess die hübsche Frau beiseite. Sie war so verdutzt, dass sie nicht reagieren konnte. Dann ging ich schnurstracks auf eine Tür zu, öffnete sie, ohne anzuklopfen. Ein sportlicher Mann sah mich entgeistert an.

- Was fällt Ihnen ein? Was wollen Sie von mir?
- Es ist aus, Born. Sie sind überführt.
- Aber ich... Er hat mich erpresst. Dieses Schwein hat mich erpresst.

Ich klopfte mir innerlich auf die Schultern, so gut es ging. Fritz Born sah ziemlich belämmert aus. Wahrscheinlich hatte er seine Tat bereits mit dem Titel "Perfekter Mord" abgelegt. Und wäre da nicht eine ängstliche Frau gewesen, hätte es vielleicht auch klappen können. Born plapperte drauflos.

- Was hätte ich tun sollen? Der Mann wollte mich ruinieren. Fotografiert hat er mich, als ich hier in meinem Büro mit meiner Sekretärin... Geld wollte er, viel Geld, soviel Geld habe ich gar nicht. Gedroht hat er mir. Er werde zu meiner Frau gehen. Die Firma, mein Haus, alles gehört meiner Frau. Ich wäre ruiniert gewesen.
- Und da haben Sie sich einen Plan ausgedacht. Weshalb aber benötigten Sie dazu all die Schimanskis?
- Diese Frau im Haus gegenüber. Sie leidet unter Verfolgungswahn. Immer steht Sie am Fenster, ständig ruft sie die Polizei, wenn ein Mann sich dem Haus nur nähert. Wie hätte ich unerkannt zu diesem Holz in die Wohnung kommen können?
- Und da kamen Sie auf die Idee mit den Schimanskis. Wenn täglich ein Dutzend Schimanskis hier aufkreuzen, so dachten Sie, würde es nicht sonderlich auffallen, wenn mal einer dieser Schimanskis aus Versehen ins falsche Haus reingine.
- Es ging nicht anders. Was hätten Sie getan an meiner Stelle?
- Und wie haben Sie ihn getötet?
- Er war betrunken. Er wollte gerade ein Bad nehmen. Das Wasser war schon eingelaufen. Da habe ich seinen Kopf unter Wasser gedrückt.
- Und danach haben Sie Feuer gelegt.
- Ich bin ruiniert. Ruiniert.

Später kam dann noch seine Sekretärin hinzu und tröstete ihn. Die Polizei kam auch bald, und ich ging. Meine Klientin erwartete mich mit einem Whisky. Langsam fand ich Gefallen an den Ausserirdischen. Wir schauten dann noch ein wenig fern. Schimanski hechtete durch einen neuen Fall. Er sah auch nicht viel besser aus als seine Doppelgänger. Meine Klientin lächelte und schaute mir tief in die Augen. Keine Ahnung, was sie da sah. Ich tat, was ich in solchen Situationen immer tue: Ich blieb bei ihr liegen.

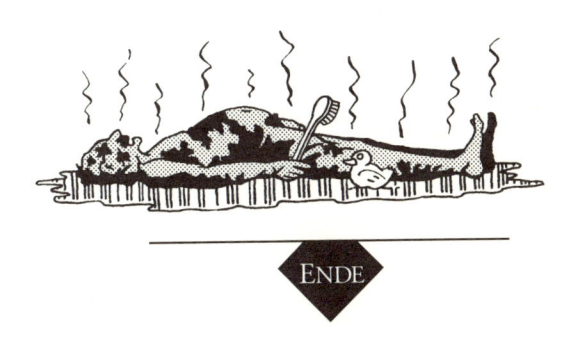

ENDE

Die Brieftaube

Ich klatschte in die Hände und hüpfte auf und ab. Nicht, weil mir das besonders Spass macht, es war einfach saumässig kalt in meinem Büro. Nachdem ich mich so ein wenig aufgewärmt hatte, trank ich etwas Whisky und rauchte eine Zigarette. Es war noch immer kalt, und es wurde nicht viel wärmer, als es plötzlich an mein Fenster klopfte. Ich dachte zuerst, es sei ein Engel, der mir eine Elektroheizung schenken wollte, doch als ich das Fenster öffnete, sah ich nur eine lahme Taube, die mich traurig anschaute. Ich nahm sie in meine Hand, sie liess es willig mit sich geschehen. Sie gurrte vor sich hin und machte es sich auf meinem Schreibtisch bequem. Ich bot ihr ein Glas Wasser an, doch sie schüttelte nur das Gefieder. Dann schaute ich sie etwas genauer an. Sie war nicht verletzt. Vermutlich war sie einfach ein wenig müde. Ich schaute etwas genauer hin und entdeckte eine kleine Metallhülse. Darin steckte ein Zettel. Ich entrollte ihn und las die Botschaft. Heute um zwanzig Uhr wird der Singvogel zum Abschuss freigegeben. Sie schaute mich ein wenig verärgert an und begann mit den Flügeln zu schlagen. Das hat man nun davon. Ich machte mich schon darauf gefasst, dass sie mir gleich meinen Anzug vollkleckern würde, doch sie schaute bloss zum Fenster und hob die Flügel an. Ich steckte den Zettel wieder in die Hülse und liess sie fliegen. Ich vermutete, dass sie zu einem dieser Manöver gehörte, bei denen die neuesten Übermittlungstechniken unserer Armee getestet werden. Sie flog weg und die Tür ging auf. Was ich da sah, war weder flügellahm noch taubengrau. Die Frau sah aus wie die letzte Verführung der abendländischen Kultur. Ich blieb vorerst standhaft.

- Sie können sich ruhig wieder setzen. Übernehmen Sie als Privatdetektiv auch Personenschutz?
- Kommt auf die Person an. Vor wem soll ich Sie denn schützen?
- Es geht nicht um mich.
- Das ist aber schade.
- Es geht um meinen Mann.
- Tja, dann muss ich mir das noch einmal überlegen.
- Tausend im Tag.
- Nicht schlecht. Und was ist mit der Nacht? Die bösen Buben kommen meist in der Nacht.
- Ich möchte, dass Sie ihn Tag und Nacht schützen.
- Und was ist mit Ihnen? Sind Sie auch Tag und Nacht bei Ihrem Mann?
- Nein. Ich bin einige Tage weg.
- Weshalb sagten Sie das nicht gleich? Solche Aufträge mag ich nicht.
- Und wenn ich die Gage verdopple?

Sie war eine der Frauen, die glaubten, dass alles nur eine Frage des Preises sei. Ich mag Leute nicht sonderlich, die unser System so gut kennen und in der finanziellen Lage sind, das auch auszunützen. Sie blieb einfach stehen und schaute mich an.

- Ich warte.
- Tun wir das nicht alle? Und irgendwann stellen wir fest, dass es keinen Sinn hat zu warten.
- Heisst das, dass Sie den Auftrag nicht übernehmen? Auch nicht, wenn ich Ihnen sage, dass mein Mann der berühmte Schriftsteller Jonathan Beck ist?
- Jonathan Beck? Ist das dieser Saufbold, der schon ganze Barbestände unschädlich gemacht hat?
- Mein Mann ist weltberühmt. Seine Bücher haben eine Auflage von 25 Millionen.
- Es gibt Bedienungsanleitungen, die eine grössere Auflage haben und wesentlich unterhaltsamer sind als die Bücher dieses Herrn Beck.
- Aber...

Sie atmete tief ein und liess ihre Augen funkeln. Das beeindruckte mich nicht sonderlich. Ich hatte einmal ein Buch dieses Jonathan Beck gelesen. Es war eine Mischung aus Tagesschau, Jerry Cotton und Reklame für Seidenunterwäsche. Er war einer dieser Autoren, die hinter jeden zweiten Satz ein Ausrufezeichen setzen, damit der Leser bei der Lektüre nicht einschläft. Frau Beck bebte noch immer wie ein kleiner

Vulkan, der davon träumt, endlich mal ausbrechen zu dürfen. Ich tat, was ich in solchen Situationen immer tue: nichts.
- Es ist Ihnen wohl völlig egal, dass mein Mann in Lebensgefahr ist? Man will ihn ermorden!
- Wer will ihn ermorden? Seine Leser?
- Er hat Morddrohungen erhalten.
- Interessant. Kann ich die mal sehen?
- Er hat sie weggeschmissen.
- Jetzt hören Sie mal, Frau Beck...
- Mein Name ist Fink.
- Fink?
- Ja, Fink. Wie die Singvögel.
- Singvögel?
- Was soll das? Gefällt Ihnen mein Name etwa auch nicht?
- Sind Sie sicher, dass Ihr Mann umgebracht werden soll? Und nicht Sie?
- Wieso sollte man mich umbringen?
- Vielleicht schreiben Sie auch so schreckliche Bücher.
- Ich? Nein, das würde ich mir nie zutrauen.
- Schlimmer als die Bücher Ihres Mannes könnten die auch nicht werden. Und bevor Sie jetzt in die Luft gehen und mit Ihrem hübschen Kopf die Spinnweben an der Decke wegwischen, können Sie mir vielleicht noch verraten, weshalb Sie nicht den Namen Ihres Mannes angenommen haben?
- Das habe ich getan. Jonathan Beck ist ein Pseudonym. Mein Mann heisst in Wirklichkeit Peter Fink.
- Und diese Singdrossel wird heute um acht zum Abschuss freigegeben.
- Wie bitte?
- Nichts. Ich habe nur laut nachgedacht. Gut, ich nehme den Fall an. Unter der Bedingung, dass ich während der Arbeit kein Buch Ihres Mannes lesen muss.
- Also gut. Können Sie gleich anfangen?
Ich nickte und nahm zwei Tausender entgegen. Die Frau war mir noch nicht sympathischer geworden, doch die Aussicht auf eine geheizte Villa stimmte mich milde. Ich fuhr mit Frau Fink in ihrem Sportwagen. Zwischendurch hielten wir an, weil ich einige Tauben untersuchen wollte. Frau Fink schüttelte nur den Kopf. Es konnte natürlich Zufall sein, aber wer glaubt schon an Zufälle? Für die einen steht alles im Kaffeesatz, für die anderen in den Karten oder in den Sternen, und bei mir landet das Schicksal in Form einer Brieftaube auf meinem Schreibtisch.

Ich war davon überzeugt, dass die Taube etwas mit diesem Schmierfink, der sich Jonathan Beck nannte, zu tun hatte. Frau Fink schüttelte noch immer demonstrativ den Kopf, als ich nach einigen mühseligen Versuchen eine Taube eingefangen hatte. Die Taube protestierte lautstark, ich liess sie wieder fliegen. Sie hatte keine Metallhülse am Fuss. Eine ältere Frau beschimpfte mich als Tierquäler und drohte mir mit ihrer Krücke. Ich liess die anderen Tauben in Ruhe und stieg wieder in Frau Finks Wagen. Sie fragte mich, ob ich eine Waffe bei mir hätte. Ich lächelte nur und zeigte ihr mein Feuerzeug.

Die Villa der Finks war gross und stand quer in der Landschaft. Frau Fink liess mich aussteigen und brauste gleich weiter, ehe ich etwas sagen konnte. Da stand ich nun vor der Villa des Peter Fink, der unter dem Pseudonym Jonathan Beck die Menschheit mit Büchern beglückte, die wegen ihrer Dicke gerade gut genug waren, um jemandem eins auf den Schädel zu geben. Fink öffnete mir persönlich. Er stand da und schaute mich an, als sei ich ein Literaturkritiker.

- Was wollen Sie von mir?
- Ich will Sie beschützen.
- Soll ich jetzt lachen? Ich habe schon bessere Witze gehört.
- Und ich habe schon bessere Bücher gelesen als die Ihren.
- Das glaube ich Ihnen gerne.
- Sie sind ja richtig selbstkritisch. Wenn Sie so weitermachen, könnte noch was aus Ihnen werden.
- Hören Sie, meine Frau hat mir zwar gesagt, dass sie jemanden engagieren will, der mich beschützen soll. Aber erstens bin ich nicht in Gefahr, und zweitens finde ich Sie unausstehlich.
- Vielleicht könnten wir uns darauf einigen, dass ich nicht über Ihre Bücher rede, und Sie mir dafür Zugang zu Ihrer geheizten Wohnung verschaffen.

Er liess mich mürrisch eintreten. Dann setzte er sich an einen Computer und stierte auf den Monitor. Dabei trank er unablässig aus einer Flasche Gin. Der Mann war ein Ekel, und er konnte es sich leisten, ein Ekel zu sein. Unsereins muss da manchmal ein wenig zurückhaltender sein. Ich setzte mich in einen Sessel. Fink grunzte mich an.

- Wenn Sie hier herumsitzen, kann ich nicht arbeiten.
- Saufen können Sie auch in meiner Anwesenheit. Das stört mich nicht.
- Aber mich stört es. Ich tippe hier nicht einfach so zum Vergnügen herum. Schreiben ist ein verdammt anstrengendes Geschäft.

- Jaja, ich weiss, die einsamen Schriftsteller, die um jede Zeile ringen. Dabei klingt das, was Sie schreiben, als würden Sie es im Vollrausch vor sich hin sabbern.

- Wenn Sie so weitermachen, könnten wir noch Freunde werden.

Er lachte ein grauenhaftes Lachen. Dann stopfte er sich die Flasche Gin in den Rachen und liess sie da drin, bis der letzte Tropfen in seine Eingeweide geflossen war. Ich schaute mich um, sah aber nirgends einen anständigen Whisky. Schliesslich liess ich den Mann allein und schaute mich ein wenig im Park um. Der Park sah um einiges gepflegter aus, als es Fink wohl je gewesen war. Es war noch immer sehr kalt, und das Laub, das auf dem Rasen lag, verursachte ein Geräusch, das einen Naturschützer zum Jubilieren gebracht hätte. Plötzlich sah ich jemanden, der sich bückte, als wolle er die Beschaffenheit des Rasens begutachten. Der Mann war so unauffällig gekleidet wie ein Elefant, der im Löwenkäfig spioniert. Ich ging auf ihn zu. Als er seinen krummen Rücken wieder in eine aufrechte Position brachte, erkannte ich Hugentobler. Ich fragte ihn, was er auf dem Privatgrundstück verloren hatte.

- Sieh an, Maloney. Was machen Sie denn hier?
- Schön der Reihe nach, ich habe zuerst gefragt.
- Ja also, ich bin dienstlich hier. Eigentlich nicht ganz, aber fast.
- Haben Sie in letzter Zeit einen Kurs in Rhetorik besucht oder wollen Sie in die Politik einsteigen?
- Nein, nein. Wissen Sie, wir haben da eine anonyme Anzeige erhalten. Hier im Park soll eine Leiche vergraben sein.
- Interessant. Und jetzt wollen Sie ihn umgraben? Da wird der Hausherr aber Freude haben. Er ist nämlich ein äusserst sensibler Mensch.
- Jaja, Schriftsteller, ich weiss. Jonathan Beck. Meine Frau hat alle seine Bücher gelesen. Wissen Sie, eigentlich habe ich mir gedacht, ich schau mal vorbei, vielleicht signiert er ja ein Buch für meine Frau. Diese Anzeige ist natürlich albern. Und was machen Sie hier, Maloney? Auch auf Leichensuche?
- Im Gegenteil. Soll ich Ihnen den Künstler vorstellen?

Er nickte begeistert. Auch Polizisten sind manchmal wie Kinder. Nur mit dem Unterschied, dass sie bewaffnet sind. Fink war alles andere als erfreut, als ich ihm den Polizisten vorstellte. Er schaute mich wütend an, dann wandte er sich Hugentobler zu, der ihm mit einem Hundeblick die Aufwartung machte.

- Wissen Sie, meine Frau kennt alle Ihre Bücher, und da wollte ich Sie fragen, ob Sie nicht vielleicht...
- Schon gut. Wie heisst Ihre Frau?
- Martha.
- Also dann: Für Martha.
- Ja. Da wird sie sich aber freuen.

Der Polizist strahlte und Fink rülpste. Dann signierte er eines seiner Bücher und überreichte es dem Polizisten. Ich ging mit ihm zusammen wieder in den Park.
- Netter Mann. Ein bisschen eigen, aber das muss wohl so sein.
- Und was ist jetzt mit der Leiche?
- Ach was, Maloney. Da war doch bloss jemand neidisch. Wieso sollte dieser Fink jemanden umbringen?
- Jemand, der so schlechte Bücher schreibt, ist zu allem fähig, auch zu Mord.
- So schlecht sind die Bücher auch wieder nicht, Maloney. Haben Sie "Das rosarote Spinnennetz" gelesen? Spannend, sag ich Ihnen, meine Frau kann gar nicht mehr schlafen, wenn sie ein solches Buch liest.
- Kein Wunder. Wenn ich neben Ihnen liegen würde, hätte ich auch schlaflose Nächte.
- Im "rosaroten Spinnennetz" kommt auch einer vor, der nicht schlafen kann.

Er erzählte mir die Geschichte dieses Buches, das ich glücklicherweise nie gelesen hatte. Dann ging er endlich. Ich spazierte noch ein wenig im Park herum. Auf einmal hörte ich das Geräusch einer Schaufel. Ich ging in Deckung. Dann sah ich sie. Energisch und zielstrebig grub sie ein Loch. Ich ging auf sie zu. Sie war um die vierzig und trug einen altmodischen Hosenanzug. Ich verlangsamte meine Schritte. Sie bemerkte mich erst, als ich schon ganz nahe bei ihr stand.
- Huch, bin ich erschrocken. Ich dachte schon, dieser Fink habe mich gesehen. Gehören Sie auch zu diesem Mörder?
- Was denn für ein Mörder? Was machen Sie eigentlich hier?
- Das sehen Sie doch. Ich grabe.
- Hier gibt's kein Öl. Nicht mal alte Münzen. Und Sie befinden sich auf einem Privatgrundstück.
- Man muss diesem Mörder endlich das Handwerk legen. Die Polizei unternimmt ja nichts. Sehen Sie hier das Gras? Und hier? Da hat jemand vor nicht allzu langer Zeit gegraben. Ich weiss, dass dieser Fink ein Mörder ist.

Sie grub weiter. Ich stand daneben und schaute zu. Sie machte auf mich den Eindruck einer Frau, die seit 20 Jahren Aktenzeichen XY schaut und endlich auch einmal eine dieser grausigen Entdeckungen machen will. Ich liess sie graben. Schliesslich hatte sie eine Schaufel, und damit sind auch schon Leute erschlagen worden. Plötzlich hielt sie inne und schaute entsetzt auf den Boden.

- Da! Sehen Sie! Ich habe es ja gewusst. Ich habe es gewusst. Dieses Schwein! Schauen Sie, schauen Sie, das ist ja grauenhaft...
- Was ist grauenhaft?
- Da! Das ist Felix!

Ich bückte mich. Da lag tatsächlich eine Leiche. Ich schaute die Frau an, sie starrte auf das, was da lag. Leichen kommen meist ungelegen. Diese ganz besonders. Es war nämlich noch immer saukalt in dem Park. Die Frau begann zu schluchzen.

- Felix! Er hat ihn umgebracht!
- Nun schreien Sie doch nicht so laut. Die Mäuse werden sich noch zu Tode erschrecken!
- Ich soll nicht schreien? So tun Sie doch etwas! Rufen Sie die Polizei! Dieser Mann muss hinter Schloss und Riegel! Mein armer Felix.
- Soweit ich das beurteilen kann, liegt da ein Hund.
- Na und?
- Tiere sind juristisch gesehen eine Sache. Falls er den Hund getötet hat, läuft das unter Sachbeschädigung.
- Sachbeschädigung? Sie sind wohl nicht ganz bei Trost! Aufhängen sollte man ihn, mitsamt seinem Weibsbild. Haben Sie gewusst, dass sie eine Ausländerin ist?

Sie machte noch ein wenig weiter so. Schliesslich benutzte ich einen Moment ihrer Unaufmerksamkeit, um ihr die Schaufel aus der Hand zu reissen. Ich drohte ihr damit, sie mit Erde zu bewerfen, wenn sie nicht endlich Ruhe geben würde. Schliesslich landeten wir in der Villa Finks. Er nuckelte an einer neuen Flasche Gin. Die Frau ging geradewegs auf ihn zu und stellte sich vor ihm auf wie ein Schiedsrichter, der gerade dabei ist, eine rote Karte zu zücken. Fink schaute ratlos zu mir. Die Frau brüllte ihn an.

- Mörder!
- Was soll das? Will die auch ein Autogramm?
- Ein Autogramm von Ihnen? Ich will, dass Sie hinter Gitter kommen! Meinen Felix einfach so umzubringen.
- Ist die meschugge?

Die Frau holte mit ihrer rechten Hand aus. Ich packte sie und stellte mich dann zwischen die beiden. Das sind so die Schattenseiten meines Berufes, wenn man eingeklemmt zwischen einem besoffenen Bestsellerautor und einer hysterischen Hundebesitzerin steckt. Ich versuchte, zwischen den beiden zu vermitteln.

- Ihr Hund liegt tot in Ihrem Park, Fink.
- Ach so, der Hund. Ich habe ihn eines Morgens tot aufgefunden. Meine Frau hat dann noch ein Anzeige gemacht, aber es hat sich niemand gemeldet. Schliesslich hat sie ihn im Park vergraben.
- Glauben Sie ihm kein Wort. Ich habe alle seine Bücher gelesen. Männer, Frauen, Kinder, ja sogar Katzen müssen in seinen Büchern dran glauben. Das ist ein Scheusal!
- Ich zahle Ihnen eine Extraprämie, Maloney, wenn Sie mir diese Frau vom Hals schaffen.

Ich lächelte säuerlich. Die Frau drehte sich um und wollte einen empörten Abgang inszenieren. Ich hielt sie zurück.

- Moment noch. Haben Sie Herrn Fink anonyme Briefe geschrieben?
- Ich? Sehe ich etwa so aus, als ob ich das nötig hätte?

Sie riss sich los und ging. Durch das Glas der Veranda sah ich, wie sie ihren Felix aufhob und mitnahm. Fink hatte eine Träne in den Augen. Ich musste zweimal hinschauen, um es zu glauben.

- Tut mir leid um den Hund. Ich mag Hunde.
- Wenn Sie jetzt sentimental werden, erschlag ich Sie mit einem Ihrer Wälzer, Fink.
- Schon gut. Glauben Sie, dass die Frau die Briefe geschrieben hat?
- Möglich. Aber sie sieht nicht so aus, als würde sie Brieftauben züchten.
- Brieftauben? Wie kommen Sie darauf? Ist doch seltsam, mein Sekretär züchtet Brieftauben.
- Ihr Sekretär? Weshalb haben Sie das nicht gleich gesagt?
- Konnte ja nicht wissen, dass Sie an Federvieh interessiert sind. Ich hasse diese gurrenden Viecher.
- Ist Ihr Sekretär im Haus?
- Er hat oben eine Wohnung. Wieso?
- Wie spät ist es?
- Halb sieben. Ich geh mal ins Bad. Wollen Sie mitkommen, Leibwächter?

Ich liess ihn stehen und ging ums Haus herum. Da war tatsächlich ein Taubenschlag.

Es dauerte nicht lange, bis ich sie entdeckt hatte. Sie sah müde aus von der langen Reise und begrüsste mich mit einem Gurren. Ich holte noch einmal den Inhalt des Zettels aus meinem Gedächtnis hervor. Um acht wird der Singvogel zum Abschuss freigegeben. Ich zweifelte nicht mehr daran, dass damit Fink gemeint war. Ich hatte noch eine Stunde Zeit.

Fink sah frisch gebadet auch nicht besser aus.
- Und? Haben Sie die Tauben inspiziert?
- Und wie. Eines würde mich interessieren. Wie fühlt sich ein Autor, wenn er nur noch eine Stunde zu leben hat?
- Eine Stunde? Wollen Sie mir Angst machen?
- Wird langsam Zeit, dass Sie sich an Ihre Memoiren machen. Vier Seiten sollten genügen.
- Was soll der Quatsch?
- Ihr Sekretär will Ihnen an den Kragen.
- Mein Sekretär? Unsinn. Ich hab ihn immer gut bezahlt.

Unser Dialog hatte ihn halbwegs nüchtern gemacht. Vermutlich dachte er an all die Bücher, die noch vor ihm lagen und an all die frustrierten Leser, die er schon hinter sich hatte. Ich erzählte ihm meinen Plan.
- Warten? Der Kerl will mich umbringen, und ich soll hier warten?
- Wir brauchen Beweise, Fink. Der Zettel bei der Brieftaube deutet darauf hin, dass noch jemand im Spiel ist. Ich vermute, dass der Sekretär nur dafür sorgen muss, dass dieser Jemand ins Haus kann.
- Noch jemand? Das versteh ich nicht. Bin ich wirklich so unausstehlich?

Ich bestätigte seine Vermutung, und er setzte sich deprimiert in einen Sessel. Ich stellte mich neben die Tür.

Punkt acht war es soweit. Die Schritte waren leise, aber nicht leise genug. Dann öffnete sich die Tür. Ich rief Fink zu, dass er in Deckung gehen sollte. Gleichzeitig packte ich den Lauf des Gewehres, der sich in den Raum schob. Ein Schuss fiel, und ein kurzer Aufschrei des Schützen bereitete dem ganzen Spuk ein Ende. Als ich das Licht andrehte, lag ein junger Mann am Boden. Er hielt sich das Schulterblatt, das er sich beim Rückstoss ausgerenkt hatte. Fink kroch zitternd hinter dem Sofa hervor. Er war unverletzt. Draussen hörte ich eine vertraute Stimme, die sich meinem Ohr näherte. Es war Hugentobler, der Autogrammjäger im Nebenamt.
- Hände hoch! Polizei!

- Na, möchten Sie noch ein Autogramm?
- Was ist denn hier los? Maloney, was haben Sie denn wieder angerichtet?
- Das war ich nicht. Dieser junge Mann wollte Fink erschiessen.

Jetzt meldete sich auch der junge Mann zu Wort. Er stöhnte noch immer erbärmlich und massierte sich die Schulter.
- Dieses Schwein. Er hat mir meinen Roman gestohlen.

Der junge Mann zeigte auf Fink. Dieser kam näher. Sein Gesicht war bleich, nur seine Alkoholfahne war noch die alte.
- Ach, Sie sind das...
- Ja, ich. Sie haben mir gesagt, dass Sie einen Verlag für mein Manuskript suchen. Stattdessen hat er es unter seinem Namen publiziert. Dieses Schwein!

Langsam wurde mir klar, was sich hinter dem Trubel alles versteckte. Hugentobler legte dem jungen Mann Handschellen an und rief dann eine Ambulanz herbei. In einem Nebenzimmer klärte er mich darüber auf, weshalb er nochmals bei Fink aufgetaucht war.
- Wissen Sie, Maloney, als die Frau bei uns anrief und sagte, dass ihr Felix tot im Garten von Fink gelegen hat, wusste ich sofort, dass da etwas nicht stimmen konnte.
- Ich bewundere Ihre Kombinationsgabe. Sie sollten es vielleicht doch mal mit Schach versuchen. Die Bauern würden sich freuen.

Hugentobler begleitete den jungen Mann zum Ambulanzwagen. Wenig später wurde auch der Sekretär verhaftet. Fink sass wieder im Sessel und trank Gin. Er schaute mich mit glasigen Augen an und erzählte und rülpste abwechslungsweise.
- Der junge Mann, Pfeiffer heisst er, war vor ein paar Jahren bei mir. Er hat mir sein Manuskript gezeigt. Im Original. Er war völlig abgebrannt. Ich gab ihm 10000 Franken und sagte, dass ich für ihn einen Verlag suchen würde.
- Sie haben sich also für 10000 einen Bestseller gekauft?
- Das Manuskript lag bei mir herum. Ich habe drei Jahre lang keine Zeile mehr geschrieben. Den Vorschuss für mein nächstes Buch hatte ich längst ausgegeben. Sie haben ja meine Frau gesehen. Der Verlag wurde ungeduldig. Da fiel mir das Manuskript von diesem Pfeiffer wieder ein. Es war eine Notlage, Maloney.
- Das wird ganz schön Staub aufwirbeln. Ihre Karriere ist im Eimer.
- Sie sind nicht der einzige, den das freuen wird. Ich verstehe nur nicht, weshalb mein Sekretär bei der Sache mitgemacht hat.

- Möglicherweise mag er Sie nicht besonders. Kann vorkommen.
- Meine Frau wird mich wohl verlassen. Ohne Geld kann ich ihr nur noch meine Ginfahne bieten. Und die mag sie nicht sonderlich.

Pfeiffer und der Sekretär kamen mit milden Strafen davon. Fink erklärte vor Gericht, dass er Pfeiffers Manuskript unter seinem eigenen Namen publiziert hatte. Die Sache wirbelte grossen Staub auf. Dann hörte man lange nichts mehr vom grossen Jonathan Beck. Bis eines Tages ein neues Werk erschien. Diesmal unter seinem richtigen Namen Peter Fink. Das Buch hiess "Das Ekel". Es waren seine Memoiren. Ziemlich schonungslos, ein dreihundertseitiges Besäufnis. Es wurde ein Bestseller. Fink heiratete eine andere Frau und machte eine Entziehungskur. Er schrieb mir einmal einen Brief und lud mich zu einer Party ein. Ich ging nicht hin. Ich mache mir nichts aus Partys.

ENDE

Die alten Griechen

Der Regen trommelte draussen einen einsamen Marsch. Irgendein Idiot hatte wieder mal die Himmelspforte nicht zugemacht, und prompt entwischte der Herbst, um uns Erdenbürger mit Nebel und Wasser zu kühlen. Mir konnte es recht sein. Meine Lieblingsjahreszeit ist der 12. August, punkt 13 Uhr. Und darauf konnte ich jetzt wieder eine Weile warten. Doch ich war nicht der einzige, der wartete.

Er stand vor meinem Büro und sah aus, wie die meisten Ehemänner aussehen: ein wenig abgestanden. Ich liess ihn herein. Er setzte sich.

- Kurz ist mein Name.
- Macht nichts, meiner ist auch nicht besonders lang.
- Ich komme wegen meiner Frau.
- Ich weiss schon.
- Bitte?
- Sie betrügt Sie mit Ihrem besten Freund.
- Aber... Das kann nicht sein!
- Weil nicht sein kann, was nicht sein darf. Ich weiss. Früher hat man deswegen Leute verbrannt.
- Aber meine Frau ist...
- Was denn? Sie haben sie umgebracht?
- Nein! Um Himmels willen, so verstehen Sie doch... sie ist weg. Verschwunden.
- Also doch ein Liebhaber.
- Das kann nicht sein!
- Mit Ihrer Einstellung sässen wir heute noch am Lagerfeuer und würden die Erde als flache Scheibe beschreiben.
- Sie muss entführt worden sein. Gekidnappt. Verstehen Sie?

- Haben sich die Entführer schon bei Ihnen gemeldet?
- Nein. Aber ich bin sicher, dass es so ist, weil, dass sich Petra - so heisst meine Frau - also, dass Petra einen, einen Liebhaber hat, dass... dass...
- Das kann nicht sein, jaja.
- Helfen Sie mir, Maloney.

Es schien das Übliche zu sein. Mann sucht seine Frau, die vermutlich gar nichts mehr von ihm wissen will. Maloney liefert Beweise, Mann klappt zusammen. Maloney tröstet. Mann bringt sich um. Honorar geht flöten. Whisky tröstet Maloney.

Der Mann mit dem kurzen Namen begann ein wenig zu schluchzen. Ich versuchte ihn aufzumuntern.
- Wie wär's, wenn wir jetzt einen trinken gehen und dann suchen wir für Sie eine neue Petra. Ich kenne da eine Bar, die ist voll von Petras.
- Aber ich will meine Petra, nicht irgendeine.

Dem Mann war nicht zu helfen. Ich tat es trotzdem und nahm den Fall an. Kurz klammerte sich an meine Hand und bedankte sich. Dann rückte er endlich mit einigen Details heraus.
- Am liebsten haben wir es am frühen Morgen getrieben.
- Interessant. Und wann machten Sie das Frühstück?
- Das geht Sie einen Dreck an, Maloney.
- Schon gut. Wann haben Sie Ihre Frau zum letzten Mal gesehen?
- Vor drei Wochen.
- Und jetzt erst suchen Sie nach ihr?
- Ich wusste ja nicht, dass sie verschwunden ist.
- Daraus soll mal einer schlau werden.
- Sie ging vor drei Wochen mit einer Freundin in die Ferien. Die hatte eine Reise für zwei gewonnen, und da ist Petra mitgegangen.
- Und ihre Freundin ist auch verschwunden?
- Nein. Das ist es ja gerade. Die beiden haben sich in der letzten Ferienwoche zerstritten. Sie sind dann getrennte Wege gegangen. Petra zog in ein anderes Hotel. Am Flughafen ist sie dann nicht aufgetaucht. Ihre Freundin flog zurück und sagte mir gestern, dass Petra verschwunden sei.

Das klang schon wesentlich interessanter. Der Mann mit dem kurzen Namen schob mir ein Foto seiner Petra rüber. Er hatte schon recht, so eine Petra findet man nicht so schnell wieder. Das Original hatte schwarze Haare und einen Blick, der Schlangen hypnotisieren konnte.
- Sie ist einmalig, Maloney.

- Wer ist das nicht? Und wo waren die beiden in den Ferien?
- Auf Samos. Das ist eine griechische Insel.
- Das geht ganz schön in die Spesen.
- Lassen Sie das meine Sorge sein.

So etwas hört unsereins natürlich gern. Ich schaute aus dem Fenster. Der Regen war jetzt schon ein wenig wärmer geworden, und auf dem Asphalt hörte ich das Meer rauschen. Kurz ging, und ich blieb noch eine Weile sitzen. Dann kaufte ich eine Zeitung und schaute mir den Wetterbericht an. Danach tat ich, was ich in solchen Situationen immer tue: Ich sang laut vor mich hin. Einige meiner Nachbarn konnten ihre Begeisterung nicht mehr im Zaum halten. Ich sang noch ein wenig weiter, dann ging ich zu jener Frau, die mit Petra in den Ferien gewesen war. Sie war braungebrannt und hatte grüne Augen.

- Richard hat mir gesagt, dass Sie kommen würden.
- Wer ist Richard?
- Richard Kurz, Petras Mann.
- Haben die beiden eine gute Ehe?
- Wie man's nimmt. Gestritten haben sie sich nie.
- Aber?
- Richard ist ein sympathischer Langweiler. Da gibt's keinen Streit.

Die beiden verliebten sich, als es Petra nicht besonders gut ging. Der richtige Mann zur richtigen Zeit. Aber die Zeiten ändern sich.

- Und mit ihnen die Männer.
- Es gibt da etwas, das ich Richard nicht gesagt habe.
- Dacht ich mir's doch.
- Nehmen Sie mich mit nach Samos?
- Bleibt mir wohl nichts anderes übrig. Wie heisst der Mann?
- Ein alter Grieche. Papandreu heisst er.
- Doch nicht etwa der Papandreu?
- Wieso? Kennen Sie ihn?

Ich buchte noch am selben Tag. Am nächsten Morgen sassen wir im Flugzeug. Sie hiess Angela und schien sich keine grossen Sorgen um ihre Freundin zu machen. Sie rauchte ununterbrochen, und ich trank ununterbrochen. Es gibt Menschen, die sich in gewissen Dingen fabelhaft ergänzen.

- Weshalb haben Sie die Schwimmweste angezogen?
- Na, weshalb wohl? Ich bin Nichtschwimmer. Wie sagten Sie, heisst der alte Grieche, mit dem Petra turtelte?
- Papandreu.

- Aber der Kerl hat doch schon eine junge Frau, die ihm seine Gesundheit ruiniert.
- Nicht der Papandreu. Nikos Papandreu. Ein weitgereister Mann. Spricht fünf Sprachen und sieht aus wie eine ergraute Statue.
- Scheint nicht Ihr Typ zu sein, Angela.
- Nein. Auch nicht Petras Typ. Deshalb haben wir uns auch gestritten. Es war mir völlig unbegreiflich, wie sie ihren Langweiler gegen dieses Fossil eintauschen konnte. Dabei waren die Strände voll von gutaussehenden Männern.

Ihre grünen Augen wurden noch ein wenig grüner. Ihr Blick verlor sich in der Erinnerung. Langsam dämmerte mir, weshalb Angela unbedingt noch einmal nach Samos fliegen wollte. Mir fiel ein, dass ich keine Badehose eingepackt hatte. Wir landeten sanft. Angela hustete und ich wankte ein wenig. Wir nahmen ein Taxi zum Hotel.
- Es ist das gleiche Hotel. Petra zog in der letzten Woche aus. Sie sagte nicht, wohin. Aber vermutlich zog sie zu dem alten Griechen.
- Haben Sie seine Adresse?
- Nein. Aber ich hatte das Gefühl, dass hier alle den alten Papandreu kennen.
- Das werden wir ja gleich sehen. He Sie, Taxifahrer, do you understand english oder Deutsch?
- Sie Deutsch? Ich Gastarbeiter in Deutschland. Fünf Jahre. Viel Ordnung in Deutschland.
- Kennen Sie einen Papandreu?

Er blieb einfach stehen und öffnete die Tür. So etwas passiert einem nur in der Spätsaison. Er fluchte noch laut über die Sozialisten und meinte, dass in den siebziger Jahren alles viel besser war. Dann fuhr er weg, und wir gingen zu Fuss weiter.
- Das war einer von denen, die der Militärdiktatur nachtrauern. Idioten gibt's in jedem Land. Aber die jungen Griechen sind da ganz anders.
- Mit denen werden Sie sich auch kaum über Politik unterhalten haben.
- Ich glaube, Sie sind da auf der falschen Spur, Maloney.
- Vorerst sehe ich weit und breit keine Spur. Und meinetwegen können Sie mit ganz Griechenland einen kulturellen oder sonstwie gearteten Austausch pflegen.
- Die eine Hälfte Griechenlands genügt mir vollkommen.

In der Hotelhalle stürzte sie sich auf einen dunkelhaarigen Vertreter dieser einen Hälfte Griechenlands. Ich trank noch einige Gläser und legte mich erst einmal hin. Bekanntlich gibt's der Herr den Seinen im Schlaf. Und tatsächlich: Ich träumte davon, mich im Schlaf weiterzubilden. Dann wurde ich von Angela geweckt.

- Na, ist der Whisky alle, Maloney?
- Sie denken auch immer nur an das eine. Dabei habe ich gerade im Schlaf Griechisch gelernt.
- Und ich habe im Wachzustand Papandreu ausfindig gemacht.
- Wunderbar. Dann besuchen wir die alte griechische Statue am besten gleich. Bei denen weiss man nie, wann sie zu Staub zerfallen.
- Ich habe mich auch noch ein wenig umgehört. Niemand hat Petra in den vergangenen Tagen gesehen. Und seit drei Tagen wird auch noch eine andere Touristin vermisst. Eine Holländerin. Glauben Sie, dass da ein Zusammenhang besteht?
- Weiss der Zeus, was hier womit einen Zusammenhang hat.
- Langsam habe ich ein sehr ungutes Gefühl. Vielleicht ist ja doch etwas passiert.

Sie sah jetzt aus wie eine Nebendarstellerin in einem Hitchcock-Film. Ein wenig verängstigt, aber auch sehr neugierig und fasziniert von dem Gedanken, dass in irgendeinem Kofferraum die Leiche ihrer Freundin liegen könnte. Wir nahmen ein Taxi und fuhren zu Papandreu. Dieser erwartete uns schon auf seiner sonnigen Terrasse.

- Sie sind also Petras Freunde. Schrecklich, wenn man sich auf diese Art und Weise kennenlernt, nicht wahr?
- Wieso? Was ist mit Petra?
- Ja, wissen Sie denn noch nicht, was passiert ist?
- Los, raus mit der Sprache, was ist mit ihr?

Angela machte einen Schritt auf ihn zu. Er blieb mit stoischer Ruhe stehen, so wie man sich das von einem alten Griechen gewohnt ist. Der Grieche legte eine Hand auf Angelas Schulter. Sie war so verblüfft, dass sie eine Weile nur auf die Hand starrte wie auf ein tödliches Insekt, bei dem man sich nicht regen durfte. Der Grieche sprach leise und mit einem Unterton des Bedauerns.

- Heute morgen wurde ihre Leiche an den Strand gespült.
- Aber das kann nicht sein!
- Ja, das hätte Richard Kurz jetzt auch gesagt...

Es war an der Zeit, dass ich mich in das Gespräch einschaltete. Schliesslich hat unsereins ja so etwas wie einen Berufsethos.

- Und Sie sind sicher, dass es sich um Petra handelt?

- Die Polizei ist sich sicher. Ihr Pass wurde von einem Fischer gefunden. Er hing in seinem Netz drin. Ihr Mann ist auch schon unterwegs, um sie endgültig zu identifizieren. Auch wenn das nicht so leicht sein wird.
- Was soll denn das heissen?
Angelas Gesichtsfarbe veränderte sich bedrohlich ins Grünliche.
- Die Leiche lag schon einige Tage im Meer und ist vermutlich einige Male gegen die Felsen gespült worden. Kein schöner Anblick.
- Sie haben sie gesehen?
- Ja. Es hatte sich herumgesprochen, dass sie einige Tage bei mir war.
- Und Sie haben natürlich keine Ahnung, was passiert ist?
- Sie war drei Tage bei mir. Aber nicht so, wie Sie sich das vorstellen. Ich bin ein weitgereister Mann. Ich liebe Sprachen und ich verehre schöne Frauen. Rein kulturelles Interesse, Sie verstehen?
- Glauben Sie ihm kein Wort, Maloney!
- Und wann haben Sie Petra Kurz zum letzten Mal lebend gesehen?
- Vor fünf Tagen. Damals besuchte mich eine andere Bekannte. Eine Holländerin. Die beiden haben sich sehr gut verstanden und sind dann zusammen weggegangen. Ich weiss nicht, wohin.
- Glauben Sie ihm kein Wort, Maloney!
Langsam begann mich die gute Angela zu nerven. Ich versuchte ihr das auf die sanfte Tour mitzuteilen.
- Wenn ich auch ständig den gleichen Satz vor mich hin brabbeln würde, kämen wir keinen Schritt weiter.
- Ich kann ja gehen...
Das tat sie dann auch. Ich hatte keine Veranlassung, sie zurückzuhalten. Sie war weder verdächtig noch war Sie eine potentielle Auftraggeberin. Ich trank noch zwei Ouzos und verabschiedete mich. Das Taxi war mit Angela weggefahren. Ich ging zu Fuss. Unterwegs kam mir ein Jeep entgegen. Eine Blondine sass darin, vermutlich ein neues kulturelles Studienobjekt von Papandreu. Im Hotel erwartete mich der Ehemann der Verblichenen. Er war noch der alte.
- Das kann nicht sein, Maloney.
- Haben Sie sie identifiziert?
- Ich kann das alles nicht verstehen. Petra... sie... Es war schrecklich, Maloney. Ihr Gesicht, es ist... Das kann doch einfach nicht sein...
- Was werden Sie jetzt tun?
- Ich muss wieder zurück. Das Geschäft, Sie verstehen? Angela werde ich mitnehmen. Aber mein Auftrag gilt noch, Maloney. Finden

Sie heraus, was genau geschehen ist. Ich brauche Klarheit, Maloney.

Wenn es etwas gibt, dass mich mit einem Menschen wie Richard Kurz verbindet, dann ist es der Wunsch nach Klarheit. Ich holte in meinem Zimmer das Griechisch-Wörterbuch und ging zur Polizei, um einige Informationen zu erhalten. Der Wachhabende war ein grosser Fan von Fernseh-Detektiven. Wir unterhielten uns prächtig und blätterten dabei gemeinsam im Fremdsprachenbuch. Nach 4 Stunden und 3 Ouzos hatte ich, was ich brauchte. Der Fall war so gut wie gelöst. Ich nahm ein Taxi und fuhr noch einmal zu Papandreu. Auf seinem Privatstrand räkelte sich die Blondine. Sie war allein.

- Ganz schön einsam hier draussen.
- Das ist ein Privatstrand.
- Wenn Sie vorhin im Jeep eine Sonnenbrille getragen hätten, wäre ich jetzt nicht hier.
- Haben Sie sich etwa in meine Augen verliebt, Maloney? Sie sind doch dieser Privat-Schnüffler. Papandreu hat mir von Ihnen erzählt.
- Und Sie hoffentlich auch gewarnt, Petra. Sie sind doch Petra Kurz? Haare kann man färben, aber die Augen bleiben, und Ihre sind tatsächlich einmalig. Da hat Ihr Mann schon recht.
- Für meinen Mann bin ich tot. Genaugenommen war ich das schon, bevor ich hierher kam. Manchmal muss man erst sterben, um richtig leben zu können.
- Aber muss man das denn gleich so wörtlich nehmen?
- Weiss mein Mann, dass ich noch lebe?

Ich konnte sie beruhigen. Wieder einmal gehörte ich zu den wenigen Auserwählten, die die Wahrheit wussten. Und wenn ich es mir so überlegte, gab es nur einen einzigen Grund, andere einzuweihen. Doch Petra Kurz konnte Gedanken lesen.

- Ich habe sie nicht getötet. Es war ein Unfall.
- Das sollen die griechischen Götter entscheiden. Aber es ist schon ein seltsamer Zufall, dass diese Holländerin, die Sie bei Papandreu kennenlernten, schwarzhaarig und unvorsichtig zugleich war.
- Es war Zufall. Oder Schicksal oder was auch immer. Wir mieteten uns ein Boot und fuhren in eine Bucht. Sie kletterte auf den Felsen herum und stürzte ab. Sie war auf der Stelle tot. Ich schleppte sie in das Boot und wollte zurückfahren. Ihr Gesicht war völlig zerschmettert. Da fielen mir plötzlich Papandreus Worte wieder ein.
- Und was hat der alte Grieche an Weisheiten von sich gegeben?
- Ich habe ihm von meinem Mann erzählt, von meinem Leben. Und

er fragte mich, ob ich nicht noch einmal von vorne beginnen möchte. Mit neuer Identität und so. Er hätte Freunde, die die nötigen Papiere besorgen würden.

- Und als Gegenleistung würden Sie seinen Strand verschönern.
- Papandreu verehrt Frauen, aber er liebt junge Männer. Er erwartet keine Gegenleistung.
- Und auf dem Boot haben Sie dann die Gelegenheit beim Schopf gepackt. Petra Kurz ist tot, es lebe Petra Kurz, oder wie immer Sie jetzt auch heissen mögen.
- Ich erhalte die Papiere morgen. Maloney, wollten Sie nicht auch schon mal ganz von vorne beginnen? Eines Morgens plötzlich als anderer erwachen?
- Ich hatte mal einen Alptraum. Als ich aufwachte, glaubte ich, ich sei Boris Becker.
- Wär doch fantastisch.
- Das war vor 15 Jahren. Damals wusste ich noch nicht, dass ich einmal ein berühmter Tennisspieler werden könnte. Und so schlief ich weiter und erwachte wieder als Maloney.
- Es ist nie zu spät.

Da hatte sie allerdings recht. Wir machten es uns noch eine Weile am Strand gemütlich, dann suchten wir eine kleine Pension. Man soll die Leichen so nehmen, wie sie kommen. Und diese war eine äusserst attraktive. Ich blieb noch eine Weile in Griechenland, dann liess ich Petra oder besser Nana, so hiess sie jetzt, allein in ihrem neuen Leben. Ihrem Mann erzählte ich die Geschichte von einem tragischen Unfall. Er wird sie in guter Erinnerung behalten. Ich besuchte Nana noch ab und zu. Dann verloren wir uns aus den Augen. Seither trinke ich im Herbst manchmal Ouzo. Er ist ganz gut, wenn man ihn mit zwei Whiskys nachspült.

ENDE

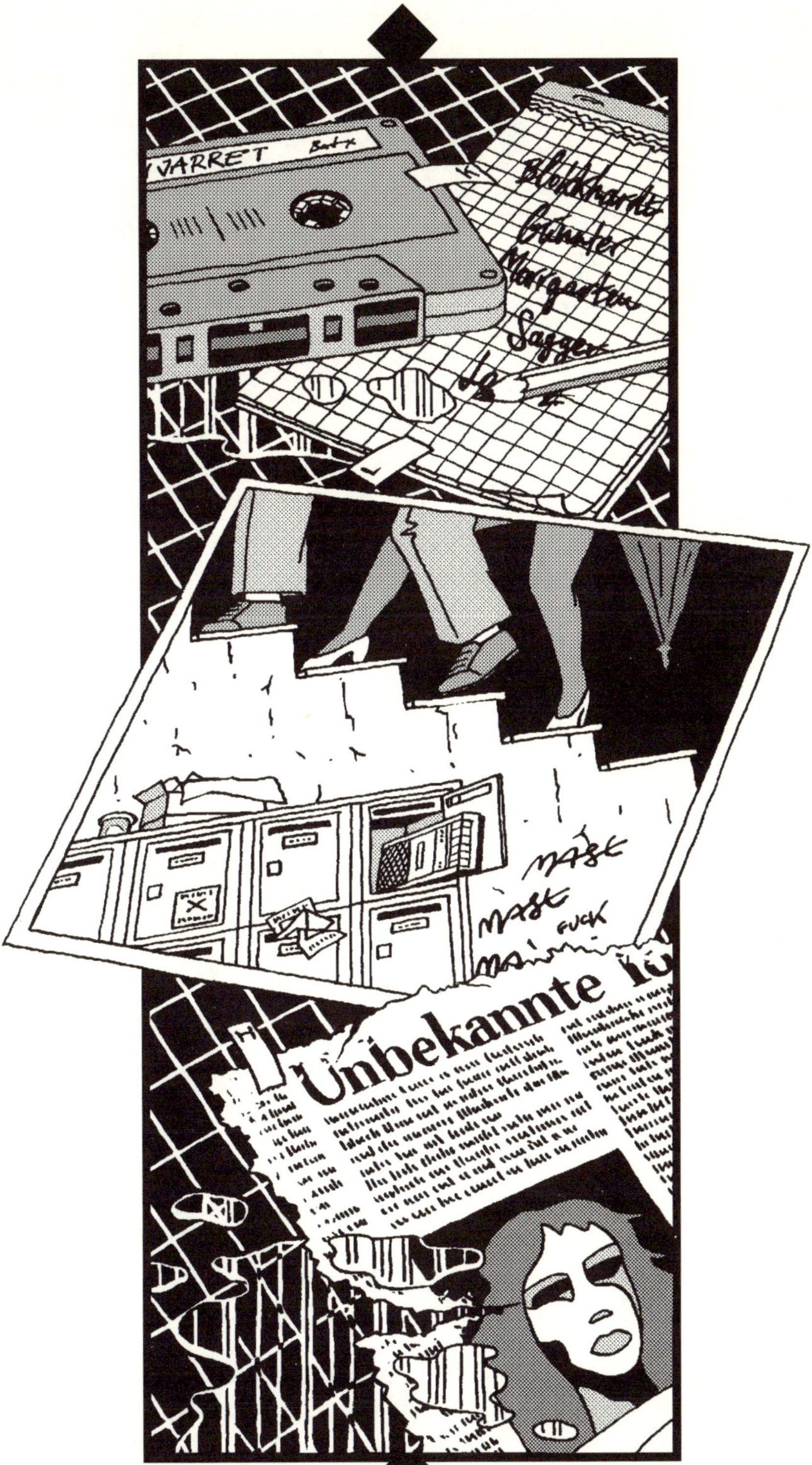
JARRET
FUCK
Unbekannte

DIE GELÖSCHTEN

Ich fühlte mich nicht besonders wohl, genaugenommen fühlte ich mich hundeelend. Am Abend zuvor war ich bei einer Geburtstagsfeier eines Kollegen eingeladen gewesen. Es gab allerlei alberne Partyspiele und viel zu trinken. Der Gastgeber offerierte alten Bourbon, und ich trank, während er wirre Geschichten aus seinem Leben erzählte.

Mein Schädel fühlte sich an wie eine zertrümmerte Flasche Bourbon, und meine Magensäfte spielten in meinem Innern eine Art Oktoberrevolution. Und das mitten im August.

Draussen regnete es ununterbrochen, und in meinem Büro tauchte ein Mann auf, dem das Wasser aus allen Poren der Haut zu laufen schien. Er war über einsneunzig gross, und er hatte Hände, in denen er getrost einen Blumenkohl verstecken konnte.

- Scheisswetter. Eigentlich sollte man sich im Haus verbarrikadieren und die Höhensonne installieren.

- Und trotzdem sind Sie hier? Sie müssen ja ein gewaltiges Problem mit sich herumschleppen.

- Depp ist mein Name.

- Das ist allerdings ein grosses Problem.

- Macht nichts, ich hab mich damit abgefunden. Haben Sie noch freie Kapazität?

Ich rümpfte die Nase. Wer etwas von freier Kapazität faselt, muss irgendeinen Beruf haben, bei dem der Terminkalender wichtiger ist als alles andere.

- Ja. Ich könnte durchaus noch einen lukrativen Fall gebrauchen.

- Lukrativ sagten Sie? Was sind denn so Ihre Ansätze?
- 500 im Tag plus Spesen.
- Da werden Sie aber kaum reich damit, Maloney.
- Wer will denn schon reich werden? Reiche Leute kommen in Versuchung, ihr Geld einem Privatdetektiv zu geben, um Dinge herauszufinden, die sie eigentlich nichts angehen.
- Ich bin nicht reich, Maloney. Aber es gibt da etwas, das mich so beschäftigt, dass es mir wert genug ist, Sie dafür anzuheuern.
- Jetzt reden Sie doch nicht so geschwollen, Herr Depp.
- Tut mir leid. Hängt wohl mit meinem Namen zusammen. Früher musste ich den Leuten immer beweisen, dass ich nicht so bin, wie ich heisse.

Der Mann begann mich zu langweilen. Zudem füllte er mein Büro mit einer Wasserlache, bei der andere Leute schon daran denken würden, ihre Versicherung wegen Wasserschadens zu informieren. Doch dann kam er endlich zur Sache.

- Es geht um eine Frau. Genaugenommen um eine Leiche.
- Klingt interessant. Und wer war die Leiche?
- Es ist ein gutes halbes Jahr her. Ich war damals zwei Wochen an einem Seminar in Graubünden. Ich lernte die Frau in der Hotelhalle kennen. Sie nannte sich Kathrin Gubbler. Wir unterhielten uns an der Hotelbar. Nun, es wurde mehr daraus, Sie verstehen?
- Hm. Und wie lange dauerte diese Verbindung?
- Nur gerade die beiden Wochen. Ich fuhr wieder zurück, und Kathrin gab mir ihre Adresse. Später stellte ich aber fest, dass diese Adresse nicht mehr stimmte. Ich versuchte sie noch eine Weile ausfindig zu machen, ohne Ergebnis. Schliesslich vergass ich die ganze Angelegenheit. Bis ich vor einer Woche die Zeitung aufschlug.
- Und da sahen Sie Ihre Kathrin wieder?
- Ja, als Leiche. Ihr Foto war darin unter der Überschrift "Unbekannte Tote". Die Polizei suchte Personen, die Angaben zur Person machen konnten.
- Und? Haben Sie die Angaben gemacht?
- Ja. Ich ging zur Polizei. Aber die glaubten mir nicht. Sie sagten mir, dass ich mich wohl getäuscht hätte. Sie suchten in allen möglichen Telefonbüchern und Karteien, fanden aber nirgends eine Kathrin Gubbler.
- Vielleicht hatte sie in der Zwischenzeit geheiratet?
- Daran habe ich auch gedacht. Seltsam ist nur, dass auch in dem

Hotel in Davos damals keine Kathrin Gubbler eingetragen war.
- Unter welchem Namen war sie denn da eingetragen?
- Das ist ja das Verrückte. In jenen zwei Wochen war niemand eingetragen, auf den meine Beschreibung zutrifft.
Ich hörte interessiert zu. Das klang alles ganz hübsch. Herr Depp spielte mit dem nassen Gürtel seines Regenmantels, während er sprach. Seine Stimme war tief und ruhig. Er machte nicht den Eindruck eines Irren. Aber man soll ja bekanntlich keine voreiligen Schlüsse ziehen.
- Wenn ich mal kurz zusammenfassen darf, Herr Depp: Sie haben also vor einem halben Jahr eine Affäre mit einer Frau gehabt, die, wie Sie vermuten, vor einer Woche tot aufgefunden wurde.
- Das ist keine Vermutung. Ich bin mir da ganz sicher.
- Tote haben manchmal nur noch eine entfernte Ähnlichkeit mit dem, was sie mal waren, Herr Depp.
- Schon möglich. Aber ich bin mir wirklich sicher.
- Und wenn es so ist, wie Sie sagen, hatte Ihnen diese Frau einen falschen Namen angegeben. Und Sie möchten jetzt also, dass ich herausfinde, wer die Dame wirklich war?
- Genau. Das lässt mir einfach keine Ruhe. Irgend etwas stimmt da nicht. Interessiert Sie der Fall?
- Ich glaube schon.
- Soll ich Ihnen einen Vorschuss geben?
Ich nickte, und er gab. Herr Depp wusste über die Dame so gut wie gar nichts. Sie hatten zwar über alles mögliche geredet, doch weder über ihre Arbeit, noch sonst etwas Persönliches. Kathrin Gubbler war einfach eine Frau, mit der er zwei nette Wochen in einem Hotel verbrachte. Der Reiz des Geheimnisvollen lag über der kurzen Affäre, und Depp kostete diesen Reiz aus, ohne gross Fragen zu stellen. Solche Arrangements machen unsereins die Arbeit auch nicht gerade leichter. Ich ging aufs Polizeipräsidium und liess Hugentobler schöne Grüsse ausrichten. Er bedankte sich umgehend.
- Sie schon wieder, Maloney? Ich wünschte mir, ein einziges Mal eine Tote am Hals zu haben, ohne dass Sie auch noch auftauchen.
- Aber, aber, Hugentobler. Sie wissen doch, dass wir einzeln unausstehlich sind, erst gemeinsam sind wir noch unausstehlicher. Mir ist da zu Ohren gekommen, dass Sie sich mit einer Leiche abmühen, bei der niemand weiss, wer die Dame war, als sie noch mit beiden Beinen auf der Erde stand.

- Also, da muss ich gleich widersprechen, Maloney. Wir haben bereits ein halbes Dutzend Hinweise. Leider sind die alle nichts wert. Zeugen. Sie verstehen?

- Jaja, auf nichts ist weniger Verlass als auf Zeugen und Schiedsrichterentscheide im Fussball.

- Wenn's nach mir ginge, sollten die schleunigst mal ein neues Schulfach einführen: "Wie mache ich eine Zeugenaussage, ohne mir selber mit jedem neuen Satz zu widersprechen?" Hier, sehen Sie, Maloney. Sechs Aussagen, und keine ist wie die andere. Alle behaupten, die Tote gekannt zu haben, aber jeder hat eine andere gekannt. Typisch.

Er fuchtelte mit einem Blatt Papier vor meiner Nase herum. Eine Polizistin kam auf uns zu und zwinkerte Hugentobler verschwörerisch zu. Hugentobler entschuldigte sich und verschwand mit ihr in einem Nebenzimmer. Ich nutzte die Gelegenheit, schlich mich zu einem Fotokopiergerät und machte mir eine Kopie der Zeugenaussagen. Als Hugentobler wieder aus dem Büro kam, stand ich artig da und rauchte.

- Sie wissen wohl noch nicht, dass Rauchen in der öffentlichen Verwaltung seit einiger Zeit verboten ist?

- Ach, deshalb sieht man hier so selten rauchende Köpfe? Und ich dachte immer, das läge an den kühlen Köpfen hier.

- Ich muss mich jetzt wieder um andere Dinge kümmern, Maloney.

- Moment mal. Nur noch eine klitzekleine Auskunft. Die Tote, wo wurde die gefunden, und wie kam sie zu ihrem bedauernswerten Zustand?

- Na ja, kann ja nichts schaden, wenn Sie sich auch ein wenig umhören. Die Frau wurde vor einer Woche in einem Kanalisationsschacht gefunden. Hat dort nur ein paar Stunden gelegen. Genaue Todesursache ist schwer festzustellen. Vermutlich Herzversagen. Die Tote hatte keine sichtbaren Verletzungen. Die Gerichtsmedizinische Untersuchung ergab keinerlei Gewalteinwirkung. Allerdings deutet der Fundort der Leiche auf ein Verbrechen hin. Wer legt sich schon in einen Kanalschacht und wartet, bis das Herz nicht mehr schlägt?

Da hatte Hugentobler allerdings recht. Ich fühlte ein Prickeln auf der Haut. Der Fall war interessanter, als ich zuerst vermutet hatte. Ich stapfte durch den Regen und kaufte mir ein paar Sandwiches. Dann ging ich in mein Büro und schaute mir die Liste der Leute an, die die Tote wiedererkannt hatten oder dies zumindest glaubten. Ich rief meinen Klienten an und bestellte ihn in mein Büro. Er erschien nicht allein. Die Frau, die neben ihm stand, war drei Köpfe kleiner als Herr Depp. Dieses unwesentliche Manko machte sie mit dem, was die kürzeren Gliedmassen sonst noch zu bieten hatten, spielend wett.

- Das ist Corinne Bischof, Maloney. Sie arbeitete früher als Journalistin und ist jetzt in Ihrem Gewerbe tätig.

- Soso. Wieviele Leute haben Sie denn noch auf den Fall angesetzt, Herr Depp?

Depp schaute auf Corinne Bischof und wollte dann etwas entgegnen, doch die ehemalige Journalistin kam ihm zuvor.

- Wir sind alte Bekannte. Herr Depp hat mir von der Toten erzählt und auch von der Art, wie er bei der Polizei behandelt wurde. Ich habe ihm dann geraten, sich einen Privatdetektiv zu suchen. Ich bin Ihnen gerne bei der Arbeit behilflich. Ich habe mich auf Betriebsspionage spezialisiert, und da hat man es glücklicherweise selten mit Leichen zu tun.

- Meinetwegen. Unterstützung ist immer gut. Haben Sie wasserfeste Kleidung?

- Selbstverständlich.

- Wunderbar. Und nun zu Ihnen, Herr Depp. Ich lese Ihnen jetzt fünf Namen vor, und Sie sagen mir, ob Sie einen davon kennen. Daniel Liniger. Christian Schacht. Lorenz Meier. Angelika Wiesner und Yvonne Kälin.

- Tut mir leid. Die Namen sagen mir nichts.

- Gut, das wär's auch schon. Frau Bischof, Sie können gleich hierbleiben, wenn Sie wollen.

Sie lächelte und schüttelte ihren schlanken Körper aus dem Regenmantel. Depp verabschiedete sich mit einem artigen Kuss auf Corinne Bischofs Wange und bei mir mit einem festen Händedruck. Ich setzte Kaffeewasser auf, und meine Assistentin zündete sich eine Zigarette an. Die Arbeit konnte beginnen.

Wir sassen bei einer Tasse Kaffee, und Corinne Bischof erzählte mir aus dem Alltag einer Privatdetektivin, die sich auf dem Gebiet der Wirtschaftsspionage spezialisiert hat. Es klang nach vielen Zahlen und Formeln, nach Aktenkoffern und Direktionsetagen. Ich holte einen Notizblock hervor, das sieht immer gut aus und macht sich auch gut. Ich hatte den Block vor ein paar Jahren gekauft und holte ihn immer hervor, wenn ich jemandem imponieren wollte. Corinne Bischof musterte mich gespannt und trank aus ihrer Tasse.

- Haben Sie schon mit der Polizei gesprochen?
- Woher glauben Sie denn, habe ich diese Liste hier?
- Was ist das denn für eine Liste?
- Das sind die Namen der Personen, die glauben, die Tote wiederzuerkennen.
- Dann sollte es ja kein Problem sein, sie zu identifizieren.
- Da täuschen Sie sich aber gewaltig. Hier, fünf Namen, genaugenommen sind es sechs, aber Herrn Depp wollen wir mal weglassen. Alle fünf glauben, die Tote im Verlauf des Jahres gesehen zu haben. Und alle fünf geben an, dass die Tote jeweils einen völlig anderen Namen benutzte. Und alle diese Namen sind nirgends registriert. Gar nicht so einfach.
- Die Frau musste gute Gründe haben, ständig einen neuen Namen zu wählen.
- Hm. Es gibt da noch etwas, das mich stutzig macht. Es ist nämlich gar nicht so einfach, ständig neue Namen zu erfinden, die es nicht gibt und die doch nicht ausgefallen klingen. Ein Schriftsteller hat mir einmal erzählt, dass er zu Beginn seiner Karriere immer neue Namen erfand für seine Protagonisten. Aber eines Tages schrieb ihm ein Miguel Sonnendach und fragte, wie er ausgerechnet auf die Idee kam, seinen Namen zu verwenden. Seither schlägt er einfach das Telefonbuch auf und schreibt sich einen Namen ab. Diese Tote muss aber eine andere Methode gehabt haben.
- Nun, bei Kathrin Gubbler ist es doch ganz einfach. Sie nahm einen geläufigen Namen und verdoppelte einen Konsonanten.
- Schon möglich. Was würden Sie tun, wenn Sie unter falschem Namen in einem Hotel absteigen?
- Mal davon abgesehen, dass das heute gar nicht mehr so einfach ist: Ich würde mir einen sehr geläufigen Namen aussuchen. Vielleicht nicht gerade Meier. Aber wie wär's mit Ruth Müller?
- Sehen Sie, genau so würde ich auch vorgehen. Der Auffällige ist am

unauffälligsten in der grossen Masse. Aber diese Frau machte sich geradezu ein Hobby daraus, ausgefallene Namen zu wählen. Blokkhardt, Günnther, Morrgarten, Lannz, Sagger. Sie haben tatsächlich recht mit den Konsonanten. Bei mir haben sich die in der Schule immer von selber verdoppelt. Vielleicht war die Leiche ja in Wirklichkeit eine Frau, die Probleme mit der Rechtschreibung hatte.

- Wer hat das nicht heutzutage? Sie sollten sehen, was so Direktoren von sich geben, wenn sie mal selber tippen müssen.

- Nun, ich sehe im Moment nur eine Möglichkeit. Wir müssen den Leuten einen Besuch abstatten, die bei der Polizei waren. Die Adressen haben Sie ja freundlicherweise auch aufgeschrieben. Immerhin fällt daran auf, dass die meisten Leute hier in der Stadt wohnen. Bis auf eine. Angelika Wiesner.

- Gehen wir gemeinsam, oder teilen wir uns die Namen auf?

- Wir teilen. Es soll niemand behaupten, dass der gute Maloney nicht teilen kann.

Ich gab ihr zwei Männer. Schliesslich soll die Arbeit auch ein wenig Spass machen. Sie protestierte nicht gross. Ich schrieb mir die Adressen der beiden Frauen auf. Den dritten Mann wollten wir dann gemeinsam erledigen.

Angelika Wiesner wohnte in einer Kleinstadt, die so klein war, dass am Bahnhof nicht mal ein Taxistand auszukundschaften war. Ich ging in eine Telefonkabine und bestellte eins der nützlichen Dinger auf vier Rädern. Es war schon beinahe dunkel, und es regnete auch hier. Eine dicke dunkle Wolke hing über der Stadt wie eine Glocke aus Kohlenstaub. Frau Wiesner war zu Hause.

- Sind Sie von der Polizei?

- Nein, ich bin ganz privat hier. Maloney ist mein Name. Privatdetektiv.

- Tatsächlich? Seltsame Geschichte, finden Sie nicht auch? Möchten Sie vielleicht reinkommen? Mein Mann schaut fern, wir könnten uns in die Küche setzen.

Ich trat ein. Vom Gang aus konnte ich Herrn Wiesners dicken Bauch sehen, der sich aus dem Sessel hervorwölbte wie ein Duvetkissen. Frau Wiesner informierte ihn kurz. Er gab ein unverständliches Grunzen von sich und schaute dann wieder auf den Fernseher, in dem John Wayne gerade nach Larramie ritt. Frau Wiesner machte Kaffee.

- Also, kennengelernt habe ich die Frau Blokkhardt vor etwas mehr als drei Monaten. Wir trafen uns in einer Cafeteria in der Innenstadt.

Sie sprach mich an und fragte mich nach der Uhrzeit. Und so kamen wir ein wenig ins Plaudern.

- Haben Sie die Frau vorher schon mal gesehen?
- Nein. Sie ist mir nie aufgefallen. Ich bin fast jeden Tag in der Cafeteria. Lese ein wenig in den Zeitschriften und so. Wussten Sie, dass dieser Fürst, wie hiess er doch gleich, einen Sohn hat, der an Leukämie leidet?
- Tatsächlich? Nein, das wusste ich nicht. Man lernt doch nie aus. Aber mal abgesehen von dem Fürsten, wie hiess er doch gleich, haben Sie diese Frau Blokkhardt nur an diesem einen Tag gesehen?
- Nein, nein. Sie war nachher noch öfters in der Cafeteria. Etwa drei Wochen lang, dann sah ich sie nicht mehr. Bis vor einer Woche, als dieses schreckliche Bild in der Zeitung war.
- Hat sie etwas über sich erzählt? Was sie so macht, arbeitet? Wo sie lebt?
- Nein. Wenn ich mir das so überlege, ist es doch eigentlich erstaunlich. Mir ist das damals gar nicht aufgefallen. Aber sie hat nie etwas Konkretes gesagt, wenn ich sie nach Persönlichem gefragt habe. Sie hat immer geschickt das Thema gewechselt.
- Und worüber haben Sie sich mit ihr unterhalten?
- Na, über das Kinderkriegen und über die Welt, was weiss ich.
- Sie haben mit ihr über das Kinderkriegen gesprochen?
- Ja. Ich weiss auch nicht mehr, wie wir darauf kamen. Aber sie konnte keine Kinder kriegen. Irgendein Problem mit den Eileitern. Und bei mir hat das auch nie geklappt. Eigentlich wollte ich auch nie Kinder. Aber mein Mann... Später haben wir uns dann einen Videorecorder gekauft.

Frau Wiesner plauderte noch eine Weile weiter. Ich trank den Kaffee und machte einige Notizen, um nicht aus der Rolle zu fallen. Aber viel gab das nicht her. Frau Wiesner wusste über die Tote genau so wenig wie Herr Depp. Offenbar war die Dame zu Lebzeiten ein Genie im Smalltalk gewesen.

Ich verabschiedete mich von Frau Wiesner und fuhr mit dem Zug wieder zurück. Ich rief bei Yvonne Kälin an. Auch sie war zu Hause. Das nasse Wetter hat auch seine guten Seiten.

Frau Kälin war blutjung und trug eine riesige Brille, deren Gestell zusätzlich noch mit Firlefanz dekoriert war. Sie war ziemlich misstrauisch und verlangte meinen Ausweis. Schliesslich liess sie mich doch in ihr schmuckes kleines Appartement.

- Ich mag Leute nicht sonderlich, die berufshalber in fremden Leben nachforschen.
- Ich mag diese Leute auch nicht sonderlich. Aber an mich hab ich mich langsam gewöhnt.
- Was ich weiss, habe ich aber schon der Polizei erzählt, und die schien sich nicht sonderlich dafür zu interessieren.
- Das haben Polizisten so an sich. Die interessieren sich nicht für das wirklich Wichtige im Leben. Oder haben Sie einen Polizisten schon einmal in einem Buchladen gesehen?
- Sie sind wohl ein Intellektueller, hä?

Sie schaute mich schnippisch an. Wir tranken ein Glas Wein. Zwischendurch wechselte sie ihre Brille. Die zweite Version war noch ein wenig auffälliger als die erste.
- Ich habe diese Frau Günnther in der Uni-Mensa kennengelernt.
- An der Uni? Hat sie etwa studiert?
- Nein. Sie sass einfach da, trank einen Kaffee und las im "Spiegel". Ich setzte mich zu ihr, und dann unterhielten wir uns.
- Und wann war das?
- Vor zwei Wochen.
- Also eine Woche vor ihrem Tod?
- Ja. Sie kam drei Tage hintereinander. Dann kam sie plötzlich nicht mehr.
- Hat sie Ihnen ihren Namen gesagt? Und weshalb?
- Sie war einiges älter als ich. Ich war zuerst unsicher, ob ich sie vielleicht trotzdem duzen könne. Aber wir liessen es beim Sie. Als ich ging, sagte sie mir ihren Namen. Günnther. Mit zwei n und th.
- Sie legte Wert darauf, den Namen genau zu sagen?
- Ja. Es gibt doch Leute, die sagen das aus Gewohnheit. Ich kannte mal einen Studenten, der sich ständig als Meier Ypsilon vorstellte.
- Worüber haben Sie sich mit Frau Günnther unterhalten?
- Uff. Alles mögliche. Sie interessierte sich für Psychologie.
- Aha. Und Sie studieren Psychologie?
- Hm.
- Haben Sie das mit Ihren Brillen schon mal analysiert?
- Gegenfrage: Haben Sie das mit Ihrem Notizblock schon mal analysiert?

So kamen wir nicht weiter. Ich hatte überhaupt das Gefühl, dass diese Befragungen ziemlich sinnlos waren. Fehlte bloss noch, dass die Studentin mit einem Vortrag über feministische Psychologie begann.

In dem Alter kommen die ja auf die seltsamsten Ideen.
- Sie hat ziemlich gut über Freud Bescheid gewusst.
- Freud? Ist der nicht längst schon abgeschrieben von all den Studenten und Studentinnen? Ich hab da eine Theorie. Je öfter kluge Sätze von dummen Leuten abgeschrieben werden, um so stärker färbt das auf die einstmals klugen Sätze ab.
- Nicht schlecht. Haben Sie sonst noch etwas in der Richtung zu bieten?
- Ich habe eine ganze Menge zu bieten. In ein paar Jahren könnte ich vielleicht mal darauf zurückkommen.
- Sie mögen wohl keine jungen Frauen?
- Ich bin zwar kein Weintrinker, aber etwas habe selbst ich mit denen gemeinsam.
- Tja. Mehr kann ich Ihnen leider nicht sagen. Die Frau Günnther hat es sehr gut verstanden, nichts Relevantes zu ihrer Person zu sagen.

Der Satz kam mir bekannt vor. Da reden die Leute andauernd miteinander und wissen nicht mal so viel über ihre Gesprächspartner, wie im Telefonbuch steht. Ich trank den jungen Wein aus. Er schmeckte nicht übel. Als ich mich verabschiedete, trug Frau Kälin wieder ihre erste Brille.

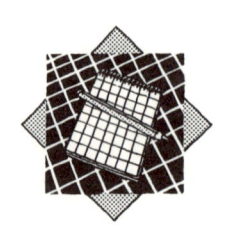

Das hat man nun davon. Ich sass in meinem Büro und versuchte meine Notizen zu entziffern, die sowieso nicht viel hergaben. Wenig später erschien auch Corinne Bischof. Sie hatte einen der beiden Männer erst am frühen Morgen aufsuchen können. Als sie mein Büro betrat, war ihr Gesicht mit Regenwasser benetzt. Sie machte auch sonst keinen allzu glücklichen Eindruck.
- Nichts. Die beiden Männer haben zwar mit ihr geschlafen, aber sie wissen absolut nichts über die Frau. Ich verstehe das einfach nicht. Und wie war's bei Ihnen?
- Nun, die Frauen haben zwar nicht mit ihr geschlafen, aber das hat sie auch nicht daran gehindert, nichts über sie in Erfahrung zu bringen.

- Sie hat bei beiden dieselbe Masche durchgezogen. Angedeutet, dass sie liiert sei, aber einem Seitensprung nicht abgeneigt. Die Männer haben danach nicht weiter gefragt. Sind Männer eigentlich immer so?
- Was sehen Sie mich so an? Ich habe schliesslich nicht mit ihr geschlafen.
- Aber hätten Sie es getan, wenn Sie sie auf diese Art und Weise kennengelernt hätten?
- Woher soll ich das denn wissen? Ich habe mir längst abgewöhnt, mich zu fragen, was wäre, wenn. Ich frage mich viel lieber: Was ist warum?
- Seltsame Fragestellung.
- Etwas will mir da einfach nicht aus dem Kopf.
- Ist vermutlich der Whisky von gestern. Oder ist das Ihre normale Ration?
- Whisky quält nicht so sehr wie Fragen.
- Und was für eine Frage quält Sie, Maloney?

Ich nieste laut, sie wünschte mir Gesundheit. Das hatte mir gerade noch gefehlt. Wenn es draussen schon ununterbrochen goss, konnte meine Nase nicht widerstehen, sich mit Petrus zu solidarisieren. Ich klopfte mit dem Kugelschreiber auf meine und Corinne Bischofs Notizen.

- Da steckt doch System dahinter. Die Frau hat es fertiggebracht, dass sich sechs Leute noch bestens an sie erinnern, ohne dass sie mehr als ihren Namen wussten.
- Kein Wunder. Oder vergessen Sie Ihre Geliebten gleich wieder?
- Sie denken nur immer an das eine. Denken Sie mal an die Frauen. Ihnen ging es genauso. Und es scheint so, als ob die Frau ausser diesen eher flüchtigen Bekanntschaften keine Freunde und Verwandte hatte. Da ist doch einfach etwas oberfaul.
- Es gibt Leute, die so leben. Einzelgänger halt. Und hier haben wir es wohl mit einer Einzelgängerin zu tun.
- Meinetwegen. Aber wovon hat die Frau gelebt? Sie wissen doch genausogut wie ich, dass Arbeitskollegen manchmal mehr wissen als Verwandte oder Freunde. Sie muss doch etwas gearbeitet haben... Moment mal...
- Daran habe ich auch gedacht. Die beiden Männer bestreiten jedoch, dass sie die Frau für ihre Liebesdienste bezahlt hätten.

Sie schaute ihre Notizen nochmals durch. Wir verglichen, redeten, verglichen, ohne dass etwas dabei herauskam. Blieb nur noch Zeuge

Nummer sechs. Ich hatte allerdings keine Lust mehr, mir im Regen meine Schuhe zu ruinieren. Corinne Bischof blieb hartnäckig.
- Alte Schnüfflerweisheit: Wenn du zweihundert Spuren vergeblich nachgegangen bist, versuch es mit der zweihundertsten.
- Meinetwegen. Aber ich ruf den Kerl vorher an.
- Schon gemacht. Es meldet sich niemand.
- Wunderbar. Dann können wir jetzt essen gehen. Mein Magen fühlt sich schon an wie eine leere Kaffeetasse.
- Dieser Lorenz Meier wohnt an einer Strasse, in der es drei Restaurants gibt.
- Bravo, meine Liebe. Und genau dahin gehen wir jetzt. Der Reihe nach.

Ich zog mir den Mantel über, und gemeinsam verliessen wir das trockene Büro. Auf der Strasse war ausser uns kein Mensch zu Fuss unterwegs. Es goss und goss. Und jedes vorbeifahrende Auto begoss uns freundlicherweise noch ein wenig mehr. Nach zwanzig Minuten hatten wir endlich ein Taxi gefunden. Der Fahrer sah auch schon aus wie ein Delphin, der nach Luft schnappt. Das Essen war nicht übel, und auch der Kaffee schmeckte. Als wir die warme italienische Stube verliessen, war im Himmel oben gerade wieder ein Eimer mit einem Hektoliter Wasser umgekippt.

Lorenz Meier wohnte in einem unauffälligen Haus im zweiten Stock. Auf unser Klingeln reagierte niemand in der Wohnung. Ich drückte nach einer Weile routinemässig auf die Türklinke. Die Tür war offen. Corinne Bischof sah mich tadelnd an und lächelte matt.
- Soll ich Wache schieben, Meisterdetektiv?
- Den Meister können Sie sich sonstwohin kleben. Wache ist immer gut.

Ich ging in die Wohnung. Der Holzboden knarrte, und von meinem Mantel tropfte Wasser in die gute Stube. Ich fluchte lautlos in mich hinein. Doch den Hausherrn konnte das Wasser nicht mehr gross stören. Er lag tot im Schlafzimmer. Ein kleines Loch verzierte seine Brust. Ich ging wieder hinaus.
- Was ist? Sie schauen aus, als hätten Sie gerade einem Bundesrat die Hand gedrückt.
- Ganz so schlimm ist es nicht. Da drinnen liegt bloss eine Leiche.
- Lorenz Meier?
- Ist anzunehmen. Möchten Sie die Leiche sehen?
- Muss das sein?

- Nein, ich dachte bloss. Neugierig wie Sie nun mal sind.
- Müssen wir nicht die Polizei verständigen?
- Jetzt frage ich Sie: Muss das sein?

Sie nickte bloss. Eines muss man Frauen lassen. Sie haben einen wesentlich unkomplizierteren Zugang zur Realität und den unangenehmen Dingen, die damit verbunden sind. Wir machten es uns in der Wohnung bequem, bis die Polizei eintraf. Hugentobler triefte ebenfalls. Das war nur ein schwacher Trost.

Der Polizeifotograf knipste fleissig Bilder. Hugentobler sah mich vorwurfsvoll an. Dann wendete er sich zuerst Corinne Bischof zu.
- Kannten Sie den Toten?
- Nein. Ich bin mit Philip Maloney hierhergekommen. Bischof ist mein Name. Corinne Bischof.
- Die Bischof? Haben Sie sich etwa mit Maloney zusammengetan?
- Temporär.
- Tempo was? Kann mir mal einer sagen, was hier eigentlich gespielt wird? Wie sind Sie überhaupt hier hereingekommen, Maloney?

Er stapfte zwei Schritte auf mich zu. Unsere feuchten Mäntel berührten sich. Es störte sie nicht sonderlich.
- Ganz einfach. Ich habe geklingelt. Niemand öffnete, ich drückte versehentlich die Klinke, und schon war die Tür offen.
- Versehentlich. Wenn ich das nur schon höre.
- Tut mir leid, aber die Wahrheit ist selten angenehm und passt manchmal der Polizei nicht in den Kram.
- Das können Sie ruhig laut sagen, Maloney. Wie hiess denn der Tote?
- Lorenz Meier.
- Soso. Und woher wissen Sie das?
- Sein Name steht am Türschild.
- Lorenz Meier? Kommt mir irgendwie bekannt vor.

– Kein Wunder. Der Mann war vor wenigen Tagen bei Ihnen und machte eine Zeugenaussage über die unbekannte Tote.

Hugentobler kratzte sich am Kinn. Es schien fast so, als überlegte er, ob er sich nun erinnern sollte oder nicht. Schliesslich entschied er sich dafür, sich zu erinnern.

– Maloney, diese unbekannte Tote liegt mir auf dem Magen. Und jetzt das hier. Glauben Sie, dass da ein Zusammenhang besteht?

– Schon möglich. Und wenn es so sein sollte, sind auch die anderen Zeugen in Lebensgefahr.

– Meinen Sie? Ist vielleicht besser, wenn ich Personenschutz anordne. Teure Angelegenheit. Ich weiss nicht, ob ich damit durchkomme bei meinen Vorgesetzten.

– Mit einer dritten Leiche werden Sie bei denen auch nicht auf Begeisterung stossen.

– Da haben Sie auch wieder recht, Maloney. Haben Sie ermittelt, oder war das nur ein Informationsbesuch?

– Ich gebe es zwar ungerne zu, aber ich bin auch noch nicht weiter gekommen als die Polizei. Vielleicht mit dem einen Unterschied: Ich glaube, dass diese Leute die unbekannte Tote tatsächlich gekannt haben.

– Hm. Da bin ich mir nicht so sicher, obwohl der Tod dieses Herrn Meier die ganze Angelegenheit wieder in ein anderes Licht rückt. Aber die Zeugenaussagen sind doch völlig widersprüchlich.

– So widersprüchlich, dass schon beinahe ein System dahintersteckt.

– Möglich. Wir werden uns das Leben und die Gewohnheiten dieses Herrn hier mal genauer ansehen. Vielleicht ergibt das einen Anhaltspunkt. Und Sie halten mich auf dem laufenden, Maloney. Und noch etwas: Auch offene Türen sollte man nicht einfach so einrennen, wie Sie es tun.

Er wandte sich ab und sprach mit einem der Spurensicherer. Ich gab Corinne Bischof ein Zeichen, das sie sogleich verstand. Gemeinsam verliessen wir den Tatort. Wir setzten uns in ein gemütliches Café. Corinne Bischof schaute nachdenklich auf den kleinen Löffel, mit dem sie den Rahm und die schwarze Brühe vermischte.

– Glauben Sie, dass Herr Depp in Gefahr ist?

– Schon möglich. Eines ist für mich jedenfalls sicher. Diese beiden Toten müssen etwas gemeinsam gehabt haben. Haben Sie den Zettel mit Lorenz Meiers Aussage noch?

Sie nickte und holte aus ihrer Handtasche die Fotokopie hervor. Ich deutete ihr mit einer Handbewegung an, dass sie mir daraus vorlesen solle. Das tat sie dann auch.

- Sind nur Stichworte. Meier sagte aus, dass er die Verstorbene unter dem Namen Silke Sagger kennengelernt hat. Und zwar vor etwas mehr als einer Woche. Er habe sie in einem Kino angesprochen und sei dann später noch mit ihr in eine Bar gegangen. Am nächsten Tag hätten sie sich wiedergesehen. Die Tote habe an der Hölderlinstrasse gewohnt, gegenüber der Kirche, das habe sie ihm zumindest so erzählt. Am übernächsten Tag war sie verschwunden. Mehr wollte oder konnte Lorenz Meier nicht dazu sagen. Er sei absolut davon überzeugt, die Tote wiederzuerkennen. Als man ihm später mitgeteilt hat, dass nirgends eine Silke Sagger registriert sei, habe er sehr überrascht darauf reagiert. Hier steht noch: Reaktion des Zeugen auf diese Mitteilung, Doppelpunkt, er sprach wie zu sich selber immer wieder den Satz, Doppelpunkt, das darf doch nicht wahr sein.

Ich hörte aufmerksam zu. Bei den anderen Zeugen waren keine Stichworte zu ihrer Reaktion über die Tatsache, dass die Dame, die sie kennengelernt hatten, nirgendwo registriert war. Also musste das Verhalten von Lorenz Meier sehr ungewöhnlich gewesen sein. Es war wenig, aber es war immerhin etwas, das uns vielleicht weiter bringen konnte.

- Steht darin, ob dieser Meier auch ein Verhältnis mit der Toten hatte?

- Nein. Keine näheren Angaben. Was glauben Sie, hat Lorenz Meiers Reaktion zu bedeuten? Es ist doch ganz natürlich, dass jemand in einem solchen Moment so etwas sagt, wie Das-darf-doch-nicht-wahr-sein.

- Eigentlich schon. Aber die Art und Weise, wie er es gesagt hat, muss den Polizisten so verunsichert haben, dass er es wert fand, das Ganze zu notieren. Einmal davon abgesehen hat uns Lorenz Meier den einzigen nachprüfbaren Hinweis geliefert.

- Die Hölderlinstrasse? Vermutlich war die Polizei schon längst dort.

- Oder auch nicht. Die Polizei ist chronisch unterdotiert.

- Na dann, auf zur Hölderlinstrasse.

Sie stand auf und ich bezahlte. Wir fuhren mit dem Taxi durch die nassen Strassen. Die Taxifahrerin fluchte leise über die riesigen Tropfen, die ihre Scheibenwischer überforderten. Wir kamen dennoch heil an. Vor der Kirche stiegen wir aus. Corinne Bischof schaute nach oben. Innert Sekunden waren wir wieder klatschnass.

- Ein Gentleman würde mir jetzt wenigstens einen Schirm anbieten.
- Die Welt ist voller Gentlemen, die grosse Schirme tragen. Sie können sich ja an einen ranmachen. Aber beschweren Sie sich nicht nachträglich, wenn sich der Gentleman zu Hause ohne Schirm als Waschlappen und Penner entpuppt.
- Schon gut. Gegenüber der Kirche. Das wäre dieses Haus.

Wir standen vor dem Haus und schauten uns die Briefkästen an. Es fehlte nirgends ein Schild, und nirgends stand der Name Sagger. Es wäre auch zu schön gewesen. Corinne Bischof verzog ihren hübschen Mund und fluchte.

- Soll ich irgendwo klingeln?
- Nicht irgendwo. Bei dem Herrn Ost.
- Sie kennen den?
- Alter Trick für den Pöstler. Die Klingel mit dem Namen P. Ost. Wetten, dass gleich der Summton kommt und die Tür aufgeht?

Eine Minute später standen wir im Haus. Wir gingen zuerst in den Keller und dann ganz nach oben bis zum Dachstock. An den Türen standen Namen, die uns nichts sagten. Ich klingelte aufs Geratewohl bei jemandem. Ein junger Mann öffnete die Tür.

- Polente, wa?
- Nicht doch. Wir haben nur ein paar Fragen.
- Sorry, ich geb keine Auskünfte. Wird sowieso alles registriert.

Der Mann wollte uns die Tür vor der Nase zudrücken. Ich mag das nicht sonderlich. Doch ehe ich handgreiflich werden konnte, versuchte es Corinne Bischof auf die weibliche Tour.

- Kennst du den Hitchcock-Film "A Lady vanishes"?
- Klaro.
- Um so etwas Ähnliches geht es. Wir sind da am Recherchieren.
- Aha. Journalisten?
- Wir suchen nach einer Frau, die spurlos verschwunden ist.
- Hab mir gleich gedacht, dass etwas faul an der Sache ist.

Er machte eine ausholende Bewegung mit der linken Hand. Und schon standen wir in der guten Stube. Der junge Mann ging voraus. Corinne Bischof zwinkerte mir zu. Ich nickte anerkennend. In der Küche bot er uns ein Bier an. Ich blieb freundlich und nippte an dem Gebräu. Auf dem Küchentisch stand ein kleines Kassettengerät. Der Kühlschrank war vollgeklebt mit politischen Botschaften. Der junge

Mann war so ziemlich gegen alles, was die bürgerlichen Herzen erfreut. Auf einem kleinen Regal standen ein Pflasterstein und ein Gummigeschoss. Darüber hing ein Flugblatt aus dem Jahr 1980. War ziemlich viel los damals in der Stadt. Der alte Mief wurde auf den Strassen weggefegt. Es dauerte nicht lange, bis sich ein neuer Mief in den Strassen und Köpfen festsetzte. Der junge Mann war ein Fossil aus dieser Zeit des Aufruhrs. So schnell kann das gehen heutzutage. Er drehte sich eine Zigarette und schaute uns lächelnd an.

- Nehme an, dass es um diese Sagger geht.
- Kannten Sie die Frau?
- Nee. Hab sie zwei-, dreimal gesehen. Genaugenommen viermal. Ihr Bild war ja kürzlich in der Zeitung.
- Wieso haben Sie sich nicht bei der Polizei gemeldet?
- Hitchcock hat diese Frage doch zur allgemeinen Zufriedenheit beantwortet, oder, schöne Frau?

Er grinste Corinne Bischof an. Sie nickte und grinste zurück. Männer wie er gingen nicht zur Polizei. Männer wie er machten ihre schlechten Erfahrungen mit der Polizei in der Jugend. So etwas prägt einen für immer. Davon kann selbst ich ein scheussliches Lied singen.

- Die Frau hat man kaum zu Gesicht bekommen. Es schien fast so, als würde sie Wert darauf legen, nicht gesehen zu werden. Wie gesagt, so zwei-bis dreimal kam's dann doch vor. Seltsame Frau. Hat kaum ein Wort gesagt. Ja, und dann kamen diese Möbelpacker und leerten die Wohnung. Zwei Tage später war sie schon weitervermietet.
- Wann war das?
- Vor einer Woche. Am Tag nach der Räumung war das Foto in der Zeitung.
- Sind Sie da ganz sicher?
- Klaro.

Wir redeten noch eine Weile. Doch mehr wusste auch der junge Mann nicht zu berichten. Als wir wieder ins Taxi stiegen, hatte der Regen ein wenig nachgelassen. Es war nun ein ganz gewöhnlicher Regen. Aber er war immer noch nass genug. In meinem Büro hängten wir unsere Mäntel auf und zogen uns die Schuhe aus. Corinne Bischof setzte sich auf die Kante meines Schreibtisches. Ich blieb stehen. Sie tippte mit ihren Fingern einen nervösen Rhythmus auf ihre Oberschenkel und legte los.

- Eines ist jetzt klar. Diese Silke Sagger hat es tatsächlich gegeben. Und sie wohnte an der Hölderlinstrasse.

- Langsam bekomme ich ein mulmiges Gefühl. Mein Magen sagt mir, dass ich von Tag zu Tag älter werde. Nur schlauer werde ich im Moment nicht. Beginnt so die Vergreisung?
- Keine Angst, Maloney. Ich glaube, dass wir der Lösung ein gutes Stück näher gekommen sind.
- Das bezweifle ich. Oder ist Ihnen etwas aufgefallen, was mir im strömenden Regen vielleicht durch die Lappen ging?
- Die Wohnung wurde geräumt, bevor in der Zeitung das Bild der Toten erschien.
- Das ist ungewöhnlich, zugegeben. Aber was soll ich daraus schliessen?
- Sie war schon tot, als ihre Wohnung geräumt wurde. Also hatte jemand einen Schlüssel für die Wohnung. Und dieser Jemand ist der Tatverdächtige Nummer eins.
- Nicht schlecht, Frau Bischof. Für Ihren frommen Namen kombinieren Sie teuflisch gut. Nur hilft uns das nicht gross weiter. Ich mag keine grossen oder kleinen Unbekannten. Die vermiesen einem das Geschäft.
- Diese Frau Sagger legte Wert darauf, möglichst diskret zu bleiben. Vielleicht war sie eine Spionin oder so etwas Ähnliches?
- Aha. Sie versuchen sich wohl den Fall unter den Nagel zu reissen, indem Sie eine Betriebsspionagegeschichte daraus machen? Wenn Sie mich fragen, steckt da was anderes dahinter.
- Auf jeden Fall sollten wir uns mal um die Geschäfte dieses Lorenz Meier kümmern. Vielleicht gibt es da etwas zu finden.

Ich streckte meinen Rücken und gähnte. Es war Zeit, ein wenig auszuspannen. Corinne Bischof lehnte meine Einladung zu einem gemeinsamen Nickerchen unter dem Schreibtisch dankend ab. Sie wollte ein wenig nachdenken. Ich liess sie gewähren und legte mich alleine unter den Schreibtisch.

Ein Klopfen weckte mich. Als ich aufstand, war Corinne Bischof verschwunden. Dafür stand kurz darauf Herr Depp in meinem Büro. Er war aufgeregt und nervös.

- Was soll das, Maloney? Lassen Sie mich überwachen?
- Nein. So viele Maloneys gibt es gar nicht, dass ich all meine Klienten überwachen könnte.
- Zwei Typen folgen mir auf Schritt und Tritt. Immer schön mit diskretem Abstand. Sehen aus wie zwei Jogger, die sich verirrt haben.
- Jogger? Auf so eine Idee können bei dem Wetter nur Polizisten kommen.
- Polizei? Weshalb sollte die mich überwachen?
- Zu Ihrer Sicherheit, Herr Depp.
- Was soll der Unsinn? Bin ich etwa gefährdet?
- Schwer zu sagen. Einer der Männer, der wie Sie bei der Polizei war, um die unbekannte Tote zu identifizieren, ist ermordet worden.
- Glauben Sie, dass da ein Zusammenhang besteht?
- Ist nicht auszuschliessen. Lorenz Meier. Sagt Ihnen der Name noch immer nichts?
- Nein. Was haben Sie sonst noch herausgefunden?
- Nun, es steht mit ziemlicher Sicherheit fest, dass die Tote im vergangenen halben Jahr mehrere Namen benutzte.
- Das verstehe ich nicht.
- Macht nichts. Schliesslich bezahlen Sie mich ja dafür, Ihren Verstand etwas anzureichern.
- War sie... Ich meine, hatte sie einen Grund für die verschiedenen Namen?
- Jeder und jede hat so seine Gründe für das, was er oder sie tut. Aber um diese Gründe nachvollziehen zu können, müsste man manchmal in das Gehirn eines Menschen schauen können. Und das ist bei der Frau nicht mehr möglich. Und für Autopsien bin ich nicht zuständig.
- Diese Polizisten nerven mich. Ich kann auch alleine auf mich aufpassen. Kann man eine solche Bewachung nicht abblasen?

Ich erklärte ihm, wie das so vor sich geht. Manchmal ist es auch gut, einen Blick in das Gehirn eines Polizisten zu tun, auch wenn das kein besonders schöner Anblick ist, es hilft immerhin, deren Verhaltensweise ein bisschen besser zu verstehen.

Depp ging, doch schon wenig später hatte ich erneut Besuch. Auf Hugentoblers Haaren perlte das Wasser. Wenn das so weiterging, würden wir noch alle als Wasserleichen enden.

- Um es gleich vorwegzunehmen, Maloney, ich bin nicht dienstlich hier.

- Ist ja ganz was Neues. Möchten Sie eine Partie Canasta mit mir spielen?

- Nach Spielen ist mir nicht zumute, Maloney. Wissen Sie, ich bin gerne Polizist. Ich gehöre zu diesen altmodischen Kerlen, die glauben, dass man mit dieser Uniform die Welt ein wenig gerechter machen kann.

- Schon möglich, dass Sie das glauben. Nur wird die Welt nicht gerechter. Die Ungerechtigkeit kriegt höchstens ein paar Hindernisse in den Weg gestellt.

- Maloney, der alte Pessimist. Aber manchmal bin ich auch fast so weit.

- Na, hören Sie mal, was ist Ihnen denn über die Leber gelaufen? Hat die Stadt den Teuerungsausgleich für Beamten gestrichen?

- Man hat mir zwei Leichen weggenommen.

- Gleich zwei? Und was machen Sie jetzt ohne Ihre Lieblingsspielzeuge?

- Da ist etwas faul, Maloney. Oberfaul sogar.

Er setzte sich schnaubend auf den Stuhl. So hatte ich den guten Hugentobler noch nie erlebt. Es mag zwar stimmen, dass sich hinter jeder Uniform ein Mensch versteckt. Doch die meisten ziehen es vor, gar nicht wieder da raus zu kommen. Hugentobler hatte wohl gerade eine Art coming-out.

- Befehl von oben, Maloney. Ab sofort kümmert sich eine Spezialabteilung um die beiden Leichen.

- Die unbekannte Frau und dieser Lorenz Meier?

- Genau.

- Dann gibt es da also tatsächlich einen Zusammenhang. Interessant.

- Der Zusammenhang ist offensichtlich, Maloney. Wir haben es hier mit zwei Gelöschten zu tun.

- Mit was?

- Ich weiss auch nicht, wie ich dem sonst sagen soll. Wir haben diesen Lorenz Meier überprüft. Und sind zum Schluss gekommen, dass es diesen Mann eigentlich gar nie gab.

- Sie erstaunen mich, Hugentobler. Sie haben ja einen Sinn fürs Komische entwickelt.

- Das ist nicht zum Lachen, Maloney. Lorenz Meier besass einen Pass, der nirgends registriert ist. Lorenz Meier hat keine Vergangenheit.

Er wohnte in einer Wohnung, die offiziell gar nicht vermietet war. Und er arbeitete nirgends, war in keinem Verein, hatte keine Freunde oder Verwandten, und es gibt auch keine Eltern. Kurz und gut: Lorenz Meier ist ein Mann ohne Eigenschaften und ohne Daten. Und wer in unserer Gesellschaft keine Daten hat, existiert nicht. Er bezahlt keine Steuern, keine AHV-Beiträge, ist nirgends versichert, und er hat nicht mal den Anspruch, von uns zur Kenntnis genommen zu werden.

- Schön und gut. Nur eines verstehe ich nicht. Wenn dieser Mann so geheimnisvoll war, wieso hat er sich dann bei Ihnen gemeldet?
- Gute Frage, Maloney. Ich glaube, der Mann hatte einen bestimmten Verdacht.
- Interessant. Und was war das für ein Verdacht?
- Da bin ich überfragt, Maloney.
- Wenn Sie schon ganz privat hier sind, Hugentobler, so beantworten Sie mir doch eine Frage: Glauben Sie, dass da etwas Politisches dahintersteckt?

Er schwieg und rutschte nervös auf dem Stuhl herum, so, als wolle er sich den Hintern massieren. Er holte eine Zigarette aus seinem Mantel. Es dauerte eine Weile, bis das feuchte Feuerzeug funktionierte. Es dauerte noch länger, bis er meine Frage beantwortete.

- Ich bin hierhergekommen, um Sie zu warnen, Maloney. Es interessieren sich in der Tat gewisse Stellen für diese Leichen, Stellen, mit denen nicht zu spassen ist.
- Ich mache selten Witze über gewisse Stellen. Vor allem dann nicht, wenn diese gewissen Stellen zu gewissen Abteilungen gehören, von denen man in der Regel nie etwas hört.
- Seien Sie vorsichtig. Mir wurde der Fall entzogen. Und ich glaube, es gibt Leute, die am liebsten diese Leichen in aller Stille verbuddeln möchten.
- Dann ist es aber an der Zeit, dass wir dieses Begräbnis mit ein wenig schriller Musik untermalen.
- Das kann ins Auge gehen, Maloney. Und denken Sie daran: Ich habe Ihnen nichts erzählt, klar?

Er ging, wie er gekommen war: wie ein begossener Pudel. Es kommt in meinem Beruf öfters vor, dass mir jemand sagt, ich solle die Finger von einem bestimmten Fall lassen. In der Regel sind das die interessantesten Fälle. Und schliesslich lebt man nur einmal, und auch da nicht immer glücklich und zufrieden. Corinne Bischof war unauffindbar. Ich liess es mehrmals in ihrem Büro und in ihrer Wohnung klingeln und hörte mir jedesmal ihren Spruch auf dem Telefonbeantworter an. Ein Wort wollte mir nicht mehr aus dem Kopf. Hugentobler hatte es gebraucht. GELÖSCHT. Da gab es zwei Leichen aus Fleisch und Blut, aber nirgends auch nur einen Datensatz über diese Leichen und das, was sie einmal waren. Vielleicht war es mit dem Datenschutz doch besser bestellt in diesem Land, als ich immer angenommen hatte. Vielleicht aber hatte Hugentobler den Nagel auf den Kopf getroffen, und die beiden waren tatsächlich aus allen Dateien gelöscht worden. Nur, wer tat so etwas und weshalb?

Ich ging essen, und als ich zurückkam, sass Corinne Bischof wieder in meinem Büro. Sie hatte sich umgezogen, und auch ihr roter Regenmantel war schon vom Regen durchweicht. Ich frottierte mir meine nassen Haare, setzte mich auf die Fensterbank und erzählte ihr, was ich von Hugentobler erfahren hatte. Corinne hielt mir einen Zettel entgegen.
- Ich habe sämtliche Transportfirmen angerufen. Keine hatte am besagten Tag einen Auftrag in der Hölderlinstrasse.
- Viel Arbeit für wenig Lohn. So ist das halt, liebe Frau Bischof.
- Glauben Sie die Geschichte mit dem Löschen der Daten?
- Es wäre immerhin eine Erklärung.
- Wenn es so ist, dann müssen wir ganz schön vorsichtig sein.
- Fürchten Sie sich vor Computerhackern?
- Nein. Ich kenne sogar ein paar. Es ist gut möglich, dass ab und zu einer in heikle Datenbanken eindringen kann. Es ist auch möglich, dass einer vielleicht mal ein paar Daten über sich löschen kann. Aber in diesem Umfang? Nein. So etwas kann nur von offizieller Stelle ausgehen.
- Mal angenommen, das stimmt. Welche offizielle Stelle käme dafür in Frage?
- Bundespolizei, Militär, Nachrichtendienst und noch ein paar andere.

- Klingt übel. Aber was haben die für ein Interesse daran, die Daten zweier Menschen vollständig zu löschen?

- Nun, die Daten von Lorenz Meier wurden gelöscht, als er noch lebte. In der kurzen Zeit seit seinem Tod war das unmöglich. Und wenn es zu seinen Lebzeiten geschah, dann muss er davon gewusst haben.

- Mit anderen Worten, die beiden waren Staatsangestellte?

- Darauf würde ich meinen Lederjupe wetten.

Ich nahm die Wette nicht an, weil ich nichts Gleichwertiges zu bieten hatte. Wer will schon ein Paar alte Hosen? Ich zündete mir eine Zigarette an und ging im Büro auf und ab. Corinne Bischof kümmerte das nicht gross.

- Eines verstehe ich nicht. Vielleicht wissen Sie darauf eine plausible Antwort. Soll ja vorkommen, dass Frauen neben all den Fragen auch mal eine Antwort finden. Schon gut, nicht gleich die Hand zum Kampfe erheben. Dieser Lorenz Meier war also auch einer in geheimer Mission. Wieso ging er zur Polizei, wo er doch wusste, dass diese seine Personalien überprüfen würde?

- Das ist es, Maloney. Wenn wir diese Frage beantworten können, sind wir der Lösung schon viel näher. Da bin ich sicher. Er musste einen Grund dafür haben. Einen Grund, der wichtiger war als die Geheimhaltung.

- Kommen Sie mir jetzt ja nicht mit Liebe. Alles lässt sich glücklicherweise nicht damit rechtfertigen.

- Und wenn es doch so war? Lorenz Meier hat diese andere Frau geliebt. Er sieht das Bild der Leiche in der Zeitung. Was macht ein Verliebter? Er will natürlich wissen, was mit ihr geschehen ist.

- Jaja, James Bond und der Spion, der mich liebte. Wir sind hier aber nicht in Hollywood.

- Nennen Sie mir doch einen besseren Grund, um zur Polizei zu gehen. Das war ganz schön riskant von diesem Meier. Vielleicht war ja genau das der Grund, weshalb man ihn umgebracht hat.

- Moment mal. Wenn das so war, dann sitzt der Mörder entweder im Polizeipräsidium oder unter uns beiden. Wer sonst hat davon gewusst, dass dieser Meier eine Aussage machte?

- Vielleicht wurde er beschattet?

Es war wie eines dieser Krimirätsel, nur ein wenig verworrener. Corinne Bischof hatte sich festgebissen, und ich zappelte noch ein wenig um den Köder herum, aber er war tatsächlich das einzig

Verdauungswürdige weit und breit. Corinne Bischof trommelte wieder auf ihren Oberschenkeln herum. Wenn Sie so weitermachte, würde sie eines Tages noch beim Free-Jazz landen.

- Was kann es sonst für einen Grund geben, dass sich ein Mann so unvernünftig verhält, Maloney?

- Was schauen Sie mich so an? Ich mache manchmal auch Unsinn, wenn ich nicht verliebt bin.

- Ich Idiot!

- Müsste das im Namen des Fortschritts nicht Idiotin heissen?

- Dass ich darauf nicht schon früher gekommen bin. Dieser Lorenz Meier hat gar nicht gewusst, dass seine Geliebte dem gleichen Verein angehörte wie er.

- Aha. Und das soll uns weiterbringen?

- Und ob, Maloney, und ob. Diese Frau hat sich doch bemüht, möglichst nichts von sich preiszugeben. Also ging sie auch keine festen Freundschaften ein. Sie traf Leute, unterhielt sich mit ihnen. Und sobald ihr persönliche Fragen gestellt wurden, verschwand sie wieder. Offenbar hat sie sich auch ihre Liebhaber ganz genau ausgesucht. Männer, die keine Fragen stellten, Männer, die bereit waren, ein flüchtiges Abenteuer einzugehen.

- Schön und gut. Und weshalb ging sie dann nicht mit diesem Meier ins Bett? Er war doch prädestiniert dazu. Ihm war es doch auch recht, wenn man ihm keine Fragen stellte.

- Genau das ist der Punkt. Ich nehme an, dass sich die beiden völlig zufällig kennenlernten. Und vielleicht hat es auf Anhieb gefunkt. Soll ja vorkommen. Beide durften aber keine engere Beziehung eingehen. Und da stirbt die Frau plötzlich. Ihr Bild kommt in der Zeitung. Es sieht nach einem Verbrechen aus.

- Das wäre ein guter Grund für Herrn Meier, schleunigst reissaus zu nehmen. Es sei denn...

- Nur weiter so, Maloney.

- Es sei denn, der Herr Meier hatte einen ganz bestimmten Verdacht. Und der Verdacht war so irritierend, dass er sich Gewissheit verschaffen wollte.

- Hier, die Aktennotiz der Polizei. "Er sprach immer wieder, wie zu sich selber, den Satz: Das darf doch nicht wahr sein."

Sie sprang triumphierend auf den Boden und hüpfte mit dem Zettel in meinem Büro auf und ab. Schliesslich kam sie in meine Nähe und plazierte gekonnt einen Kuss auf meine linke Wange. Ich liess es mit

mir geschehen, schliesslich passiert einem das auch nicht alle Tage.
- Sie dürfen das ruhig persönlich nehmen.
- Geht wohl auch nicht anders. An meine Backe lasse ich nur Frauen und Schläger. Und beide meinen es in der Regel persönlich.
- Wenn unsere Hypothese stimmt, wird es allerdings schwierig werden, das Ganze zu beweisen.
- Allerdings. Es sei denn, Meier oder die Frau haben irgendwelche Mitteilungen hinterlassen, die uns weiterhelfen.
- Meier können wir vergessen. Und die Tote vermutlich auch. Ihre Wohnung ist ja geräumt worden. Und bei Meier haben sie sicher auch schon alles auf den Kopf gestellt.
- Also doch keine Beweise.
- Wissen Sie, welcher Polizist das Protokoll über die Zeugenaussagen verfasst hat?
- Keine Ahnung. Sie wollen mich doch nicht etwa wieder ins Polizeipräsidium schicken? Die Atmosphäre dort macht mich immer ganz depressiv.
- Muss aber sein, Maloney. Ich werde mir in der Zwischenzeit Meiers Wohnung ansehen und mit den Nachbarn reden.
Dagegen gab es nichts einzuwenden. Ich nahm meinen feuchten Regenmantel und ging wieder nach draussen. Der Himmel war noch immer eine graue Angelegenheit, die tropfte.

Das Polizeipräsidium sah von aussen im Regen noch ein wenig düsterer aus. Es dauerte ein paar Minuten, bis Hugentobler abkömmlich war.
- Keine gute Idee, Maloney. Eigentlich sollten Sie nicht hier sein und ich nicht mit Ihnen sprechen.
- Sie müssen nicht sprechen, Sie können mir die Antwort auch auf ein Blatt Papier schreiben.
- Worum geht's denn, Maloney?
- Die Zeugenaussage von Lorenz Meier. Ich möchte gerne mal mit dem Beamten sprechen, der sie notiert hat.

- Hoffnungslos, Maloney. Der wurde gestern versetzt. Offiziell heisst das Beförderung. Aber es ist ganz klar, um was es dabei geht. Ich habe allerdings noch mit dem Mann gesprochen.
- Aha. Und? Was hat er nicht aufgeschrieben?
- Sie kennen das Protokoll? Wie haben Sie denn das geschafft, Maloney?
- Berufsgeheimnis.
- Hier. Ich habe mir seine Aussage notiert. Machen Sie damit, was Sie wollen.

Er schaute sich um und gab mir dann zwei A4-Blätter. Ich steckte sie ein, Hugentobler nickte leicht mit dem Kopf, dann verschwand er. Ich machte mich ebenfalls aus dem Staub. Unterwegs ging ich noch einkaufen. Ich musste ein gutes Dutzend Geschäfte abklappern, ehe ich einen Schirm fand. Die Dinger waren praktisch alle ausverkauft. Er sah nicht gerade sehr schön aus, aber es war zumindest gut gemeint. Ich liess ihn einpacken. Die Verkäuferin wunderte sich ein wenig, als ich baren Hauptes in den Regen marschierte und den hübsch eingepackten Schirm in einer Tüte in der Hand hielt. Es goss wieder heftiger. Ich nahm mir ein Taxi. Die Sitze waren feucht von all den feuchten Kunden. In meinem Büro wartete ich auf Corinne Bischof. Sie kam zwei Stunden später.

- Nichts Erfreuliches, Maloney. Die Wohnung von Lorenz Meier wurde bereits geräumt. Und die Nachbarn wissen so ziemlich gar nichts über ihn.
- War auch nicht anders zu erwarten. Ich habe hier genauere Notizen über das, was dieser Lorenz Meier der Polizei gesagt hat. Soll ich vorlesen?
- Klar.
- Der Mann erschien am Nachmittag als vierter Zeuge. Er stellte sich als Lorenz Meier vor und fragte gleich als erstes, ob seine Aussage diskret behandelt würde. Ich sagte ihm, dass ich ihm eine möglichst grosse Diskretion versprechen könne, allerdings nicht um jeden Preis. Der Mann schwieg eine Weile und überlegte sich wohl, ob er unter diesen Umständen noch aussagen sollte. Schliesslich sagte er in knappen, präzisen Sätzen, dass er die Tote als eine gewisse Frau Silke Sagger kennengelernt habe. Sie habe ihm gesagt, dass sie an der Hölderlinstrasse wohnte, gegenüber der Kirche. Er wollte wissen, ob die Frau ermordet worden war. Ich sagte ihm, dass dies noch Gegenstand der Ermittlungen sei. Er fragte, ob die Tote ein Kassettengerät bei sich getragen hätte.

Ich sagte ihm, dass ich dies nicht wisse, was auch den Tatsachen entsprach. Als ich ihn fragte, ob er mehr über die Tote wisse als ihren Namen, schüttelte er den Kopf. Dann hinterliess er mir seine Adresse und Telefonnummer. Ich überprüfte seine Angaben und suchte im Telefonverzeichnis des ganzen Landes und auch bei den Einwohnerkontrollen nach einer Frau, die Silke Sagger hiess. Es war nirgendwo eine Frau auf diesen Namen registriert. Am Nachmittag erschien Lorenz Meier erneut auf der Polizeiwache. Ich fragte ihn, ob ihm noch etwas eingefallen sei. Er verneinte. Er machte auf mich einen etwas nervösen Eindruck. Ich erklärte ihm, dass ich seine Angaben überprüft hätte, dass aber nirgends eine Frau dieses Namens registriert sei. Daraufhin schüttelte Herr Meier mehrmals den Kopf. Ich wunderte mich ein wenig darüber, dass ihn diese Mitteilung so verstört hatte. Er sagte mehrmals, so, als würde er zu sich selber sprechen: "Das darf doch nicht wahr sein". Als er die Polizeiwache verliess, machte er einen sehr deprimierten Eindruck. Auf seiner Stirn standen einige Schweissperlen.
- Ist das alles?
- Ja. Und es genügt. Wir haben jetzt, was wir suchten.
- Das Kassettengerät?
- Genau. Er fragte den Polizisten, ob die Tote ein Kassettengerät bei sich getragen hätte. Eine seltsame Frage, finden Sie nicht?

Corinne Bischof lächelte. Sie nahm das Papier und las es nochmals durch. Ehe wir besprechen konnten, was nun zu tun war, stand unser Klient im Büro. Herr Depp sah nicht gerade erfreut aus. Irgend etwas schien ihm über die Leber gelaufen zu sein.
- Sie können den Fall abschliessen, Maloney.
- Wieso denn das? Wo wir gerade so schön dabei sind, den Fall zu lösen?
- Der Fall ist gelöst. Ich habe vor einer halben Stunde einen Anruf der Polizei bekommen.
- Soso. Und was hat Ihnen die Polizei für einen Bären aufgebunden?
- Diese tote Frau war krank. Sie ist vor einem halben Jahr aus einer psychiatrischen Klinik entwichen. Sie war dort wegen einer fortgeschrittenen Schizophrenie.
- Interessant. Hat die Polizei auch gesagt, wie die Dame hiess?
- Nein. Sie sagten mir, dass sie aus Rücksicht auf die Hinterbliebenen nicht mit der wahren Identität der Toten herausrücken möchten. Vielleicht stammt sie ja aus einer angesehenen Familie?

- Schon möglich, Herr Depp. Und Sie möchten also, dass wir den Fall abschliessen?
- Ja. Wissen Sie, die Frau war schon ein wenig seltsam. Ich wäre zwar nie darauf gekommen, dass sie schizophren ist, aber so etwas kann man als Laie nicht beurteilen. Es ist wohl besser, wenn ich die ganze Episode vergesse. Hier, ich habe für Sie und Frau Bischof je einen Check ausgestellt.

Er holte seine Brieftasche hervor und überreichte uns die Checks. Corinne Bischof bedankte sich artig, aber ich wusste, dass sie innerlich bebte. Herr Depp verliess unser Büro, nachdem er sich mit geschwollenen Worten über unsere Arbeit ausgelassen hatte. Als er draussen war, haute Corinne Bischof ihre kleine Hand kräftig auf meinen Schreibtisch.

- Vorsicht, dieses Modell verträgt nicht mehr so viel.
- Ist doch wahr. Dieser Depp lässt sich mit einer solch fadenscheinigen Begründung abspeisen, und uns hinterlässt er einen Tausender und offene Fragen.
- Erstaunt mich nicht, dass die sich so etwas einfallen liessen. Psychisch krank, lange in einer Anstalt, ausgebrochen undsoweiter, das klingt doch sehr einleuchtend. Wer stellt da noch Fragen? Ausser uns weiss niemand, dass diese Frau aus allen offiziellen Datenbanken gelöscht wurde.
- Und Lorenz Meier?
- Wird getrennt behandelt. Die müssen doch schauen, dass keine Verbindung zwischen den beiden Toten hergestellt wird. Wetten, dass morgen in der Zeitung steht, dass dieser Meier das Opfer eines Beziehungsdeliktes oder eines Raubüberfalls wurde?
- Es ist zum Verrücktwerden. Selbst wenn wir noch Beweise finden, niemand wird sich dafür interessieren. Was soll's? Wir könnten genausogut unser Honorar auf den Putz hauen und uns eine schöne Woche machen.
- Keine schlechte Idee. Aber ich schlage vor, dass wir zu unserem ganz persönlichen Vergnügen zuerst den Fall aufklären und uns dann eine Weile aus dem Staub machen.
- Und wie sollen wir das tun? Wir wissen zwar, dass ein Kassettengerät dabei eine Rolle spielt, aber es gibt Millionen von Kassettengeräten.
- Immer zuerst das Naheliegendste nehmen.
- Und das wäre?

Ich zog mir den Regenmantel über. Corinne Bischof folgte mir, wenn auch nicht gerade mit Begeisterung. Das Taxi kurvte in die Hölderlinstrasse. Es war mittlerweile dunkel, und der Regen trommelte seinen steten Rhythmus auf das Dach des Wagens.

Ich drückte erneut die Klingel, die für Herrn Ost von der Post reserviert war. Dann standen wir vor der Wohnungstüre des jungen Mannes. Er hiess Weibel und liess auf sich warten.
- Glauben Sie wirklich, dass wir hier richtig sind?
- Möglich ist alles. Also auch ein Reinfall.
- Vielleicht ist er gar nicht zu Hause?
Weibel beantwortete diese Frage gleich selber, indem er, eingepackt in einen Morgenmantel, die Tür öffnete. Er sah uns nicht gerade begeistert an. Als wir seine Wohnung betraten, sahen wir gerade noch einen anderen Mann, der aus einem Zimmer huschte und im Badezimmer verschwand. Corinne Bischof grinste. In der Küche war noch alles so, wie es vor ein paar Stunden schon gewesen war.
- Sorry. Hab nicht mit Besuch gerechnet. Haben Sie etwas herausgefunden?
- Ja. Sie besitzen da etwas, das nicht Ihnen gehört.
Weibel sah mich verärgert und verblüfft zugleich an. Dann setzte er sich auf einen der Küchenstühle und drückte die Wiedergabetaste des Kassettengerätes, das auf dem Küchentisch stand.
- Schade. Ist ganz hübsch, das Ding. Hören Sie gut hin. Keith Jarrett. Diese Frau Sagger hörte sich wohl gerne solches Zeugs an.
- Lag die Kassette in dem Gerät?
- Ja. Ist aber nur Musik drauf. Nichts Geheimnisvolles.
- Egal. Ich werde das Ding mitnehmen.
- Meinetwegen.
Corinne Bischof drehte am Lautstärkeregler und drückte ein wenig auf den Knöpfen herum. Aber es änderte sich nichts. Das Piano von Keith Jarrett war das einzige, was wir zu hören bekamen. Schliesslich gab sie es auf und wandte sich Herrn Weibel zu.

- Wie sind Sie überhaupt zu dem Gerät gekommen?
- Geklaut. Ich weiss, es war idiotisch, aber die Versuchung war gross. Wir erhielten hier vor zwei Monaten die Ankündigung einer Mieterhöhung. Ich verfasste einen Brief, den ich an die anderen Mieter verteilte. Als ich die Briefe in die Briefkästen warf, habe ich eher zufällig einen Blick in den Milchkasten von Frau Sagger geworfen. Und da lag das Kassettengerät. Es sah nicht gerade wie ein Billigmodell aus. Ich hab daraufhin immer wieder mal in den Milchkasten geschaut. Das Gerät war die ganze Zeit drin. Hab mich ein wenig gewundert. Als dann die Wohnung geräumt wurde, schaute ich in der Nacht nochmals in den Milchkasten. Das Gerät war immer noch da. Da habe ich es mitlaufen lassen.

Wir verabschiedeten uns und fuhren zurück in mein Büro. Dort stellten wir das Gerät auf den Schreibtisch und schauten es uns genauer an.

- Nichts, Maloney. Ein ganz normales Kassettengerät.
- Sieht so aus. Aber es muss etwas geben, das an dem Modell speziell ist.
- Vielleicht die Kassette? Soll ich sie mal aufschrauben?

Ich nickte. Es kam nichts Gescheites dabei heraus. Die Uhr schlug Mitternacht, als wir die Kassette endlich wieder funktionstüchtig zusammengeschraubt hatten. Ich nahm einen grösseren Schraubenzieher und schraubte das Gerät auseinander.

- Schade um das teure Gerät. Das kriegen Sie vermutlich nie mehr zusammen.
- Keine Angst, Sie Schnüfflerin. Ich habe schon wesentlich kompliziertere Sachen wieder zusammengekriegt. Interessant.
- Haben Sie etwas entdeckt?
- Hier. Ein kleines Hebelchen. Mal schauen, was passiert, wenn man es nach oben klinkt.

Zuerst geschah gar nichts. Als ich das Ding wieder zusammengeschraubt hatte, geschah ein kleines Wunder. Keith Jarrett hatte sprechen gelernt.

- Neues Zielobjekt: Weibel Markus. Wohnhaft Hölderlinstrasse 10. Observation während zwei Monaten. Wohnung ist freigestellt. Neues Pseudonym: Silke Sagger. Pass liegt bereit. Genaue Angaben über Lebensumstände und Gewohnheiten der Zielperson. Bericht auf Kassette an Übergabeort 19 hinterlegen.
- Klingt geheimnisvoll.

Wir hörten uns den Text nochmals an.

– Offenbar hatte diese Silke Sagger den Auftrag, Markus Weibel zu observieren. Nicht schlecht, der Trick mit der Kassette. Das Band ist mit zwei Tonspuren beschichtet. Die eine kann man nur mit diesem speziellen Gerät abhören.

– Und die Kassette war gleichzeitig auch dazu gedacht, Mitteilungen und Berichte darauf zu verfassen. Wie wär's mit Vorwärtsspulen, Maloney?

Ich liess das Gerät spulen. Es kam eine weibliche Stimme, die minutiös über das Leben des Herrn Markus Weibel berichtete. Sie hatte ihre Aufgabe sehr gut gemacht. Ihre Aufzeichnungen dauerten mehr als eine halbe Stunde. Ich drehte danach die Kassette um, was dann kam, zog uns mehr in den Bann der Aufmerksamkeit.

– Bin ein wenig irritiert. Habe einen Mann kennengelernt, der offenbar auch zu uns gehört. Er hat, als wir ein wenig getrunken hatten, eine Bemerkung gemacht, die mich stutzig werden liess. Weiss nicht, was tun. Er will sich weiterhin mit mir treffen. Bin ein wenig durcheinander. Am besten ist wohl, wenn ich meine jetzige Aufgabe abbreche und mich umdisponieren lasse.

Das war alles, aber es genügte uns. Ich schaltete das Gerät ab und zündete mir eine Zigarette an.

– Die Liebe, Maloney. Ich hab's Ihnen ja gesagt.

– Üble Sache, ich weiss. Sieht so aus, als ob diese Gelöschten die Aufgabe hatten, Staatsfeinde oder Leute, die dafür gehalten werden, zu beobachten.

– Und vielleicht auch zu liquidieren. Wer weiss das schon?

– Liquidiert wurden sie aber selber. Und von wem?

– Ich tippe auf ein doppeltes Überwachungssystem. Diese Gelöschten wurden ebenfalls observiert. Und als man feststellte, dass sich da zufällig zwei der Gelöschten über den Weg liefen und drauf und dran waren, sich zu verlieben, hat man sie beide liquidiert.

– Nicht gerade eine romantische Geste des Staates.

– Es war sicher ein Interesse vorhanden, dass die Leute nicht wussten, wer sonst noch zu dem Verein gehörte. Das waren alles Einzelgänger. Pech für die beiden, dass die Wahrscheinlichkeit mit ihnen ein böses Spiel gespielt hat.

– Und jetzt fahren wir weg und pflegen unsere Wunden oder observieren uns gegenseitig? Ich habe Ihnen übrigens einen Schirm gekauft.

– Danke. Aber ist Ihnen noch nicht aufgefallen, dass es zu regnen aufgehört hat?

Ich öffnete das Fenster. Sie hatte recht. Sie lächelte. Der Kuss, der folgte, war alles andere als flüchtig. Ich packte den Kassettenrecorder in meinen Schreibtisch, und die Kassette stellte ich als Trophäe neben die Kaffeemaschine. Am nächsten Morgen sassen wir in einem Zug, der nach Italien fuhr. Corinne Bischof las die Zeitung, und ich schaute mir die vorbeiflitzenden Landschaften an.

- Steht alles schön brav in der Zeitung. Die eine war Irre und der andere war das Opfer eines Raubüberfalles.

- So ist allen gedient. Die Leser können sich wieder über etwas empören, ohne dass sie auf die Idee kommen, dass noch viel Empörenderes dahinterstecken könnte. Und wir haben unser Honorar und die Genugtuung, wieder mal die Nase ganz vorn gehabt zu haben.

- Wieviele dieser Gelöschten gibt es wohl noch in unserem Land?

- Genug. Was wir machen, machen wir gründlich. Das hat schon eine alte Lehrerin immer zu mir gesagt.

Ich lehnte mich zurück und schloss die Augen. Wieder einmal hatte es sich bestätigt, dass es zwischen Himmel und Erde noch eine andere Instanz gab, von der man höchstens ab und zu Alpträume kriegte, die aber sonst im dunklen blieb. Corinne Bischof legte die Zeitung auf die Seite und setzte sich neben mich. Es war ein angenehmes Gefühl.

ENDE

Der grosse Bruder

Ich schluckte zwei Alka Seltzer und drei Kaffees und kämmte mir die Haare. Dann verstaute ich meine Tränensäcke unter einer Sonnenbrille und ging zum Fluss. Eine Journalistin hatte den Wunsch geäussert, mich zu interviewen. So was soll ab und zu vorkommen. Ich mache mir nichts aus Publicity. Aber sie ist nützlich für das Geschäft und schliesslich lebt unsereins permanent in schwierigen Zeiten.

Es dauerte eine Weile, bis die Journalistin kam, und es dauerte noch länger, bis sie ihr Kassettengerät in ihrer Tasche fand. Frau Montegassi, so hiess die Dame, fummelte nervös an dem Gerät herum.

Wir gingen ein wenig den Kiesweg entlang.

- Es soll einerseits ein Portrait werden, andererseits möchte ich den Alltag eines Privatdetektivs beschreiben. Also auch das Unspektakuläre, Gewöhnliche.

- Meinetwegen. Aber erwarten Sie nicht, dass Sie mir beim Pinkeln zusehen können.

- Nun, ich glaube nicht, dass sich unsere Leserinnen für so etwas interessieren.

- Ich dachte, Sie wollen über den Alltag schreiben.

- Ja, aber eigentlich mehr über den Berufsalltag. An welchem Fall arbeiten Sie gerade?

- Das fällt unter das Berufsgeheimnis.

- Sie arbeiten also zur Zeit an keinem Fall. Wie fühlen Sie sich als arbeitsloser Detektiv?

- Ich muss doch sehr bitten. Nur weil ich mir Ihre dämlichen Fragen anhöre, heisst das noch lange nicht, dass ich nicht arbeite. Detektive arbeiten ständig. Das Beobachten gehört zu meinem Beruf.

- Sie sind also ein guter Beobachter. Was fällt Ihnen zu dem jungen Mann ein, der da auf der Parkbank sitzt?

- Kaputte Schuhe, leicht gebückte Haltung, anhand der Stirnfalten schliesse ich auf einen Intelligenzquotienten von 76 einhalb. Typischer Repräsentant der neuen Z - Generation. Hat ständig nur Weiber und Geld im Kopf, wählt aber grün, weil alle seine weiblichen Bekannten für den Regenwald sind und gegen Zahnstocher. Ich würde sagen, der Mann ist von Beruf Handlanger.

- Interessant. Haben Sie etwas dagegen, wenn ich den jungen Mann frage, was er wirklich ist?

Natürlich hatte ich nichts dagegen einzuwenden. Schliesslich hatte unsereins vorgesorgt. Wir gingen auf den jungen Mann zu und die Journalistin hielt ihm das Kassettengerät unter die Nase. Der junge Mann zwinkerte mir zu. Ich blickte grimmig zurück. Schliesslich konnte ich ihm nicht öffentlich ans Schienbein treten. Frau Montegassi beachtete das alles nicht.

- Entschuldigen Sie, darf ich Sie fragen, was Sie von Beruf sind?

- Selbstverständlich. Ich bin Handlanger, wieso?

- Phänomenal. Aber ich dachte, Handlanger nennen sich heute nur noch Hilfsarbeiter?

- Sonst noch was? Ich bin kein Hilfsarbeiter. Handlanger ist ein äusserst schwieriger Job. Sie haben sicherlich schon gesehen, dass Politiker gerne ein Bad in der Menge nehmen. Und alle wollen dann zumindest eine Hand geschüttelt bekommen. Aber diese armen Kerle haben ja auch nur zwei Hände. Und da helfe ich aus. Ich bin der beste Handlanger der Stadt. Tausende habe ich schon beglückt.

- Ach so. Gut, das wär's dann schon.

- Hey, Maloney, schiebst du mir jetzt den 50er rüber?

- Ach, Sie kennen den jungen Mann?

- Aber nicht doch. Ich bin bloss stadtbekannt für meine Grosszügigkeit.

- Und ich dachte schon, Sie hätten mich hereingelegt.

Das war gerade noch mal gutgegangen. Ich gab dem Trottel die 50 Franken und lächelte dann ein Lächeln, dass ich nur für Journalistinnen und andere Angehörige unnützer Berufsgruppen lächelte. Nicht dass Sie jetzt glauben, ich hätte was gegen die Presse. Im Gegenteil. Nichts schmeckt besser als frischgepresster Orangensaft. Frau Montegassi liess nicht locker. Sie fragte weiter die Fragen, die sie sich zurechtgelegt hatte.

- Haben Sie nicht manchmal die Nase voll von all diesen kaputten Ehen, mit denen Sie in Ihrem Beruf konfrontiert werden?
- Wissen Sie, es gibt zwei gute Gründe, um nicht zu heiraten. Grund eins sind die Männer und Grund zwei sind die Frauen.
- Interessant. Welches war Ihr bisher schwierigster Fall?
Langsam begann mich die Fragerei anzuöden. Ich verzog mein Gesicht und tat so, als denke ich angestrengt nach. In Wirklichkeit verfolgte ich ein kleines Modellflugzeug, das auf uns zugeflogen kam. Schliesslich entdeckte auch Frau Montegassi das kleine Ding. Es flog eine steile Kurve und raste dann geradewegs auf uns zu. Frau Montegassi tat, was sie mit Vorliebe tat: unnütze Fragen stellen.
- Was ist denn das?
- Schnell! In Deckung!
Ich packte sie an ihrer schlanken Taille und riss sie zu Boden. Es war gerade noch mal gutgegangen.
- Oh! Sind Sie immer so resolut?
- Das Ding wäre beinahe in uns reingeflogen. Hat vielleicht einen Sprengkopf dran.
- Sie meinen doch nicht etwa...
- Man kann nie wissen. Es gibt genug Leute, die mich gerne aus dem Weg schaffen würden. Denken Sie nur an den Platzmangel in den öffentlichen Verkehrsmitteln. Die schrecken vor nichts zurück.
- Nur damit wieder ein Sitzplatz frei wird?
Die Journalistin sah mich fragend an. Dann sahen wir, wie ein Mann auf uns zugerannt kam. Er war ganz bleich im Gesicht und er sah ein wenig aus wie ein Mittelschullehrer, der heimlich Gedichte schreibt.
- Oh, Gottseidank ist Ihnen nichts passiert. Sie müssen entschuldigen, aber das Flugzeug geriet plötzlich ausser Kontrolle.
- Ich dachte, die Dinger könne man nur in Sichtweite steuern. Aber Sie habe ich vorhin nirgendwo gesehen.
- Entschuldigen Sie, aber das dürfte eigentlich nicht vorkommen. Ist ein Prototyp. Hat spezielle Sensoren und kann damit Bilder verarbeiten, so dass es automatisch jedem Hindernis ausweicht. Es braucht also gar nicht mehr gesteuert zu werden. Es genügt, wenn man programmiert, wann es wieder zurück kommen soll. Aber irgend etwas stimmt mit der Software noch nicht...
Der Mann rätselte noch ein wenig vor sich hin. Jetzt waren also schon die Spielzeuge mit diesen Chips vollgestopft. Irgendwann wird

es auch noch kleine Maloneys geben, die computergesteuert durch die Kinderzimmer schleichen und böse Buben beschatten.

Der Mann verschwand wieder. Frau Montegassi hatte sich ein paar Schritte von mir entfernt und schaute auf den Fluss. Das kam mir nicht ungelegen. Als sie sich umdrehte und mit finsterer Miene wieder auf mich zukam, dachte ich schon, ihr seien die Fragen ausgegangen. Ich hatte mich geirrt.

- Was würden Sie sagen, wenn da unten im Fluss eine Leiche läge?
- Ist das wieder eine Ihrer albernen Fragen?
- Nein. Da unten liegt tatsächlich eine Leiche. Vorhin, als Sie mit dem Mann sprachen, wurde sie angeschwemmt.
- Wo?
- Da unten, gleich am Ufer...

Man kann gegen Journalistinnen sagen, was man will, aber eine Leiche von einem morschen Baumstamm unterscheiden können selbst sie. Es war der Körper eines Mannes. Eine Schusswunde in der Höhe seines Herzens machte seinen Anblick auch nicht appetitlicher. Wo ein Maloney ist, da lass dich ruhig nieder. Das muss sich im Reich der Toten herumgesprochen haben. Die Journalistin war ganz aufgeregt und telefonierte ihrem Freund, der Fotograf bei einer Boulevardzeitung war. Ich schaute mir in der Zwischenzeit den Toten etwas genauer an. Er hatte keine Ausweise bei sich und die Markennamen seiner Kleidungsstücke waren fein säuberlich herausgetrennt. Es dauerte eine Weile, bis die Polizei eintraf. Hugentobler und die Journalistin hatten einiges gemeinsam. Zum Beispiel einen unüberhörbaren Hang zur Penetranz.

- Nehmen Sie doch die alberne Sonnenbrille ab, Maloney, Sie sind doch hier nicht beim Film.
- Aber an der Sonne. Glauben Sie, ich will mir Hautkrebs an den Augenlidern holen?
- Ist ja schon gut, Maloney. Also, wer hat die Leiche gefunden?
- Ich.

Frau Montegassi gehörte zu den Personen, die sich immer vordrängen, egal ob es um Einzahlungen bei der Post oder Leichen am Fluss geht. Hugentobler drehte sich zu ihr herum.

- Und wer sind Sie?
- Graziella Montegassi.
- Was haben Sie hier gemacht?
- Einen Spaziergang.
- Allein?

- Nein. Mit mir.
- Sieh einer an, Maloney. Und wieviel haben Sie der Dame dafür bezahlt?

Hugentobler versuchte das Wort "Dame" mit einem leicht vulgären Akzent auszusprechen. Es misslang ihm völlig. Nur der Anstand gegenüber der Leiche verhinderte, dass ich laut loslachte. Frau Montegassi sah mich ratlos an.
- Ist der immer so?
- Ja. Ein psychologisches Problem. Ein Kindheitstrauma. Sein Teddybär hat sich erhängt. Das hat er nie richtig überwunden.
- Sie sind also zusammen hier spaziert. Und dann wurde Ihr Tête-à-Tête plötzlich von dieser Leiche gestört.
- Ja. Kann ich jetzt gehen? Ich muss nämlich noch arbeiten.
- Na gut, Frau Monte... Sie können jetzt...
- ... gassi.
- ... gehen.
- Kann ich auch gehen?

Sie drehte sich um und verschwand.
- Das könnte Ihnen so passen, Maloney. Zuerst beantworten Sie mir eine Frage: Hat die Leiche etwas mit einem Ihrer Fälle zu tun?
- Keine Ahnung. Hab die Leiche nicht danach gefragt.
- Na, dann verschwinden Sie mal. Unter uns: hübsche Biene, diese Montedingsbums.

Er lachte sein übliches Lachen. Ich machte mich wieder auf die Socken und landete in meinem Büro. Als das Telefon nach zwei Stunden noch immer kein müdes Klingeln von sich gab, wurde ich misstrauisch. Ich hob den Hörer ab. Es funktionierte. Ich rief den Weckdienst an und liess es drei Minuten später bei mir klingeln. Es war ein beruhigendes Geräusch. Dann ging ich zu einem Bootsverleiher und mietete ein Boot.
- Was ist denn heute wieder los? Zuerst will kein Schwein ein Ruderboot, und jetzt kommt plötzlich der grosse Run. Ich könnte Ihnen ein Motorboot besorgen. Dauert aber eine Weile.
- Schon gut. Ich bevorzuge Muskelkraft zur Fortbewegung.
- Mir soll's recht sein. Ist aber nicht gerade das neueste Modell. Hier, nehmen Sie die Schwimmweste und den Schöpfbecher.
- Wie oft ist das Ding denn schon gesunken?
- Erst einmal. Hat acht Jahre gedauert, bis die das Boot wieder gehoben haben.

Ich zog mir die Schwimmweste an und stieg in das Ruderboot. Dann begann ich zu rudern. Nach einigen schönen Umdrehungen auf dem Fluss hatte ich den richtigen Takt gefunden. Es war ganz schön anstrengend, gegen die Strömung zu rudern. Ich tat, was ich in solchen Situationen immer tue: singen.

- Fünfzehn Mann und eine Pulle Schnaps, die segelten nach Tahiti und machten dort Rabatz. Fünfzehn Mann und eine Pulle Schnaps...
- He Sie! Können Sie nicht ein bisschen leiser rudern? Klingt ja wie eine Horde besoffener Matrosen. Aber... Maloney! Was machen Sie denn hier?
- Das sehen Sie doch, Hugentobler. ʻAuch unsereins kommt manchmal ganz schön ins Rudern.
- Und weshalb rudern Sie gegen die Strömung? Ist doch viel anstrengender!
- Sie rudern ja auch gegen die Strömung. Scheint in Mode zu kommen.
- Ja, aber ich bin dienstlich unterwegs. Sehen Sie, die Leiche wurde irgendwo flussaufwärts ins Wasser geworfen. Und hier, mitten auf dem Fluss, hat man die bessere Übersicht.
- Wissen Sie denn schon, wie der Tote hiess?
- Nein. Keine Ausweise, keine Hinweise.
- Na, dann legen Sie sich mal in die Riemen und tun Sie was für die Steuergelder.
- Sie haben gut reden, Maloney. Sie bezahlen ja kaum Steuern. Apropos Steuern. Sehen Sie die Dame auf dem Motorboot. Ist das nicht die Montedingsbums?

Ich schaute etwas genauer hin. Tatsächlich näherte sich ein Motorboot, auf dem Frau Montegassi das Steuer in den Händen hielt. Als sie auf gleicher Höhe war, rief sie mir etwas zu.

- He, Maloney! Ich habe eine heisse Spur!
- Nicht so schnell. Ich komme mit!
- Ich auch!

Hugentobler kippte beinahe ins Wasser vor Erregung.

- Das könnte euch so passen. Die Story gehört mir!

Und weg war sie. Hugentobler ruderte ein wenig weiter, dann kam er kaum noch gegen die Strömung an. Schliesslich liess er sein Boot wieder zurücktreiben. Er winkte mir zu. Ich ruderte einige Minuten weiter, dann gab ich es auf. Ich legte am Ufer an und mich ins Gras. Dann döste ich eine Weile. Als ich wieder aufwachte, verabschiedete sich die Sonne gerade vom Tag. Der Bootsverleiher stand neben mir.

- Na endlich. Habe Sie überall gesucht. Ich dachte schon, Sie seien abgesoffen.
- Das könnte Ihnen so passen. Ich hasse Fische und alte Reifen. Wüsste nicht, was ich da unten verloren hätte.
- Scheint ein ziemlich beschissener Tag zu sein. Die mit dem Motorboot ist auch noch nicht zurück. Nur der Bulle wurde mit seinem Boot angeschwemmt. Den hätten Sie sehen sollen, dem taten die Hände so weh, dass er mir nicht mal die Hand geben konnte, als er ging.
- Der hätte vermutlich gut einen Handlanger brauchen können.
- Das verstehe ich nicht.
- Macht nichts. Schliesslich ist Intelligenz Glückssache.
- Also, ich geh mal hinunter zum Boot.
- Ja, tun Sie das.
- Ach du grüne Scheisse. Auch das noch!
- Was ist denn los?
- Da liegt eine Leiche.
- Nicht schon wieder. Was soll denn die Polizei von mir denken? Könnten Sie nicht einfach darüber hinwegsehen?
- Geht leider nicht. Die Frau, die da liegt, hat mein Motorboot gemietet.
- Graziella Montegassi?
- Ja genau. So hiess sie.
- Und was wird jetzt aus meinem Portrait?

Die Szenen gleichen sich oft im Leben und mit ihnen die Akteure. Frau Montegassi machte auch im Wasser noch einen ganz passablen Eindruck. Nur das Loch in ihrem Herzen sah übel aus. Die Polizisten rauchten und suchten, doch sie fanden nur mich.

- Schlimme Sache, Maloney. Tut mir leid um Ihre Freundin. Ich hätte Sie eigentlich warnen sollen.
- Sie können sich beruhigen, die Dame war Journalistin. Nicht unbedingt meine bevorzugte Damenwahl. Wenigstens wissen Sie bei dieser Leiche, wie sie hiess.
- Ja, Montedingsbums. Scheint fast so, als ob da ein Zusammenhang besteht zwischen den beiden Morden.
- Wenn Sie das sagen, wird wohl was dran sein.
- Aber wir haben immerhin eine Spur. Diese Montedingsbums hat doch gesagt, dass sie da auf einer heissen Fährte sei, als sie im Motorboot an uns vorbeifuhr. Wir brauchen also bloss das Motorboot zu finden

und dann wissen wir auch, wo diese Montedingsbums ans Ufer gegangen ist.
– Falls sie das überhaupt erreicht hat.
– Na ja, ans Ufer kommen sie früher oder später alle, wie Sie sehen, Maloney. Nur nicht immer ans rettende.

Er philosophierte noch ein wenig vor sich hin. Es war in der Zwischenzeit dämmrig geworden, Zeit für einen kleinen Imbiss. Ich ass zwei Bratwürste und schüttete noch zwei Whiskys nach, dann ging ich zurück zum Tatort. Mein Ruderboot lag noch immer da. Ich spuckte in die Hände und ruderte, was das Zeug hielt. Schliesslich konnte ich das Motorboot erkennen. Ich legte an und ging dann durch einen kleinen Park, der zu einer Villa führte. Es dauerte nicht lange, bis ich merkte, dass ich nicht allein war. Hugentobler schlich sich von hinten an. Polizisten haben oft eine unangenehme Art, unanständig zu sein.

– He, Maloney, schön ruhig bleiben! Ich beobachte das Haus schon seit einer Stunde.
– Sieht ziemlich finster aus. Wohl niemand zu Hause.
– Da wohnt auch niemand, Maloney. Ist der Firmensitz der Robotron-Software AG.
– Eine Computerfirma?
– Ja. Spezialisiert auf Spielzeugroboter. Die produzieren da die Software. Aber es scheint niemand mehr da zu sein. Ich geh jetzt nach Hause. Meine Frau wartet seit 8 Stunden mit einem Eintopf auf mich.
– Na, dann lassen Sie mal nichts anbrennen.
– Falls Sie morgen früh im Fluss treiben, hoffe ich, dass Sie wenigstens ein Autogramm des Mörders bei sich haben.

Ich blieb noch eine Weile. Es wurde dunkler und dunkler. Dann tat sich auf einmal etwas. Zwei Männer verliessen das Haus durch einen Seiteneingang. Sie hatten kein Licht angemacht. Ich wartete, bis die beiden weg waren, dann ging ich hinein. Die Alarmanlage störte mich nicht sonderlich. Ich tappte ein wenig im Dunklen und landete schliesslich vor einer Tür. Ich hatte die Hand schon an der Klinke. Dann blendete mich eine Taschenlampe.

– Halt! Tun Sie das nicht!
– Wollen Sie mich etwa daran hindern?
– Wenn Sie da hineingehen, sind Sie ein toter Mann.
– Sie machen mir ja richtig Angst. Wo haben Sie denn Ihre Knarre versteckt?
– Ich habe keine Waffe. Die Gefahr lauert hinter der Tür.

- Was haben Sie denn da drin? Die Hi-Tech-Version von Nessie?
- So ähnlich. Lassen Sie mich zuerst hineingehen, dann erkläre ich Ihnen alles.
- Meinetwegen.

Er hielt seinen Kopf ganz nahe an die Tür und begann zu flöten, wie wenn seine Angebetete hinter der Tür einen Bauchtanz vollführen würde.

- Robi... Hörst du mich, Robi... Ich bin's, Kilias... Robi.... hast du mich verstanden?
- Sie sind wohl völlig meschugge.
- Moment. Ich gehe jetzt hinein.

Er öffnete die Tür und ging vorsichtig in den Raum. Er redete weiterhin albernes Zeugs vor sich her. Ich folgte ihm vorsichtig.

- Robi... Ich bin's... Kilias... Spürst du mich?
- Sind wir hier in einer geschlossenen Abteilung, oder was?
- Ja, Robi hat Kilias erkannt. Braver Robi.

Er ging langsam auf das Ding zu, mit dem er die ganze Zeit gesprochen hatte. Es war einer dieser kleinen Spielzeugroboter. Kilias sprang neben den Roboter und schlug mit der Taschenlampe auf das kleine Blechding ein. Ich sah dem Schauspiel fasziniert zu. Offenbar hatte ich es tatsächlich mit einem Verrückten zu tun. Der Mann hielt kurz inne, er ahnte wohl, was ich dachte, schliesslich setzte er atemlos zu einer Erklärung an.

- Das ist kein Spielzeugroboter. Das ist ein Mordinstrument.
- Und ich bin nicht Maloney, ich bin eine Barbie-Puppe.
- Dieses Teufelsding muss zerstört werden.

Er schlug noch einige Male auf den Roboter ein, bis dieser verbeult wie eine alte Colabüchse den Geist aufgab. Dann drehte er sich zu mir um, ging an mir vorbei und knipste den Lichtschalter an. Ich erkannte den Mann. Es war der, dessen Modellflugzeug mich beinahe geköpft hätte.

- Es ist wohl an der Zeit, dass ich mich vorstelle. Kilias, Bruno Kilias. Ich bin Programmierer.
- So, wie Sie sich verhalten, sieht das aber eher nach einem Systemfehler aus.
- Robi war unser Produkt. Das Produkt von Günther und mir. Ein Roboter, der durch Kameras und Sensoren genau identifizieren konnte, welcher Mensch vor ihm stand.
- Aha. Bildverarbeitung wie bei dem Modellflugzeug.

- Genau. Nur noch viel komplizierter. Robi konnte auch im Dunklen sehen, und er konnte Stimmen identifizieren. Und er hatte eine eingebaute Waffe. Wenn er jemanden anhand des Bildes und der Töne nicht identifizieren konnte, war er darauf programmiert, sofort zu schiessen. Mitten durchs Herz. Der perfekte Wachhund.

- Der kleine böse Sohn des grossen Bruders. Und weshalb hat das Ding dann Ihren Partner getötet? Die erste Leiche war doch die Ihres Partners, oder?

- Ja. Günther. Bedauerlich. Robi muss irgendwie falsche Schlussfolgerungen gezogen haben, als Günther in den Raum kam. Und wir glaubten, Robi sei schon perfekt.

- Und die Journalistin? Woher wusste sie von Ihrem Experiment?

- Sie hatte Günther vor zwei Jahren einmal interviewt. Als sie die Fotos der Leiche nochmals genau anschaute, ist es ihr wieder eingefallen.

- Und wie kam sie in den Raum?

- Ich weiss es nicht. Als ich oben war und telefonierte, hörte ich plötzlich einen Schuss. Ich wusste sofort, dass Robi wieder zugeschlagen hatte.

- Und weshalb haben Sie Robi nicht schon nach dem ersten Unfall den Strom abgedreht?

- In diesem Experiment stecken Millionen. Robi war so etwas wie mein Kind. Würden Sie Ihr Kind töten, nur weil es einen bedauerlichen Fehler gemacht hat?

Kilias schaute traurig auf die zerstörten Platinen und Schaltkreise. Schliesslich gab er zu, die beiden Leichen in den Fluss geworfen zu haben. Den Rest überliess ich der Polizei. Ich ging zurück in die Stadt und trank in einer Bar einige Gläser. Dann flirtete ich mit einer Studentin. Es klappte. Unsere Schaltkreise schnappten ein, und was meine Bilderfassung und Verarbeitung sah, war alles andere als übel. Schöne neue Welt, dachte ich und liess mich gehen.

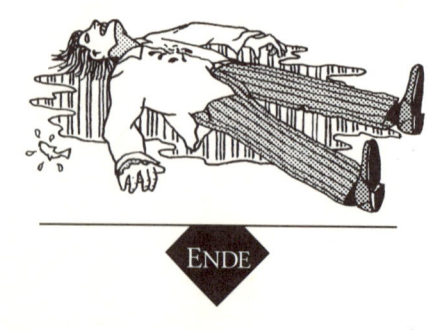

ENDE

DIE ANDERE FRAU

ICH HATTE KOPFSCHMERZEN UND VERSUCHTE ES MIT EIN wenig Akupunktur. Als ich meine rechte Hand mit Sicherheitsnadeln voll hatte, war das Kopfweh tatsächlich verschwunden, dafür tat mir die Hand weh. Ich entfernte die Nadeln wieder und bandagierte meine Hand ein. Wenig später stand eine Frau in meinem Büro. Sie schaute mich unsicher an und setzte sich. Sie stellte sich als Eveline Suter vor. Ihre Stimme war ein wenig zittrig und in ihren Augen lag der Blick einer Frau, die sich Sorgen macht.

- Ich weiss nicht mehr, was ich machen soll.
- Dann machen Sie doch einfach nichts oder Ferien.
- Das geht nicht. Ich bin völlig durcheinander. Ich wollte vorhin nach Hause gehen. Aber ich musste feststellen, dass ich kein Zuhause mehr habe.
- Wenn Sie ein Zimmer suchen, sind Sie hier an der falschen Adresse. Ich schlafe unter meinem Schreibtisch und da hat's für Sie keinen Platz mehr.
- Ich habe ja eine Wohnung. Das heisst, bis vor ein paar Stunden habe ich das wenigstens geglaubt. Ich bin heute morgen in einem Hotelzimmer aufgewacht, und als ich nach Hause wollte, war meine Wohnung plötzlich nicht mehr da.
- Moment mal. Ganz langsam, Frau Suter. Ihre Wohnung hat sich in Luft aufgelöst? Vielleicht ist das der Grund für die Wohnungsnot in der Stadt. Glauben Sie, dass sich noch mehr Wohnungen über Nacht in Nichts auflösen?
- Genaugenommen gibt es die Wohnung noch. Aber ein anderer Mann wohnt darin. Ich kann das alles nicht verstehen.

- Kennen Sie den Mann?
- Nein. Ich habe ihn nie zuvor gesehen. Irgend etwas stimmt da nicht.
- Allerdings. Haben Sie sich auch schon mal überlegt, dass das irgend etwas irgendwo in Ihrem Kopf sein könnte?
- Ich bin nicht verrückt, wenn Sie das meinen.
- Nun, so direkt habe ich das nicht gesagt.
- Ich habe gestern einen Schlag auf den Kopf bekommen, und heute morgen bin ich in einem Hotelzimmer aufgewacht.
- Einen Schlag auf den Kopf? Das erklärt einiges.
- Haben Sie ein Telefonbuch?
- Klar. Unsereins liest ja auch ab und zu. Wen möchten Sie denn anrufen?

Ich gab ihr das Telefonbuch. Sie begann umständlich darin zu blättern.

- Einen Moment. Hier. Sehen Sie? Das ist meine Adresse.
- Interessant. Geben Sie die immer so schnell an alleinstehende Herren weiter?
- Ich möchte, dass Sie sich davon überzeugen, dass ich tatsächlich nicht verrückt bin.
- Na, meinetwegen. Und wie soll ich das bewerkstelligen?
- Überzeugen Sie sich davon, dass mir meine Wohnung gestohlen wurde.

Ich atmete einmal tief durch und lächelte. Die Frau sah ganz normal aus, aber langsam hatte ich meine Zweifel. Die Stadt war voller Neurosen, und darunter gab es auch ein paar hübsche. Und sie gehörte zu dieser Sorte. Ich beschloss, sie ein wenig zu testen.

- Übernehmen Sie den Auftrag?
- Was denn für einen Auftrag? Soll ich Ihnen eine neue Wohnung beschaffen?
- Nein. Ich möchte, dass Sie alles aufklären.
- Alles? Das ist ein bisschen viel verlangt. Es gelingt unsereins ja nicht mal, gewissen Bischöfen klarzumachen, in welchem Jahrhundert wir leben. Und aufgeklärt sind die sowieso nicht.
- Was haben Bischöfe mit meiner Wohnung zu tun?
- Sehen Sie. Genau das ist der Punkt. Alles hat mit allem zu tun. Wenn ich hier zum Beispiel in die Hände klatsche, stirbt gleichzeitig irgendwo in Afrika eine Antilope.
- Es zwingt Sie ja niemand, in die Hände zu klatschen.

- Ja, aber wenn ich nicht in die Hände klatsche, stirbt trotzdem eine Antilope.
- Das verstehe ich nicht.
- Sehen Sie, vielleicht ist das jetzt die Rache der afrikanischen Antilopen. Vielleicht klatschen die jetzt auch nicht in die Hände und dafür verschwindet hier irgendwo zur gleichen Zeit eine Wohnung.
- Sind Sie bescheuert oder etwa sogar ein New-Age-Anhänger?
- Ich muss doch sehr bitten.
- Bitte sehr.
- Danke.
- Kann ich hier bleiben, während Sie den Fall lösen?

Die Frau hatte mich überzeugt. Nur Verrückte lassen sich auf jede Diskussion ein. Ich erklärte der Frau meine Kaffeemaschine und machte mich auf den Weg. Ihre Adresse, die in dem Telefonbuch stand, stimmte tatsächlich nicht mehr. Ich klingelte an jener Wohnung, die sie für die ihre hielt. Ein Mann sah mich missmutig an, nachdem er geöffnet hatte.

- Ich brauche nichts.
- So sehen Sie aber nicht aus.
- Was wollen Sie von mir?
- Kennen Sie eine Frau Eveline Suter?
- Ist das die Verrückte, die sagt, dass sie hier wohne?
- Genau die.
- Ich weiss nicht, was der Unsinn soll. Ich habe diese Wohnung gemietet, weil sie leer stand und wohne seit einem Monat hier. Ich kenne diese Frau Suter nicht.
- Seit einem Monat? Das ist aber seltsam.
- Was ist daran seltsam? Wer sind Sie überhaupt?
- Philip Maloney. Privatdetektiv.
- Na und?
- Wer hat die Wohnung an Sie vermietet?
- Wer wohl? Eine Immobilienverwaltung!

Er nannte mir den Namen der Verwaltung. Sie war ganz in der Nähe. Es war ein nettes Bürohaus voller netter Menschen mit netten Gesichtern. Ich versuchte meine Übelkeit zu unterdrücken und steuerte auf eine Frau zu, die hinter ihrem netten Lächeln nur mühsam die Abscheu gegenüber jeglicher Art von Menschen auf Wohnungssuche verbergen konnte.

- Möchten Sie sich bei uns anmelden?

- Hat das überhaupt einen Sinn?
- Sind Sie Nichtraucher?
- Was geht Sie das an? Möchten Sie mich heiraten oder am Ende sogar küssen?
- Wir haben täglich Dutzende von Anmeldungen. Unsere Mietobjekte sind äusserst beliebt.
- Ich interessiere mich für ein ganz bestimmtes Mietobjekt. Es liegt an der Wunderlinstrasse 5, zweiter Stock rechts.
- An der Wunderlinstrasse 5 ist keine Wohnung frei.
- Aber erst vor einem Monat wurde da eine Wohnung an einen Mann vermietet.
- Herr Fischer? Angenehmer Mieter. Nichtraucher, und er hasst Haustiere.
- Und wie kam Herr Fischer zu dieser Wohnung?
- Die Vormieterin ist leider verstorben.
- Verstorben?
- Ja, verstorben. Ein tragischer Autounfall.
- Und die Tote hiess Eveline Suter?
- Ja... Aber woher wissen Sie das? Wer sind Sie überhaupt?

Ich machte schleunigst rechtsumkehr und eilte zurück in mein Büro. Entweder erwartete mich dort ein Gespenst oder eine Lügnerin. Möglicherweise auch beides. Man kann ja nie wissen heutzutage. Doch so, wie sie in meinem Büro sass, sah sie überhaupt nicht nach einem Gespenst aus, und wenn, dann war sie das hübscheste Gespenst, das man sich denken konnte.

Sie trank gerade eine Tasse Kaffee und sah so lebendig aus wie die meisten Leute, die Kaffee trinken.

- Haben Sie schon etwas herausgefunden, Maloney?
- Allerdings. Entweder haben Sie eine Meise, oder ich bin aus Versehen im Jenseits gelandet.
- Drücken Sie sich immer so kompliziert aus?
- Ich drücke mich selten aus. Ich bin ja keine Senftube.
- Haben Sie mit dem neuen Mieter gesprochen? Was ist mit meiner Wohnung?
- Jetzt hören Sie mal gut zu, Frau Suter, falls Sie überhaupt so heissen.
- Natürlich heisse ich Suter.
- Sie haben gesagt, dass Sie eins auf den Schädel gekriegt haben. Wann war das?

- Gestern. Das sagte ich Ihnen doch schon. Und dann bin ich in dem Hotelzimmer aufgewacht.
- Also Ihren Schädel möchte ich nicht geschenkt haben. Die Frau Eveline Suter, die an der Wunderlinstrasse 5 wohnte, ist vor einem Monat bei einem Autounfall ums Leben gekommen.
- Kein guter Witz, Maloney.
- Den Witz hat mir die Frau von der Hausverwaltung erzählt. Sie sieht nicht gerade wie eine Stimmungskanone aus.
- Aber Sie sehen doch, dass ich lebe.
- Vielleicht sind Sie nicht die, die Sie zu sein glauben.
- Sie halten mich also für verrückt?
- Können Sie beweisen, dass Sie Eveline Suter sind?
- Beweisen? Ich hab keinen Pass dabei, wenn Sie das meinen.

Ich schüttelte den Kopf und zündete mir eine Zigarette an. Ich hatte keine Ahnung, in was ich da hineingeraten war. Sie behauptete weiterhin steif und fest, jene Frau zu sein, die eigentlich tot war. Es blieb mir nichts anderes übrig, als stärkeres Geschütz aufzufahren.

- Ich schlage vor, wir gehen jetzt zur Polizei und klären die ganze Sache.
- Meinetwegen.
- Was denn? Sie wollen freiwillig zur Polizei mitkommen? Ja, wissen Sie denn nicht, dass da schon Leute ernsthaft an Allergien erkrankt sind?
- Ich bin nicht allergisch. Können wir gleich gehen?

Ich verstand immer weniger. Schliesslich landeten wir auf dem Polizeipräsidium. Mir blieb wieder einmal gar nichts erspart. Hugentobler empfing mich beinahe so euphorisch wie den zuständigen Stadtrat.

- Maloney! Wunderbar, Sie wieder mal hier zu sehen. Und dann noch in Damenbegleitung! Wusste gar nicht, dass es auch Frauen gibt, die die erste Begegnung mit Ihnen überleben.
- Keine Angst, ich enttäusche Sie nicht. Die Dame heisst Eveline Suter und ist eigentlich tot.
- Das bin ich nicht!
- Sie ist zumindest die lauteste Leiche, die mir bis jetzt begegnet ist.
- Eveline Suter? Moment mal, da hatten wir doch kürzlich etwas. Ja, Maloney, der Name kommt mir irgendwie bekannt vor. War das nicht die Frau, die ihren Mann mit einem Videorecorder erschlagen hat, weil er sich dauernd Fussballspiele darauf angesehen hat?
- Nein, Hugentobler. Es ging um einen Autounfall mit Folgen.

- Genau. Jetzt erinnere ich mich. Die Versicherung bestand darauf, dass wir den Fall genau untersuchen. War aber ein Unfall. Nasse Fahrbahn, der Wagen ist von der Strasse abgekommen, hat sich überschlagen, Feuer gefangen und ist vollständig ausgebrannt.
- Und Frau Suter kam dabei ums Leben?
- Ja. Viel ist nicht von ihr übriggeblieben.
- Ich muss doch sehr bitten.

Die Frau neben mir, bei der ich immer mehr Zweifel an ihrer Identität hatte, empörte sich. Ich wusste nicht, ob das gespielt war oder echt. Die Realität sieht häufig viel lächerlicher aus als ein schlechtes Theaterstück.

- Wie haben Sie die Leiche identifizieren können?
- Nun, da waren einige Ausweise, die aus dem Wagen geschleudert wurden, und der Wagen war von dieser Eveline Suter am gleichen Tag gemietet worden. Und da war noch ihr Mann, der die verkohlte Leiche identifizierte.
- Mein Mann? Aber das ist doch unmöglich.
- Doch. Der Fall ist abgeschlossen. Eveline Suter ist bei dem Unfall ums Leben gekommen.
- Und wie erklären Sie sich, dass ich hier vor Ihnen stehe? Ich möchte diese Akte sehen.
- In den Akten steht, dass Sie tot sind. Alles andere interessiert mich nicht. Wo kämen wir auch hin, wenn hier jeder Tote vorbeischauen und Akteneinsicht verlangen würde? Da müssten wir ja noch viel mehr Beamte einstellen.
- Ich glaub, ich kippe gleich um.
- Muss das sein?
- Ja.

Sie kippte, und ich stand belämmert da. Eine Polizistin kümmerte sich um die Frau. Ich blätterte noch etwas in der Akte. Einige Minuten später war sie wieder auf den Beinen und verliess auf diesen das Polizeipräsidium. Ich folgte ihr.

- He, warten Sie, wo wollen Sie hin?
- Zu meinem Mann. Er wird wohl noch wissen, dass ich seine Frau bin.
- Und weshalb sind Sie nicht gleich zu ihm gegangen?
- Ich lebe seit einem halben Jahr getrennt von ihm. Ich habe versucht, ihn anzurufen, als ich in Ihrem Büro war. Aber er hat aufgehängt, als er meine Stimme hörte.
- So übel klingt Ihre Stimme doch nicht.

- Ich weiss nicht, was hier gespielt wird, aber die Spielregeln gefallen mir nicht.

Ich versuchte sie zu beruhigen, doch es half alles nichts. Sie stieg in ein Taxi und fuhr los. Ich stieg ebenfalls in ein Taxi und folgte ihr. Schliesslich landeten wir vor einem Haus, das voller Zahnärzte und anderer Zivilisationskrankheiten war. Frau Suter wollte gerade klingeln, als ein Schuss fiel. Danach fiel Frau Suter. Ich stürzte mich zu der am Boden liegenden Frau. Es hatte sie ganz schön erwischt. Frau Suter, oder wer auch immer sie sein mochte, war schwerverletzt und wurde ins Krankenhaus gebracht. Herr Suter residierte im 3. Stock des Hauses, war jedoch nicht anzutreffen. Und ich stand wieder einmal Hugentobler gegenüber, und es gibt weiss Gott bessere Momente im Leben.

- Lange hat sie es ja mit Ihnen nicht ausgehalten. Mal ganz unter uns, Maloney, ist die Dame nicht ein wenig plemplem?

- Und weshalb sollte man sie dann erschiessen? Wenn man auf alle Verrückten schiessen würde, gäbe es auf den Strassen bald nur noch Hunde, und von denen sind ja auch nicht alle bei bester geistiger Gesundheit.

- Ich habe mir die Akte noch einmal angeschaut. Es gibt nichts, das darauf hindeutet, dass die Frau, die damals in dem Wagen verbrannte, nicht diese Eveline Suter war.

- Und wer ist dann die Frau, auf die geschossen wurde? Wenn Sie mich fragen, ist etwas faul an der Sache.

- Auf alle Fälle werden wir uns jetzt mal auf die Suche nach dem Schützen machen. Ist nicht einfach, scheint ihn niemand gesehen zu haben.

Ich ging zurück in mein Büro. Es dauerte eine Weile, bis ich eine Idee hatte. Ich rief bei der Versicherungsgesellschaft an, die bei dem Unfall auf eine eingehende polizeiliche Untersuchung Wert gelegt hatte. Ein junger Mann, der es sich angewöhnt hatte, über alles, egal ob es eine Leiche oder ein gestohlenes Fahrrad war, möglichst sachlich zu reden, gab mir die gewünschten Auskünfte.

- Ja, es ging um sehr viel Geld für uns, deshalb haben wir auch noch eigene Nachforschungen angestellt.

- Und was ist dabei herausgekommen?

- Wir mussten am Schluss wohl oder übel bezahlen.

- Wieviel? Und an wen?

- Eine Million. Eveline Suter hatte bei uns eine Lebensversicherung abgeschlossen. Das Geld wurde an ihren Mann ausgezahlt.

Eine Million war kein Pappenstiel. Da lohnte es sich schon mal, die falsche Leiche zu identifizieren. Doch wenn das stimmte, wer war dann die Frau, die in dem Wagen verbrannt war? Und weshalb tauchte die richtige Frau Suter einen Monat unter? Ich war es langsam leid, ständig neue Fragen beantworten zu müssen. Schliesslich ist das Leben keine Quizshow. Ich besuchte das Hotel, in dem meine Klientin am Morgen aufgewacht war. Der Geschäftsführer des Nobelschuppens machte sich schon Sorgen. Nicht etwa wegen Frau Suter, sondern um sein Geld. Es stellte sich nämlich heraus, dass meine Klientin nicht eine Nacht, sondern einen ganzen Monat in seinem Hotel verbracht hatte. Der Portier beschrieb mir meine Klientin sehr genau, allerdings mit einigen Zusätzen, die nicht zum Bild passten, das ich von ihr gewonnen hatte. Sie sei als sehr stille, beinahe stumme Person aufgefallen. Sie hätte eine Anzahlung geleistet, das Essen habe sie mit einer Kreditkarte bezahlt. Aus einem Beleg, den mir der Geschäftsführer zeigte, ging einwandfrei hervor, dass die Kreditkarte auf Eveline Suter ausgestellt war. Und heute morgen habe er erfahren, dass die Karte gesperrt sei, weil deren Besitzerin vor einem Monat gestorben war. Ich bedankte mich und liess das Hotel hinter mir. Dann machte ich mich auf die Suche nach Herrn Suter. Wenn es einen Schlüssel in diesem Fall gab, so war Herr Suter zumindest der Schlüsselbund, an dem der Schlüssel hing. Als ich von seiner Sekretärin erfuhr, dass er gerade unterwegs zum Flughafen sei, wusste ich, was es geschlagen hatte. Ich eilte dahin, kaufte mir unterwegs eine Kokosnuss und liess Suter am Flughafenterminal ausrufen. Wie alle pflichtbewussten Bürger erschien er beim Informationsschalter.

- Ich bin Reto Suter. Was ist los? Ich bin in Eile.
- Dieser Mann liess Sie ausrufen.
- Welcher Mann?
- Darf ich mich vorstellen, Herr Suter? Maloney, Privatdetektiv.
- Privat? Auch das noch...

Er drehte sich um und lief weg, doch ich hatte vorgesorgt. Die Kokosnuss landete auf seinem Hinterkopf, ehe sie zerbrach. Suters Knie knickten weg und ich spazierte zu ihm hin und tätschelte seine Wangen, damit er wieder zu sich kam.

- Was soll das? Lassen Sie mich in Ruhe. Ich habe schon genug gelitten.
- Weil Ihre Freundin vor einem Monat ums Leben kam?
- Ich konnte ja nicht ahnen, dass das Schicksal gegen uns war.

- Und dann auch noch dem Schicksal Schuld geben, das liebt unsereins am meisten. Jetzt aber raus mit der Sprache, was genau geschah vor einem Monat?
- Ich gebe es ja zu, ich wollte meine Frau umbringen, um an das Versicherungsgeld zu kommen. Und meine Freundin hat mir dabei geholfen.
- Sie haben Ihre Frau niedergeschlagen. Und dann?
- Meine Freundin hat dann auf den Namen meiner Frau einen Wagen gemietet. Dann habe ich meine Frau, die bewusstlos war, in den Kofferraum gelegt, und meine Freundin ist losgefahren.
- Und weshalb sind Sie nicht mitgefahren?
- Wir haben abgemacht, dass wir uns in den Bergen treffen. Da hätten wir dann meine Frau ans Steuer gesetzt und den Wagen in ein Tobel gestossen.
- Doch soweit kam es gar nicht. Ihre Freundin ist unterwegs von der Strecke abgekommen und in dem Wagen verbrannt.
- Es war schrecklich. Aber als ich hörte, dass nur eine Leiche gefunden wurde und meine Frau spurlos verschwunden war, gab ich an, die verkohlte Leiche sei meine Frau. Doch heute morgen rief meine Frau plötzlich bei mir an. Ich verstehe das nicht. Wo war sie die ganze Zeit? Wie ist sie lebend aus dem Kofferraum gekommen?
- Als Ihre Frau anrief, wussten Sie, dass sie noch lebt, und Sie wussten auch, was das für Sie bedeutet. Also haben Sie abgewartet, bis sie vor Ihrer Wohnung aufgetaucht ist und dann abgedrückt.
- Ich hatte doch keine andere Wahl.
Suter landete wenig später da, wo er hingehörte. Ich ass etwas von der Kokosnuss und machte mich auf den Weg ins Spital. Frau Suter war über dem Berg und wieder bei Bewusstsein. Ich erzählte ihr die ganze Geschichte.
- Ich kann mich nur noch an den Schlag erinnern. Und dann erwachte ich in dem Hotelzimmer. Was aber war mit dem Monat dazwischen? Ich erinnere mich an nichts mehr.
- Vermutlich wurden Sie bei dem Unfall aus dem Kofferraum geschleudert. Ihr Glück. Ich vermute mal weiter, dass Sie irgendwie in die Stadt zurückkamen. Möglicherweise standen Sie unter einem solchen Schock, dass Sie alles wie in Trance machten. Dass man nach solchen Ereignissen vorübergehend das Gedächtnis verliert, ist nicht ungewöhnlich. Und heute morgen, als Sie erwachten, ist ein Teil davon wiedergekommen. Alles, was bis zu dem Unfall passierte.

- Ich kann einfach nicht verstehen, dass mein Mann mich umbringen wollte. Ist eine Million etwas so Unwiderstehliches?

Ich brauchte die Frage nicht zu beantworten. Der Fall war gelöst, und die Kokosnuss schmeckte auch nicht übel. Ich legte mich in meinem Büro unter den Schreibtisch und träumte davon, ohne Gedächtnis durch das Leben zu gehen. Als ich aufwachte, tastete ich meinen Körper und meinen Geist ab. Die Neurosen waren alle noch vorhanden. Ich begoss sie mit ein wenig Whisky und tat, was ich in solchen Situationen immer tue: rülpsen.

ENDE

Der Swimming-Pool

Ich betupfte mein Gesicht mit After-Shave. Schliesslich roch ich wie die Belegschaft einer kleinen Bankfiliale, fehlte bloss noch ein smartes Lächeln und manikürte Fingernägel. Aber schliesslich soll man es auch nicht übertreiben. Ich wollte mich ja nicht als Schalterbeamter bewerben, sondern bloss einem dieser schmierigen Anwälte meine Aufwartung machen. Er hatte sein Büro an einer der besseren Adressen der Stadt. Sein Auftreten war jovial, und seine Augen waren wachsam. Ein typischer Vertreter jener Sorte, die abends im Zivilgesetzbuch lesen und die Gesetzeslücken besser kennen als ihre eigenen Zahnlücken.

- Ich hätte da eine Aufgabe für Sie, Maloney.
- Soll ich einem Ihrer Klienten ein Alibi besorgen? Kein Problem. Ich habe in meinem Büro eine ganze Schublade voll Alibis. Was darf's denn sein? Ein stichhaltiges oder ein dehnbares?
- Nichts dergleichen. Es geht um eine Scheidungssache.
- Muss das denn sein?
- Sie müssen den Auftrag nicht annehmen, wenn Sie nicht wollen. Allerdings würde Ihnen dann auch eine Erfolgsbeteiligung durch die Lappen gehen.
- Aha. Wieviel?
- Das hängt von Ihrer Arbeit ab. Ich habe da eine Klientin, die glaubt, dass sie zu kurz kommt.
- Wer glaubt das nicht heutzutage?
- Sie vermutet, dass ihr Mann nicht alle seine Vermögenswerte in der Steuererklärung angegeben hat.
- Und ich soll jetzt also in fremden Bankkonten herumschnüffeln?

- Es ist kaum anzunehmen, dass das Geld auf irgendeiner Bank liegt.
- Vielleicht liegt es unter der Matratze? Oder ist Teil einer Briefmarkensammlung?
- Möglich. Sind Sie an dem Fall interessiert?
- Sie haben vorhin etwas von einer Erfolgsbeteiligung gesagt...
- Zehn Prozent.
- Zehn Prozent von nichts ist nicht viel. Genaugenommen kann ich mir davon nicht einmal einen Klienten mieten.
- Sie erhalten das übliche Honorar plus zehn Prozent vom Geld, das Sie finden.
- Wunderbar. Und wieviel Geld soll dieser Kerl unterm Kopfkissen haben?
- Meine Klientin glaubt, dass es mehrere Hunderttausend sind.
- Klingt nicht übel. Und wie heisst der teure Ehegatte?
- Ich erwarte von Ihnen äusserste Diskretion.

Ich versprach ihm alles an Diskretion, was ich ihm bieten konnte. Er gab mir Namen und Adresse des Mannes. Dann verschwand ich wieder und liess den übleren Teil meines After-Shaves im Büro des Anwalts zurück. Ich duschte, ging in ein Elektronikgeschäft und kaufte mir einen Taschenrechner. Schliesslich wollte ich gewappnet sein, wenn es darum ging, meine Prozente zu berechnen.

Das Haus, in dem Christian Mohr wohnte, liess meine Kreditkarte vor Scham rot werden. Unsereins kann sich so etwas nicht mal in seinen Träumen leisten. Ich klingelte und wartete.

- Hat keinen Sinn. Da öffnet niemand.
- Eigentlich wollte ich bloss mal mit dem Hausherren sprechen. Habe gehört, dass er Geld anlegen möchte. Ich hätte ihm da ein gutes Angebot zu unterbreiten.
- Da werden Sie aber einen schweren Stand haben. Herr Mohr ist sehr konservativ, wenn's um Geld geht.
- Aha. Also doch unter der Matratze.
- Wie bitte?
- Ist nicht weiter schlimm. Und jetzt zu Ihnen. Was für Geschäfte lassen Sie bei bitterer Kälte hier verharren?
- Sie werden es nicht glauben: Swimming-Pools.
- Was denn? Mitten im Winter?
- Ich schaue mir mal schnell den Garten an. Hinter dem Haus soll der Pool gebaut werden.

- Aha. Und Sie sollen ihm das Ding hinstellen?
- Genau. Haben Sie sonst noch eine Frage?
- Ja, eine ganze Menge. Ich wollte zum Beispiel schon immer wissen, weshalb bei den Klimakonferenzen so ein schlechtes Klima herrscht. Muss wohl am Wetter liegen.
- Unserer Branche kann die ganze Klimaverschiebung nur nützen. Im übrigen glaube ich nicht an all das Gerede. Oder sehen Sie hier irgendwo jemand, der das Klima verschiebt?

Sie zeigte mit den Händen in die Umgebung. Da war tatsächlich niemand zu sehen. Schliesslich ging sie um das Haus herum. Ich folgte ihr. Es war kein besonders grosser Garten. Gerade gross genug für einen Swimming-Pool. Mitten drin stand ein kleiner Erdhügel und daneben ein Loch. Die Frau mass mit ihren Schritten die Länge des Grundstückes ab. Ich ging zu dem Erdloch. Das hätte ich besser nicht getan.

- Nanu? Was ist denn? Sie schauen ja beinahe so, als hätten Sie soeben den Glauben an die Menschheit verloren.
- Ach, wissen Sie, das wäre halb so schlimm. Aber in dem Erdloch liegen meine zehn Prozent.
- Zehn Prozent? Aber... Das ist ja Herr Mohr! Ist er...
- Sieht ganz danach aus. Ich glaube nicht, dass Herr Mohr noch einen Swimming-Pool benötigt.
- Entsetzlich. Und das bei dieser Kälte.
- Tja, Tote kümmern sich nicht mehr um solche Nebensächlichkeiten.
- Schade. Das Grundstück wäre ideal für einen Swimming-Pool.

Ich sah mir den Toten etwas genauer an. Er sah ein wenig aus wie eine steifgefrorene alte Schlange. Alles war ein wenig verkrümmt. Sein Kopf war weit nach hinten gebogen, sein Genick hatte nicht mehr standgehalten. Neben ihm lagen eine Spitzhacke und eine Schaufel. Herr Mohr hatte sich wohl nicht träumen lassen, dass er in seinem Garten sein eigenes Grab schaufelte.

Es dauerte wieder einmal nicht lange, bis die Polizei da war. Die Swimming-Pool-Vertreterin gab brav zu Protokoll, was sie gesehen hatte. Ich wartete und fror und dachte ein wenig über Erfolgshonorare nach und weshalb diese regelmässig im Leichenschauhaus landeten. Dann hatte Hugentobler Erbarmen und fragte, was er schon immer wissen wollte.

- Hat wohl keinen Sinn, Sie zu fragen, was Sie hier verloren haben, Maloney?

- Genaugenommen habe ich hier tatsächlich nichts verloren. Einmal abgesehen von ein paar lächerlichen Minuten.
- Wie dem auch sei. Sieht ganz nach einem tragischen Unfall aus. Was ich allerdings nicht verstehe... weshalb um alles in der Welt hat dieser Mohr in dem betonharten Boden ein Loch gegraben? Glauben Sie etwa an die Geschichte mit dem Swimming-Pool?
- Vielleicht war er einer dieser Fanatiker, die sich ständig neue Herausforderungen suchen. Löcher graben bei minus 5 Grad ist ein grösseres Erfolgserlebnis als zum Beispiel Löcher graben in einem Emmentalerkäse.
- Apropos Käse. Wussten Sie, dass die Mohrs in Scheidung leben? Das wäre immerhin ein Motiv.
- Was denn? Ein Motiv, sich im eigenen Garten das Genick zu brechen? Einmal davon abgesehen, Frauen machen so was nicht. Die schiessen gleich. Genickbrechen ist doch Männersache.
- Schon möglich. Ehrlich gesagt, ich bin davon überzeugt, dass das ein Unfall war. Ist vermutlich ausgerutscht. Soll ja vorkommen. Sehen Sie hier? Alles vereist.

Er schaute sich nachdenklich den Boden an. Ich ging in eine Bar und genehmigte mir einen Schluck. Dann rief ich den Rechtsanwalt an.

- Ja, tragisch, das Ganze. Selbstverständlich erhalten Sie ein angemessenes Honorar.
- Das will ich auch schwer hoffen. Habe mir mindestens einen Zehennagel abgefroren. Ich hoffe doch sehr, dass Frau Mohr ein Alibi hat für die fragliche Zeit.
- Ein Alibi? Glaubt die Polizei etwa, dass meine Klientin etwas mit dem Tod von Herrn Mohr zu tun hat?
- Nun, wenn die Polizei erfährt, dass Frau Mohr einen Privatdetektiv angeheuert hat, um ihr Bankkonto nach der Scheidung mit einigen Nullen zu versehen...
- Erstens habe ich Sie engagiert, Maloney. Und zum zweiten hat Frau Mohr ein Alibi. Sie war nämlich seit gestern ununterbrochen bei mir.
- Bei Ihnen? Interessant. Sie lassen sich Ihre Prozente also in Naturalien auszahlen?
- Um es klarzustellen, Maloney: Der Fall ist für Sie erledigt. Sie erhalten ein Honorar, das es Ihnen leichtmachen wird, diese Angelegenheit zu vergessen.

Mehr konnte ich nicht erwarten. Pech für den Anwalt, dass ich mich mit voller Brieftasche erst recht zu grossen Taten angespornt fühle. Und dass bei der Sache etwas faul war, roch man selbst noch in der schmuddligen Bar, aus der ich telefonierte. Und das wollte etwas heissen. Ich besuchte die Vertreterin für Swimming-Pools. Sie hiess Waser und wohnte zu meinem Erstaunen in einer richtigen Wohnung und nicht in einem aufblasbaren Pool.

- Herr Mohr hatte sich so darauf gefreut, endlich den Swimming-Pool bauen zu können.
- Im Frühling wäre das einfacher gewesen.
- Herr Mohr hatte jahrelang darauf gewartet. Seine Frau hatte verhindert, dass er den Pool bauen konnte. Sie wollte dort lieber Kräuter anpflanzen.
- Die beiden mochten sich wohl nicht mehr besonders gut?
- Das können Sie laut sagen. Herr Mohr war ja ein so angenehmer Mann. Und seine Frau? Die hatte doch bloss Geld im Kopf.
- Und Kräuter.
- Das war doch nur ein Vorwand. Sie hat die Kräuter ja kaum geerntet. Sie wollte ihrem Mann einfach eins auswischen, und sie wusste, dass er so vernarrt war in den Gedanken, einen eigenen Swimming-Pool zu besitzen.
- Kennen Sie den Anwalt von Frau Mohr?
- Anwalt ist gut. Die beiden haben schon seit längerem etwas zusammen. Wenn Sie mich fragen, war das kein Unfall.
- So was Ähnliches habe ich auch schon gedacht. Woher wissen Sie eigentlich so gut Bescheid über die Mohrs?
- Meine Schwiegermutter war eine Weile lang bei den Mohrs angestellt und hat sich etwas um den Haushalt gekümmert.
- Verstehe. Könnten Sie sich vorstellen, dass Frau Mohr ihren Mann umgebracht hat?
- Wissen Sie, man soll ja nichts Schlechtes über andere Leute denken. Aber wenn Sie mich so direkt fragen: Der würde ich alles zutrauen.

Ich bedankte mich und ging wieder meines Weges. Und der führte mich erneut zum Haus des Verblichenen. Ich wollte gerade nach hinten in den Garten kurven, als meine Schritte durch die Stimme eines gewissen Anwalts gestoppt wurden.

- He, Maloney! Was machen Sie hier?
- Gute Frage. Wenn Sie genau hinschauen, werden Sie feststellen,

dass ich die Kunst des parallelen Schlittschuhschrittes übe. Haut aber noch nicht so hin, wie ich mir das vorgestellt habe.

- Ich habe Ihnen den Check per Einschreiben zukommen lassen. Ich kann mir nicht vorstellen, dass Sie einen Grund haben, hier weiter herumzuschnüffeln.

- Nun, die Vorstellungskraft von Anwälten ist in der Regel eher beschränkt. Aber Sie müssen das nicht persönlich nehmen. Jede Berufsgattung hat so ihre Schwächen.

- Wenn Sie nichts dagegen haben, werde ich jetzt in den Garten gehen.

- Gehen Sie ruhig. Vermutlich ist da Ihre Allerliebste schon mit Eispickel am Graben.

- Wie kommen Sie darauf?

- Wollen wir wetten? Ich setze mein After-Shave gegen Ihre Krawatte.

- Sie können einem ganz schön den Nerv töten, Maloney.

Er gab sich Mühe, locker zu bleiben. Vermutlich hatte er sich gerade vor Augen geführt, welche Paragraphen dagegen sprachen, mir eins ans Schienbein zu treten. Ich liess ihn im Garten verschwinden. Es dauerte nicht einmal zwei Minuten, bis er wieder auftauchte.

- Schnell. Kommen Sie, Maloney. Es ist etwas Schreckliches passiert.

- Wieso? Hat eine Taube auf Ihr Anwaltspatent gepinkelt?

- Keine Scherze, Maloney. Frau Mohr liegt tot im Garten.

Wir gingen gemeinsam in den Garten. Der Anwalt keuchte und zitterte. Ich versuchte nicht auszurutschen und tat es trotzdem einige Male. Nur Frau Mohr blieb ganz ruhig in dem Loch, aus dem man vor ein paar Stunden schon ihren Mann entfernt hatte. Sie war mausetot. Langsam nahm das geheimnisvolle Loch schon die Dimensionen eines kleinen Bermuda-Dreiecks an. Der Anwalt hatte Tränen in den Augen. Ich konnte das gut nachfühlen. Schliesslich waren jetzt auch seine Prozente flöten gegangen.

Es war noch kein Tag vergangen, und schon wieder wurde jemand in dem Garten eingesargt. Frau Mohr hatte sich ebenfalls das Genick gebrochen. Offenbar waren gewisse Genicke den Anforderungen harter Gartenarbeit nicht mehr gewachsen. Der Anwalt erhielt eine Beruhigungsspritze. Nur mich liess man ohne Drogen ausfragen.

- Sagen Sie mal, Maloney, wie kommt es, dass Sie ständig hier sind, wenn wieder jemand in die Grube gefallen ist?

- Mein Urgrossvater war Grubenarbeiter. Vielleicht hab ich da einen gewissen Instinkt vererbt bekommen. Ich nehme an, dass Sie noch immer davon ausgehen, dass es sich hier um tragische Unglücksfälle handelt?

- Zugegeben, hier scheint etwas faul zu sein. Andererseits: Wer hätte ein Interesse daran, das Ehepaar Mohr ins Jenseits zu befördern? Glauben Sie, dass der Anwalt etwas mit der Sache zu tun hat?

- Der hat garantiert etwas mit der Sache zu tun. Aber Anwälte bringen ihre Klientinnen in der Regel erst um, wenn sie sie geheiratet haben.

- Das ist einleuchtend.

Der Anwalt wurde nicht verhaftet, war aber so bestürzt über die verflossenen Prozente, dass man ihn kurzerhand aus dem Verkehr zog und in eine Klinik einwies. In meinem Büro tat sich auch nicht sonderlich viel, bis Frau Waser, die Frau aus dem Land der Swimming-Pools, auftauchte.

- Tut mir leid.

- Was tut Ihnen leid? Haben Sie etwa der Familie Mohr das Genick gebrochen?

- Es tut mir leid, dass ich Frau Mohr verdächtigt habe.

- Woher wissen Sie eigentlich, dass Frau Mohr tot ist?

- Tot? Aber das kann doch nicht sein. Das verstehe ich nicht.

- Gleicher Ort, gleicher Mord. Reimt sich beinahe, nur dass bei der Geschichte noch allerlei Ungereimtheiten vorhanden sind.

- Ich wollte mich bloss entschuldigen, dass ich Frau Mohr verdächtigt habe. Ich verstehe das alles nicht.

- Wann haben die Mohrs das Haus eigentlich gebaut?

- Die haben das nicht selber gebaut, sondern an einer Auktion ersteigert. Der ehemalige Besitzer war in finanzielle Schwierigkeiten geraten.

- Und wie hiess dieser ehemalige Besitzer?

- Keine Ahnung. Glauben Sie, dass er etwas mit den schrecklichen Morden zu tun hat?

Es war immerhin eine Möglichkeit. Ich bedankte mich bei Frau Waser und machte mich auf den Weg zum Grundbuchamt. Eine nette Dame war mir behilflich.

- Hier wird nicht geraucht.

- Aber ich bitte Sie, das Inhalieren der Luft hier drinnen ist schädlich genug. Haben Sie, was ich suche?

- Ja. Das nächste Mal könnten Sie sich vorher telefonisch anmelden.

– Ist ja wie beim Zahnarzt. Nur dass dort der Bohrer harmloser klingt als Sie.
– Hier. Günther Liebknecht.
– Sagten Sie Liebknecht?
– Ich wiederhole mich nicht gerne.
– Macht nichts. Kommt auch nicht viel Gescheiteres dabei heraus.
– Kann ich Ihnen sonst noch behilflich sein?
– Ich hoffe es nicht.
– Gern geschehen.

Die öffentlichen Dienste haben es so an sich, dass sie niemand gerne in Anspruch nimmt. Ich machte mich auf den Weg und landete in einem anderen Gebäude, das mit Steuergeldern vollgepflastert war.

– Tja, Maloney, es spricht alles dafür, dass Herr und Frau Mohr eines natürlichen Todes starben. Fremdeinwirkung kann zwar nicht ganz ausgeschlossen werden, aber wir fanden keinerlei Spuren eines unbekannten Dritten.
– Wie wär's zur Abwechslung mit einem bekannten Dritten? Liebknecht zum Beispiel?
– Liebknecht? Ist das einer dieser Maler?
– Falsch geraten. Kultur ist halt noch immer Glückssache. Gegen einen Mann namens Liebknecht wurde vor ein paar Jahren ermittelt, wenn ich mich nicht irre.
– Ach, dieser Liebknecht. Fall ist abgeschlossen. Freispruch, wegen Mangel an Beweisen. Mehr darf ich Ihnen leider nicht sagen, Maloney.

Draussen begann es zu schneien. Ich tat, was ich in solchen Situationen immer tue: fluchen. Dann ging ich wieder zum Haus der Mohrs. Als ich in den Garten stapfte, war ein Mann gerade dabei, das Erdloch wieder zuzuschütten.

– Ganz schön anstrengend, solche Gartenarbeiten.
– Wer sind Sie denn?
– Ich bin vom städtischen Gartenbauamt. Mir wurde gesagt, dass in diesem Garten unstatthafter Naturdünger verwendet wurde.
– Das geht mich nichts an. Das Haus gehört mir nicht.
– Nicht mehr. Ich weiss, Herr Liebknecht. Aber der Naturdünger stammt noch von Ihnen. Sie haben das mit dem Recycling ein wenig allzu wörtlich genommen. Man kann doch nicht einfach seine Ehefrau kompostieren.
– Ich... Was fällt Ihnen ein... es... mein Herz...

Liebknecht fasste sich kräftig ans Herz, ehe dieses mit Schlagen aufhörte. Er fiel rückwärts in die Grube und blieb da eine Weile liegen. Die Leute von der Sanität kannten die Adresse schon auswendig. Später buddelten die Polizisten im harten Boden und fanden die Überreste von Frau Liebknecht, die angeblich vor ein paar Jahren bei einer Kreuzfahrt ins Meer gefallen und seither verschollen war. Der Polizist kam diesmal widerwillig auf mich zu.

- Dieser Liebknecht, weshalb hat er die Mohrs ermordet? Weshalb erst jetzt?

- Ich vermute, dass Frau Mohr beim Umgraben des Gartens auf die Überreste der Frau Liebknecht stiess. Geschäftstüchtig wie sie war, hat sie dieses Wissen genutzt, um Liebknecht zu erpressen. Gleichzeitig versprach sie ihm, dass sie verhindern würde, dass ihr Mann einen Swimming-Pool baut.

- Hm. Beim Bau des Swimming-Pools wäre die Leiche natürlich ausgegraben worden.

- Genau. Als Liebknecht hörte, dass sich die Mohrs scheiden liessen, wusste er, was es geschlagen hatte. Und prompt sah er Mohr beim Löcher Graben.

- Und Frau Mohr ahnte natürlich, wer der Täter war. Und deshalb musste auch sie dran glauben. Übel, Maloney. Liebknecht hatte einen Infarkt. Glaube kaum, dass er durchkommt.

Das war es dann auch schon. Liebknecht kam nicht durch und ich kam gerade wieder mal knapp am Kältetod vorbei. Von meinem Honorar kaufte ich mir eine Flasche Whisky und ein Wärmekissen. Den Rest legte ich in meinem Büro auf die hohe Kante neben der Tür. Schliesslich hat auch unsereins gelernt, mit Geld umzugehen.

ENDE

Das Versprechen

Ich bastelte an einem kleinen Papierflieger. Ich faltete ihn nach der Anweisung aus einem Kinderbuch. Doch je mehr ich faltete, um so eher glich das Ding einem U-Boot. Ich liess es durch die Luft segeln. Es stürzte ab. Danach schmiss ich es in einen Eimer Wasser. Es dauerte ein paar Sekunden, dann begann es zu tauchen. Ich hatte also wieder einmal recht gehabt: Es war doch ein U-Boot. Draussen wurde es langsam dunkel. Es war höchste Zeit für ein ausgiebiges Nachtessen. Doch da klingelte das Telefon. Eine Frau war am Apparat.

- Mein Name ist Kabel. Ein Mann bedroht mich.
- Wo? Bin schon unterwegs.
- Am Telefon. Er bedroht mich am Telefon.
- Unsinn. Ich bedrohe sie nicht. Mit einer Hand halte ich den Hörer und mit der anderen bohre ich in der Nase.
- Sie auch? Finden Sie das auch so beruhigend?
- Na ja, es geht. Wer ist denn der Kerl, der Sie bedroht? Und weshalb und mit was?
- Ich glaube, ich weiss, wer es ist. Ein Möchtegern-Liebhaber. Sie verstehen. Kann einen Korb nicht ertragen und versucht mich jetzt einzuschüchtern.
- Nur Ruhe. Das geht vorbei.
- Aber er droht mir, mich umzubringen, wenn ich das Versprechen nicht einlöse.
- Was denn für ein Versprechen?
- Ach, es ist eigentlich idiotisch. Aber könnten wir das nicht unter vier Augen besprechen?

- Meinetwegen. Sind Sie zu Hause?
- Nein, ich bin in einer Telefonkabine. Soll ich hier auf Sie warten? Ich muss nämlich sowieso noch jemanden anrufen.

Ich hatte nichts dagegen einzuwenden. Die Telefonkabine war etwa eine halbe Stunde von meinem Büro entfernt und unterwegs gab es mindestens drei Fastfoodlokale. Ich ging in alle drei. Die runden braunen Dinger, die sie dort Hackfleisch nannten, lagen wie drei CDs in meinem Magen. Aber unsereins kann sich manchmal weder die Fälle noch die Magenverstimmung aussuchen. Als ich die Telefonkabine erreichte, traf ich Hugentobler.

- Na, Maloney? Lauern Sie wieder mal einsamen Damen auf, oder hat Sie Ihr Vermieter endlich auf die Strasse gesetzt?
- Eigentlich wollte ich nur mal kurz telefonieren. In diesem Land weiss man ja nie, ob zu Hause jemand in der Muschel sitzt.
- Das Telefonieren im Freien kann ganz schön gefährlich sein. Einer Dame ist dies nicht sehr bekommen.
- Wieso? Ist ihr von der miesen Luft schlecht geworden oder ist sie bei Ihrem Anblick in Ohnmacht gefallen?
- Schlimmer, Maloney. Sie ist tot. Ermordet in der Telefonkabine. Mit dem Telefonkabel erwürgt.
- Nicht gerade die feine englische Art.
- Tot ist tot. Ob nun englisch oder französisch.

Da hatte er auch wieder recht. Ich schaute mich ein wenig um. Die Leiche war bereits wegtransportiert worden. Eine Frau von der Spurensicherung trug ein feines Pulver auf der Glasscheibe auf. Es sprach einiges dafür, dass die Ermordete meine Klientin war. Ausgerechnet Frau Kabel hatte es also mit einem Kabel erwischt. Oder etwa doch nicht? Ich hörte dem Polizisten noch eine Weile zu.

- Sie sind doch nicht zufällig hier, Maloney, geben Sie es doch zu.
- Nein, nein, Zufall war das nicht. Meine Beine sind keinen Zufällen ausgeliefert, im Gegensatz zu Ihrem Gehirn.
- Immer noch der charmante Schnüffler. Sieht übrigens ganz nach einem Raubmord aus. Die Handtasche der Dame war leer, als wir sie fanden.
- Und wissen Sie auch schon, wie die Dame hiess?
- Wir ermitteln noch, Maloney. Aber keine Angst, der Fall ist bei uns in besten Händen.

Ich lachte herzhaft und ging dann zurück in mein Büro. Ich blätterte ein wenig im Telefonbuch. Es gab keine Eintragung unter dem

Namen Kabel. Vielleicht hatte mich die Frau hereingelegt. Vielleicht sollte ich an den Tatort gelockt werden. Doch wer sollte daran ein Interesse haben? Ich dachte noch ein wenig nach. Dann klingelte das Telefon. Es war erneut eine Frau.
- Ich möchte gerne Anke sprechen.
- Und weshalb tun Sie es nicht?
- Was soll das? Sie sind wohl ein Scherzbold oder was?
- Jaja, wenn es so weitergeht, trete ich bald im Fernsehen auf und ziehe die Lottozahlen.
- Verbinden Sie mich jetzt bitte mit Anke. Es eilt.
- Hier gibt es keine Anke. Hier gibt es nicht mal Akne. Hier gibt es bloss Maloney.
- Maloney? Ist das eine Krankheit?
- Ja. Überträgt sich am Telefon. Wenn Sie morgen erwachen, werden Sie aussehen wie ein Gong.
- Ein Gong?
- Genau. Schwer angeschlagen.
- Ich muss jetzt aufhören. Grüssen Sie Anke von mir.

Ich versprach es ihr und hängte auf. Es gibt eine ganze Menge Verrückte in der Stadt. Die meisten sind harmlos. Einige davon versuchen sich als Politiker, andere kriegen Kunstpreise und der Rest bevölkert die Trams und führt Selbstgespräche. Ich ging aufs Polizeipräsidium und erkundigte mich nach der Toten in der Telefonkabine.
- Ich habe keine Zeit, Maloney. Muss mich noch rasieren. Gibt gleich eine Pressekonferenz.
- Weshalb so feierlich? War die Ermordete etwa prominent?
- Wie man's nimmt. War früher mal Eiskunstläuferin. Hat auch irgendeine Medaille gewonnen. Carmen Fischer.
- Noch nie gehört.
- Na ja, ist wie gesagt schon zehn Jahre her. Damals hatte sie noch ihren Mädchennamen: Kabel. Carmen Kabel. Noch nie etwas von der berühmten Kabelrolle gehört?
- Ist das die mit dem Dreifachstecker?
- Die Kabelrolle ist eine nach ihr benannte Eiskunstlauffigur.

Ich liess es dabei bewenden. Ich erfuhr noch, dass sich Frau Fischer, geborene Kabel vor drei Jahren scheiden liess und seither wieder allein lebte. Und ich erfuhr auch, dass sie eine sehr attraktive Frau gewesen war. Das hat man nun davon. Unsereins darf sich mit attraktiven Leichen abgeben, während die anderen sich mit unansehnlichen Lebenden amüsieren.

Am nächsten Morgen telefonierte ich ein wenig herum. Der Ex-Mann meiner ermordeten Klientin war vor zwei Jahren nach Kanada ausgewandert. Dort befand er sich auch zur Tatzeit. Ich erfuhr auch, dass Carmen Kabel in den letzten Jahren eher zurückgezogen lebte und halbtags in einem Sportartikelgeschäft arbeitete. Ich wollte mich gerade aufmachen, um Zeitungen zu kaufen, da erschien ein etwas zu klein geratener junger Mann in meinem Büro. Er hielt eine Zeitung unter dem Arm.

- Mein Name ist Werter.
- Interessant. Und woran leiden Sie?
- Wie kommen Sie darauf, dass ich leide?
- Manchen Leuten wird das von Geburt an mitgegeben.
- Ich leide tatsächlich. Meine Freundin ist nämlich ermordet worden.
- Wann? Gestern nacht?
- Ja, genau. Vielleicht haben Sie davon auch schon in der Zeitung gelesen. Sie war einmal berühmt, meine Carmen.

Ich nickte artig und riss ihm dann die Zeitung unter dem Arm weg. Ich las die Schlagzeilen und den offiziellen Bericht des Pressedienstes der Polizei. Es stand für mich nicht viel Neues darin. Werter bekam feuchte Augen. Ich gab ihm ein Papiertaschentuch. Er bedankte sich.

- Ich kann das gar nicht begreifen.
- Haben Sie irgendeinen Verdacht?
- Nein. Ich kann mir einfach nicht vorstellen, dass das jemand mit Carmen gemacht hat.
- Und weshalb kommen Sie zu mir?
- Verstehen Sie das nicht? Ich möchte, dass Sie den Mörder meiner Freundin finden.
- Sie glauben also, dass es ein Mann war?
- Aber... Nun, sie wurde doch erwürgt, oder?
- Ja. Aber auch Frauen haben Hände. Und was für welche.
- Daran habe ich gar nicht gedacht. Aber welche Frau sollte so etwas tun?
- Weshalb überlassen Sie die Beantwortung dieser Frage nicht einfach der Polizei?
- Ich habe neulich eine Statistik gelesen. Die Aufklärungsrate der Polizei ist miserabel. Ich traue denen nicht viel zu.
- Da haben Sie auch wieder recht.
- Übernehmen Sie den Fall?

Ich hatte also zur Abwechslung wieder einmal einen lebenden Klienten. Er unterschrieb brav einen Check und hinterliess seine Adresse. Danach klingelte das Telefon. Dreimal dürfen Sie raten, welches Geschlecht am Draht war.

- Können Sie mich mit Anke verbinden?
- Wer zum Teufel sind Sie und was wollen Sie von mir?
- Ich möchte Anke sprechen, das ist alles.

Ich knallte den Hörer auf die Gabel. Es gibt Leute, die können einem einfach alles verderben. Ich ging in einer Eckkneipe einen Kaffee trinken und anschliessend ging ich zum Tatort. Die Telefonkabine war abgesperrt. Zwei Stunden später fand ich in einem Gebüsch in der Nähe eine Kreditkarte und eine kleine Agenda. Die Kreditkarte war auf den Namen Carmen Fischer-Kabel ausgestellt. Ich ging damit ins Polizeipräsidium.

- Sieh an, Maloney kann's nicht lassen. Und diese Kreditkarte haben Sie also in unmittelbarer Nähe des Tatortes gefunden?
- Ja. Ist eine Frage des Könnens.
- Unsinn, Maloney. Meine Jungs haben die ganze Umgebung auf den Kopf gestellt und nichts gefunden. Sie scheinen mir ja tatsächlich ein Glückspilz zu sein. Vielleicht gewinnen Sie ja auch noch bei der Anke.
- Der Name kommt mir bekannt vor.
- Kein Wunder. Die Zeitungen sind voll davon. Täglich ruft eine Frau irgendwelche Leute an und erkundigt sich nach einer gewissen Anke. Und wer das Losungswort weiss, gewinnt tausend Franken. Natürlich ist es ausgesprochen unwahrscheinlich, dass die ausgerechnet Sie anrufen.
- Und wie heisst das Losungswort?
- Die Beine liebkosen mit Anke-Strumpfhosen.
- Diesen Werbefritzen ist wohl jeder Schwachsinn gut genug!

Ich verliess die Beamtenruine, ging zurück in mein Büro und wartete vor dem Telefon. Doch das verdammte Ding klingelte nicht. Währenddessen schaute ich mir Carmen Kabels Agenda an. Sie war leer. Wenigstens beinahe. Keine Adressen, keine Telefonnummern. Nur drei Eintragungen. Eine davon für die Mordnacht. "Treffen mit Otto" stand da.

Ich wusste, was zu tun war. Die Adresse meines Klienten entpuppte sich als Pferderennbahn. Ich traf ihn, von Pferden umgeben.

- Reiten Sie diese Tiere?

- Ja. Ich bin Jockey. Der einzige Sport, bei dem meine Körpergrösse kein Nachteil ist.
- Wie heissen Sie eigentlich mit Vornamen, Herr Werter?
- Franz. Wieso?
- War nur so eine Frage. Kennen Sie jemanden, der Otto heisst und mit Carmen Kabel befreundet war?
- Otto? Nein. Das heisst... Aber wie kommen Sie überhaupt darauf?
- Berufsgeheimnis. Also - gab es einen Otto in Carmens Leben?
- Das wäre ein wenig übertrieben. Es gab mal einen Herrn Otto, der sich in Carmen verliebt hatte. War ziemlich einseitig, die Sache. Sie hat mal einen Witz darüber gemacht, weil der Kerl doch tatsächlich Ottokar Otto hiess. Ist doch umwerfend komisch, oder nicht?
- Ein ungewöhnlicher Name für einen Mörder.
- Sie glauben doch nicht etwa, dass dieser Ottokar Otto Carmen erwürgt hat?

Es dauerte nicht lange, bis ich die Adresse dieses Ottokar Otto herausgefunden hatte. Der Mann war Besitzer eines Antiquitätengeschäftes. Es war alles andere als ein Trödelladen. Überall standen Stühle herum. Ich setzte mich auf einen und kurz darauf erschien Ottokar Otto.

- Sie sitzen da auf 4000 Franken.
- Wenn die Holzwürmer wüssten, wie privilegiert sie doch hier sind.
- Ich nehme nicht an, dass Sie sich für Antiquitäten interessieren.
- Wie kommen Sie darauf?
- Sie sehen aus wie jemand, der auch in Plastikmöbeln glücklich werden kann.
- Ist das jetzt ein Kompliment oder eine Beleidigung?
- Das hängt ganz von Ihnen ab. Was wollen Sie von mir?
- Ihr Name stand in einer Agenda.
- Mein Name steht glücklicherweise in verschiedenen Agenden. Sonst könnte ich den Laden hier dichtmachen.
- Es war die Agenda von Carmen Kabel.
- Ich habe davon in der Zeitung gelesen. Eine wahre Tragödie. Sie war eine bezaubernde Frau.
- Sie hatten in der Mordnacht eine Verabredung mit Carmen.
- Ich? Nein, wie kommen Sie darauf?
- Stand in ihrer Agenda.
- Wissen Sie, die Polizei war schon bei mir. Sie sind doch einer von diesen privaten Schnüfflern, oder? Nun gut, ich kann Ihnen die

Geschichte auch noch erzählen. Carmen hatte sich in mich verliebt. Ich habe ihr jedoch klargemacht, dass ich glücklich verheiratet bin. Doch sie liess nicht locker. Rief immer wieder bei uns zu Hause an. Das ging so weit, dass wir abends das Telefon aussteckten. Die Polizei hat herausgefunden, dass sie gerade unsere Nummer gewählt hatte, als der Mord geschah.

- War es nicht eher umgekehrt? Waren nicht Sie der unglücklich Verliebte?
- Nein.
- Carmens Freund behauptet das aber.
- Carmen hatte keinen Freund.
- Franz Werter.
- Den Namen habe ich nie gehört.

Er bestand darauf. Dagegen war nichts einzuwenden. Er machte mir nicht den Eindruck eines Mannes, der aus lauter Liebe jemanden umbringen würde. Dennoch suchte ich noch seine Frau auf. Sie war schön, charmant und bewegte sich wie eine Lady in einem alten englischen Film.

- Ja. Mein Mann hat mir davon erzählt. Carmen versuchte alles, um ihn für sich zu gewinnen.
- Ein guter Grund, um eifersüchtig zu werden.
- Ich vertraue meinem Mann.
- Kannten Sie Carmen Kabel?
- Ja. Sie stand eines Abends plötzlich vor der Tür und wollte mit mir sprechen. So von Frau zu Frau. Doch es nützte nichts. Sie hörte nicht auf, meinem Mann nachzustellen.

Ich blieb noch eine Weile und trank erstklassigen Cognac. Sie hatte das gleiche Alibi wie ihr Mann. Sie sassen in der Mordnacht vor dem Fernseher und schauten sich einen Film über die griechische Kultur an. Ich verabschiedete mich und ging. Im Garten der Ottos traf ich den schlechtest angezogenen Polizeibeamten der Stadt beim Umgraben.

- Na, Maloney. Hat Sie die Dame so beeindruckt oder haben Sie aus Solidarität mit den Mapuche-Indianern so einen roten Kopf?
- Unsereins lässt sich noch beeindrucken. Sie sind ja abgebrüht wie ein Kamillentee. Suchen Sie da etwa eine Leiche?
- Torf, Maloney. Torf. Die Spurensicherung hat ergeben, dass am Tatort mikroskopische Spuren von Torf gefunden wurden. Und wo gibt es Torf, Maloney? Natürlich im Garten. Es dauert nicht mehr lange, und dann haben wir diesen Otto.

Ich schwieg und machte mich auf die Socken. Innerlich fluchte ich vor mich hin. Da hat man endlich mal wieder einen lebenden Klienten und dann so etwas. Torf. Unsereins hat ja auch schon bei Pferderennen die Spesen verjubelt. Doch diesmal würde auch gleich noch das Honorar flöten gehen. Franz Werter stieg vom hohen Ross, als er mich sah. Ich bückte mich und kniete mich hin.

- Wollen Sie etwa dem Papst Konkurrenz machen? Oder sind Sie schwach auf den Beinen?
- Nein, ich sammle nur ein wenig Torf ein. Ihre Schuhe würden allerdings auch schon genügen.
- Was soll der Unsinn? Haben Sie einen Sprung in der Schüssel?
- Das hätten Sie wohl gerne. Haben Sie allen Ernstes geglaubt, dass ich der Polizei diesen Ottokar Otto an den Kragen liefere?
- Er ist doch verdächtig, oder etwa nicht?
- Ihr Pech ist bloss, dass Carmen genau diesen Ottokar Otto anrufen wollte, als Sie auftauchten und Carmen Kabel erwürgten.
- Nun mal langsam, Maloney. Ich bin Ihr Auftraggeber.
- Da haben Sie sich ganz schön was ausgedacht. Sie wussten, dass Carmen in diesen Herrn Otto verliebt war. Und Carmen wollte von Ihnen nichts wissen. Sie haben Carmen Kabel getötet, anschliessend in eine Agenda zwei, drei Daten eingetragen und sie in der Nähe des Tatortes liegenlassen. Sie wollten, dass Ottokar Otto in den Knast wandert.
- Ein bisschen viel Spekulation, finden Sie nicht?
- Das werden wir ja sehen. Zuerst gibt's mal eine Handschriftenprobe, und dann wird der Torf hier auf dem Platz mit jenem verglichen, der am Tatort gefunden wurde. So fügt sich ein Steinchen zum anderen. Und viele Steinchen geben eine hübsche Gefängnismauer.

Er schwieg eine Weile. Dann lehnte er sich an eine Mauer. Er hatte aufgegeben. Dann gab er seinem Pferd einige Klapse. Es war ein rührender Abschied.

- Ich wollte bloss, dass sie ihr Versprechen einlöst.
- Was für ein Versprechen?
- Ich habe sie immer schon geliebt. Als sie verheiratet war, versprach sie mir, dass sie mir eine Chance gebe, wenn sie sich einmal von ihrem Mann trennen werde.
- Doch anstelle der Chance kam Otto, der Altholzhändler.
- Drei Jahre habe ich gewartet. Drei Jahre.

Seine nächste Wartezeit würde etwas länger. Er kam mit mir, und

ich übergab ihn der Polizei. Diese hatte inzwischen Ottokar Ottos Garten vollständig umgegraben und dabei einige römische Münzen gefunden. Nur unsereins ging wieder leer aus. Da klingelte das Telefon. Ich tat, was ich in solchen Situationen immer tue: abwarten. Ich dachte an Anke und nahm den Hörer dann doch ab und schrie das Losungswort in den Apparat.
  - Die Beine liebkosen mit Anke-Strumpfhosen.
  - Wie bitte? fragte eine Frauenstimme.
  - Die Beine liebkosen mit Anke-Strumpfhosen.
  - Arschloch.

Und weg war sie. Ich füllte einen Lottozettel aus und schmiss ihn dann in den Papierkorb. Man soll das Glück nicht erzwingen. Später ging ich rüber zu Sam und ass ein Pferdesteak. Dann blieb ich eine Weile sitzen. Es kam nichts Gescheites dabei heraus.

ENDE

Der Morgen danach

Es war an einem regnerischen Vormittag. Ich war mit Kopfschmerzen erwacht und frühstückte in meinem Büro. Nach dem zweiten Alka Seltzer und einem Liter Kaffee fühlte ich mich immer noch nicht besser. Ich war drauf und dran, mich wieder hinzulegen, als plötzlich ein junger Mann in meinem Büro stand. Er sah so aus, wie ich mich fühlte: ausgelaugt. Seine Hände zitterten ein wenig, und seine Augen waren verquollen wie nach einem 15-Runden-Kampf im Ring. Er setzte sich und begann zu reden.

- Sie müssen mir helfen, Maloney. Ich steck in der Klemme und weiss nicht mehr weiter.
- Das kann schon mal vorkommen. Versuchen Sie es mal mit einem Stadtplan. Da drauf finden Sie immer einen Ausweg aus einer Sackgasse.
- Stundenlang bin ich in der Stadt herumgeirrt, aber es half nichts. Die Frau ist tot und ich kann mich an nichts mehr erinnern.
- Und wie heisst die Frau?
- Verena Palmer. Ich habe sie gestern nacht in einer Bar kennengelernt. Ich war ziemlich betrunken. Und irgendwann muss ich dann zu ihr gegangen sein. Wann und wie wir in ihre Wohnung kamen, weiss ich allerdings nicht mehr.
- Und jetzt ist die Frau Palmer tot?
- Ja. Ich bin mitten in der Nacht wieder zu mir gekommen. Ich hörte Lärm, einen Knall, was weiss ich. Ich lag in ihrem Bett.
- Und sie lag daneben?
- Nein. Ich lag allein in dem Bett. Ich stand auf und ging aus dem

Schlafzimmer. Und im anderen Zimmer sah ich sie. Sie lag am Boden und war tot.

- Sind Sie da ganz sicher? Vielleicht war sie nur betrunken und umgekippt?
- Das dachte ich zuerst auch. Doch dann sah ich ihre Augen und ihr Gesicht. Es war bläulich angelaufen. Und an ihrem Hals waren Würgespuren. Sie ist tot, daran gibt es keinen Zweifel.
- Haben Sie mit ihr geschlafen?
- Ich weiss es nicht. Es ist wie ein Filmriss. Ich kann mich nur noch daran erinnern, dass wir in einem Auto fuhren. Dann muss ich irgendwie in ihrem Bett gelandet sein. Ich war noch angezogen. Das nächste, an das ich mich erinnern kann, war dieser Lärm, der mich geweckt hat.
- Kannten Sie die Tote schon länger?
- Nein. Ich habe sie gestern in dieser Bar zum ersten Mal gesehen.
- Hatten Sie Streit? Vielleicht wollte sie nicht mit Ihnen schlafen?
- Daran müsste ich mich doch erinnern können. Ich bin kein gewalttätiger Mensch. Ich werde auch nicht aggressiv, wenn ich getrunken habe.
- Wenn Sie es nicht waren, muss noch jemand anderer diese Frau Palmer besucht haben. Und das mitten in der Nacht.
- Ich weiss. Alles spricht gegen mich.
- Um welche Zeit fanden Sie die Leiche?
- Das war um halb vier. Was soll ich jetzt tun? Zur Polizei gehen?
- Das ist gar keine schlechte Idee. Aber zuerst gehen wir zusammen in diese Wohnung. Vielleicht ist die Frau gar nicht tot. Als Laie kann man sich da manchmal ganz schön täuschen.
- Das wäre zu schön, um wahr zu sein. Muss ich wirklich mitkommen? Ich weiss nicht, ob ich den Anblick ein zweites Mal ertrage.

Ich gab dem armen Kerl Kaffee und Alka Seltzer. Er sagte mir, er heisse Claude Wagner und arbeite als Kurier bei einer grösseren Firma. Es dauerte eine Weile, bis er fit genug war, um mich zu der Toten zu begleiten. Als wir vor der ominösen Wohnung standen, holte Wagner tief Luft und öffnete dann die Tür. Wir gingen hinein.

- Das verstehe ich nicht.
- Sehen Sie, all die Aufregung um nichts und wieder nichts. Wo lag denn die Frau, als Sie die Wohnung verliessen?
- Hier, neben dem Sofa. Aber ich bin sicher, dass sie tot war.
- Also, ich sehe hier keine Leiche. Was riecht denn hier so streng?
- Das ist ihr Parfum. Ziemlich ungewöhnlich, finden Sie nicht?

- Die muss ja aussergewöhnlich schön sein, die Dame, dass Sie sich von dem üblen Gestank nicht abhalten liessen.
- Was machen wir jetzt? Mir ist das Ganze langsam peinlich.
- Seien Sie froh, dass die Dame noch lebt, und gehen Sie nach Hause unter die Dusche.
- Ich kann mir einfach nicht vorstellen, dass ich mir das alles nur eingebildet habe. Ich bin doch nicht verrückt.

Langsam glaubte ich, dass der Kerl auch nüchtern nicht alle Tassen im Schrank hatte. Ich schaute mich noch ein wenig in der Wohnung um. Überall standen kleine Fläschchen mit dieser übelriechenden Tinktur herum. Ich liess eines in meiner Jacke verschwinden. Dann hörte ich plötzlich ein Geräusch an der Wohnungstüre. Kurz darauf klingelte es.

- Und was machen wir jetzt?

Wagner schaute mich fragend an.

- Wir könnten aus dem Fenster springen und uns das Genick brechen. Was mich angeht, so ziehe ich es vor, in Würde zu sterben.
- Vielleicht ist es bloss ein Nachbar. Oder irgendeine Bekannte dieser Verena Palmer. Soll ich aufmachen?
- Nur nicht so voreilig. Oder möchten Sie der Person da draussen erklären, was wir hier verloren haben?

Dann polterten Fäuste gegen die Türe. Draussen schien es jemand eilig zu haben.

- Aufmachen! Polizei!
- Scheisse.
- Das dürfen Sie laut sagen.
- Scheisse!

Er schrie wie eine Vierzehnjährige beim Anblick von Dracula.

- Der weiss doch, dass jemand hier drin ist. Aber was zum Teufel will die Polizei hier?
- Das werden wir sicher gleich erfahren.

Ich öffnete die Tür gerade noch rechtzeitig. Draussen hatte sich Hugentobler bereits in Position gebracht, um seinen Körper gegen das Holz zu rammen.

- Wurde langsam Zeit... aber... Maloney! Sind Sie umgezogen?
- Machen Sie seit neuestem Hausbesuche? Oder sind Sie zu den Hausierern übergewechselt und versuchen Handschellen an alte Frauen zu verhökern?
- Die Frau, die hier wohnte, war nicht alt. Wie wär's, wenn Sie mich mal reinliessen in die gute Stube?

Diesen Wunsch konnte ich ihm nicht gut abschlagen. Er trampelte ins Wohnzimmer und sah Claude Wagner misstrauisch an. Dann schaute er zu mir. Ich schwieg und lächelte. Seine Miene wurde säuerlich. Er stellte sich Wagner direkt vor die Nase, so, wie das auch Fussballschiedsrichter tun, wenn ihnen das Spiel zu entgleiten droht.

- Wer sind Sie? Und was stinkt hier so?
- Mein Name ist Claude Wagner. Und hier stinkt es nach einem Parfum. Das Parfum von Verena Palmer.
- Kannten Sie die Frau?
- Muss ich darauf antworten?

Er schaute mich herausfordernd an.

- Sie müssen gar nichts. Unser Freund und Helfer wird uns sicherlich gleich darüber aufklären, weshalb er hier ist.
- Aufklären ist gut, Maloney. Wir haben eine Leiche gefunden. Unten im Fluss. Lag erst ein paar Stunden drin.
- Ich habe es doch gewusst! Verena!

Wagner wurde blass.

- Halten Sie den Mund.
- Verena Palmer. Die Frau ist erwürgt und anschliessend in den Fluss geschmissen worden. Ich glaube, Sie und dieser Herr Wagner haben mir einiges zu berichten, Maloney.

Wir standen noch eine Weile in der Wohnung herum. Claude Wagner erzählte dem Polizisten, was er auch schon mir erzählt hatte. Es klang beim zweiten Mal auch nicht viel glaubwürdiger. Es kam, was kommen musste: Wagner wurde mit aufs Revier genommen. Ich verliess die Wohnung und ging zurück in mein Büro. Das Telefon klingelte. Ein Mann war dran.

- Ist dort das städtische Krankenhaus?
- Wie kommen Sie denn darauf?
- Ich brauche dringend das städtische Krankenhaus.
- Und weshalb belästigen Sie dann mich? Bei mir sind alle Betten belegt.
- Ach so. Ich bin falsch verbunden.
- Versuchen Sie es doch mal bei einem anderen Krankenhaus. Vielleicht werden Sie da richtig verbunden.
- Das ist eine gute Idee. Grüssen Sie Doktor Fleischer von mir.
- Das könnte Ihnen so passen.
- Ja, das passt mir wunderbar. Sie sind wirklich ein netter Mensch.
- Und Sie sind eine debile Nuss.

- Das ist aber ganz schön undifferenziert.

Ich gab auf und knallte den Hörer auf die Gabel. Danach legte ich mich ein wenig hin. Als ich wieder erwachte, war es draussen dunkel. Ich kramte in meiner Jacke und öffnete das Parfumfläschchen. Es stank grauenhaft. Ich verstaute es in der untersten Schreibtischschublade. Dann ging ich in jene Bar, in der Claude Wagner die spätere Wasserleiche kennengelernt hatte. Es war ein lärmiger Schuppen. Eine Frau stand hinter der Bar.

- Claude Wagner? Ja, den kenne ich. Der ist öfter hier. Warum?
- Gestern hat er hier eine Frau kennengelernt.
- Ach, die. Ja, die war auch schon ab und zu hier. Ich habe mich ein wenig über die beiden gewundert.
- Gewundert? Was war denn so seltsam an den beiden?
- Nun, ich habe die Frau vergangene Woche zufällig in einem Café gesehen. Zusammen mit einem älteren Mann. Dürfte etwa Ihr Jahrgang gewesen sein.
- Besten Dank. Wollen Sie damit sagen, dass die Frau eher auf reifere Männer steht?
- Reif ist gut. Der Alte war schon beinahe ein Grufti.

Ich tat so, als ob ich die Unverschämtheit überhört hätte. Unsereins ist sich ja einiges gewohnt. Die Frau war blutjung und hatte offensichtlich keinen besonders guten Geschmack. Ich ging, wie ich gekommen war: ungebeugt. In einer anderen Bar trank ich noch einige Whiskys, dann ging ich schlafen. Kurz nach sieben in der Früh klingelte das Telefon. Es war Hugentobler.

- Guten Morgen, Maloney. Ich habe Neuigkeiten für Sie.
- Was denn? Noch eine Leiche?
- Nein, nein. Aber ich habe die Resultate der gerichtsmedizinischen Untersuchung. Verena Palmer war im dritten Monat schwanger. Was sagen Sie nun, Maloney?
- Es gibt sanftere Methoden, um abzutreiben. Aber das wird meinen Klienten entlasten. Schliesslich kannte er die Tote erst ein paar Stunden.
- Claude Wagner bleibt vorläufig bei uns. Seine Geschichte klingt ziemlich wirr. Und noch wissen wir nicht, ob die Schwangerschaft etwas mit dem Mord zu tun hat. Wir haben in der Wohnung keine anderen Fingerabdrücke gefunden. Und wer ausser Claude Wagner sollte ein Interesse daran haben, die Leiche aus der Wohnung verschwinden zu lassen?

Die Geschichte war tatsächlich ziemlich seltsam. Aber Claude Wagner war immerhin mein Klient. Ich holte das Parfum aus der Schreibtischschublade. Als ich ein wenig daran roch, musste ich laut niessen. Dabei verschüttete ich einige Tropfen auf meine Hose. Ich ging übelriechend in das Haus der Toten und klingelte in der Parterre-Wohnung. Eine jüngere Frau öffnete. Sie war rundlich, freundlich und charmant.

- Guten Tag.
- Hallo, Frau Beieler. Darf ich reinkommen?
- Wollen Sie mir eine Versicherung andrehen? Ich bin bereits überversichert.
- Keine Angst. Ich möchte Sie nur ein wenig ausfragen.
- Machen Sie eine Meinungsumfrage? Moment mal, was riecht hier so seltsam?
- Ach, das? Bloss eines dieser fürchterlichen Parfüms.
- Ich finde es an sich ganz gut, dass Männer auch mit kosmetischen Tricks an sich arbeiten. Aber dieses Herrenparfüm riecht wirklich scheusslich.
- Da gebe ich Ihnen vollkommen recht.
- Also, was möchten Sie von mir wissen?
- Gibt es irgendeinen Trick, um hier ins Haus zu kommen, ohne dass man bei jemanden läuten muss?
- Sie meinen, einen speziellen Klingelknopf für Postboten und so? Nein. Sie brauchen entweder einen Schlüssel oder jemanden im Haus, der Ihnen öffnet.
- Interessant. Und gibt es im Haus eine Tiefgarage?
- Ja. Zweites Kellergeschoss.
- Ist Ihnen in der Nacht auf gestern irgend etwas aufgefallen?
- Das kann man wohl sagen. Diese Frau Palmer kam mit einem Mann an. Beide waren betrunken und machten einen Höllenlärm. Ich wurde wach und konnte danach nicht mehr einschlafen.
- Um welche Zeit war das?
- Etwa um zwei Uhr.
- Kam nach den beiden noch jemand ins Haus?
- Nein. Das hätte ich gehört. Nur einmal, das war aber schon gegen fünf Uhr, da hörte ich, wie ein Auto aus der Tiefgarage fuhr.
- Sie sind absolut sicher, dass niemand zwischen zwei und fünf ins Haus kam?
- Ja. Ganz sicher. Warum fragen Sie?

- Weil zwischen zwei und fünf in diesem Haus eine Frau ermordet wurde.
- Das ist ja grauenhaft! Aber das heisst ja... dass...
- Dass der oder die Täter hier im Haus waren. Und dass sie vielleicht immer noch hier sind.

Frau Beieler sah mich entgeistert an. Dann führte sie mich in ihr Wohnzimmer. Ich setzte mich aufs Sofa. Sie kannte die Tote nicht näher, sie kannte auch sonst kaum jemanden in dem Haus. Es war eines dieser modernen Mietshäuser, in denen sich die Leute selbst im Lift aus dem Weg gehen. Frau Beieler ging zum Fenster und öffnete es.

- Dieses Parfum ist wirklich nichts für meine Nase. Wie heisst es eigentlich? Nur damit ich meinen Freund davor warnen kann.
- Keine Ahnung, wie die Lauge heisst. Im übrigen müssten Sie sich selber warnen. Es ist nämlich ein Frauenparfum.
- Ist das jetzt Mode, dass Männer mit Frauendüften herumlaufen? Oder haben Sie auch sonst spezielle Vorlieben?
- Das einzig Biblische an mir ist meine Vorliebe für Frauen, wenn Sie das meinen.
- Wissen Sie, bei diesem Herrn Wettstein im dritten Stock war ich mir auch nie ganz sicher. Der roch nämlich auch manchmal so, wie Sie jetzt riechen.
- Interessant. Das gleiche Parfüm? Oder nur etwas ähnlich Stinkendes?
- Dieser Gestank ist unverwechselbar. Ich dachte zuerst auch, dass dieser Herr Wettstein ein Homo ist. Dann habe ich ihn aber mit seiner Frau zusammen gesehen.
- Das eine soll das andere nicht ausschliessen.
- Da haben Sie auch wieder recht.
- Riecht dieser Herr Wettstein immer so streng?
- Nein, nur ab und zu. Vielleicht hat er ja noch eine Freundin, die dieses Parfüm benutzt.
- Moment mal. Darauf hätte ich auch selber kommen können. Wettstein, natürlich.
- Sie glauben doch nicht etwa, dass dieser Herr Wettstein die Frau umgebracht hat? Wieso sollte er das tun?

Die Frage liess sich leicht beantworten, aber ich behielt es für mich. Was tut ein verheirateter Mann, wenn seine Freundin ihm plötzlich offenbart, dass sie schwanger sei? Ich nahm Frau Beieler, das

Parfüm und einen Eimer Wasser und ging mit allen dreien in die Tiefgarage. Frau Beieler wunderte sich.
- Was soll das? Wollen Sie den Boden schrubben?
- Das ist doch der Parkplatz von diesem Wettstein, oder?
- Ja, aber ich verstehe nicht, was all das Wasser soll.
- So, und jetzt noch das Parfüm. Und Sie gehen da hinter die Tür. So, dass man nur Ihren Schatten sieht.
- Machen Sie öfter solche Spiele? Ich mag das nicht. Wollen wir nicht lieber zu mir in die Wohnung gehen? Hier unten ist es so ungemütlich.
- Genau die richtige Atmosphäre für das, was jetzt gleich kommt.
- Das stinkt ja grauenhaft. Wie lange muss ich das denn aushalten?
Sie quengelte noch ein wenig, stellte sich dann aber brav hinter die Tür. Es dauerte über eine Stunde, bis etwas geschah. Zuerst kam ein Mann, der die Nase verzog und sich wunderte. Dann erschien Wettstein, zusammen mit seiner Frau. Als sie ausstiegen, sahen sie sich plötzlich entgeistert an. Wettstein rümpfte seine Nase und sah seine Frau dabei an.
- Riechst du das?
- Ja. Aber das ist doch unmöglich...
- Wir hätten das nicht tun dürfen. Nie mehr werden wir unsere Ruhe kriegen. Ständig wird das zwischen uns sein.
- Hör jetzt endlich auf mit diesem Unsinn. Was ist, wenn uns jemand zuhört? Das Wasser und das Parfüm sind doch bloss Zufall.
- Und wenn das jemand ganz bewusst hier ausgeschüttet hat?
- Quatsch! Wer sollte das tun?
- Soll ich jetzt hervorkommen, Maloney?
Frau Beieler kam hinter der Tür hervor. Gleichzeitig kam ich hinter einem Auto hervor. Herr und Frau Wettstein wussten nicht so recht, was mit ihnen geschah. Die beiden waren erledigt. Mittlerweile war die ganze Tiefgarage von dem Gestank des Parfüms erfüllt. Herr Wettstein sah mich wütend an.
- Was wollen Sie von uns?
- Ein Geständnis. Mehr nicht.
- Verschwinden Sie hier. Das ist keine öffentliche Tiefgarage.
- Kann ich jetzt gehen, Maloney? Ich möchte unter die Dusche.
Frau Beieler sah mich ungeduldig an.
- Okay. Verschwinden Sie. Ihr Mann hatte schon recht, Frau Wettstein, die Erinnerung an einen Mord wird man nicht so schnell los. Vor allem, wenn der Mord mit einem solchen Gestank verbunden ist.

- Ich weiss nicht, wovon Sie reden.
- Es hat doch keinen Sinn mehr, Martha. Verena Palmer war meine Geliebte.
- Halt den Mund, du elender Versager.

Sie stürzte sich auf ihren Mann. Ich ging dazwischen. Sie war erstaunlich kräftig. Schliesslich donnerte ich ihr den Plastikeimer einige Male auf den Kopf. Sie blieb benommen liegen. Herr Wettstein sah mich belämmert an.

- Ist sie tot?
- Keine Angst, die überlebt das schon. Also, raus mit der Sprache. Weshalb haben Sie Verena Palmer getötet?
- Sie sagte mir, dass sie schwanger sei. Schon im dritten Monat. Sie wollte nicht abtreiben, und sie wollte Geld. Ich wollte noch einmal mit ihr reden. Ihr klarmachen, dass das so nicht ging.
- Hören Sie nicht auf ihn. Dieser Kerl, den ich vor fünfzehn Jahren aus einer Laune heraus geheiratet habe, ist ein Versager. Nicht er hat sie getötet. Ich war es. Dieses Flittchen wollte sich doch bloss gesundstossen. Die hätte uns ausgenommen bis ans Lebensende.
- Aber Martha, wir hätten noch mal mit ihr reden müssen.
- Reden. Dass ich nicht lache. Die wollte nicht reden, die wollte Geld.
- Haben Sie eigentlich gewusst, dass noch jemand in der Wohnung war, als Sie die Frau töteten?
- Nein. Aber ich habe meinem Mann immer gesagt, dass das ein billiges Flittchen ist. Das roch man doch meilenweit.

Ein paar Stunden später war mein Klient wieder frei. Ich ging zu Frau Beieler und stellte mich unter die Dusche. Ich benötigte etwa fünf Kilo Duschgel, um den üblen Gestank loszuwerden. Als ich aus dem Badezimmer kam, war Frau Beieler verschwunden. Ich zog mich an und ging zurück in mein Büro. Ich zündete mir eine Zigarette an und versuchte es mit Rauchringen. Ich war nicht sehr erfolgreich.

ENDE

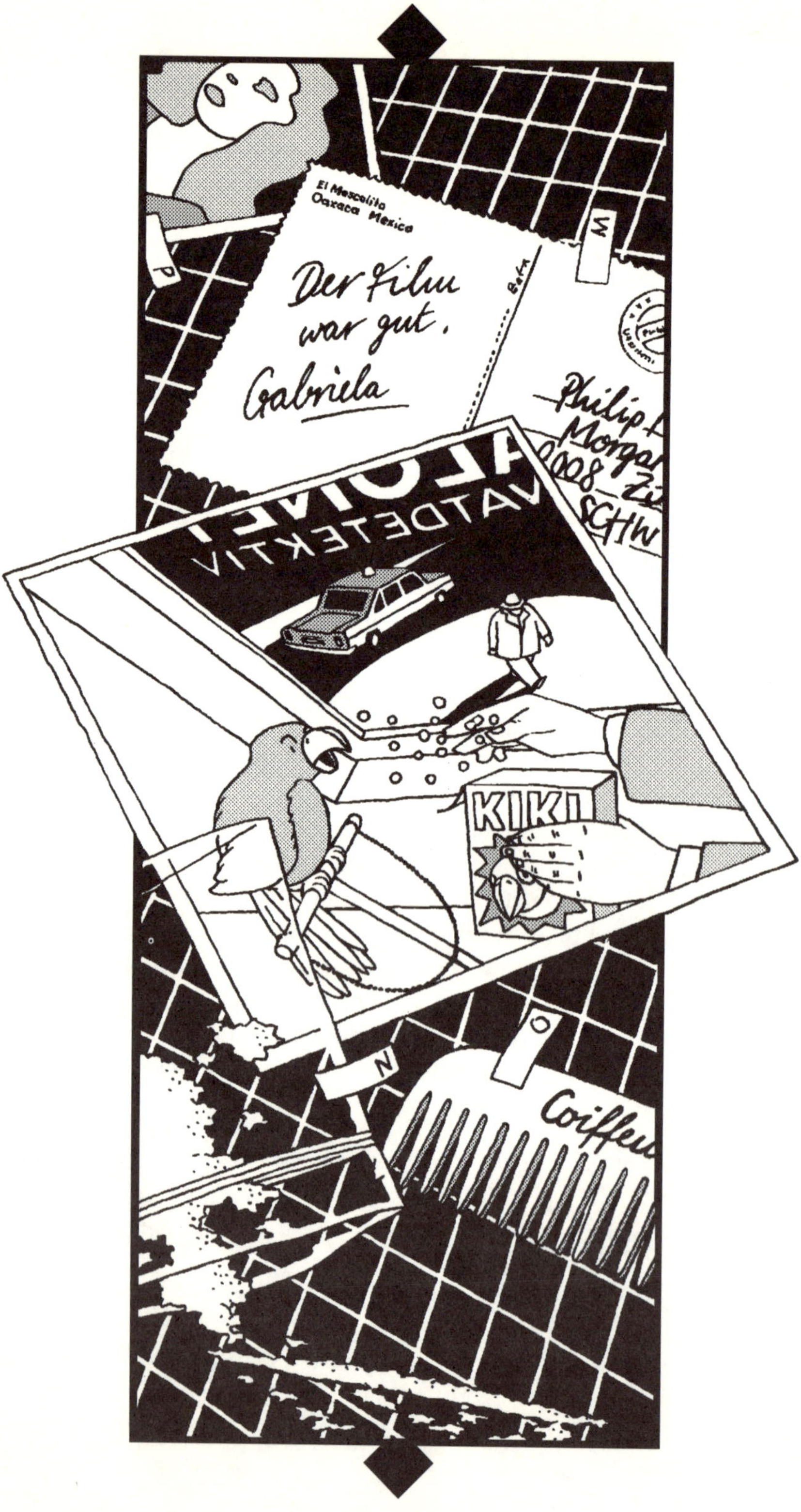
El Mescalito
Oaxaca Mexico
Der Film war gut.
Gabriela
KIKI

DIE TOTE IM BETT

ES WAR EINER DIESER NEBLIGEN TAGE, AN DENEN MAN sich am liebsten eine rosarote Brille kaufen würde, um dem Leben wenigstens ein wenig Farbe abzugewinnen. Ich sass in meinem Büro und kaute an den Fingernägeln. So sparte ich mir eine Schere, und Sparen ist in meinem Beruf unerlässlich. Ich hatte mich schon mit dem Gedanken abgefunden, einsam der Abenddämmerung entgegenzudämmern, da klopfte es. Er war Mitte 40, hatte gepflegte Fingernägel und roch nach After-Shave.
 - Mein Name ist Doktor Ernst.
 - Das macht nichts. Unsereins hat auch nicht viel zu lachen.
 - Sie sind doch Philip Maloney? Der Privatdetektiv?
 - Aber klar doch. Oder sehe ich etwa aus wie Johannes Bauer, der Klempner?
 - Ich... es ist das erste Mal, dass ich einen Privatdetektiv engagieren möchte. Es ist mir ein wenig unangenehm. Sie verstehen...
 - Ja. Kann ich gut verstehen. Mir wäre es auch unangenehm, wenn ich mich engagieren müsste. Wüsste nicht mal, wie ich mich bezahlen könnte.
 - Geld spielt keine Rolle.
Der Spruch kam mir bekannt vor. Immer dann, wenn jemand behauptet, dass die staatlich bedruckten Papiere keine Rolle spielen, geht es garantiert nur um das eine: Geld. Er setzte sich und zündete sich eine Zigarette an.
 - Es geht um meine Frau.
 - Das habe ich mir beinahe gedacht.
 - Wieso?

– Betrogene Ehemänner sind entweder nervös und voller Hass oder dann nervös und unsicher. Sie scheinen zur zweiten Kategorie zu gehören.

– Ich bin sicher, dass sie mich betrügt. Jetzt, in diesem Moment.

– Und wissen Sie auch mit wem?

– Nein. Aber sie ist im Hotel Paradiso. Eine mittelprächtige Absteige. Ich bin ihr gefolgt. Ich... ich möchte Gewissheit, verstehen Sie?

– Jaja, der unaufhaltsame Drang nach Klarheit und Wahrheit hat schon manchen Mann unglücklich gemacht. Vielleicht sollten wir wieder lernen, auch ein paar Geheimnisse akzeptieren zu können. Was hilft es uns zum Beispiel, wenn wir wissen, weshalb der Saturn ein paar Ringe hat? Manchmal ist es wichtiger zu wissen, weshalb Frau Meier keine Ringe hat.

– Wie bitte?

– War bloss ein kleiner Ausflug ins Irrationale. Habe mich vor ein paar Jahren einmal in einen Hörsaal verirrt. Seither geht es mir zwar nicht besser, aber auch dem Hörsaal hat es nicht geschadet.

– Ich... Vielleicht sollte ich lieber bei einem Ihrer Kollegen...

– Aber nicht doch, Herr Ernst. Meine Kollegen sind noch viel schlimmer. Nein, nein, bleiben Sie bei mir. Ich verschaffe Ihnen Gewissheit.

– Könnten Sie vielleicht ein paar Fotos... Verstehen Sie mich nicht falsch, aber ich...

– Sie brauchen Beweise. Verstehe. Könnte ich vielleicht ein Foto Ihrer Frau haben?

– Ja, hier. Es ist nicht besonders gut, und sie trägt die Haare etwas kürzer...

Es war tatsächlich nicht besonders gut. Es verriet immerhin, wie die Frau auf einem guten Foto aussehen würde. Sie war jung, Mitte 20, blonde Haare. Die Lippen hatte sie trotzig zusammengepresst, und auch ihre Augenlider waren ein paar Millimeter nach unten gezogen. Sie sah aus wie eine Frau, die noch für manche Überraschung gut sein würde. Ich beschloss, vorsichtig zu sein.

Herr Ernst ging, wie er gekommen war: duftend. Danach machte ich mich auf den Weg. Im Treppenhaus kam mir keuchend der Hauswart entgegen.

– Maloney. Sie sind noch mit zwei Mieten im Rückstand!

– Sehen Sie denn nicht, dass ich darauf pfeife?

- Früher war es noch eine Ehre, Hausmeister zu sein. Heutzutage kümmert sich niemand mehr einen Dreck drum, wer den Dreck wegputzt.

Ich knallte die Tür hinter mir zu und machte mich auf den Weg in ein Warenhaus. Ein gelangweilt aussehender Verkäufer kam auf mich zu.

- Guten Tag. Sie wünschen?
- Ich hätte gerne einen Fotoapparat. Möglichst klein und scharf. Er sollte auch aus einer Entfernung von 100 Metern scharfe Bilder liefern.
- Aha. Wie wäre die hier? Klein, handlich, mit aufschraubbarem Teleobjektiv. Selbst bei sich bewegenden Objekten haben Sie immer optimale Schärfe, dank dieser Automatic hier...

Ich kaufte mir das kleine Wunderding. Dann ging ich zum Hotel Paradiso.

Ein Portier schnarchte leise vor sich. Ich schlug mit der Faust auf die Klingel. Er erwachte.

- Was denn? Schon Zeit zum Aufstehen?
- Und wie, guter Mann. Sie verschlafen die besten Stunden Ihres Lebens.
- Ach, wissen Sie, das habe ich früher auch immer geglaubt. Heute glaube ich, dass die besten Stunden jene sind, in denen ich schlafe.

Ich kramte in meiner Jackentasche und holte das Foto von Gabriela Ernst hervor. Ich hielt es dem Portier unter die Nase. Er rümpfte dieselbige.

- Ich suche diese Frau hier.
- Polizei?
- Schon mal einen Polizisten mit Kleinbildkamera gesehen? Polizisten schiessen mit ganz anderen Dingern.
- Presse?
- Erraten. Maloney, vom SILBERBLICK. Diese Frau hier ist die Tochter eines Adligen. Und wenn ich sie hier finde, werde ich auch ein Foto von Ihnen knipsen. Ich sehe schon die Schlagzeile: Hotelportier fand die verschwundene Comtesse.
- Eine Comtesse? Hier in diesem Hotel? Das glauben Sie wohl selbst nicht.
- Sie ist eine mögliche Thronfolgerin und mag es nicht, wenn sie von allen erkannt wird.
- Wenn ich es mir recht überlege, hatte die Dame etwas Vornehmes an sich. Die meisten würden das übersehen. Aber ich habe mir gleich

251

gedacht, dass die etwas Besonderes ist. Koller, habe ich zu mir gesagt, Koller, das ist nicht irgendeine von der Strasse.

- Ich wusste doch gleich, dass Sie ein hervorragender Beobachter sind.
- Zimmer 27. Kann ich mich noch rasieren, bevor Sie mich knipsen?

Er zog sich in den Hinterraum zurück und machte sich frisch. Ich ging nach oben und suchte das Zimmer 27. Ich versuchte es zuerst auf die sanfte Tour.

- Sofort aufmachen! Zivilschutzübung! Alles in den Keller! Der Feind befindet sich schon vor Zimmer 26!

Nichts rührte sich. Ich kniete mich nieder und schaute durch das Schlüsselloch. Ich konnte nichts erkennen. Ich tat, was ich in solchen Situationen immer tue: abwarten. Eine Stunde später klopfte ich erneut. Es geschah immer noch nichts. Dann schlurfte der Portier die Treppe zu mir hoch.

- Na. Öffnet Ihnen die Compresse nicht?
- Die Dame ist eine Comtesse. Nanu, wie sehen Sie denn aus?
- Tut mir leid. Habe mich in der Aufregung geschnitten. Was meinen Sie, soll ich für das Foto die Haare ganz nach hinten kämmen?
- Ist egal. Die Schuppen werden eh wegretouchiert. Da bleibt nicht mehr viel von Ihrem Kopf übrig.
- Soll ich vielleicht mal mit dem Schlüssel?
- Ich bitte darum.

Er steckte den Schlüssel ins Schloss, drehte daran herum und stiess dann mit voller Kraft seinen Oberkörper gegen die Tür. Die tat das einzig Richtige: nachgeben.

- Die Comtesse schläft noch.
- Sieht ganz danach aus.
- Aber... Das ist doch... Da! Die Comtesse blutet!
- Ja, und das kommt nicht vom Rasieren. Diese Frau wurde zweifellos ermordet. Und diese Frau ist nicht die Frau, die ich suchte.
- Tatsächlich. Das ist eine andere. Glauben Sie, dass es hier noch mehr Comtessen gibt?
- Sind Sie sicher, dass die Frau auf diesem Foto dieses Zimmer bezahlt hat?
- Aber klar doch. Die Tote hier habe ich noch nie gesehen. Muss ich jetzt die Polizei holen?
- Ist anzunehmen.
- Dann wird wohl nichts aus dem Foto? Ich möchte ja nicht als Leichenfinder in die Zeitung kommen.

— Nun, guter Mann, ehrlich gesagt bin ich gar nicht von der Presse. Ich bin Philip Maloney, Privatdetektiv.
— Das macht nichts. Denn eigentlich bin ich auch nicht Portier. Ich bin Kunstmaler. Aber kein Schwein will meine Bilder kaufen.
— Jaja, die meisten Schweine sind Kunstbanausen.

Der Portier ging nach unten und rief die Polizei. Ich knipste inzwischen einige Fotos von der Leiche. Sie war bleich und hatte lange braune Haare. Ihr Gesicht verriet, dass sie kein Teenager mehr war. Auf der rechten Wange eine kleine Narbe, die bis knapp ans Ohr reichte, und ein tätowiertes Herz auf dem rechten Unterarm gehörten zu ihrer nunmehr verblichenen Individualität. Sie war erstochen worden.
In ihrer Handtasche, die neben dem Bett lag, fand ich keinen Ausweis, nur die Visitenkarte einer Bar. Die Polizei war schnell zur Stelle, wie immer, wenn es um eine Leiche ging. Der Portier schnaufte etwas heftiger. In seinem Schlepptau kamen Hugentobler und ein Beamter von der Spurensicherung.
— Hier ist es. Und das da ist...
— Sieh an, Maloney. Weshalb trifft man Sie eigentlich nicht öfter auf Friedhöfen an? Sie mit Ihrem Hang zu Leichen?
— Und weshalb trifft man Sie immer erst dann, wenn es ums Einsargen geht? Ich dachte immer, die Polizei sollte Verbrechen verhindern und bekämpfen. Sie erheben sich ja nur aus Ihrem Sessel, wenn es schon zu spät ist.
— Es ist nie zu spät. Immerhin haben wir hier schon zwei Verdächtige.
— Wo denn? Ich sehe hier niemanden. Oder meinen Sie etwa die Jungs von der Spurensicherung?
Er blickte um sich. Einer der bleichen Spurensicherer fühlte sich sogleich angesprochen. Er krächzte Hugentobler seine Erkenntnisse zu.
— Chef, bei der Toten handelt es sich einwandfrei um eine Frau.

- Gut beobachtet.
- Nun lassen Sie mal meine Jungs in Frieden, Maloney. Die verstehen Ihr Handwerk schon.
- Chef, ich habe da ein Messer gefunden. Es könnte sich dabei um die Tatwaffe handeln.
- Irgendwelche Blutspuren am Messer?
- Nein, Chef, keine. Aber das Messer riecht nach Käse.
- Wenn die so weitermachen, werden Sie noch herausfinden, dass der Mörder ein Emmentaler ist.
- Nun mal halblang, Maloney. Was hatten Sie überhaupt hier zu suchen?
- Gute Frage. Vielleicht war ich müde und wollte mich ein wenig hinlegen.
- Und da haben Sie sich das Zimmer mit der Leiche ausgesucht, weil Sie hier garantiert nicht gestört würden.
- So ähnlich muss es gewesen sein.

Der vorlaute Spurensicherer wollte gerade wieder etwas sagen, doch diesmal winkte Hugentobler ab. Der Spurensicherer zog beleidigt seinen Kopf ein und widmete sich wieder dem feinen Pulver, mit dem er Jagd auf Fingerabdrücke machte. Dafür fühlte sich nun der Portier berufen, in die Ermittlungen einzugreifen.

- Zuerst dachte ich, der Mann sei von der Presse und suche eine Compresse.

Hugentobler schaute sich den Mann an und dann schaute er auf mich. Schwer zu sagen, was im Kopf eines Polizisten so alles vorgeht. Ich gab mir keine Mühe, es herauszufinden.

- Was denn? Eine Compresse? Sind Sie verletzt, Maloney? Und wer sind Sie eigentlich?
- Gestatten: Koller. Kunstmaler und Aushilfs-Portier.
- Aha. Unter welchem Namen war denn die Frau hier einquartiert?
- Müller. Aber eigentlich war das gar nicht diese Frau.
- Ist anzunehmen.

Ich begann mich zu langweilen und gähnte demonstrativ. Hugentobler machte sich in seinem kleinen schwarzen Buch Notizen. Ich unterbrach seine Schreibversuche.

- Brauchen Sie mich noch? Ich habe nämlich noch eine Verabredung mit meinem Therapeuten.
- Ich nehme an, dass Sie mir etwas verschweigen, Maloney.
- Da haben Sie recht. Ich habe in meiner Kindheit einmal einen

Zigarettenautomaten geplündert. Aber das Leben hat mich dafür hart bestraft.

Hugentobler zog den linken Mundwinkel nach hinten und schaute mich strafend an. Der Spurensicherer waren unterdessen wieder fündig geworden.

- Chef, ich habe das Messer gefunden. Es steckt noch im Körper der Toten.
- Gut gemacht, Fischli. Ich werde Sie demnächst einen Stock höher befördern.
- Danke, Chef.
- Und Sie, Herr...
- Koller, Kunstmaler und Portier.
- Ja, Herr Koller, Sie hinterlassen mir Ihre Adresse. Und Sie, Maloney, werden noch von mir hören.

Ich liess die Staatsbeamten ihren harten Dienst verrichten und ging. Ich betrachtete noch einmal das Foto von Gabriela Ernst und schaute mich dann ein wenig in der Gegend um. Im Haus gegenüber fand ich, was ich gesucht hatte. Sie war alt, neugierig und misstrauisch.

- Ich kaufe nichts.
- Und ich verkaufe nichts.
- Was wollen Sie denn sonst von mir?
- Ich glaube, dass Sie eine gute Beobachterin sind.
- Tatsächlich? Das hat noch nie jemand zu mir gesagt.
- Doch, doch, Sie sind zweifellos eine gute Beobachterin. Ich wette, Sie wissen genau Bescheid darüber, was da im Hotel gegenüber so alles vor sich geht.
- Eine Schande ist das. Früher war das einmal ein anständiges Hotel. Und heute? Es dauert manchmal nicht einmal eine Stunde, bis diese "Gäste" das Hotel wieder verlassen. Eine Schande ist das.
- Haben Sie in den vergangenen zwei Stunden irgendwelche verdächtigen Beobachtungen gemacht?
- Das übliche. Allerdings... wenn ich es mir recht überlege... es kamen zwei Frauen, allein. Normalerweise kommen die Männer ein paar Minuten später, damit es nicht so auffällt. Wenn die wüssten...
- Kamen die beiden Frauen gemeinsam?
- Nein. Zuerst kam die eine, dunkelhaarig, dann die andere, blond.
- War es diese Frau hier?
- Zeigen Sie mal... Ja genau. Sie kam vor etwa zwei Stunden und ging wieder nach etwa einer Stunde.

- Nahm sie danach ein Taxi?
- Nein. Sie ging ein paar Meter weiter und verschwand dann beim Willi.
- Beim Willi?
- Ja, beim Coiffeur Willi.

Ich bedankte mich bei der Frau. Neugierige Nachbarn sind mir zwar ein Greuel, wenn sie mir gegenüber wohnen. Aber als Zeugen sind sie oft Gold wert.

Ich beeilte mich und sprintete die 100 Meter bis zum Coiffeur Willi in der neuen persönlichen Bestleistung von 2 Minuten und 30 Sekunden. Ich atmete schwer und betrat Willis Hairshop.
- Tag, der Herr. Sind Sie angemeldet?
- Nein, ich wollte bloss einen Termin abmachen. Meine Kopfhaut juckt so.
- Waschen, schneiden, föhnen?
- Meinetwegen.
- Wie wär's am Donnerstag in 3 Monaten? Da hätten wir noch einen Termin frei.

Ich schaute mich unauffällig um. Zwei Frauen sassen in ihren Stühlen vor den Spiegeln. Eine war unter der Haube. Es dauerte eine Weile, bis ich Gabriela Ernst identifizieren konnte. Als Schwarzhaarige sah Frau Ernst noch ein wenig ernster aus. Ich ging nach draussen und wartete. Eine Stunde später kam sie auch.
- He Sie, Frau Ernst!
- Wer? Meinen Sie mich?
- Ja, Sie.
- Was... was wollen Sie von mir? Ich habe es eilig...
- Halt... bleiben Sie stehen. So bleiben Sie doch stehen! Ich hasse Jogging!
- Hauen Sie ab... Sie... Sie Lustmolch...

Sie war schneller als ich und stieg in ein Tram. Als ich auf gleicher Höhe war, sah ich nur noch die hintere Kupplung des Tramwagens. Ich

blieb einige Minuten stehen und nahm dann die Verfolgung auf. Ich redete auf den Wagenführer ein.
- Kunsthaus...
- Verfolgen Sie das Tram vor uns...
- Wie bitte?
- Können Sie nicht ein wenig schneller fahren? Es geht um Leben und Tod!
- Wieso nehmen Sie nicht ein Taxi?
- Sie sind wohl nicht recht bei Trost. Bei diesem Verkehr ist das Tram das schnellste Verkehrsmittel. Also machen Sie ein wenig Dampf.
- Aber das verstösst gegen meine Dienstvorschrift. Ich muss den Zeitplan einhalten!
Es half alles nichts. Da zahlt man Steuern, um damit den öffentlichen Verkehr zu finanzieren, und das hat man dann davon.
Ich stieg an der nächsten Haltestelle aus und suchte nach einem Restaurant. Schliesslich hat auch unsereins einen Magen, der gefüllt werden will. Ich ass ein Steak und ging dann zum Telefon. Ich hörte mir die Stimme meines Klienten an.
- Hier spricht der Telefonbeantworter von Fritz und Gabriela Ernst. Zur Zeit ist niemand zu Hause. Sie können uns aber eine Nachricht hinterlassen oder es in meiner Praxis versuchen.
- Scheisse... Entschuldigung, ist mir bloss so rausgerutscht, Herr Ernst. Ich bin es, Philip Maloney. Melde mich später noch mal mit einem Zwischenbericht.
Ich ging wieder an meinen Tisch zurück und bestellte nochmals ein Steak. Danach versuchte ich es in der Praxis von Rechtsanwalt Doktor Ernst. Dort meldete sich nicht einmal ein Tonband. Ich beschloss, meinem Büro einen Besuch abzustatten. Es hatte sich nicht verändert. Dann klopfte es. Ein Eilbote stand vor der Tür.
- Philip Maloney?
- Stets zu Diensten. Trinken Sie den Kaffee schwarz oder mit Milch und Zucker?
- Danke. Aber ich bin Postbote und habe hier einen Expressbrief.
Er überreichte mir den Brief, der in Wirklichkeit ein kleines Päckchen war. Es enthielt eine Tonbandkassette, sonst nichts. Ich machte mich auf und kaufte mir das billigste Tonbandgerät, das im Supermarkt zu haben war. Danach hörte ich mir an, was die Post zu mir befördert hatte. Ich vernahm die Stimmen von Gabriela Ernst und einer anderen Frau.

- Das geht jetzt nicht. Mein Mann wird gleich nach Hause kommen.
- Vergiss ihn. Du musst dich von ihm trennen.
- Ich möchte zuerst Gewissheit haben, dass du... Verstehst du? Ich brauche noch ein wenig Zeit. Ich... Scheisse. Er kommt.

Während ich Kaffee trank, überlegte ich mir, was mir diese Worte wohl mitteilen wollten. Ich beschloss, dem trauten Heim der Familie Ernst einen Besuch abzustatten.

Es war ein schmuckes Haus mit schmuckem Garten und schmuckem kleinen Eingangstor. Das Tor war offen. Ich ging zur Haustür und tat, was ich in solchen Situationen immer tue: klingeln.

— Hallo! Niemand da? Ich bin es, Philip Maloney, der Mann für alle Fälle...

Ich wartete noch eine Weile. Nichts rührte sich. Eine Stunde später versuchte ich es auf die sanfte Tour. Ich drückte die Türfalle nieder, und schon öffnete sich das Privatreich der Familie Ernst. Ich brauchte nicht weit zu gehen, um dem Hausherrn über die Füsse zu stolpern. Er lag im Wohnzimmer und war bleich. In seinem Körper steckte ein Messer mit einem massiven Griff. Rechtsanwalt Doktor Ernst war tot. Ermordet. Ich ging zur Hausbar und kippte zwei Whiskys. Dann verständigte ich die Polizei. Als ich in mein Büro zurückkam, stand ein junger Mann da und überreichte mir seinen Papagei. Die Leute kommen manchmal auf die seltsamsten Ideen.

- Es ist nur für ein paar Tage, Herr Maloney. Hier in der Schachtel habe ich das Futter. Er ist sehr genügsam. Es reicht, wenn Sie ab und zu ein wenig mit ihm sprechen. Vielleicht klappt es ja bei Ihnen. Bis jetzt hat er noch kein Wort gesagt.
- Und der Kerl ist garantiert stubenrein und beisst nicht?
- Garantiert. Rolfi ist ein lieber Vogel.

Ich nahm den Vogel in mein Büro. Nun hatte ich wenigstens wieder jemanden, der mir zuhörte. Unsereins ist ja in einem verdammt einsamen Geschäft tätig. Ich machte Rolfi mit meinem Fall vertraut.

- Na, Rolfi, was meinst du zu dieser ganzen Angelegenheit? Ein Mann engagiert mich, um seine Frau zu beschatten. Sie mietet ein Hotelzimmer, in der die Leiche einer anderen Frau gefunden wird, und kurze Zeit später ist auch ihr Mann tot, und beide sind erstochen worden. Und von der Frau fehlt jede Spur. Da braucht man doch gar kein Papagei zu sein, um zu spüren, dass mit der Frau irgendwas nicht in Ordnung ist. Gell, Rolfi? Entweder ist die Frau die Mörderin, oder sie hat wie Maloney das Pech, auch immer über irgendwelche Leichen zu stolpern. Aber bis jetzt dachte ich immer, Maloney sei einmalig. Stimmt doch, Rolfi, oder?

Der Vogel schaute zum Fenster hinaus und kümmerte sich nicht gross um meinen Monolog.

Ich war in meinem Büro auf und ab gegangen. Die Tür stand offen, und so bemerkte ich zuerst gar nicht, dass Hugentobler hinter mir stand. Er grinste vor sich hin.

- Jaja, der einmalige Maloney. Hat Sie nun auch Ihr letzter menschlicher Freund verlassen, dass Sie bei Papageien Zuflucht suchen müssen?

- Wissen Sie, ich hatte Sehnsucht nach ein bisschen Polizeiatmosphäre im trauten Heim. Und Papageien sind wie Polizisten: Nichts, was sie sagen, ist neu.

- Das, was ich Ihnen jetzt sage, ist für Sie tatsächlich nicht neu. Ein Rechtsanwalt namens Doktor Ernst ist ermordet worden.

- Tut mir leid. Kann nicht dienen, der Name sagt mir nichts.

- Ich sehe, Sie haben den Sprung ins 20. Jahrhundert doch noch geschafft. Darf ich mir schnell Ihr Kassettengerät borgen?

- Wenn's sein muss... Aber so, wie ich die Polizei kenne, wird gleich die Götterdämmerung ertönen, und ich hasse Wagner.

- Keine Angst. Das, was da gleich ertönt, mögen Sie ganz bestimmt.

Hugentobler legte umständlich eine Kassette ins Gerät, und nach einigem Zögern fand und drückte er den Wiedergabeknopf. Eine vertraute Stimme erklang in meinem Büro. Der Papagei schaute derweil noch immer gelangweilt zum Fenster hinaus.

- Scheisse... Entschuldigung, ist mir bloss so rausgerutscht, Herr Ernst. Ich bin es, Philip Maloney. Melde mich später noch mal mit einem Zwischenbericht.

- Ich glaube kaum, dass das Ihr Papagei war.

Hugentobler strahlte. Ich liess ihn strahlen und reagierte gelassen.

- Ich möchte mit meinem Anwalt sprechen.

- Seit wann können Sie sich einen Anwalt leisten, Maloney? Im übrigen schadet es offensichtlich der Gesundheit von Anwälten, wenn Sie mit Ihnen zu tun haben.

- Also gut, ich gebe zu, dass ich eine verblüffende Ähnlichkeit zwischen der Stimme auf dem Band und meiner eigenen feststelle.

- Doktor Ernst wurde mit einem Messer erstochen. Und vor ein paar Stunden wurde Sandra Gassmann ebenfalls mit einem Messer erstochen. Bei beiden Mordfällen ist ein sogenannter Privatdetektiv namens Philip Maloney allgegenwärtig.

- Was man von Ihnen nicht gerade behaupten kann.
- Nun mal raus mit der Sprache, Maloney. Was haben Sie mit den beiden Leichen zu tun?
- Ich bin weder Leichenwäscher noch bin ich Mitglied einer spiritistischen Vereinigung.
- Ich bin sicher, dass zwischen den beiden Mordfällen ein Zusammenhang besteht, und ich bin auch sicher, dass Sie mehr wissen als ich.
- Wird auch Zeit, dass Sie das langsam einsehen. Aber Sie können sich beruhigen, es gibt noch ein paar Tausend andere Polizisten, die weniger wissen als ich.
- Also: War Doktor Ernst Ihr Auftraggeber?

Ich erzählte ihm, was ich wusste. Schliesslich war mein Klient tot, und der Fall für mich eigentlich erledigt. Der Polizist brach nicht gerade in Begeisterung aus. Ich erfuhr, dass Gabriela Ernst steckbrieflich gesucht wurde. Über die ermordete Sandra Gassmann erfuhr ich nur, dass sie irgendeine Rolle in Drogengeschäften gespielt hatte. Mit mehr wollte der Polizist nicht herausrücken. Er ging, wie er gekommen war: durch die Tür.

Ich fütterte den Papagei und dachte ein wenig über Messer und Leichen nach. Immerhin hatte ich der Polizei etwas voraus: Ich wusste, dass Frau Gabriela Ernst mit beiden Morden etwas zu tun hatte. Und sei es auch nur die Tatsache, dass sie beide Opfer kannte. Den Papagei störte das nicht gross. Er blieb schweigsam und hob und senkte seinen Kopf, als sei dies Teil einer Jogaübung für Federvieh. Einige Minuten später klingelte das Telefon. Ich tat, was ich in solchen Situationen immer tue: den Hörer abheben. Es war die Frau meines ermordeten Klienten.

- Sind Sie allein?
- Wer ist das nicht?

- Wissen Sie, wer ich bin?
- Ist das ein Quiz oder was?
- Ich bin Gabriela Ernst.
- Ihnen habe ich es zu verdanken, dass mich die Polizei ständig besucht. Ich mag das nicht.
- Ich habe Angst, Maloney.

Ihre Stimme klang alles andere als ängstlich. Der Fall schien für mich doch noch nicht ganz erledigt zu sein. Sie bestand darauf, sich mit mir zu treffen. Ich war auf alles gefasst.

- Um 20 Uhr im Hallenstadion.
- Was denn? Wollen Sie mit mir ein Rockkonzert besuchen? Davon kriege ich immer Ohrensausen.
- Gehen Sie nach Konzertbeginn in den mittleren Gang bei den Sektoren F bis G. Dort hat es eine Toilette. Warten Sie davor.

Bevor ich noch irgend etwas erwidern konnte, war sie aus der Leitung verschwunden. Eigentlich hätte ich mir eine Menge Ärger ersparen können, wenn ich einfach zur Polizei gegangen wäre. Doch ich gehöre zu den Menschen, die sich lieber eine Menge Ärger aufhalsen, als sich freiwillig zur Polizei zu begeben. Ich betrachtete die Visitenkarte, die ich in der Handtasche der ermordeten Sandra Gassmann gefunden hatte. Der Nachtclub hiess "Joker", und die Visitenkarte war auf billiges Papier gedruckt.

Die Inneneinrichtung war nicht übel. Ein Mann hinter der Bar trocknete gelangweilt Gläser. Ich war der einzige Gast. Trotzdem dauerte es eine Ewigkeit, bis der Barkeeper sich dazu durchrang, meine Anwesenheit zur Kenntnis zu nehmen.

- Was darf es sein?
- Einen doppelten Whisky.
- Neu in der Stadt?
- Nein. Ich hatte mal eine Freundin, die oft in dieser Bar verkehrte. Bin manchmal ein bisschen sentimental.
- Soll vorkommen. Ich hoffe nur, dass Sie nicht zu heulen beginnen. Habe nämlich keine Papiertaschentücher mehr.
- So schlimm ist es auch wieder nicht. Sie müssten die Sandra eigentlich gekannt haben.
- Sandra Gassmann?
- Erraten.
- Ja, war Stammkundin hier. Und Sie waren also mal mit ihr befreundet?

- Ist schon eine Weile her. Dauerte auch nicht lange. Sie verstehen?
- Und ob ich verstehe.

Er trocknete einige Gläser. Dabei verschwand seine linke Hand einige Male unter der Bartheke. Ich dachte mir nichts dabei. Danach kümmerte er sich um einen anderen Gast, der in der Zwischenzeit aufgetaucht war. Die Bar war noch immer ziemlich leer. Ich stierte ein wenig in mein Glas und als ich mich wieder umblickte, sassen plötzlich zwei muskulöse Männer neben mir. Dann kam der Barkeeper wieder auf mich zu.

- Sie waren also mit Sandra Gassmann befreundet?
- Nun ja... Wir lernten uns vor ein paar Jahren auf einer Party kennen. Hatten viel getrunken. Und dann geschah, was an solchen Abenden halt so passiert.
- Sie sind in ihrem Bett gelandet. Stimmt doch?
- Das ist, wie gesagt, schon ein paar Jahre her.

Einer der beiden Kerle neben mir packte mich plötzlich am Hemdkragen. Ich mag solche Annäherungsversuche nicht.

- He, was soll das?
- Schnauze. Wir gehen jetzt zusammen nach hinten.
- Aber ich will nicht mit Ihnen nach hinten. Ich will überhaupt nicht nach hinten.
- Wollen Sie lieber nach unten?

Einer der beiden Männer drückte eine Pistole gegen meine Rippen. Ich liess mich nach hinten abschleppen. Wir durchquerten die Toilette und landeten in einem Hinterhof. Es war dunkel und kalt. Genauso hatte ich mir das Hinten auch vorgestellt. Einer der beiden Schlägertypen durchsuchte mich.

- Na, was haben wir denn da?
- NICHTS. Ich besitze nichts. Weder Geld noch Kreditkarten noch einen Führerschein.
- Sieh an. Ein Privatdetektiv.
- Wetten, dass der Herr diese Bar so schnell nicht wieder betreten wird?
- Die Wette werden Sie glatt gewinnen. Der Whisky ist nämlich miserabel, ich...

Unsereins ist sich ja einiges gewohnt, aber die beiden Schläger hatten ihr Handwerk gut gelernt. Sie schlugen so zu, dass ich alles schön mitbekam. Es tat höllisch weh. Ich schrie laut nach der Polizei, aber es half alles nichts. Sie schlugen weiter. Dann liessen sich mich zurück und verschwanden um die Ecke. Ich tat, was ich in solchen Situationen immer tue: Ich blieb eine Weile liegen. Eine ältere Frau kam zwischendurch vorbei und drückte mir einen Fünfer in die Hand. Dann entfernte sie sich wieder. Ich habe schon immer gewusst, dass es noch wahre Menschenfreunde gibt auf dieser Welt.

Nach einer Stunde, die ich meditierend und fluchend am Strassenrand verbracht hatte, ging ich in eine andere Bar und trank noch zwei Whiskys. Auf der Toilette sah ich kurz in den Spiegel. Ein alter Mann mit geschwollener Backe und aufgequollenen Augen sah mich an. Ich liess ihn da stehen und machte mich auf den Weg ins Hallenstadion. Ich stand eine Stunde lang im Gewühl. Die Leute um mich herum waren alle mindestens 20 Jahre jünger als ich. Doch sie nahmen darauf keine Rücksicht und bliesen mir den Rauch ihrer Joints in die Augen. Ein wenig benebelt kaufte ich mir ein Ticket und ging in die Halle. Es dauerte eine Weile, bis ich die Toilette gefunden hatte. Gabriela Ernst liess auf sich warten. Dann kam sie endlich. Sie sah müde aus.

- Sind Sie allein?
- Sieh an, Frau Gabriela Ernst. Ja, ich bin allein, aber nicht so allein wie Sie.
- Sie sehen ja ziemlich mitgenommen aus, Maloney. Streit gehabt?
- Ist nicht weiter schlimm. Bin aus Versehen in die falsche Bar geraten. Aber Sie sehen ja auch nicht gerade aus wie eine strahlende Petunie.
- Deshalb wollte ich mit Ihnen sprechen.
- Wäre da die Dargebotene Hand nicht eine bessere Adresse?
- Nach Witzen ist mir nicht zumute, Maloney.
- Also im Ernst, Frau Ernst: Die Polizei sucht Sie. Sie werden verdächtigt, Ihren Mann und diese Sandra Gassmann umgebracht zu haben. Und das, was ich hier mache, nennt man Begünstigung.
- Ich war es nicht. Sie müssen mir glauben, Maloney. Ich... ich bin in Lebensgefahr.

263

- Nun übertreiben Sie nicht. Mir ist dieses Gedränge an diesen Konzerten auch zuwider, aber davon kriegt man doch höchstens Plattfüsse und Ohrensausen.
- Das meine ich nicht. Ich... können wir nicht woanders hingehen? An einen Ort, an dem wir in aller Ruhe reden können?
- Wie wär's in Ihrer Wohnung? Ich nehme an, dass Ihr Gemahl nur noch als Kreidestrich anwesend sein wird.
- Das geht nicht... Verstehen Sie denn nicht? Sie wollen mich umbringen!
- Wer ist SIE?
- Das weiss ich nicht...

Sie sah sich ängstlich um, so als würde der Mörder gleich aus der Damentoilette kommen. Ich legte meine rechte Hand auf ihre linke Schulter und ging dann mit ihr weg. Wir nahmen ein Taxi und fuhren in die Innenstadt. Unterwegs schwiegen wir. Beim Bahnhof stiegen wir aus und lösten zwei Fahrkarten in eine andere Stadt. Der Zug fuhr eine Viertelstunde später ab. Wir suchten und fanden ein Abteil, in dem wir unsere Ruhe hatten.

- Es begann alles vor einem Monat. Ich war allein zu Hause, da klingelte das Telefon. Sandra Gassmann war am Apparat. Sie machte Andeutungen, dass mein Mann in irgendwelche dubiosen Geschäfte verwickelt sei. Näheres wollte sie mir nur unter vier Augen erzählen. Im Hotel Paradiso, Zimmer 27. Das war das erste Mal, dass ich etwas von Sandra Gassmann hörte.
- Und Ihr Mann hat Ihnen nie etwas von ihr erzählt?
- Nein. Mein Mann hat mir nie viel erzählt. Wir... wir hatten uns ein wenig auseinandergelebt.
- Sie gingen also nach dem Anruf ins Hotel Paradiso?
- Ja. Ich war neugierig.
- Und Sandra Gassmann erwartete Sie?
- Sie sagte, dass sie nicht viel Zeit habe. Sie behauptete, dass mein Mann in Drogengeschäfte verwickelt sei. Sie selber habe schon von ihm Stoff bekommen. Ich konnte das nicht glauben. Andererseits... mein Mann bekam manchmal sehr seltsame Anrufe, meistens mitten in der Nacht.
- Hat Sandra Gassmann Ihnen gesagt, weshalb sie Ihnen das alles mitteilte?
- Sie sagte, dass sie Beweise suche, um meinen Mann hinter Gitter zu bringen. Sie sagte, er müsse dingfest gemacht werden.

- Das verstehe ich nicht. Weshalb sagte sie das ausgerechnet Ihnen?
- Ich weiss es nicht. Plötzlich hatte sie es sehr eilig. Sie verschwand und sagte, dass sie sich wieder bei mir melden werde.
- Und? Hat sie sich wieder gemeldet?
- Ja. Gestern. Sie sagte, dass ich heute nachmittag nochmals ins Paradiso kommen solle.
- Und das taten Sie dann auch.
- Sie war schon tot, als ich ins Zimmer kam.
- Und danach gingen Sie seelenruhig zum Coiffeur und liessen sich die Haare färben.
- Ich war völlig durcheinander. Ich verliess das Hotel und stand dann völlig verwirrt auf der Strasse. Dann ging ich in den Laden. Ich wusste nicht, was ich tat, ich setzte mich hin, und als mich der Friseur fragte, ob ich etwas Spezielles wolle, sagte ich, ja, schwarz färben, bitte. Ich wollte meine Haare schon immer schwarz färben.
- Tja, solche Gelegenheiten sollte man nutzen. Schliesslich läuft einem nicht jeden Tag eine Leiche über den Weg. Bei Ihnen hat das Schicksal ja gleich zweimal zugeschlagen.

Ich zündete mir eine Zigarette an. Frau Ernst schaute in die Nacht hinaus. Sie wusste wohl selber auch, dass ihre Geschichte reichlich unglaubwürdig klang. Dennoch gab sie sich Mühe, weiter zu fabulieren.

- Als ich nach draussen kam und Sie meinen Namen riefen, erschrak ich fürchterlich. Es war wohl der Instinkt, der mich dazu brachte wegzulaufen. Ich irrte danach in der Stadt herum und ging dann nach Hause.
- Und da lag ihr Mann auf dem Teppich und blutete.
- Genau so war es. Ich weiss, das alles klingt verrückt, aber es muss dafür eine Erklärung geben.
- Ich nehme an, dass Sie dafür eine Erklärung haben...
- Ich weiss nicht recht... Es passt alles nicht ganz zusammen...
- Tja, tja, das ewige Puzzle mit den ewig falschen Teilchen.
- Ich vermute, dass mein Mann tatsächlich in irgendwelche Drogengeschäfte verwickelt war.
- Das allein ist kein Grund, jemanden umzubringen. Was glauben Sie, wieviele Drogenhändler in diesem Land gesund herumlaufen und die freie Marktwirtschaft preisen?
- Angenommen, diese Sandra Gassmann wollte meinen Mann auffliegen lassen. Und weiter angenommen, dass hinter meinem Mann

noch ein grösseres Tier sitzt. Hätte dieser Hintermann nicht ein Motiv, sowohl meinen Mann als auch Sandra Gassmann umzubringen?
- Sie vergessen da jemanden...
- Meinen Sie mich?
- Sie und all die anderen, denen Sandra Gassmann etwas über die Drogengeschäfte Ihres Mannes gesagt hat.
- Sie verstehen also, weshalb ich Angst habe?
- Ach, wissen Sie, wir alle haben vor irgend etwas Angst. Sei es vor dem Zahnarzt, dem Heiraten, einer unheilbaren Krankheit, der Geisterbahn, den Grünen oder dem grossen Unbekannten.
- Und dieser grosse Unbekannte will mich ermorden.
- Keine Panik, Frau Ernst. Im übrigen wissen wir nicht einmal, ob diese Sandra Gassmann geblufft hat. Schliesslich hat sie Ihnen keine Beweise vorgelegt.
- Sie wollte dies tun. Jemand hat es verhindert.
- Und dieser Jemand hat die Beweise zu sich genommen.
- Aber es muss doch noch andere Beweise geben.
- Vorerst wissen wir nur, dass die Polizei hinter Ihnen her ist. Und der grosse Unbekannte möglicherweise auch.
- Ich glaube, dass ist alles zu viel für mich.

Sie rieb sich ihre Augen und lehnte sich in die Polster zurück. Ich starrte ein wenig in die Dunkelheit. Ich wusste nicht, ob ich ihr glauben sollte. Ich wusste nur, dass auch ich ein wenig müde war. Die Gedanken begannen sich in meinem Kopf zu drehen. Der Schlüssel in diesem Fall schien Sandra Gassmann zu sein. Wir schwiegen und dösten ein wenig vor uns hin. Dann kam der Zug an. Wir suchten uns ein Hotel und nahmen zwei Einzelzimmer.

Ich schaltete den Fernseher an. Auf allen Kanälen wurde gerade eine Revolution live übertragen. Ich öffnete die Minibar und genehmigte mir einen Schluck. Dann klopfte es an meine Tür.
- Ja...
- Darf ich reinkommen?
- Wieso? Möchten Sie wieder mal einen Lebenden besuchen?
- Ich habe Angst.
- Na gut. Aber versprechen Sie mir, dass Sie nicht über meine Unterhosen lachen.
- Versprochen.

Ich schaltete den Fernseher aus und liess Gabriela Ernst in mein Gemach.

- Haben Sie eigentlich eine Freundin?
- Au weia. Meine langjährige Berufserfahrung sagt mir, dass Frauen, die diese Frage stellen, nicht so schnell wieder weggehen.
- Ich möchte bloss ein wenig bei Ihnen bleiben. Wir könnten uns ein wenig unterhalten.
- Diese Unterhaltungen enden meist mit einem grossen Stöhnen. Weshalb also nicht gleich mit Stöhnen beginnen?
- Soll ich zuerst?
- Wie es Ihnen beliebt.

Sie begann zu stöhnen. Es klang nicht übel. Schliesslich stöhnten wir gemeinsam. Danach legten wir uns aufs Bett. Später leerten wir noch die Minibar und schalteten den Fernseher an. Die Revolution schien erfolgreich zu sein. Menschen, die sich sonst wohl kaum etwas zu sagen hatten, machten gemeinsam das Victory-Zeichen und schwenkten eine Fahne. Wir tranken noch ein wenig und knipsten die Weltgeschichte wieder weg. Irgendwann schlief ich ein. Als ich wieder erwachte, war ich allein. Mein Schädel brummte. Ich ging in Gabriela Ernsts Zimmer. Sie war nicht da. Ich wusste nicht so recht, was das zu bedeuten hatte. Ich wusste nur, dass ich in der falschen Stadt im falschen Bett lag. Ich tat, was ich in solchen Situationen immer tue: frühstücken.

Es war gegen elf Uhr morgens, als ich wieder in meinem Büro war. Der Papagei namens Rolfi sah mich gekränkt an. Ich gab ihm frisches Wasser und Futter. Er schwieg. Ich stellte meine Kaffeemaschine an und hörte ihr beim Blubbern zu. In das Blubbern mischte sich ein Klopfen. Ich war auf alles gefasst.
- Sind Sie Philip Maloney?
- Soweit ich mich erinnern kann, wurde ich so getauft.
- Ich bin Sonja Burger. Eine Freundin von Sandra Gassmann.
- Jaja, alle Wege führen zu Maloney. Vielleicht kann mir mal jemand erklären, weshalb die halbe Stadt meine Adresse kennt?
- Sie waren gestern im Joker.

- Ach ja, diese Bar mit dem schlechten Whisky und den schlechten Manieren.
- Das kommt davon, wenn man lügt.
- Vielleicht werde ich langsam alt. Früher haben mir die Leute noch geglaubt.
- Das, was Sie gestern in der Bar erzählten, konnte einfach nicht stimmen.
- Ich sagte doch bloss, dass ich vor langer Zeit mal was mit dieser Sandra Gassmann hatte. Zugegeben, ich sehe nicht mehr aus wie Elvis zu seiner besten Zeit. Aber so abscheulich bin ich doch auch wieder nicht...
- Das kann ich nicht beurteilen.
- Sie haben doch Augen im Kopf. Und? Was sehen Sie?
- Einen Mann.
- Ist das alles?
- Ich mache mir nichts aus Männern.
- Ach, so ist das.
- Und Sandra Gassmann hat sich auch nie etwas aus Männern gemacht.
- Verstehe. Mit anderen Worten...
- Sandra war lesbisch.
- Soll vorkommen.
- Es gibt da noch etwas, das Sie wissen müssten.
- Ach, wissen Sie, es gibt noch so viel, das ich wissen müsste. Über Batik und Makramee weiss ich zum Beispiel so gut wie nichts.
- Und über Drogen?
- Na ja, was man halt so weiss. In meiner Jugend habe ich auch ab und zu an einem Joint gesuggelt und einen Trip geworfen. Heutzutage bevorzugt unsereins Whisky.
- Sandra Gassmann hat Gabriela Ernst mit Kokain versorgt.

Zum Glück hatte ich keine Schuhe an. So konnte es mich nur aus den Socken hauen. Ich stand barfuss da und starrte dieser Sonja Burger ins Gesicht. Sie verzog keine Miene. Ich schaltete die Kaffeemaschine ab und schenkte mir ein. Die Frau trank nicht. Ich schüttete ein wenig Whisky in die dunkle Brühe.

- Und woher wissen Sie das?
- Sandra und ich... Wir liebten uns. Bis diese Gabriela Ernst auftauchte. Zuerst versorgte sie Sandra mit Stoff. Dann verliebte sich Sandra in Gabriela.

– Moment mal. Sie wollen doch nicht etwa behaupten, dass Sandra Gassmann und Gabriela Ernst ein Verhältnis hatten?
– Was glauben Sie, wie oft ich vor dem Hotel Paradiso stand, als die beiden zusammen in einem Zimmer waren? Ich nehme nicht an, dass sie da Rommé gespielt haben.
– Und weshalb sagen Sie das mir und nicht der Polizei?
– Es gibt gewisse Gründe, die mich davon abhalten, zur Polizei zu gehen.
– Verstehe. Und wer sagt mir, dass nicht Sie es waren, die Sandra Gassmann ermordet hat? Aus Eifersucht?
– Ich war gestern den ganzen Tag in Madrid. Ich habe Zeugen. Ich bin erst spät am Abend angekommen. Im Joker erfuhr ich, was mit Sandra geschehen war.

Sie ging, wie sie gekommen war: durch die Tür. Ich trank den Kaffee und kippte noch einen Whisky. Es gibt Tage, an denen die Welt kopfsteht. Unsereins ist sich ja einiges gewohnt, aber dieser Fall schlug allmählich immer seltsamere Kapriolen. Ich suchte in meiner Schreibtischschublade nach Zigaretten, fand aber nur eine Packung Kaugummi und die Tonband-Kassette, die mir Unbekannt hatte zustellen lassen. Den Kaugummi warf ich in den Papierkorb, die Kassette schob ich in den Rekorder.

– Das geht jetzt nicht. Mein Mann wird gleich nach Hause kommen.
– Vergiss ihn. Du musst dich von ihm trennen.
– Ich möchte zuerst Gewissheit haben, dass du... Verstehst du? Ich brauche noch ein wenig Zeit. Ich... Scheisse. Er kommt!

Ich hörte mir das noch zwei-, dreimal an. Die eine Stimme war eindeutig Gabriela Ernst, die andere kannte ich nicht. Es war ebenfalls eine Frau. Nach all dem, was ich bis dahin wusste, konnte es sich nur um Sandra Gassmann handeln. Langsam begriff ich, wer mir diese Kassette zugeschickt hatte. Damit der Papagei auch etwas davon hatte, setzte ich zu einem Monolog an.

– Na, Rolfi, was sagst du dazu? Natürlich nichts. Aber ich finde, dass alles langsam klar und deutlich wird. Sandra Gassmann wollte also, dass Gabriela Ernst sich von ihrem Mann trennt. Angenommen es stimmt, dass die beiden ein Verhältnis hatten. Ihr Mann schöpft Verdacht und beauftragt mich, Klarheit zu schaffen. Er vermutet wahrscheinlich, dass seine Frau einen Liebhaber hat. Das Gespräch zwischen Sandra und Gabriela zeichnet er auf und schickt es mir zu. Er glaubt wohl, dass die Frau eine Freundin seiner Frau ist, die ihr rät, ihren Mann zu verlassen.

Der Vogel drehte seinen Kopf nach hinten und gab ein seltsames Geräusch von sich. Ich interpretierte es als zustimmendes und aufmunterndes Gekreische.

- Siehst du, das leuchtet selbst dir ein. Wer aber hat ein Motiv, um Sandra und Gabrielas Mann zu töten? Der grosse Unbekannte, wie Gabriela mir weiszumachen versucht? Oder Gabriela selber? Nur, was für ein Motiv? Weshalb tötet eine Frau ihren Ehemann und ihre Geliebte?

Darauf wusste der Vogel keine Antwort. Ich schwieg eine Weile und rauchte. Der Papagei schaute mir dabei zu und schwieg ebenfalls.

Ich überlegte, was ich nun tun sollte. Das Telefon klingelte und erleichterte mir diese Aufgabe. Ich wartete noch ein paar Sekunden und nahm dann den Hörer ab. Die Stimme war mir vertraut.

- Sind Sie allein?
- Das sollten Sie doch langsam wissen.
- Es tut mir leid wegen gestern nacht.
- Was denn? Haben Sie sich etwa unzüchtig an einem Betrunkenen vergangen?
- Ich musste weg... ich...
- Sie hatten Angst.
- Ja...
- Und natürlich vor dem grossen Unbekannten.
- Sie glauben mir nicht.
- Ach, wissen Sie, das mit dem Glauben ist so eine Sache. Ich war noch nie ein besonders religiöser Mensch.
- Ich konnte nicht anders.
- Was denn? Sie gestehen die beiden Morde?
- Sie gefallen mir, Maloney.
- Was hat denn das damit zu tun?
- Ich habe Sie angelogen.
- Ich weiss.

– Sie wissen es?
– Ja. Sie sind kokainsüchtig und hatten mit Sandra Gassmann ein Verhältnis.
– Sie kennen die Vorgeschichte noch nicht.
Sie erzählte mir die Vorgeschichte. Die Ehe mit ihrem Mann, der eifersüchtig war, der goldene Käfig, in dem sie sass. Dann die erste Linie Kokain, die Bekanntschaft mit Sandra Gassmann, die sie fortan mit Stoff versorgte. Am Anfang hatte sie noch alles unter Kontrolle, dann nur noch wenig, am Schluss überhaupt nichts mehr.
– Zuerst finanzierte ich den Stoff von unserem gemeinsamen Ehekonto. Dann verliebte sich Sandra in mich. Sie bot mir an, künftig den Stoff gratis zu liefern.
– Wenn Sie dafür mit ihr ins Bett gingen.
– Ja. Doch dabei blieb es nicht. Sie wollte, dass ich mich von meinem Mann trennte, damit ich ihr ganz gehörte.
– Und da haben Sie zugestochen.
– Sie trug das Messer immer bei sich, in ihrer Tasche. Als sie auf die Toilette ging, hatte ich es plötzlich in meiner Hand. Ich wusste auf einmal, dass dies der einzige Weg war, um wieder frei zu werden. Als sie zurückkam und sich wieder aufs Bett legte, stiess ich zu.
– Und weshalb musste dann auch noch Ihr Mann dran glauben?
– Ich irrte in der Stadt herum. Dann wollte ich nach Hause. Doch was erwartete mich da? Fritz hatte mich mit seiner Eifersucht manchmal bis zum Wahnsinn getrieben. Es war ganz leicht. Können Sie das verstehen?
– Und weshalb haben Sie sich nicht schon längst scheiden lassen?
– Weshalb lassen sich ganze Völker jahrzehntelang unterdrücken?
Was soll unsereins darauf antworten? Es war nicht das erste Mal, dass ich mir ein Geständnis anhörte. Oft klangen sie so, oft waren die Motive nicht viel anders als irgendwelche Gedanken und Gefühle, die überall auch ganz alltägliche Menschen mit sich herumtragen. Ich schwieg eine Weile. Nicht, weil ich nichts zu sagen hatte, nein, ich schwieg, weil es keine Worte gab für das, was ich fühlte. Privatdetektive sollten nicht sentimental werden. Ich tat es trotzdem und dachte an das Hotelzimmer in der anderen Stadt.
– Sind Sie noch dran?
– Und wie. Was werden Sie jetzt tun?
– Ich weiss es nicht. Vielleicht stelle ich mich der Polizei, vielleicht warte ich, bis man mich schnappt, vielleicht gehe ich ins Kino.

Sie wünschte mir alles Gute und hängte auf. Sie hatte sich nicht gestellt und sie wurde auch nicht geschnappt. Vermutlich ging sie tatsächlich ins Kino. Der Fall wurde nie zu den Akten gelegt. Gabriela Ernst war spurlos verschwunden. Etwa ein Jahr später erhielt ich eine Ansichtskarte aus Südamerika. Ein einziger Satz stand darauf: Der Film war gut. Gabriela. Ich trank weiter meinen Whisky und wartete auf neue Fälle. Zwischendurch überlegte ich mir ab und zu, eine Reise nach Südamerika zu machen. Unsereins kann sich so was nur alle zwanzig Jahre leisten. Und dann würde ich bestimmt ganz alt aussehen.

ENDE